증편 한국구비문학대계

2-13

강원도 고성군

이 저서는 2009년도 정부(교육과학기술부)의 재원으로 한국학중앙연구원(한국학진흥사업단)의 지원을 받아 수행된 연구임(AKS-2008-AIA-3101)

증편 한국구비문학대계
2-13
강원도 고성군

강등학·이영식·박은영

한국학중앙연구원

역락

발간사

민간의 이야기와 백성들의 노래는 민족의 문화적 자산이다. 삶의 현장에서 이러한 이야기와 노래를 창작하고 음미해 온 것은, 어떠한 권력이나 제도도, 넉넉한 금전적 자원도, 확실한 유통 체계도 가지지 못한 평범한 사람들이었다. 이야기와 노래들은 각각의 삶의 현장에서 공동체의 경험에 부합하였으며, 사람들의 정신과 기억 속에 각인되었다. 문자라는 기록 매체를 사용하지 못하였지만, 그 이야기와 노래가 이처럼 면면히 전승될 수 있었던 것은 그것이 바로 우리 민족의 유전형질의 일부분이 되었기 때문이며, 결국 이러한 이야기와 노래가 우리 민족을 하나의 공동체로 묶어 주고 있는 것이다.

사회와 매체 환경의 급격한 변화 가운데서 이러한 민족 공동체의 DNA는 날로 희석되어 가고 있다. 사랑방의 이야기들은 대중매체의 내러티브로 대체되어 버렸고, 생활의 현장에서 구가되던 민요들은 기계화에 밀려 버리고 말았다. 기억에만 의존하여 구전되던 이야기와 노래는 점차 잊히고 있다. 한국학중앙연구원이 1970년대 말에 개원함과 동시에, 시급하고도 중요한 연구사업으로 한국구비문학대계의 편찬 사업을 채택한 것은 바로 이러한 시대적 상황에 대한 우려와 잊혀 가는 민족적 자산에 대한 안타까움 때문이었다.

당시 전국의 거의 모든 구비문학 연구자들이 참여하였는데, 어려운 조사 환경에서도 80여 권의 자료집과 3권의 분류집을 출판한 것은 그들의 헌신적 활동에 기인한다. 당초 10년을 계획하고 추진하였으나 여러 사정으로 5년간만 추진되었으며, 결과적으로 한반도 남쪽의 삼분의 일에 해당

하는 부분만 조사하게 되었다. 그럼에도 불구하고 한국구비문학대계는 주관기관인 한국학중앙연구원의 대표 사업으로 각광 받았을 뿐 아니라, 해방 이후 한국의 국가적 문화 사업의 하나로 꼽히게 되었다.

21세기에 들어서면서 한국학중앙연구원에서는 미완성인 채로 남아 있는 구비문학대계의 마무리를 더 이상 미룰 수 없다는 생각으로 이를 증보하고 개정할 계획을 세웠다. 20년 전의 첫 조사 때보다 환경이 더 나빠졌고, 이야기와 노래를 기억하고 있는 제보자들이 점점 줄어들고 있었던 것이다. 때마침 한국학 진흥에 대한 한국 정부의 의지와 맞물려 구비문학대계의 개정·증보사업이 출범하게 되었다.

이번 조사사업에서도 전국의 구비문학 연구자들이 거의 다 참여하여 충분하지 않은 재정적 여건에서도 충실히 조사연구에 임해 주었다. 전국 각지의 제보자들은 우리의 취지에 동의하여 최선으로 조사에 응해 주었다. 그 결과로 조사사업의 결과물은 '구비누리'라는 이름의 데이터베이스에 탑재가 되었고, 또 조사자료의 텍스트와 음성 및 동영상까지 탑재 즉시 온라인으로 접근할 수 있는 시스템을 갖추었다. 특히 조사 단계부터 모든 과정을 디지털화함으로써 외국의 관련 학자와 기관의 선망의 대상이 되고 있다.

이제 조사사업의 결과물을 이처럼 책으로도 출판하게 된다. 당연히 1980년대의 일차 조사사업을 이어받음으로써 한편으로는 선배 연구자들의 업적을 계승하고, 한편으로는 민족문화사적으로 지고 있던 빚을 갚게 된 것이다. 이 사업의 연구책임자로서 현장조사단의 수고와 제보자의 고귀한 뜻에 감사를 표하지 않을 수 없다. 아울러 출판 기획과 편집을 담당한 한국학중앙연구원의 디지털편찬팀과 출판을 기꺼이 맡아준 역락출판사에 감사를 드린다.

2013년 10월 4일
한국구비문학대계 개정·증보사업 연구책임자 김병선

책머리에

구비문학조사는 늦었다고 생각하는 지금이 가장 빠른 때이다. 왜냐하면 자료의 전승 환경이 나날이 달라지고 있기 때문이다. 전승 환경이 훨씬 좋은 시기에 구비문학 자료를 진작 조사하지 못한 것이 안타깝게 여겨질수록, 지금 바로 현지조사에 착수하는 것이 최상의 대안이자 최선의 실천이다. 실제로 30여 년 전 제1차 한국구비문학대계 사업을 하면서 더 이른 시기에 조사를 했더라면 하는 아쉬움이 컸는데, 이번에 개정·증보를 위한 2차 현장조사를 다시 시작하면서 아직도 늦지 않았다는 사실을 실감했다.

구비문학 자료는 구비문학 연구와 함께 간다. 자료의 양과 질이 연구의 수준을 결정하고 연구수준에 따라 자료조사의 과학성이 결정되기 때문이다. 실제로 1차 조사사업 결과로 구비문학 연구가 눈에 띄게 성장했고, 그에 따라 조사방법도 크게 발전되었다. 그러나 연구의 수명과 유용성은 서로 반비례 관계를 이룬다. 구비문학 연구의 수명은 짧고 갈수록 빛이 바래지만, 자료의 수명은 매우 길 뿐 아니라 갈수록 그 가치는 더 빛난다. 그러므로 연구활동 못지않게 자료를 수집하고 보고하는 일이 긴요하다.

교육부에서 구비문학조사 2차 사업을 새로 시작한 것은 구비문학이 문학작품이자 전승지식으로서 귀중한 문화유산일 뿐 아니라, 미래의 문화산업 자원이라는 사실을 실감한 까닭이다. 따라서 학계뿐만 아니라 문화계의 폭넓은 구비문학 자료 활용을 위하여 조사와 보고 방법도 인터넷 체제와 디지털 방식에 맞게 전환하였다. 조사환경은 많이 나빠졌지만 조사보고는 더 바람직하게 체계화함으로써 누구든지 쉽게 접속하여 이용할 수 있는 데이터베이스를 구축했다. 그러느라 조사결과를 보고서로 간행하는 일은 상대적으로 늦어지게 되었다.

2차 조사는 1차 사업에서 조사되지 않은 시군지역과 교포들이 거주하는 외국지역까지 포함하는 중장기 계획(2008~2018년)으로 진행되고 있다. 한국학중앙연구원 어문생활연구소와 안동대학교 민속학연구소가 공동으로 조사사업을 추진하되, 현장조사 및 보고 작업은 민속학연구소에서 담당하고 데이터베이스 구축 작업은 한국학중앙연구원에서 담당한다. 가장 중요한 일은 현장에서 발품 팔며 땀내 나는 조사활동을 벌인 조사자들의 몫이다. 마을에서 주민들과 날밤을 새우면서 자료를 조사하고 채록하여 보고서를 작성한 조사위원들과 조사원 여러분들의 수고를 기리지 않을 수 없다. 조사의 중요성을 알아차리고 적극 협력해 준 이야기꾼과 소리꾼 여러분께도 고마운 말씀을 올린다.

구비문학 조사를 전국적으로 실시하여 체계적으로 갈무리하고 방대한 분량으로 보고서를 간행한 업적은 아시아에서 유일하며 세계적으로도 그 보기를 찾기 힘든 일이다. 특히 2차 사업결과는 '구비누리'로 채록한 자료와 함께 원음도 청취할 수 있는 데이터베이스를 구축해서 세계에서 처음으로 인터넷과 스마트폰으로 이용할 수 있는 디지털 체계를 마련했다. '구슬이 서 말이라도 꿰어야 보배'인 것처럼, 아무리 귀한 자료를 모아두어도 이용하지 않으면 소용이 없다. 그러므로 이 보고서가 새로운 상상력과 문화적 창조력을 발휘하는 문화자산으로 널리 활용되기를 바란다. 한류의 신바람을 부추기는 노래방이자, 문화창조의 발상을 제공하는 이야기 주머니가 바로 한국구비문학대계이다.

2013년 10월 4일
한국구비문학대계 개정·증보사업 현장조사단장 임재해

한국구비문학대계 개정·증보사업 참여자 <small>(참여자 명단은 가나다 순)</small>

연구책임자

김병선

공동연구원

강등학	강진옥	김익두	김헌선	나경수	박경수	박경신	신동흔	이건식
이경업	이인경	이창식	임재해	임철호	임치균	조현설	천혜숙	허남춘
황루시	황인덕						

전임연구원

이균옥   장노현

박사급연구원

강정식	권은영	김구한	김기옥	김영희	김월덕	김형근	노영근	서해숙
유명희	이영식	정규식	조정현	최명환	한미옥		

연구보조원

강소전	구미진	기미양	김보라	김신효	김영선	김옥숙	김은희	김자현
김혜정	박양리	박은영	박지희	박현숙	박혜영	백계현	백은철	백민정
변남섭	서은경	서정매	송기태	송정희	시지은	오세란	오소현	유진아
육은섭	윤준섭	윤희렬	이미라	이선호	이옥희	이창현	이홍우	이화영
임세경	장호순	정다혜	정아용	정유원	정혜란	진 주	최수정	최은주
편성철	한유진	허정주	황은주	황영태			

주관 연구기관 : 한국학중앙연구원 어문생활사연구소
공동 연구기관 : 안동대학교 민속학연구소

일러두기

■ 『증편 한국구비문학대계』는 한국학중앙연구원과 안동대학교에서 3단계 10개년 계획으로 진행하는 "한국구비문학대계 개정·증보사업"의 조사 보고서이다.

■ 『증편 한국구비문학대계』는 시군별 조사자료를 각각 별권으로 간행하는 것을 원칙으로 한다. 서울 및 경기는 1-, 강원은 2-, 충북은 3-, 충남은 4-, 전북은 5-, 전남은 6-, 경북은 7-, 경남은 8-, 제주는 9-으로 고유번호를 정하고, -선 다음에는 1980년대 출판된 『한국구비문학대계』의 지역 번호를 이어서 일련번호를 붙인다. 이에 따라 『증편 한국구비문학대계』는 서울 및 경기는 1-10, 강원은 2-10, 충북은 3-5, 충남은 4-6, 전북은 5-8, 전남은 6-13, 경북은 7-19, 경남은 8-15, 제주는 9-4권부터 시작한다.

■ 각 권 서두에는 시군 개관을 수록해서, 해당 시·군의 역사적 유래, 사회·문화적 상황, 민속 및 구비 문학상의 특징 등을 제시한다.

■ 조사마을에 대한 설명은 읍면동 별로 모아서 가나다 순으로 수록한다. 행정상의 위치, 조사일시, 조사자 등을 밝힌 후, 마을의 역사적 유래, 사회·문화적 상황, 민속 및 구비문학상의 특징 등을 중심으로 설명하고, 마을 전경 사진을 첨부한다.

■ 제보자에 관한 설명은 읍면동 단위로 모아서 가나다 순으로 수록한다. 각 제보자의 성별, 태어난 해, 주소지, 제보일시, 조사자 등을 밝힌 후, 생애와 직업, 성격, 태도 등을 중심으로 서술하고, 제공 자료 목록과 사진을 함께 제시한다.

- 조사자료는 읍면동 단위로 모은 후 설화(FOT), 현대 구전설화(MPN), 민요(FOS), 근현대 구전민요(MFS), 무가(SRS), 기타(ETC) 순으로 수록한다. 각 조사자료는 제목, 자료코드, 조사장소, 조사일시, 조사자, 제보자, 구연상황, 줄거리(설화일 경우) 등을 먼저 밝히고, 본문을 제시한다. 자료코드는 대지역 번호, 소지역 번호, 자료 종류, 조사 연월일, 조사자 영문 이니셜, 제보자 영문 이니셜, 일련번호 등을 '_'로 구분하여 순서대로 나열한다.
- 자료 본문은 방언을 그대로 표기하되, 어려운 어휘나 구절은 ( ) 안에 풀이말을 넣고 복잡한 설명이 필요할 경우는 각주로 처리한다. 한자 병기나 조사자와 청중의 말 등도 ( ) 안에 기록한다.
- 구연이 시작된 다음에 일어난 상황 변화, 제보자의 동작과 태도, 억양 변화, 웃음 등은 [ ] 안에 기록한다.
- 잘 알아들을 수 없는 내용이 있을 경우, 청취 불능 음절수만큼 '○○○'와 같이 표시한다. 제보자의 이름 일부를 밝힐 수 없는 경우도 '홍길○'과 같이 표시한다.
- 『증편 한국구비문학대계』에 수록된 모든 자료는 웹(gubi.aks.ac.kr/web)과 모바일(mgubi.aks.ac.kr)에서 텍스트와 동기화된 실제 구연 음성파일을 들을 수 있다.

차례

고성군 개관 ● 29

1. 간성읍

▌조사마을

강원도 고성군 간성읍 금수리 ······················· 37
강원도 고성군 간성읍 상리 ························· 38
강원도 고성군 간성읍 어천2리 ····················· 40
강원도 고성군 간성읍 탑동1리 ····················· 41
강원도 고성군 간성읍 해상1리 ····················· 42
강원도 고성군 간성읍 해상2리 ····················· 43

▌제보자

남상균, 남, 1932년생 ···························· 45
남상식, 남, 1932년생 ···························· 45
박세정, 남, 1929년생 ···························· 46
박용득, 남, 1937년생 ···························· 46
오말녀, 여, 1922년생 ···························· 47
윤순녀, 여, 1927년생 ···························· 48
윤종렬, 남, 1937년생 ···························· 49
윤화춘, 남, 1937년생 ···························· 50
이원규, 남, 1927년생 ···························· 50
전제남, 남, 1935년생 ···························· 51
전제일, 남, 1936년생 ···························· 52
정영춘, 여, 1925년생 ···························· 53
최경춘, 여, 1930년생 ···························· 54
한옥년, 여, 1934년생 ···························· 54
함덕엽, 남, 1935년생 ···························· 55
황옥순, 여, 1937년생 ···························· 56

● 설화

생활력 강한 양양 사람들 ·············· 윤화춘 57
고뿔은 강릉 이통천네 집으로 가거라 ·············· 윤화춘 58
재주새의 항변 ·············· 이원규 59
산신령이 도와준 효자 ·············· 이원규 62
산골 사돈과 바닷가 사돈 ·············· 함덕엽 65
춤추는 나무와 솜바지 입은 나무 ·············· 함덕엽 67

● 민요

어랑 타령 / 가창유희요 ·············· 남상균 70
노랫가락 / 가창유희요 ·············· 남상식 70
어랑 타령 / 가창유희요 ·············· 남상식 71
노랫가락 / 가창유희요 ·············· 박세정 71
박연폭포 / 가창유희요 ·············· 박세정 72
이랴 소리 / 논 삶는 소리 ·············· 박용득 72
이랴 소리 / 논 삶는 소리 ·············· 박용득 73
미다지 / 논 매는 소리 ·············· 박용득 74
미다지 / 논 매는 소리 ·············· 박용득 74
정월이라 드는 액은 / 지신 밟는 소리 ·············· 박용득 75
베틀가 / 가창유희요 ·············· 박용득 76
만고강산 / 가창유희요 ·············· 박용득 76
지경 소리 / 땅 다지는 소리 ·············· 박용득 외 78
우여 우여 소리 / 새 쫓는 소리 ·············· 박용득 80
잠자리 꽁꽁 / 잠자리 잡는 소리 ·············· 박용득 80
이거리 저거리 갓거리 / 다리 뽑기 소리 ·············· 박용득 81
가갸 가다가 / 한글 풀이 소리 ·············· 박용득 81

다람아 다람아 / 다람쥐 잡는 소리 ····················· 박용득 82

아가리 딱딱 벌려라 / 물고기 꿰는 소리 ················ 박용득 83

지경 소리 / 땅 다지는 소리 ·························· 박용득 외 83

어랑 타령 / 가창유희요 ······························· 오말녀 84

어랑 타령 / 가창유희요 ······························· 오말녀 85

베틀가 / 가창유희요 ································· 오말녀 85

우리 아기 잘도 잔다 / 아기 재우는 소리 ················ 오말녀 86

시래기 타령 / 가창유희요 ····························· 오말녀 87

개 타령 / 가창유희요 ································· 오말녀 87

우리 아기 잘도 잔다 / 아기 재우는 소리 ················ 윤순녀 88

아라리 / 가창유희요 ································· 윤종렬 88

아라리 / 가창유희요 ································· 윤종렬 89

어랑 타령 / 가창유희요 ······························· 윤종렬 90

아라리 / 가창유희요 ································· 윤종렬 90

미나리 / 모찌는 소리 ································· 윤종렬 91

오독떼기 / 모찌는 소리 ······························· 윤종렬 92

미나리 / 모심는 소리 ································· 윤종렬 92

상사 소리 / 논 매는 소리 ····························· 윤종렬 93

아혜 소리 / 지신 밟는 소리 ···························· 윤종렬 94

이랴 소리 / 밭 가는 소리 ····························· 윤종렬 95

허영차 소리 / 목도하는 소리 ··························· 윤종렬 96

동고이고 소리 / 초 아뢰는 소리 ························ 윤종렬 97

어흥 소리 / 운상하는 소리 ···························· 윤종렬 99

지경 소리 / 땅 다지는 소리 ···························· 윤종렬 99

뱃노래 / 가창유희요 ································· 윤종렬 100

오봉산 타령 / 가창유희요 ····························· 윤종렬 101

이랴 소리 / 논 가는 소리 ····························· 윤화춘 101

한춤 소리 / 모찌는 소리 ··························· 전제남 외 102

어랑 타령 / 모심는 소리 ··························· 전제남 외 103

어랑 타령 / 모심는 소리 ··························· 전제남 외 103

한 단 소리 / 벼 베는 소리 ·························· 전제남 외 105

구정물 나가고 / 물 맑게 하는 소리 ··················· 전제남 106

앞니 빠진 수망다리 / 이 빠진 아이 놀리는 소리 ··········· 전제남 106

해야 해야 나오너라 / 몸 말리는 소리 ··················· 전제남 107

미나리 / 논 매는 소리 ···························· 전제일 외 107

미나리 / 논 매는 소리 ································· 전제일 외 108
이거리 저거리 갓거리 / 다리 뽑기 소리 ················· 전제일 108
미리타불 소리 / 초 아뢰는 소리 ····················· 전제일 109
어랑 타령 / 가창유희요 ···························· 정영춘 110
뱃노래 / 가창유희요 ···························· 정영춘 외 111
뱃노래 / 가창유희요 ······························ 정영춘 111
해야 해야 나오너라 / 몸 말리는 소리 ················· 정영춘 112
내 손이 약손이다 / 배 쓸어주는 소리 ················· 정영춘 113
어랑 타령 / 가창유희요 ···························· 최경춘 113
어랑 타령 / 가창유희요 ···························· 최경춘 114
성주풀이 / 가창유희요 ···························· 최경춘 114
이거리 저거리 갓거리 / 다리 뽑기 소리 ··············· 최경춘 115
지름에 지름에 장두칼 / 다리 뽑기 소리 ··············· 최경춘 116
오리고기 얻어먹으나 / 다리 뽑기 소리 ················ 최경춘 116
추워 추워 춘달래 / 추울 때 하는 소리 ················ 최경춘 117
꿩꿩 꿩서방 / 꿩 보고 하는 소리 ··················· 최경춘 117
둥게 소리 / 아기 재우는 소리 ······················ 최경춘 118
방구댕구 나간다 / 방귀뀌며 하는 소리 ················ 최경춘 119
가갸 가다가 / 한글 풀이 소리 ······················ 한옥년 119
어랑 타령 / 가창유희요 ···························· 함덕엽 120
초초 소리 / 초 아뢰는 소리 ························ 함덕엽 120
각시방에 불 켜라 / 풀뿌리 문지르는 소리 ·············· 황옥순 121

● **근현대 구전민요**
원숭이 똥구멍은 / 말꼬리 잇는 소리 ·················· 전제일 123

2. 거진읍

▌**조사마을**
강원도 고성군 거진읍 거진리 ························· 127
강원도 고성군 거진읍 반암리 ························· 129
강원도 고성군 거진읍 산북리 ························· 130
강원도 고성군 거진읍 송정리 ························· 131
강원도 고성군 거진읍 용하리 ························· 132
강원도 고성군 거진읍 원당리 ························· 133

■ 제보자

강숙자, 여, 1929년생 ··· 135
고광렬, 여, 1928년생 ··· 135
고춘랑, 여, 1946년생 ··· 136
김만복, 여, 1935년생 ··· 137
김순규, 여, 1925년생 ··· 138
김순이, 여, 1931년생 ··· 139
김옥동, 여, 1934년생 ··· 139
남택원, 남, 1946년생 ··· 140
도한섭, 남, 1953년생 ··· 141
박옥춘, 여, 1923년생 ··· 141
양복순, 여, 1938년생 ··· 143
임병채, 여, 1937년생 ··· 143
정순녀, 여, 1927년생 ··· 144
정춘래, 여, 1925년생 ··· 145
조영기, 여, 1947년생 ··· 146
조윤신, 여, 1945년생 ··· 146
최옥녀, 여, 1927년생 ··· 147
최옥단, 여, 1916년생 ··· 148
최해동, 여, 1931년생 ··· 149
한용진, 남, 1947년생 ··· 150
함옥선, 여, 1946년생 ··· 150
황순옥, 여, 1927년생 ··· 151
황충자, 여, 1939년생 ··· 152

● 설화

날개 잘린 아기장수 ······································· 강숙자 154
방귀쟁이 며느리 ··· 고광렬 156
도깨비를 물리친 계란 ···································· 고광렬 156
숨소리로 바위를 이긴 장사 ························· 고광렬 158
수수대궁이 붉은 이유 ···································· 고광렬 158
방귀쟁이 며느리 ·· 김순규 외 160
서낭신이 된 이화진의 며느리 ···················· 남택원 162
명태라는 이름이 붙은 사연 ························· 도한섭 163
은어가 도루묵으로 불리는 사연 ················· 도한섭 164

삼천갑자 동방석을 잡은 저승사자 ······················· 박옥춘 165
각시를 혼내 준 꼬마 신랑 ································· 박옥춘 165
시주승에게 소똥을 준 부자 ······························· 조영기 166
논밭이 물에 잠겨 생긴 화진포 ························· 함옥선 167

● **현대 구전설화**
호랑이가 따라다니는 할머니 ······························· 김순규 169

● **민요**
알 나라 딸 나라 / 잠자리 부리는 소리 ·················· 강숙자 171
꼬마야 꼬마야 / 줄넘기 하는 소리 ······················ 고춘랑 171
하나꼬 데꼬 / 다리 뽑기 소리 ···························· 고춘랑 172
별 하나 나 하나 / 단숨에 외는 소리 ···················· 고춘랑 173
해야 해야 나오너라 / 몸 말리는 소리 ··················· 고춘랑 173
구정물은 나가고 / 물 맑게 하는 소리 ··················· 고춘랑 174
아침 방아 쩌라 / 방아깨비 부리는 소리 ················· 고춘랑 175
엄마 손이 약손이다 / 배 쓸어주는 소리 ················· 고춘랑 175
진주 난봉가 / 가창유희요 ································· 고춘랑 176
어랑 타령 / 가창유희요 ··································· 고춘랑 178
뱃노래 / 가창유희요 ······································· 고춘랑 178
꼭꼭 숨어라 / 술래잡기 하는 소리 ······················ 고춘랑 179
앉은 자리 꽁꽁 / 잠자리 잡는 소리 ····················· 고춘랑 179
양골 춘향이 아가씨 / 신 내리는 소리 ··················· 고춘랑 180
잼잼 소리 / 아기 어르는 소리 ···························· 고춘랑 181
저 건너 말뚝이 / 단숨에 외는 소리 ····················· 고춘랑 182
가갸 가다가 / 한글 풀이 소리 ···························· 고춘랑 182
흐린 물은 나가고 / 물 맑게 하는 소리 ·················· 김만복 183
성님 오네 성님 오네 / 가창유희요 ··················· 김순규 외 183
개 타령 / 가창유희요 ····································· 김순이 185
흙탕물은 너 갖고 / 물 맑게 하는 소리 ·················· 김순이 185
어랑 타령 / 가창유희요 ··································· 김순이 186
둥게 소리 / 아기 어르는 소리 ···························· 김옥동 186
성님 오네 성님 오네 / 가창유희요 ······················ 김옥동 187
새야 새야 파랑새야 / 새 쫓는 소리 ····················· 김옥동 188
정월 송학에 / 화투 풀이하는 소리 ······················ 김옥동 189

산자 소리 / 그물 당기는 소리 ·············· 도한섭 189
산자 소리 / 고기 푸는 소리 ·············· 도한섭 190
둔대 소리 / 배 올리는 소리 ·············· 도한섭 191
때려라 소리 / 그물 터는 소리 ·············· 도한섭 192
노랫가락 / 가창유희요 ·············· 박옥춘 194
창부 타령 / 가창유희요 ·············· 박옥춘 195
강원도 아리랑 / 가창유희요 ·············· 박옥춘 195
개 타령 / 가창유희요 ·············· 박옥춘 196
가갸 가다가 / 한글 풀이 소리 ·············· 박옥춘 196
가갸 가다가 / 한글 풀이 소리 ·············· 양복순 197
이거리 저거리 갓거리 / 다리 뽑기 소리 ·············· 양복순 198
도랑골 양반이 / 어휘 맞춰 엮는 소리 ·············· 양복순 199
비야 비야 오지 마라 / 비 그치게 하는 소리 ·············· 양복순 199
하늘천 따지 / 천자 풀이하는 소리 ·············· 양복순 200
별 하나 나 하나 / 단숨에 외는 소리 ·············· 양복순 200
반지 반지 / 반지 돌리기 하는 소리 ·············· 임병채 201
엄마 손이 약손이다 / 배 쓸어주는 소리 ·············· 정순녀 202
어랑 타령 / 가창유희요 ·············· 정순녀 202
진주 난봉가 / 가창유희요 ·············· 정순녀 203
칭칭이 소리 / 가창유희요 ·············· 정순녀 205
아침 방아 쩌라 / 방아깨비 부리는 소리 ·············· 정순녀 206
어랑 타령 / 가창유희요 ·············· 정춘래 206
어랑 타령 / 가창유희요 ·············· 정춘래 208
아침 방아 쩌라 / 메뚜기 부리는 소리 ·············· 정춘래 208
이거리 저거리 갓거리 / 다리 뽑기 소리 ·············· 정춘래 209
헌 이는 너 갖고 / 새 이 가는 소리 ·············· 정춘래 209
메요 메요 소리 / 소 부르는 소리 ·············· 정춘래 210
꼭꼭 숨어라 / 술래잡기 하는 소리 ·············· 정춘래 211
앞니 빠진 수망다리 / 이 빠진 아이 놀리는 소리 ·············· 정춘래 211
이 담을 넘을까 / 대문 놀이 하는 소리 ·············· 정춘래 212
한알대 두알대 / 다리 뽑기 소리 ·············· 정춘래 212
내 손은 약손이다 / 배 쓸어주는 소리 ·············· 정춘래 213
고모네 집에 갔더니 / 다리 뽑기 소리 ·············· 조영기 214
각시방에 불 켜라 / 풀뿌리 문지르는 소리 ·············· 조영기 214
앞니 빠진 갈가지 / 이 빠진 아이 놀리는 소리 ·············· 조윤신 215

까치야 까치야 / 까치 보고 하는 소리 ················ 조윤신 216
두껍아 두껍아 / 모래집 짓는 소리 ················· 조윤신 216
가갸 가다가 / 한글 풀이 소리 ··················· 최옥녀 217
아리랑 / 가창유희요 ······················· 최옥녀 218
춘향아 춘향아 / 신 부르는 소리 ················· 최옥녀 218
노랫가락 / 가창유희요 ······················ 최옥녀 219
뱃노래 / 가창유희요 ······················· 최옥단 219
뱃노래 / 가창유희요 ······················· 최옥단 220
헌 이는 너 갖고 / 새 이 가는 소리 ·············· 최옥단 220
계집 죽고 자식 죽고 / 비둘기 보고 하는 소리 ········ 최옥단 221
꿩꿩 꿩서방 / 꿩 보고 하는 소리 ··············· 최옥단 222
뱃노래 / 가창유희요 ······················· 최옥단 222
뱃노래 / 가창유희요 ······················· 최옥단 223
뱃노래 / 가창유희요 ······················· 최옥단 223
뱃노래 / 가창유희요 ······················· 최옥단 224
뱃노래 / 가창유희요 ······················· 최옥단 224
노낙각시 벼락 맞아 죽는다 / 노래기 없애는 소리 ······ 최옥단 225
도랑골 양반이 / 어휘 맞춰 엮는 소리 ············· 최옥단 225
성님 오네 성님 오네 / 가창유희요 ··············· 최해동 226
다복녀 / 가창유희요 ······················· 최해동 227
올뱅이 쩔뱅이 / 우는 아이 놀리는 소리 ············ 최해동 227
앞니 빠진 갈가지 / 이 빠진 아이 놀리는 소리 ········ 최해동 228
이거리 저거리 갓거리 / 다리 뽑기 소리 ············ 최해동 229
비야 비야 오지 마라 / 비 그치게 하는 소리 ········· 최해동 229
헌 이는 너 갖고 / 새 이 가는 소리 ·············· 한용진 230
우여 우여 소리 / 새 쫓는 소리 ················· 한용진 230
별 하나 나 하나 / 단숨에 외는 소리 ·············· 한용진 231
헌 이는 너 갖고 / 새 이 가는 소리 ·············· 함옥선 232
구정물은 나가고 / 물 맑게 하는 소리 ············· 함옥선 232
별 하나 나 하나 / 단숨에 외는 소리 ·············· 함옥선 233
헌 집 줄게 새 집 다오 / 모래집 짓는 소리 ·········· 함옥선 234
창부 타령 / 가창유희요 ····················· 황순옥 234
창부 타령 / 가창유희요 ····················· 황순옥 235
개성 난봉가 / 가창유희요 ···················· 황순옥 236
우리 아기 잘도 잔다 / 아기 재우는 소리 ··········· 황순옥 236

이거리 저거리 갓거리 / 다리 뽑기 소리 ················· 황순옥 237
추워 추워 춘달래 / 추울 때 하는 소리 ················· 황순옥 238
각시방에 불 켜라 / 풀뿌리 문지르는 소리 ················· 황순옥 238
해야 해야 나오너라 / 몸 말리는 소리 ················· 황순옥 239
방귀 방귀 나온다 / 방귀뀌며 하는 소리 ················· 황순옥 239
엄마 손이 약손이다 / 배 쓸어주는 소리 ················· 황순옥 240
어랑 타령 / 가창유희요 ················· 황순옥 외 240
이거리 저거리 갓거리 / 다리 뽑기 소리 ················· 황충자 242
앞니 빠진 수망새이 / 이 빠진 아이 놀리는 소리 ··········· 황충자 243

● 근현대 구전민요
정이월 다 가고 / 고무줄 하는 소리 ················· 고춘랑 244
무찌르자 오랑캐 / 고무줄 하는 소리 ················· 고춘랑 244
꽃 이름 차차 / 프라이팬 놀이 하는 소리 ················· 고춘랑 245
바다가 소주라면 / 가창유희요 ················· 고춘랑 245
반짝이는 금이빨을 / 가창유희요 ················· 고춘랑 246
이수일과 심순애 / 가창유희요 ················· 고춘랑 247
사치기 사치기 사차뽀 / 동작 따라하는 소리 ··········· 고춘랑 248
무궁화 꽃이 피었습니다 / 술래잡기 하는 소리 ········· 고춘랑 248
영자야 영자야 / 가창유희요 ················· 고춘랑 249

3. 죽왕면

▌조사마을
강원도 고성군 죽왕면 공현진1리 ································ 253
강원도 고성군 죽왕면 구성리 ······································ 255
강원도 고성군 죽왕면 송암리 ······································ 256
강원도 고성군 죽왕면 야촌리 ······································ 257
강원도 고성군 죽왕면 인정2리 ······································ 258

▌제보자
김경식, 여, 1948년생 ·· 260
김봉연, 여, 1946년생 ·· 260
송정심, 여, 1930년생 ·· 261
신수남, 남, 1926년생 ·· 261

심창수, 남, 1935년생 ……………………………… 262
장명숙, 여, 1944년생 ……………………………… 263
장연춘, 여, 1952년생 ……………………………… 263
전문자, 여, 1939년생 ……………………………… 263
정병완, 남, 1931년생 ……………………………… 264
정순옥, 여, 1938년생 ……………………………… 265
최순녀, 여, 1954년생 ……………………………… 266
최용운, 남, 1934년생 ……………………………… 266
한창길, 남, 1934년생 ……………………………… 267

● 민요

세상 달강 / 아기 어르는 소리 …………………………… 김경식 268
이거리 저거리 갓거리 / 다리 뽑기 소리 ……………… 김봉연 269
비야 비야 오지 마라 / 비 그치게 하는 소리 ………… 김봉연 270
우리 아기 잘도 잔다 / 아기 재우는 소리 …………… 김봉연 270
고모네 집에 갔더니 / 다리 뽑기 소리 ……………… 김봉연 271
어랑 타령 / 가창유희요 …………………………… 송정심 271
아라리 / 가창유희요 ……………………………… 송정심 272
오돌또기 / 가창유희요 …………………………… 송정심 273
자진 아라리 / 모심는 소리 ……………………… 송정심 273
어깨동무 찔찔 / 어깨동무 하는 소리 ……………… 신수남 274
도랑골 영감이 / 어휘 맞춰 엮는 소리 ……………… 신수남 275
뱃노래 / 모심는 소리 ……………………………… 장명숙 275
아침 방아 쩌라 / 메뚜기 부리는 소리 ……………… 장연춘 276
아침 방아 쩌라 / 메뚜기 부리는 소리 ……………… 전문자 277
각시방에 불 켜라 / 풀뿌리 문지르는 소리 ………… 전문자 278
올라가면 올고사리 / 나물 뜯는 소리 ……………… 전문자 278
별 하나 나 하나 / 단숨에 외는 소리 ……………… 전문자 외 279
이거리 저거리 갓거리 / 다리 뽑기 소리 …………… 전문자 279
앞니 빠진 수망다리 / 이 빠진 아이 놀리는 소리 …… 정순옥 280
도랑골 양반이 / 어휘 맞춰 엮는 소리 ……………… 정순옥 280
헌 이는 너 갖고 / 새 이 가는 소리 ………………… 정순옥 281
이거리 저거리 갓거리 / 다리 뽑기 소리 …………… 정순옥 282
잠자리 꽁꽁 / 잠자리 잡는 소리 ………………… 정순옥 외 282
세상 달강 / 아기 어르는 소리 …………………… 정순옥 283

둥게 소리 / 아기 어르는 소리 ·················· 정순옥 283
다복녀 / 가창유희요 ······················· 정순옥 284
비야 비야 오지 마라 / 비 그치게 하는 소리 ·········· 정순옥 285
잠자리 꽁꽁 / 잠자리 잡는 소리 ············· 정순옥 외 285
잠자리 꽁꽁 / 잠자리 잡는 소리 ················ 최순녀 286
각시방에 불 켜라 / 풀뿌리 문지르는 소리 ·········· 최순녀 287
어이차 소리 / 배 내리는 소리 ················ 최용운 287
때려라 소리 / 그물 터는 소리 ················ 최용운 288
어이차 소리 / 노 젓는 소리 ················· 최용운 289
이랴 소리 / 논 가는 소리 ················· 한창길 외 290

● **근현대 구전민요**
무찌르자 오랑캐 / 고무줄 하는 소리 ············· 김경식 292
이순신 장군 / 가창유희요 ·················· 송정심 293

4. 토성면

▌**조사마을**
강원도 고성군 토성면 봉포리 ····················· 297
강원도 고성군 토성면 신평1리 ···················· 298
강원도 고성군 토성면 아야진리 ··················· 300
강원도 고성군 토성면 용촌1리 ···················· 301

▌**제보자**
김진태, 남, 1938년생 ························· 303
김홍수, 남, 1931년생 ························· 303
박태원, 남, 1933년생 ························· 304
이홍택, 남, 1913년생 ························· 305
황정식, 여, 1935년생 ························· 306

● **설화**
새로 개척한 마을 신평리 ··················· 김홍수 307
상석이 제자리에 있지 못한 사연 ··············· 김홍수 308
오빠가 달이 되고 동생이 해가 된 사연 ············ 박태원 311
아흔아홉 명의 아들을 낳은 중 ················ 박태원 312

아들 때문에 용이 못된 아버지 ·············· 박태원 314
여우 잡으려다가 전대를 잃어버린 소장수 ·········· 박태원 316
며느리가 벙어리로 살게 된 사연 ·············· 박태원 317
돌 웅덩이가 얼마나 깊기에 ·················· 황정식 320
어머니 몰래 시집간 딸 ····················· 황정식 322
방귀쟁이 며느리 ·························· 황정식 327
오줌 여덟 가닥과 팔 남매 ·················· 황정식 329

● 현대 구전설화
조상 묏자리를 잘 써서 출세한 황정민 ·············· 박태원 330
조는 며느리 때리려다 손을 다친 시어머니 ············ 황정식 332
조상 드릴 쌀을 먹어서 나타난 호랑이 ·············· 황정식 334

● 민요
지개라 소리 / 노 젓는 소리 ················· 김진태 338
어이싸 소리 / 그물 당기는 소리 ·············· 김진태 338
하나요 둘이요 / 고기 세는 소리 ·············· 김진태 339
어이싸 소리 / 배 올리는 소리 ··············· 김진태 339
자아 소리 / 배 올리는 소리 ················· 이홍택 340
이어차 소리 / 노 젓는 소리 ················· 이홍택 341
이어차 소리 / 그물 당기는 소리 ·············· 이홍택 342
이어차 소리 / 멸치 터는 소리 ··············· 이홍택 343

5. 현내면

▌조사마을
강원도 고성군 현내면 대진4리 ···················· 347
강원도 고성군 현내면 대진5리 ···················· 349
강원도 고성군 현내면 명파리 ····················· 350
강원도 고성군 현내면 죽정2리 ···················· 352
강원도 고성군 현내면 철통리 ····················· 353
강원도 고성군 현내면 초도1리 ···················· 354

▌제보자
김덕호, 남, 1918년생 ························· 356

김만섭, 남, 1934년생 …………………………… 357
김종권, 남, 1935년생 …………………………… 358
박봉순, 여, 1931년생 …………………………… 359
윤숙희, 여, 1928년생 …………………………… 359
윤옥란, 여, 1919년생 …………………………… 360
이한익, 남, 1932년생 …………………………… 361
임수청, 남, 1940년생 …………………………… 362
조종걸, 남, 1920년생 …………………………… 363
최종길, 남, 1948년생 …………………………… 364
한방자, 여, 1925년생 …………………………… 365

● 설화

부적으로 개미를 없앤 강감찬 ……………………… 김덕호 367
기우제 지내던 용바위 ……………………………… 김덕호 368
서낭신이 된 이화진의 며느리 …………………… 김종권 369
부적으로 개미를 없앤 강감찬 …………………… 김종권 371
양양 윤구병과 강릉 이통천이 돈 자랑하다 ……… 윤옥란 371
서낭신이 된 이화진의 며느리 …………………… 이한익 373
삼송 백인지지인 명파리 ………………………… 조종걸 376
선녀가 내려온 거북섬 …………………………… 한방자 377
물통방아를 혼자서 옮긴 아기장수 ……………… 한방자 379

● 민요

에이야 소리 / 그물 당기는 소리 ………………… 김덕호 381
에라소 가래로다 / 고기 푸는 소리 ……………… 김덕호 382
에라소 가래로다 / 고기 푸는 소리 ……………… 김덕호 382
장자요 우자요 / 고기 세는 소리 ………………… 김덕호 383
날벼 소리 / 그물 터는 소리 ……………………… 김덕호 384
날벼 소리 / 그물 터는 소리 ……………………… 김덕호 385
날벼 소리 / 그물 터는 소리 ……………………… 김덕호 386
에이야 소리 / 그물 싣는 소리 …………………… 김덕호 387
에이야 소리 / 배 올리는 소리 …………………… 김덕호 388
에이야 소리 / 귀향하는 소리 …………………… 김덕호 389
노랫가락 / 가창유희요 …………………………… 김덕호 390
아리랑 / 가창유희요 ……………………………… 김덕호 390

뱃노래 / 가창유희요 ·· 김덕호 391

노랫가락 / 가창유희요 ······································ 김덕호 392

으여차 소리 / 목도하는 소리 ····························· 김덕호 393

이랴 소리 / 밭 가는 소리 ································· 김만섭 394

이랴 소리 / 논 삶는 소리 ································· 김만섭 395

앉은 자리 꽁꽁 / 잠자리 잡는 소리 ···················· 박봉순 396

아침거리 쩌라 / 메뚜기 부리는 소리 ·················· 윤숙희 396

자진 아라리 / 모심는 소리 ······························ 윤숙희 397

자진 아라리 / 모심는 소리 ······························ 윤숙희 398

우리 아기 잘도 잔다 / 아기 재우는 소리 ············· 윤숙희 398

풀무 소리 / 아기 어르는 소리 ··························· 윤숙희 399

세상달강 / 아기 어르는 소리 ····························· 윤숙희 400

음메 음메 소리 / 소 부르는 소리 ······················· 윤숙희 401

별 하나 나 하나 / 단숨에 외는 소리 ··················· 윤숙희 402

별 하나 따서 망태기 넣고 / 단숨에 외는 소리 ········ 윤숙희 402

비야 비야 오지 마라 / 비 그치게 하는 소리 ·········· 윤숙희 403

칭칭이 소리 / 가창유희요 ································· 윤숙희 403

뱃노래 / 가창유희요 ·· 윤숙희 404

강원도 아리랑 / 가창유희요 ······························ 윤숙희 404

어랑 타령 / 가창유희요 ···································· 윤숙희 406

일자나 한자 들고 보니 / 숫자 풀이 소리 ············· 윤옥란 407

추워 추워 춘달래 / 추울 때 하는 소리 ················ 윤옥란 408

칭칭이 소리 / 가창유희요 ································· 윤옥란 409

뱃노래 / 가창유희요 ·· 윤옥란 410

어랑 타령 / 가창유희요 ···································· 윤옥란 411

비야 비야 오지 마라 / 비 그치게 하는 소리 ·········· 윤옥란 411

베틀가 / 가창유희요 ·· 윤옥란 412

다복녀 / 가창유희요 ·· 윤옥란 413

계집 죽고 자식 죽고 / 비둘기 보고 하는 소리 ········ 윤옥란 414

영등 축원 / 비손하는 소리 ································ 윤옥란 414

이랴 소리 / 논 가는 소리 ································· 이한익 415

한춤 소리 / 모찌는 소리 ·································· 이한익 416

어랑 타령 / 모심는 소리 ·································· 이한익 417

강원도 아리랑 / 모심는 소리 ····························· 이한익 417

자진 아라리 / 논 매는 소리 ····························· 이한익 418

자진 아라리 / 벼 베는 소리 ……………………… 이한익 419
에헤라 소리 / 도리깨질 하는 소리 ……………… 이한익 419
헌 물은 나가고 / 물 맑게 하는 소리 …………… 이한익 420
앉은 방아 쩌라 / 메뚜리 부리는 소리 ………… 이한익 420
칭칭이 소리 / 가창유희요 ……………………… 이한익 421
강원도 아리랑 / 가창유희요 …………………… 이한익 422
한춤 소리 / 모찌는 소리 ………………………… 임수청 423
아라리 / 모심는 소리 …………………………… 임수청 424
아라리 / 논 매는 소리 …………………………… 임수청 424
오독떼기 / 논 매는 소리 ………………………… 임수청 425
한 단 소리 / 벼 베는 소리 ……………………… 임수청 425
헌 이는 너 갖고 / 새 이 가는 소리 …………… 임수청 426
아침 방아 쩌라 / 메뚜기 부리는 소리 ………… 임수청 426
엄마 손이 약손이다 / 배 쓸어주는 소리 ……… 임수청 427
앞니 빠진 갈가지 / 이 빠진 아이 놀리는 소리 … 임수청 427
헌 집 줄게 새 집 다오 / 모래집 짓는 소리 …… 임수청 428
아라리 / 나무하는 소리 ………………………… 임수청 428
다람아 다람아 / 다람쥐 잡는 소리 …………… 임수청 429
에이야 소리 / 그물 당기는 소리 ……………… 최종길 429
하나요 둘이요 / 고기 세는 소리 ……………… 최종길 430
어이차 소리 / 멸치 터는 소리 ………………… 최종길 431
복복복 소리 / 혼 부르는 소리 ………………… 최종길 432
어허넘차 소리 / 운상하는 소리 ………………… 최종길 433
어이차 소리 / 운상하는 소리 ………………… 최종길 434
달구 소리 / 묘 다지는 소리 …………………… 최종길 435
자진 아라리 / 모심는 소리 ……………………… 한방자 436
한오백년 / 모심는 소리 ………………………… 한방자 437
이거리 저거리 갓거리 / 다리 뽑기 소리 ……… 한방자 437
꿩꿩 꿩서방 / 꿩 보고 하는 소리 ……………… 한방자 437
별 하나 나 하나 / 단숨에 외는 소리 ………… 한방자 438
해야 해야 나오너라 / 몸 말리는 소리 ………… 한방자 439
각시방에 불 켜라 / 풀뿌리 문지르는 소리 …… 한방자 439
앞니 빠진 수망다리 / 이 빠진 아이 놀리는 소리 … 한방자 440
풀무 소리 / 아기 어르는 소리 ………………… 한방자 440
도리 도리 짝짜 꿍 / 아기 어르는 소리 ……… 한방자 441

엄마 손이 약손이다 / 배 쓸어주는 소리 ····················· 한방자 441
헌 이는 너 갖고 / 새 이 가는 소리 ····························· 한방자 442
빤빤히 대가리 / 까까머리 놀리는 소리 ························ 한방자 443
꼭꼭 숨어라 / 술래잡기 하는 소리 ····························· 한방자 443
어디까지 갔니 / 술래잡기 하는 소리 ·························· 한방자 444
방구 딩구 나간다 / 방귀뀌며 하는 소리 ····················· 한방자 444

● **근현대 구전민요**
항구야 항구야 / 가창유희요 ····································· 김덕호 445
기차는 떠나간다 / 가창유희요 ·································· 김덕호 446
복남아 우지 마라 / 가창유희요 ·································· 윤옥란 447
고드름 고드름 / 고드름 가지고 노는 소리 ··················· 한방자 448

고성군 개관

　고성군은 강원도 동북부에 위치하고 동경 128° 35' 18"로부터 동경 128° 13' 41"까지 동서간 32.17km이며, 북위 38° 11' 06"로부터 38° 36' 38"까지 남북간 48.13km 사이에 위치하고 있으면서 북으로 세계적인 명산인 금강산을 경계로 통천군(通川郡)과 접하고, 동쪽은 동해(東海), 서쪽은 향로봉을 경계로 하여 인제군(麟蹄郡)에 접하였으며, 남으로는 속초시 장사동(章沙洞)을 경계로 하고 있다.

　현재의 고성군(高城郡)은 옛 간성군(杆城郡)과 고성군(高城郡)을 아우르는 지역으로, 간성군은 고구려의 수성군(䢘城郡)이며 또 다른 이름으로는 가라홀(加羅忽)이라고도 하였다. 그러다가 신라가 삼국을 통일한 후인 경덕왕 16년(757)에 수성군(守城郡)이라 개칭하여 명주[지금의 강릉]의 관할군에 두었다. 고성군도 신라 경덕왕 때 고친 이름으로 원래는 고구려의 달홀(達忽)이었다. 고려 전기에 간성군으로 통합편제되었던 간성과 고성은 공양왕 원년(1389)에 다시 분리되어 간성군과 고성현으로 편제되었다.

　조선 세종 때 고성현은 고성군으로 승격되었고, 간성군은 그대로 군으로 유지되었다. 조선 후기에는 간성군과 고성군은 강릉진관소속으로, 간성군은 음관4품(蔭官四品)의 군수가 관할하였고, 고성군은 음관5품(蔭官五品)의 군수가 관할하였다. 고종 31년(1894) 갑오경장으로 인한 부제실시로 강릉부에 예속되었다가 한일병합 후인 1914년 3월 고성군을 간성군에 병합하여 간성(杆城), 죽왕(竹旺), 오대(梧垈), 고성(高城), 신북(新北), 서(西), 수동(水洞), 토성(土城), 현내(縣內) 등 9개 면을 관할하였다.

1919년 간성군을 폐지하고 죽왕면과 토성면 2개 면을 양양군에 넘기고 고성군으로 개칭하였다. 1935년 오대면은 거진면으로 개칭되었다. 8·15 해방 후 북한치하에 들어갔다가 1954년 10월 21일 법률 제350호 수복지구 임시행정조치법에 따라 간성면, 거진면, 현내면, 수동면 등 4개 면이 수복되었고, 죽왕면, 토성면은 1963년 1월 1일 양양군에 고성군으로 편입되어 6개 면이 되었으며, 1973년 토성면의 사진리와 장천리가 속초시로 편입되어 장사동이 되었다. 1973년 7월 1일 대통령령 제6543호에 의거 거진면이 거진읍으로 승격되었고, 1979년 5월 1일 대통령령 제9409호에 따라 간성면이 간성읍으로 승격되어 현재 간성읍, 거진읍, 죽왕면, 토성면, 현내면, 수동면 등 2개 읍 4개 면으로 행정구역이 구성되어있다. 그러나 수동면은 미수복지구로 주민 미거주지역이다.

[표 1] 읍면별 면적 및 행정리

읍 면 별	면적(km²)	행정리	법정리	반	자연마을
고성군	664.34	127	88	561	144
간성읍	180.21	33	17	125	38
거진읍	76.75	28	17	153	40
현내면	92.72	16	17	80	15
죽왕면	50.11	17	12	73	21
토성면	120.46	33	17	130	30
수동면	144.09	–	8	–	–

고성군의 군청소재지는 간성읍 하리이다. 면적은 총 664.34km²로 종전 621.1km²에서 미복구토지의 확정측량 등으로 면적이 늘어났으며, 이 중

경지면적 57.1km²(밭 17.6km², 논 39.5km²)이며, 임야 477.9km², 기타 129.3km²이다. 행정리는 127개 리, 법정리 88개 리, 자연마을 144개 마을, 561개 반의 행정조직을 가지고 있다.

고성군의 읍면별 인구는 2008년 12월말 현재 총 13,136세대에 30,734명이다. 1980년 조사에 따르면 당시 고성 군민은 49,255명이었는데, 이중 37,923명이 북쪽에 고향을 둔 이산가족이었다고 한다. 따라서 현재 고성군 주민 중의 상당수는 북한에 연고를 둔 분이나 그 가족들이다.

[표 2] 읍면별 세대 및 인구수

| 읍 면 별 | 세 대 | 인 구 | | | 인구밀도 | 65세 이상 |
고성군		계	남	여		고령자
합 계	13,136	30,734	15,658	15,076	46.3	6,551
간성읍	3,013	7,403	3,865	3,538	41.1	1,200
거진읍	3,511	7,960	3,926	4,034	103.7	1,990
현내면	1,371	3,173	1,557	1,616	34.2	840
죽왕면	1,771	4,236	2,160	2,076	84.5	985
토성면	3,470	7,962	4,150	3,812	66.1	1,536

고성군은 교통로인 동해북부선, 7번 국도, 46번 국도가 개설되면서 농업 및 어업에 유리할 뿐만 아니라, 교통의 요지에 입지한 마을은 더욱 발전하였다. 아울러 태백산맥에서 시작한 자산천, 북천, 남천, 인정천, 문암천, 청간천, 용촌천 등의 하천은 동해로 들어가면서 그 주변에 크고 작은 곡저평지를 형성하였다. 이 평지를 중심으로 주변에는 농업 중심의 농촌이 발달하였다.

[표 3] 읍면별 경지 면적(km²)

읍면별 \ 지목별	계	대지	전	답	임야	기타
합 계	664.34	5.084	17.635	39.543	477.890	124.185
간성읍	180.209	0.985	4.216	8.656	154.879	11.471
거진읍	76.752	1.005	2.310	7.320	58.432	7.684
현내면	92.721	0.677	4.004	5.811	65.767	16.460
죽왕면	50.105	0.766	2.634	6.035	33.673	6.995
토성면	120.464	1.560	2.450	11.047	94.962	10.443
수동면	144.085	0.089	2.020	0.672	70.175	71.129

고성군의 기후는 태백산맥과 동해안 바다의 영향을 많이 받는다. 우리나라의 날씨는 겨울철에는 차고 건조한 북서 계절풍의 영향을 받아 추위가 계속 되며 여름철에는 고온 다습한 북태평양 고기압의 영향을 주로 받아 무더운 날씨가 계속된다. 고성은 태백산맥과 동해바다의 영향으로 영서지역과는 서로 다른 기후를 보인다. 겨울철이면 연일 혹한이 계속되는 영서지역과는 달리 영동지역에 속하여 있는 고성은 겨울철에도 영서지역보다는 비교적 따뜻한 편이다. 여름철에도 영서지역에서는 폭염이 계속 되지만 고성은 해양성 기후의 영향을 받아 영서지방보다는 서늘한 편이다.

고성군은 동해와 접해 있기 때문에 오래전부터 어업에 종사하는 어민이 많았다. 항포구는 현내면에 대진·초도, 거진읍에 거진·반암, 죽왕면에 가진·공현진·오호·문암1·문암2, 토성면에 교암·아야진·청간·천지·봉포 등 14개 항포구를 갖고 있다. 한때는 그물에 고기가 넘칠 정도로 많이 잡혔다고 하나, 기온 상승 등 여려 가지 원인으로 어획량은 해가 갈수록 줄어들고 있다. 특히 고성군은 명태의 고장으로 널리 알려진만큼 예전에는 명태를 많이 잡았으나, 그것이 해마다 줄어들더니 급기야 2009년 11월~2010년 2월 동안에는 명태가 잡히지 않아 금태가 되었다. 이처럼 갈수록 줄어드는 어획량을 극복하려고 각종 어패류 양식업에 관심을 기울이고 있다.

고성군 답사는 2010년 1월과 2월 그리고 3월에 집중적으로 실시하였다. 첫 조사는 1월 12일 거진읍 원당리 김선순 댁에서 실시했다. 이후 1월 13일에는 현남면 대진리와 초도리 조사하였고, 1월 14일에는 초도리를 보충조사 했다. 1월 21일에는 거진읍 원당리를 보충조사하고, 1월 22일에는 현내면 명파리와 죽정리 조사, 1월 23일에는 현내면 대진리와 초도리를 보충조사, 1월 30일에는 현내면 초도리 보충조사, 1월 31일에는 현내면 철통리 조사, 2월 5일에는 거진읍 송정리과 용하리 조사, 2월 6일에는 거진읍 거진리와 반암리 조사, 2월 7일에는 거진읍 거진리 보충조사, 2월 25일에는 거진읍 거진리 보충조사, 2월 26일에는 간성읍 해상리 조사, 2월 27일에는 간성읍 교동리와 어천리, 상리, 탑동리를 조사, 2월 28일에는 간성읍 금수리와 죽왕면 공현진리 조사, 3월 12일에는 토성면 아야진리 조사, 3월 13일에는 죽왕면 오봉리, 구성리, 인정리 그리고 공현진리 보충조사, 3월 14일 죽왕면 야촌리와 송암리 조사, 3월 20일에는 토성면 천진리, 봉포리, 신평리와 거진읍 산북리 조사, 3월 21일에는 토성면 용촌리를 조사했다. 따라서 고성군 조사자는 주민 미거주지역인 수동면을 제외한 2읍 4개의 면 중에서 30개 리를 답사하여 27개 마을에서 구비문학자료를 얻었다.

[표 4] 2010년 고성군 구비문학 조사자료 현황

	설화	민요	무가	현대 구전설화	근현대 구전민요	무경	기타
간성읍	6	89		0	1		
거진읍	12	109		1	9		
죽왕면	0	38		0	2		
토성면	11	8		3	0		
현내면	9	88		0	4		
소계	38	332		4	16		

위의 표에서처럼 설화 38편, 민요 332편, 현대구전설화 4편, 근현대 구전민요 16편 등 총 390편을 정리하였다. 그런데 민요의 332편 중 농산노동요 및 수산노동요가 비교적 골고루 조사되었으나 그래도 전래동요가 많다.

　조사자인 강등학, 이영식, 박은영, 이창현, 윤희열 등은 고성군을 조사하면서 가능한 전래동요는 담지 않으려고 하였다. 하지만 고성군에서 전래 동요를 빼고 다른 노래를 조사하기란 쉽지 않았다. 그럼에도 제보자중 60대 초반~50대 후반의 분들은 전래동요를 제대로 구연하지 못하는 실정이며, 대부분은 근래의 노래를 부르는 경우가 많았다. 아울러 기존의 조사보고서를 참고하면 고성지역은 어랑 타령이나 뱃노래 등을 많이 부르는 것으로 정리되어 있으나, 이러한 노래들도 뛰어난 제보자가 아니면 80대가 되어야 제대로 구연한다.

1. 간성읍

증편 한국구비문학대계 ● 강원도 고성군

▌조사마을

강원도 고성군 간성읍 금수리

조사일시 : 2010.2.28
조 사 자 : 강등학, 이영식, 박은영, 이창현, 윤희렬

　간성읍(杆城邑)은 1910년 한일병합으로 간성군에 편입되었다가 1919년 고성군에 예속되었다. 1945년 8·15해방과 더불어 38선 이북에 위치하여 북한에 속해 있다가 국군의 북진으로 수복되어, 1954년 10월 21일 법률 제350호인 수복지구 임시 행정조치법 시행에 의거 간성면으로 된 후 1979년 5월 1일 대통령령 제9409호에 따라 간성읍으로 승격되어 현재에 이르고 있다.

　간성읍은 하리, 신안리, 동호리, 봉호리, 상리, 간촌리, 교동리, 해상리,

광산리, 어천리, 장신리, 탑동리, 금수리, 진부리, 흘리, 탑현리, 선유실리 등 17개의 법정리로 구성되어 있으나, 탑현리, 선유실리는 주민미거주지역이다. 따라서 실제 주민이 거주하고 있는 법정리는 15개 리이며, 행정리는 33개 리이다.

간성읍은 고성군 소재지로 국도 7호선과 46호선 및 옛길인 마장터와 소똥령이 연결되는 동서교통로의 요충지이다. 아울러 남·북천 유역에 농촌취락 형성되어 있고, 산간 고랭지와 해안 평야지 기후가 공존하고 있다.

간성읍은 2008년 12월 기준으로 전체면적이 180.21km²인데, 이 중에 논이 8.656km², 밭이 4.216km², 임야가 154.879km²로 밭에 비해 논이 많이 넓다. 총세대수는 3,013호이고, 인구는 7,403명이다.

금수리(金水里)는 동쪽으로 죽왕면 항목리, 서쪽으로는 간촌리, 남쪽으로는 탑동리, 북쪽으로는 하리·신안리와 각각 이웃하고 있다. 금수리는 원래 금장동(金藏洞)이라 하였는데, 아랫마을의 물골, 즉 수동(水洞)과 합하여 두 마을의 머리글자를 따서 1914년 3월 1일부터 금수리라 하였다. 1929년에는 당시 일본인 조일(朝日)이 금수리 산129번지에서 2년간 금광을 찾다 재산을 모두 잃었다고 한다. 그리고 한때는 화장품의 원료인 백토가 생산되어 많은 주민들이 그 일에 종사했다고 한다.

금수리에는 91세대에 212명이 거주하고 있으며, 경지면적은 논이 36ha, 밭이 8.9ha, 임야가 280ha이다. 마을 주민의 20~30가구는 농업에 종사하고 있으나, 마을이 간성읍 시내 중심지와 인접해 있는 까닭에 상업을 비롯한 기타 서비스업에 종사하는 분들이 많다.

강원도 고성군 간성읍 상리

조사일시 : 2010.2.27
조 사 자 : 강등학, 이영식, 박은영, 이창현, 윤희렬

　상리(上里)는 동쪽으로 하리, 서쪽으로는 간촌리·교동리, 남쪽으로는 금수리, 북쪽으로는 거진읍 대대리와 각각 이웃하고 있다. 상리는 예전에 소농들이 옹기종기 모여 사는 골짜기라 하여 소농골이라 불리었다. 그것이 지금은 쇠동골이라고 부르는데, 1973년 행정구역 분할로 현재의 상1리 2반이 됐다. 또 간성 시가지 주변에 있던 읍성의 서쪽 문이 현재 고성중·고교로 가는 국도 상에 있었다고 하여 그 서쪽 문 일대를 서문턱이라 불렀으며 지금은 그 일원이 상1리 4반이 됐다. 그리고 구전에 의하면 옛날 함씨가 처음으로 상리에 입주하여 정착할 때부터 간성시가지를 중심으로 윗부분을 상리, 중간부분을 중리, 남천 쪽을 하리라 불렀다고 한다.

　상리는 1,2로 분리가 되어 있으나 서낭고사를 같이 지내고, 경로당을 같이 쓰고, 간성읍 하리와 더불어 간성읍 시가지 중심에 있는 까닭에 다른 마을과 같이 분리의 의미가 약하다. 상1리에는 85세대에 205명이 거주하고 있으며, 상2리에는 353세대에 908명이 거주하고 있다. 경지면적은 상1리가 논이 16ha, 밭이 1ha이며, 상2리는 논이 24.5ha, 밭이 2.3ha이다.

상리에는 농가가 50가구 있으나 대부분은 상업이나 공무원 등 서비스업에 종사하는 분들이 많다. 서낭고사는 정월 초이튿날 새벽에 지낸다.

강원도 고성군 간성읍 어천2리

조사일시 : 2010.2.27
조 사 자 : 강등학, 이영식, 박은영, 이창현, 윤희렬

어천리(漁川里)는 동쪽으로 간촌리와 금수리, 서쪽으로는 장신리, 남쪽으로는 탑동리와 선유실리, 북쪽으로는 광산리·교동리와 각각 이웃하고 있다. 옛 기록에 의하면, 어천리를 당초에는 내어탄리(內於呑里)라고 하였다고 한다. 그러다가 마을의 남쪽으로 200m 지점에 박씨 소유의 산이 있었는데, 그 생긴 모양이 물고기 머리처럼 생겼다하여 그 뜻을 따서 어룡

리(魚龍里)라 칭하였다고 한다. 그 후 언제부터 인지 어천리(魚川里)로 불리다가 행정구역 개편 시 1,2,3리로 나누어졌다. 일설에 의하면 어변형용(漁變形龍), 즉 '고기가 변하여 용이 되었다'는 데서 따서 어룡리(魚龍里)라 불렀다고도 한다.

어천2리에는 39세대에 117명이 거주하고 있으며, 경지면적은 논이 52.1ha, 밭이 7.7ha, 임야가 41.5ha로 논의 면적이 월등히 넓다. 어천2리 주민 대부분은 농업에 종사하고 있으며, 마을에는 서낭당이 있어서 매년 음력 3월 3일에 서낭고사를 지낸다.

강원도 고성군 간성읍 탑동1리

조사일시 : 2010.2.27
조 사 자 : 강등학, 이영식, 박은영, 이창현, 윤희렬

탑동리(塔洞里)는 동쪽으로 죽왕면 공현진리와 오봉리, 서쪽으로는 어천리, 남쪽으로는 죽왕면 구성리, 북쪽으로는 어천리·금수리와 각각 이웃하고 있다. 탑동리로 불리기 전에는 마을 앞 농경지에 수렁이 많다하여 속칭 고래술이라고 하였다. 그러다가 마을에 문씨가 입주한 후, 서북쪽 50m 위치한 곳에서 이름을 알 수 없는 탑을 발견하였다 하여 탑동이라 칭하여 지금까지 전해오고 있다.

탑동1리에는 27세대에 73명이 거주하고 있으며, 경지면적은 논이 16.6ha, 밭이 3.5ha, 임야가 132ha이다. 탑동1리는 밭보다 논이 많으나 다른 마을에 비하면 논이 넓은 것은 아니다. 마을에서는 많은 주민들이 표고버섯을 재배하고 있다.

강원도 고성군 간성읍 해상1리

조사일시 : 2010.2.26
조 사 자 : 강등학, 이영식, 박은영, 이창현, 윤희렬

해상리(海上里)는 동쪽으로는 거진읍 대대리, 서쪽으로 탑현리, 북쪽으로 거진읍 초계리, 남쪽으로 교동리와 각각 이웃하고 있다. 해상리는 간성읍 마을 각 리 끝에 위치하여 있었기 때문에 속칭 위촌마을이라 불렀다. 그러다가 해상1리 서쪽으로 8km 지점에 구절폭포가 있어서 이 폭포에서 흐르는 물을 우수라 하고 그 상류지역을 우천이라 했다. 우천의 우향으로 샘이 솟아 임천리(林泉里)라 불리던 것이 지금의 해상1리가 됐다. 또 그 우수의 하류에 있는 마을을 번계(磻溪)라 부르는데 그것이 지금의 해상2리가 되었다.

해상1리에는 38세대에 79명이 거주하고 있으며, 경지면적은 논이 50ha, 밭이 10ha, 임야가 120ha로 논의 면적이 밭에 비해 훨씬 넓다. 해상1리 주민 대부분은 농업에 종사하나, 그 연령대는 60세 이상이 중심을 이루고 있다.

강원도 고성군 간성읍 해상2리

조사일시 : 2010.2.26
조 사 자 : 강등학, 이영식, 박은영, 이창현, 윤희렬

해상2리에는 56세대에 142명이 거주하고 있으며, 경지면적은 논이 73.1ha, 밭이 16.5ha, 임야가 84ha로 논의 면적이 밭에 비해 훨씬 넓다. 해상2리 주민 대부분은 농업에 종사하나, 그 연령대는 60세 이상이 중심을 이루고 있다.

▌제보자

남상균, 남, 1932년생

주 소 지 : 강원도 고성군 간성읍 해상2리
제보일시 : 2010.2.26
조 사 자 : 강등학, 이영식, 박은영, 이창현, 윤희렬

　　해상리 토박이이다. 조사에 큰 흥미를 보이지 않는 듯 했다. '어랑 타령' 한 수를 구연해주고 자리를 떴다.

제공 자료 목록
03_01_FOS_20100226_KDH_NSG_0001 어랑 타령 / 가창유희요

남상식, 남, 1932년생

주 소 지 : 강원도 고성군 간성읍 해상2리
제보일시 : 2010.2.26
조 사 자 : 강등학, 이영식, 박은영, 이창현, 윤희렬

　　해상리 토박이이다. 조사판이 쉽게 무르익지 않은 가운데 자발적으로 두 곡의 노래를 불러주었다.

제공 자료 목록
03_01_FOS_20100226_KDH_NSS_0001 노랫가락 / 가창유희요
03_01_FOS_20100226_KDH_NSS_0002 어랑 타령 / 가창유희요

박세정, 남, 1929년생

주 소 지 : 강원도 고성군 간성읍 해상2리
제보일시 : 2010.2.26
조 사 자 : 강등학, 이영식, 박은영, 이창현, 윤희렬

해상리 토박이이다. 나이에 비해 건강하고 깨끗한 외모를 하고 있었다. 한옥년의 남편이기도 하다. 조사의 진행이 어려울 정도로 분위기가 쉽게 무르익지 않았으나 가장 먼저 노래를 불러주어 그나마 판을 열어주었다.

제공 자료 목록

03_01_FOS_20100226_KDH_PSJ_0001 노랫가락 / 가창유희요
03_01_FOS_20100226_KDH_PSJ_0002 박연폭포 / 가창유희요

박용득, 남, 1937년생

주 소 지 : 강원도 고성군 간성읍 해상1리
제보일시 : 2010.2.26
조 사 자 : 강등학, 이영식, 박은영, 이창현, 윤희렬

고성군 간성읍 해상리에서 태어난 토박이로 경상북도 영해 박씨라고 한다. 나이에 비해 건강했다. 17~18세부터 남의 집 일꾼으로 살면서 농사를 짓기 시작하여 현재는 자작 3천 평, 임대 4천 평의 농사를 짓고 있다고 한다. 1987년도 강릉대학교 국문학과 학술답사 때에도 제보를 해주었으며 당시의 자료를 바탕으로 질문을 했을 때, 현재까지

도 잊지 않고 기억하고 있는 자료가 많았다. 다양한 종류의 노래를 많이 알고 있으며, 구연에도 적극적으로 임해 주었다.

제공 자료 목록

03_01_FOS_20100226_KDH_PYD_0001_s01 이랴 소리 / 논 삶는 소리
03_01_FOS_20100226_KDH_PYD_0002_s01 이랴 소리 / 논 삶는 소리
03_01_FOS_20100226_KDH_JJN_0001_s02 한춤 소리 / 모찌는 소리
03_01_FOS_20100226_KDH_JJN_0002_s03 어랑 타령 / 모심는 소리
03_01_FOS_20100226_KDH_JJN_0003_s03 어랑 타령 / 모심는 소리
03_01_FOS_20100226_KDH_PYD_0003_s04 미다지 / 논 매는 소리
03_01_FOS_20100226_KDH_PYD_0004_s04 미다지 / 논 매는 소리
03_01_FOS_20100226_KDH_JJN_0004_s03 한 단 소리 / 벼 베는 소리
03_01_FOS_20100226_KDH_PYD_0005 정월이라 드는 액은 / 지신 밟는 소리
03_01_FOS_20100226_KDH_PYD_0006 베틀가 / 가창유희요
03_01_FOS_20100226_KDH_PYD_0007 만고강산 / 가창유희요
03_01_FOS_20100226_KDH_PYD_0008 지경 소리 / 땅 다지는 소리
03_01_FOS_20100226_KDH_PYD_0009 우여 우여 소리 / 새 쫓는 소리
03_01_FOS_20100226_KDH_PYD_0010 잠자리 꽁꽁 / 잠자리 잡는 소리
03_01_FOS_20100226_KDH_PYD_0011 이거리 저거리 갓거리 / 다리 뽑기 소리
03_01_FOS_20100226_KDH_PYD_0012 가갸 가다가 / 한글 풀이 소리
03_01_FOS_20100226_KDH_PYD_0013 다람아 다람아 / 다람쥐 잡는 소리
03_01_FOS_20100226_KDH_PYD_0014 아가리 딱딱 벌려라 / 물고기 꿰는 소리
03_01_FOS_20100226_KDH_PYD_0015 지경 소리 / 땅 다지는 소리

오말녀, 여, 1922년생

주 소 지 : 강원도 고성군 간성읍 해상2리
제보일시 : 2010.2.26
조 사 자 : 강등학, 이영식, 박은영, 이창현, 윤희렬

북한에 위치한 고성의 금당리에서 태어나 17세에 해상리로 기차를 타고 시집을 왔다. 나이에 비해 상당히 건강하고 정정했다. 쪽진 머리에 앞

니가 빠졌다. 조사판의 분위기를 즐거워했
으며 적극적이고 협조적이었다. 어떤 노래
들은 구연하기를 꺼리기도 했으나 본인이
알고 있는 대부분의 노래는 알려주고자 하
는 모습을 보였다.

제공 자료 목록

03_01_FOS_20100226_KDH_OMN_0001 어랑 타
령 / 가창유희요

03_01_FOS_20100226_KDH_OMN_0002 어랑 타령 / 가창유희요

03_01_FOS_20100226_KDH_OMN_0003 베틀가 / 가창유희요

03_01_FOS_20100226_KDH_OMN_0004 우리 아기 잘도 잔다 / 아기 재우는 소리

03_01_FOS_20100226_KDH_OMN_0005 시래기 타령 / 가창유희요

03_01_FOS_20100226_KDH_OMN_0006 개 타령 / 가창유희요

윤순녀, 여, 1927년생

주 소 지 : 강원도 고성군 간성읍 해상2리
제보일시 : 2010.2.26
조 사 자 : 강등학, 이영식, 박은영, 이창현, 윤희렬

거진읍 포남리에서 태어나 17세에 해상
리로 시집을 왔다. 처음부터 조사 현장에 있
었으나 적극적으로 구연에 동참하지는 않았
다. 그러나 다른 이들이 부르는 노래를 즐겁
게 지켜보며 조사 자체를 즐거워했다. 간혹
대화에 동참하기도 했다. '아기 재우는 소
리' 한 수를 제공해 주었다.

제공 자료 목록

03_01_FOS_20100226_KDH_YSN_0001 우리 아기 잘도 잔다 / 아기 재우는 소리

윤종렬, 남, 1937년생

주 소 지 : 강원도 고성군 간성읍 탑동리
제보일시 : 2010.2.27
조 사 자 : 강등학, 이영식, 박은영, 이창현, 윤희렬

강원도 홍천군 내면 창촌리에서 태어나
인제군에서 살다가 22세에 결혼했다. 탑동
리에는 30여 년 전에 이주했다. 인제군 원
통리에서는 중화요리 요리사를 하다가 그만
두고 석공일을 시작했다. 석공일은 40~50
년 정도 했으며 농사는 별로 짓지 않았다.
인제군에서 자랄 때에는 걸립패의 끝무동으
로 다니며 어른들이 부르는 소리를 배웠다
고 한다. 조사를 갔을 당시 몸이 좋질 않았다. 발음이 부정확하였으며 뜻
을 모르고 부르는 노래가 상당히 많아 가사 전달이 잘 되지 않았다. 조사
에는 적극적으로 임해 주었다.

제공 자료 목록
03_01_FOS_20100227_KDH_YJR_0001 아라리 / 가창유희요
03_01_FOS_20100227_KDH_YJR_0002 아라리 / 가창유희요
03_01_FOS_20100227_KDH_YJR_0003 어랑 타령 / 가창유희요
03_01_FOS_20100227_KDH_YJR_0004 아라리 / 가창유희요
03_01_FOS_20100227_KDH_YJR_0005_s01_1 미나리 / 모찌는 소리
03_01_FOS_20100227_KDH_YJR_0005_s01_2 오독떼기 / 모찌는 소리
03_01_FOS_20100227_KDH_YJR_0005_s02 미나리 / 모심는 소리
03_01_FOS_20100227_KDH_YJR_0005_s03 상사 소리 / 논 매는 소리
03_01_FOS_20100227_KDH_YJR_0006 아헤 소리 / 지신 밟는 소리
03_01_FOS_20100227_KDH_YJR_0007 이랴 소리 / 밭 가는 소리
03_01_FOS_20100227_KDH_YJR_0008 허영차 소리 / 목도하는 소리
03_01_FOS_20100227_KDH_YJR_0009_s01 동고이고 소리 / 초 아뢰는 소리

03_01_FOS_20100227_KDH_YJR_0009_s02 어홍 소리 / 운상하는 소리
03_01_FOS_20100227_KDH_YJR_0010 지경 소리 / 땅 다지는 소리
03_01_FOS_20100227_KDH_YJR_0011 뱃노래 / 가창유희요
03_01_FOS_20100227_KDH_YJR_0012 오봉산 타령 / 가창유희요

윤화춘, 남, 1937년생

주 소 지 : 강원도 고성군 간성읍 상리
제보일시 : 2010.2.27
조 사 자 : 강등학, 이영식, 박은영, 이창현, 윤희렬

상리 토박이로 젊어서 마을 이장을 했고
현재는 노인회장직을 맡고 있다. 한때 4대
가 함께 살고 가정이 화목하다고 해서 보사
부장관으로부터 표창장도 받았다. 목소리가
상당히 크고, 말이 빨랐다. 나이에 비해 상
당히 건강해 보였다.

제공 자료 목록
03_01_FOT_20100227_KDH_YHC_0001 생활력
강한 양양 사람들
03_01_FOT_20100227_KDH_YHC_0002 고뿔은 강릉 이통천네 집으로 가거라
03_01_FOS_20100227_KDH_YHC_0001 이랴 소리 / 논 가는 소리

이원규, 남, 1927년생

주 소 지 : 강원도 고성군 간성읍 어천2리
제보일시 : 2010.2.27
조 사 자 : 강등학, 이영식, 박은영, 이창현, 윤희렬

이원규는 전라남도 장흥 태생으로, 자유당 정권 당시 자유당 당원이었

다. 자유당 선거를 돕기 위해 1952년 이곳으로 왔다가 자유당 정권이 무너지는 바람에 그냥 눌러앉았다. 이주 후에는 생계를 이어가기가 힘들어 중노동, 지게꾼, 화목을 팔아 생계를 이어나갔다. 이러한 까닭인지 본인이 겪은 이야기를 많이 들려 주셨다. 이주하여서는 마을 이장도 했고, 지금은 노인회장이다. 나이에 비해 건강하고, 노래보다는 이야기를 즐기는 것 같았다.

제공 자료 목록
03_01_FOT_20100227_KDH_LWG_0001 재주새의 항변
03_01_FOT_20100227_KDH_LWG_0002 산신령이 도와준 효자

전제남, 남, 1935년생

주 소 지 : 강원도 고성군 간성읍 해상1리
제보일시 : 2010.2.26
조 사 자 : 강등학, 이영식, 박은영, 이창현, 윤희렬

간성읍 해상1리의 노인회장으로 해상리 토박이라고 한다. 조사에 적극적이며 협조적으로 자신이 알고 있는 노래와 정보는 망설임 없이 구연해 주었다. 단지, 어릴 적 부르던 노래는 구연하기 조금 부끄러워하였다. 청이 좋고 힘이 있어 듣기 좋은 노래를 불러주었다. 조사 자리에 함께 있었던 박용득, 전제일과 호흡도 잘 맞았다.

제공 자료 목록

03_01_FOS_20100226_KDH_JJN_0001_s02 한춤 소리 / 모찌는 소리

03_01_FOS_20100226_KDH_JJN_0002_s03 어랑 타령 / 모심는 소리

03_01_FOS_20100226_KDH_JJN_0003_s03 어랑 타령 / 모심는 소리

03_01_FOS_20100226_KDH_JJI_0001_s04 미나리 / 논 매는 소리

03_01_FOS_20100226_KDH_JJI_0002_s04 미나리 / 논 매는 소리

03_01_FOS_20100226_KDH_JJN_0004_s05 한 단 소리 / 벼 베는 소리

03_01_FOS_20100226_KDH_JJN_0003 구정물 나가고 / 물 맑게 하는 소리

03_01_FOS_20100226_KDH_JJN_0006 앞니 빠진 수망다리 / 이 빠진 아이 놀리는 소리

03_01_FOS_20100226_KDH_JJN_0007 해야 해야 나오너라 / 몸 말리는 소리

03_01_FOS_20100226_KDH_PYD_0008 지경 소리 / 땅 다지는 소리

03_01_FOS_20100226_KDH_PYD_0015 지경 소리 / 땅 다지는 소리

전제일, 남, 1936년생

주 소 지 : 강원도 고성군 간성읍 해상1리

제보일시 : 2010.2.26

조 사 자 : 강등학, 이영식, 박은영, 이창현, 윤희렬

해상리 토박이다. 나이에 비해 건강하고 젊은 외모를 지니고 있었다. 조사에 흥미를 보이며 적극적이고 협조적으로 임해 주었다. 본인이 알고 있는 노래와 정보는 망설임 없이 제보해 주었다. 함께 제보해 준 박용득, 전제남과 호흡도 잘 맞았다.

제공 자료 목록

03_01_FOS_20100226_KDH_JJN_0001_s02 한춤 소리 / 모찌는 소리

03_01_FOS_20100226_KDH_JJN_0002_s03 어랑 타령 / 모심는 소리

03_01_FOS_20100226_KDH_JJN_0003_s03 어랑 타령 / 모심는 소리

03_01_FOS_20100226_KDH_JJN_0004_s05 한 단 소리 / 벼 베는 소리

03_01_FOS_20100226_KDH_JJI_0001_s04 미나리 / 논 매는 소리
03_01_FOS_20100226_KDH_JJI_0002_s04 미나리 / 논 매는 소리
03_01_FOS_20100226_KDH_JJI_0003 이거리 저거리 갓거리 / 다리 뽑기 소리
03_01_FOS_20100226_KDH_JJI_0004 미리타불 소리 / 초 아뢰는 소리
03_01_FOS_20100226_KDH_PYD_0008 지경 소리 / 땅 다지는 소리
03_01_FOS_20100226_KDH_PYD_0015 지경 소리 / 땅 다지는 소리
03_01_MFS_20100226_KDH_JJI_0001 원숭이 똥구멍은 / 말꼬리 잇는 소리

정영춘, 여, 1925년생

주 소 지 : 강원도 고성군 간성읍 해상2리
제보일시 : 2010.2.26
조 사 자 : 강등학, 이영식, 박은영, 이창현, 윤희렬

간성읍 봉호리에서 태어나 17세에 해상리오 시집을 왔다. 나이에 비해 정정했다. 일제강점기 때 남편이 징용을 끌려가 농사일을 많이 했다고 한다. 혼자서 하루에 300평 정도의 모를 심을 수 있다고 한다. 조사에 적극적이며 협조적인 자세를 보여주었다. 조사 자체를 즐거워했다.

제공 자료 목록
03_01_FOS_20100226_KDH_JYC_0001 어랑 타령 / 가창유희요
03_01_FOS_20100226_KDH_JYC_0002 뱃노래 / 가창유희요
03_01_FOS_20100226_KDH_JYC_0003 뱃노래 / 가창유희요
03_01_FOS_20100226_KDH_JYC_0004 해야 해야 나오너라 / 몸 말리는 소리
03_01_FOS_20100226_KDH_JYC_0005 내 손이 약손이다 / 배 쓸어주는 소리

최경춘, 여, 1930년생

주 소 지 : 강원도 고성군 간성읍 해상2리
제보일시 : 2010.2.26
조 사 자 : 강등학, 이영식, 박은영, 이창현, 윤희렬

　거진읍 원당리에서 태어나 18세에 시집
을 갔다. 적극적이고 협조적이어서 알고 있
는 노래나 정보는 되도록 제공해 주려고 노
력했다. 판의 분위기가 약간 소강 상태가 되
면 흥얼흥얼 노래를 부르기도 하는 등 조사
자체를 상당히 즐기는 모습이었다. 참여한
제보자들 가운데 가장 많은 노래를 불러주
었다.

제공 자료 목록

03_01_FOS_20100226_KDH_CGC_0001 어랑 타령 / 가창유희요
03_01_FOS_20100226_KDH_CGC_0002 어랑 타령 / 가창유희요
03_01_FOS_20100226_KDH_CGC_0003 성주풀이 / 가창유희요
03_01_FOS_20100226_KDH_CGC_0004 이거리 저거리 갓거리 / 다리 뽑기 소리
03_01_FOS_20100226_KDH_CGC_0005 지름에 지름에 장두칼 / 다리 뽑기 소리
03_01_FOS_20100226_KDH_CGC_0006 오리고기 얻어먹으나 / 다리 뽑기 소리
03_01_FOS_20100226_KDH_CGC_0007 추워 추워 춘달래 / 추울 때 하는 소리
03_01_FOS_20100226_KDH_CGC_0008 꿩꿩 꿩서방 / 꿩 보고 하는 소리
03_01_FOS_20100226_KDH_CGC_0009 둥게 소리 / 아기 재우는 소리
03_01_FOS_20100226_KDH_CGC_0010 방구댕구 나간다 / 방귀뀌며 하는 소리
03_01_FOS_20100226_KDH_JYC_0002 뱃노래 / 가창유희요

한옥년, 여, 1934년생

주 소 지 : 강원도 고성군 간성읍 해상2리
제보일시 : 2010.2.26

조 사 자 : 강등학, 이영식, 박은영, 이창현, 윤희렬

현내면 배봉리에서 태어나 17세에 피난
을 나갔다가 18세에 해상리로 시집을 왔다.
주로 다른 이들이 구연하는 것을 즐겁게 지
켜보는 정도로 조사에 임했다. '한글 풀이
소리' 한 수만을 구연해 주었다.

제공 자료 목록
03_01_FOS_20100226_KDH_HON_0001 가갸 가다가 / 한글 풀이 소리

함덕엽, 남, 1935년생

주 소 지 : 강원도 고성군 간성읍 금수리
제보일시 : 2010.2.28
조 사 자 : 강등학, 이영식, 박은영, 이창현, 윤희렬

금수리 토박이이다. 그는 마을에서 선소
리꾼으로 활동하고 있는데, 선소리는 장인
이 잘하여 어깨 너머로 배웠다고 한다. 요즘
에는 장례 절차나 옛 법도가 많이 사라져
아쉽다고 했다. 생업은 농사도 지었으나 소
장수를 주로 했으며 전에는 간성 우시장이
있어 양양 우시장, 원통, 북평, 춘양, 영주,
홍천 등으로 장사를 나갔다고 한다. 손재주
가 있어서 폐품을 이용하여 여러 생활용품을 만들기도 해서 상도 받았다
고 한다.

제공 자료 목록
03_01_FOT_20100228_KDH_HDY_0001 산골 사돈과 바닷가 사돈

03_01_FOT_20100228_KDH_HDY_0002 춤추는 나무와 솜바지 입은 나무
03_01_FOS_20100228_KDH_HDY_0001 어랑 타령 / 가창유희요
03_01_FOS_20100228_KDH_HDY_0002 초초 소리 / 초 아뢰는 소리

황옥순, 여, 1937년생

주 소 지 : 강원도 고성군 간성읍 해상2리
제보일시 : 2010.2.26
조 사 자 : 강등학, 이영식, 박은영, 이창현, 윤희렬

거진읍 초계리에서 태어나 19세에 해상
리로 시집을 왔다. 자신이 아는 노래라면
구연해 주었으며 즐겁게 대화에도 임하였
다. 그러나 알고 있는 정보가 많지 않은 듯
했다. '풀뿌리 문지르는 소리'를 제공해 주
었다.

제공 자료 목록
03_01_FOS_20100226_KDH_HOS_0001 각시방에
불 켜라 / 풀뿌리 문지르는 소리

생활력 강한 양양 사람들

자료코드 : 03_01_FOT_20100227_KDH_YHC_0001
조사장소 : 강원도 고성군 간성읍 상리 446-3번지 상리 경로당
조사일시 : 2010.2.27
조 사 자 : 강등학, 이영식, 박은영, 이창현, 윤희렬
제 보 자 : 윤화춘, 남, 74세
구연상황 : 상리 경로당을 방문했을 때 남자들 세 분이 앉아서 대화를 나누고 있었다. 방문 취지를 말하자, 여기는 모인 사람은 노래도 못하고 이야기도 잘 못한다고 했다. 그리하여 처음에는 지명, 서낭당 등 마을에 관계된 이야기를 들었다. 어느 정도 분위기가 익자 조사자가 마을에 전해오는 이야기를 청하자 어른들한테 들은 얘기라며 '생활력 강한 양양 사람들'을 들려주었다.
줄 거 리 : 양양 사람들은 건강하고 생활력이 강하여 동지섣달에 벌거벗고도 삼십 리 길을 뛴다고 한다.

우리 동네서는 그전에 얘기가요, 주로 어떤 얘기가 나왔냐며는 이 고성 사람들은 그 예양(양양)사람들이 무습다(무섭다)는 거 그 생계에 살아나간다는 모든 과정이 아주 무섭다고 이렇게 얘기가 나왔어요.

근데 그런 얘기는 또 뭔 얘기냐 하면은 예양 사람들은 오동지 슫달(섣달)에 홀떡벳겨나두 삼 십리씩 뛴다고 그랬다고.

그렇게 예양 사람들이 그 살아가는 그 생애가 강성하구.

(청중 : 생활력이 강해)

예, 그런 전설이 여기 사람들이 늘 얘기 했다고.

뭐, 뭐 얘기하고 뭐하믄 "아~, 예양 사람들 오뉴월 저, 동지 슫달에 뭐, 발가벳겨놔두 삼 십리씩 뛴다구 그 얘기가 나왔구.

고뿔은 강릉 이통천네 집으로 가거라

자료코드 : 03_01_FOT_20100227_KDH_YHC_0002
조사장소 : 강원도 고성군 간성읍 상리 446-3번지 상리 경로당
조사일시 : 2010.2.27
조 사 자 : 강등학, 이영식, 박은영, 이창현, 윤희렬
제 보 자 : 윤화춘, 남, 74세
구연상황 : '생활력이 강한 양양 사람들'을 들려준 후 이어서 '고뿔은 강릉 이통천네 집
으로 가거라'도 구연했다.
줄 거 리 : 예전에 손자나 손녀들이 감기에 걸리면 할머니들 "퇴, 저 강릉 이통천네 집으
로 다 가거라!" 하고 외쳤다.

또 그전 옛날에 우리 어렸을 적에는, 시방은 겨울철에 감기가 걸리고
고뿔이, 그 전에 고뿔이 걸렸다 그랬지요?

(조사자 : 예, 감기.)

예, 고뿔이 걸렸다 그랬다며는 시방 사람들은 뭐, 감기두 감기약을 먹
구, 뭐, 참 막상, 저, 뭐, 약도 지으구 뭐 이런다지만 옛날 사람들은 그렇
게 안 했습니다.

감기만 걸리게 되믄, "퇴, 저 강릉의 이통천네 집으로 다 가거라!" 이렇
게 했어요.

예. 강릉의 이통천 그 분이 얼마나 옛날에 부자로 살았는지, 살림이 뭐
많았다 그러더구만요.

(조사자 : 예.)

그래서 여기 사람들 여기 뭐, 우리만 그런 게 아니라, 우리 할머니만
그런 게 아니라 이 근방 사람들은 다 이 손주들이구 뭐이구 감기가 걸리
게 되므는 "퇴, 저 강릉 이통천네 집으로 다 가거라!" 이렇게 했다구.

그게 감기약이었습니다.

(조사자 : 예, 실지로 감기 떨어졌습니까, 그럼?)

그렇게 하다보믄 뭐, 떨어졌는지 안 떨어졌는지는 몰라두, 코가 쬐끔

나믄, 숨이 맥카주구, 그 다음 무슨 약하나 먹구 낫구 낫구 이렇게 그래서 우리 여까지 다 큰 게 아닙니까?

재주새의 항변

자료코드 : 03_01_FOT_20100227_KDH_LWG_0001
조사장소 : 강원도 고성군 간성읍 어천리 406번지 어천2리 경로당
조사일시 : 2010.2.27
조 사 자 : 강등학, 이영식, 박은영, 이창현, 윤희렬
제 보 자 : 이원규, 남, 84세
구연상황 : 동리에서 만난 함진기로부터 어천2리의 이원규가 이야기를 잘한다는 정보를 얻고 어천2리 경로당에 방문하니 마침 이원규가 있었다. 경로당에는 많은 분이 함께 점심을 들고 있었다. 이원규는 점심을 마치자 조사자 일행을 옆방으로 안내했다. 방문취지를 설명하고 이야기를 청하자 이원규는 자연스럽게 전남 장흥 태생인 자신이 오래 전에 이곳에 온 사연과 이곳에서의 생활에 대해 이야기를 했다. 이어서 6·25 때의 일을 이야기하려고 하는 것을 조사자가 옛날 이야기를 강조했다. 그러자 이원규는 자신은 근거 있는 얘기만 하지 거짓말 같은 이야기는 안한다고 한다. 이에 조사자는 교훈적인 이야기도 좋다고 하자 잠깐 생각하더니 이 '재주새의 항변'을 들려주었다.
줄 거 리 : 옛날에 가난하지만 원칙을 따지는 똑똑한 재주새가 있었다. 재주새 옆에는 대감이 살았는데, 재주새의 감나무 가지가 대감 집에 뻗치자 대감은 그 감을 따먹었다. 재주새가 이에 항의를 했다. 하루는 재주새 집에 대감의 닭이 들어왔기에 때려잡았다. 대감이 어이없어 하자 재주새는 남의 집에 뻗은 감을 따먹는 거나 남의 집에 들어온 닭을 잡아먹은 것은 다르지 않다고 했다. 대감은 재주새가 무서운 놈이란 것을 직감하고, 재주새에게 새집을 구해주어 멀리 가서 살도록 했다.

옛날에, 옛날 얘기를 하라하니 하겠는데 재주새가 하나 있었는데 재주새.

머리가 좋다 그래서 재주새야.

(조사자 : 예, 재주새.)

응, 재주새.

재주새가 있는데, 그 어드루 ○○○○ 들어설라는지 몰라. 재주새가 있는데, 아주 가난한데 가난한 가정에 태어난 재주가 좋아서 이름을 재주라 젰는데(지었는데) 마치 그 가정이 대감 옆, 대감네 집 옆에서 살았어.

아니 그 담에 이자 대감 집하고 재주새 집하고 그 담을 쌓는데 담에 감낭그가(감나무가) 커 가지구 감이 주렁주렁 열었다 이거야. 이제 그라는데 대감이 저 자 다 따갑니.

어 재주, 나무 자체는 재주새 뭐야 가정에 있는데, 땅에 자랄 같으믄 이놈 자라 가지고 나뭇가지가 있고 뭐 뻗고 뻗뻗뻗 있으니까. 그 빨간 감이니까 저자가 다 따버려, 대감이.

그러니까 가만히 생각하니까 어이가 없거등, 응. 야간, 야가당에서 막 길쭘한 거 하니까 음 어이가 없어.

그래 하루에 홍성홍성 있더니 대감이 “아 저놈 갖다 혼을 내야 쓰겠다.” 하구 죄수를 붙들어 오라 그래.

“저 놈 붙들어다 볼기를 쳐라!”

볼기 친단 것은 지금 젊은 사람이 알란지 모르겠그만, 옛날에는 에 아랫사람을 못마땅하게 되면 덕석몰이 해다가, 덕석에다 몰아 가지고 볼기를 나두구 들어 쳤단 말이여, 종들이.

그런데 재주새를 떡 불러다가 “이 이놈, 에 대감이 감 좀 땄다 해서 네 이놈 쿵쿵거리는 소리가 무슨 소린고?” 하고 그랬단 말이야. 그래 한단 소리가 “대감님요, 그래 내가 우리 감이니까 따 가는 것을 말 안 할 사람이 어디 있겠냐구,”

“대감님은 대감님 물건을 가져가도 말하지 않겠습니까?” 반문했단 말이여.

“저런 못된 놈.”

“그럼 알겠습니다.”

"오늘은 내가 볼기를, 대감님이 때리면 볼기라도 맞겠습니다."

응, 맞었어.

마치 그러고 며칠 지나고 보니까 대감 닭이 넘어와서 즈그 집에 마당에 있단 말이야. 이걸 때려, 때려 잡았어. 아이 대감님이, 그놈 안 되겠거든 이놈이.

"아 닭을 즈그 집에 갔다고 뚜드려 잡는 법이 어디 있느냐?" 그래. 해가지구 이 놈 불렀단 말이야.

"너 이놈, 남의 닭을 잡았으면 이놈아 참 도둑놈이 아닌가?"

"대감님요, 대감님은 남의 감도 응 내 땀(담) 일궈서 대감님 집으로 넘어왔다 그래서 어 감 전체를 다 따갔는데, 아 대감님 닭이 우리 마당에 와서 잡은 것이 죄입니까?"

어이 가만히 생각하니 그놈 참 어이가 없는 ○○이 아니냔 말이야.

"이놈, 이 못된 놈이로고."

아 그러니, 애가 그런 말을 하는 감히 배길 장이 없지 않느냐 말이야.

내 그렇다 해서 이 애를 버려둘 수 없고 그만 꼼짝없이 당하고 말았어요

그런데 마치 대감의 집에 참 절도들이, 절 음 뭐야 나아가서 못된 일을, 일을 저질르고 그런 사항에 있었던 모양이야. 그런께 아 이놈이 가서 항의를 했단 말이야.

대감님네서, "여보시오, 당신은 항상 고을의 모든 일을 바로 세운다고 하는 그 특권을 가지고 있는 응 그런 지위에 계신 분이 왜 부하 직원을 그러끔 막 나돌도록 합니까?" 하고 물었단 말이야.

그래 대감이 가만히 생각한께 저놈하고 이 경우간의 문제가 있거든.

"에 이놈 안 되겠다."

그래서 이놈을 저 먼 곳으로 집을 사 가지고 보냈어. 음, 만일 그 옆에 나두믄 자꾸만 일이 벌어지니까.

그래 옛날에도 그런 재주새가 있었다는 얘기를 많이 들었는데.

산신령이 도와준 효자

자료코드 : 03_01_FOT_20100227_KDH_LWG_0002
조사장소 : 강원도 고성군 간성읍 어천리 406번지 어천2리 경로당
조사일시 : 2010.2.27
조 사 자 : 강등학, 이영식, 박은영, 이창현, 윤희렬
제 보 자 : 이원규, 남, 84세
구연상황 : '재주새의 항변'을 듣고 조사자가 흥미를 보이자 이 얘기를 시작했다.
줄 거 리 : 옛날에 효자가 있었다. 그는 편찮으신 어머니 약을 구하려고 사방을 다녔다.
하루는 어느 곳에 갔더니 노인을 노인이라 부르는 것을 싫어하는 노인을 만
났다. 그 말을 가만히 생각하니 그 곳에 있을 수가 없어 그곳을 피해 산속으
로 들어갔다. 그러다가 불이 켜져 있는 바위틈에서 잤는데, 나중에 알고 보니
그곳은 호랑이 자고 간 자리였다. 산신령이 효심이 지극한 효자를 도와주기
위하여 그렇게 불을 켜 놓은 것이다.

전에 곤 가정에서 아주 가난하게 태어났는데, 가난한 집에 태어났는데,
어머님을 병환에 있으니까, 어머니 병을 곤치기 위해서 팔도를 다 돌아댕
기면서 어머니 약을 구하러 다녀.

다니는데, 구할 길이 없어하는데 그래 어느 한 들판에를 가니까 노인들
이 앉아서 장기를 두고 바둑을 두구 모두 앉아서 그런단 말이야. 두고 있
는데 한쪽에서는 또 술집이었던가 막걸리들 먹고 있거든.

단지 어머니 약을 구하기 위해서 나섰는데, 배는 고프지, 그 나많은 이
들이 장기, 바둑 두면서, 기웃거려서 막걸리 먹고 있는 게 하도 먹고 싶으
니까.

한 잔 먹고 숲는데(싶은데), ○○○○○ 또 자기 돈이 없어 못 사먹으니
까. 그래 바라고 있는데 한 영감이 하는 소리, 뭐이라고 하노 하니 '노자
는 무용일라' 하는 거야. 노자는 무용일라 했는데, 아 젊은이들이 한다
는 소리가 노인장, 노인장 젊은 사람들이 듣기 좋게 하기 위해서 노인장,
노인장 그러는데, 사실 노인장 하는 소리가 딱 듣기 싫다 이기야.

"그 왜 듣기 싫소?" 옆에 사람이 그러니까,

"늙을 로(老) 자가, 늙을 로(老) 자가 일본말로 번역해서 보면은 다가모노라(だらもの) 이기야 다가모노. 다가모노(だらもの)는 바로 머저리 아주 다된 인간을 말하는 바보를 말한단 거야, 늙을 로(老) 자를.

그런데 그 사람은 거침없이 존칭을 해서 노인장, 노인장 하는데, 아 노인장 소리가 딱 듣기 싫다 이거여.

그리니 이 사람이 임마가 가만히 그걸 들으니까, 참 자기 그 마음에 야 사람란 것은 다 늙으믄 노인장이라 하고 늙을 노(老) 자를 붙이는데, 아 이 영감이 늙을 노(老) 자가 다가모논데 왜 노인장이라 하냐 해서 그런 말을 들었단 말이야.

듣고 배가 하도 고프니까, 들어가서 주인, 인제 주인, 주모보고 인제 술 파는 인자 주모를 보고, "아 그 주모가 노인장한테 들어간 막걸리에서 그 뭐 여러 술주전자가 들어가 있으니까 한 잔씩 딸커서(따라서) 저 한 잔주면 안 되겠습니까?" 그랬다 이기야. 그니까 주모가 이래 보니까 참 애가 참하게 생겼고 참 보기에 너무나도 초라해 보이니까, "아, 그러라고." 막걸리를 한 사발 턱 줬어.

이 사람이 떡 이래 보니까 천지가 아득해 부러. 배고픈데 술을 한 잔 턱 먹고 나니까 천지가 아득해.

그래 술을 한 잔 턱 먹고 머릿속에 생각할 적에 '노자는 무용일이라' 한 말을 들었다 이기야, 아까 한 말을. 그 말을 가만히 생각해보니까 가나, 오나 들린 데마다 노인장, 노인장 전충, 전충으로 이러콤 알고 지내는데, 오늘 어짜 여기서 어떻게 노인장 소리가 이거 안 되겠다 하는 말을 들어 이상스럽다. 그러고 막걸리 한 잔 먹고 그 자리 떴어.

그래서 어떠란 산골을 접어들었어. 산골에 딱 접어들어서 보니까 잠자리가 없어. 그래 어떠한 이 바우돌 밑으로 딱 보니까 바우돌 밑에가 불이 빤이 켜졌거든.

그래 거길 떡 이렇게 들어서 보니까 사람은 없는데 불은 켜져 있다 이

거야.

희한하다. 저게 사람의 불이나 짐승의 불이나, 먼 불인가 바라다 보면서, '이라단 내가 안 되겠다.' 정신이 바짝 차려 갖구 사람이, 사람의 불이다 이기야.

그래서 딱 가서 누워 있으니까, 그 바위틈에 누워 있으니까, 불이 없어졌다 이거야.

'이 이상하다.'

그래 잠을 딱 깨자마자, 이 내가 여가 있을 때가 아이다. 만약 내가 그 불이 있었으면 계속 있겠는데, 불이 없어졌으니 결국에 ○○피해야지 이 자리에 있어서는 안 되겠다.

그래 피해서 다른 곳을 가 가지고 그, 그 자기가 누워서 잠 한 숨을 자고 갔던 그 자리에 다른 곳에 피해 갔는데. 냉중(나중)에 알고 보니까, 그 바로 그 자리가 범이 있던 자리야.

범이. 그란께 산신님이 도와주었어.

음, 효심이 지극하니까, 효심이 지극하니까 범이 불을 켜 준거야.

'이 자리 와 자거라!' 효심이 지극하니까.

그래서 그 범이 효심이 지극하기 때문에, 그 지극하기 되므는 산신님도 도와줘.

산에서 그래 그 도움을 받아서 결국은 효자상을 탔다 이런 말이 있는데, 그 인자 딴 데 고을에 가서 자기가 자기 어머니를 약을 구하기 위해서 다니다가 이런 일도 당하고 저런 일도 당했습니다 하고 고을 향교에 가서 이야기를 해줬어.

해놓고 내중(나중)에 향교서 그 실정을 알고 보니까 바로 범이 도와줬다 이기야. 그란께 옛날에도 그런 효자 정성이 지극하게 되면은 옛날에는 호식를 많이 했잖아. 범이 사람을 잡아먹었어, 옛날엔. 그래 호식이 실질적으로 많았어.

산신령님이 도와서 불을 키고 저녁마당(저녁마다) 있는 거야. 살렸어 말하자믄. 그란께 옛날에도 마음이 어질고 효성이 지극한 사람은 그렇게 살렸어.

산골 사돈과 바닷가 사돈

자료코드 : 03_01_FOT_20100228_KDH_HDY_0001
조사장소 : 강원도 고성군 간성읍 금수리 236번지 함덕엽 댁
조사일시 : 2010.2.28
조 사 자 : 강등학, 이영식, 박은영, 이창현, 윤희렬
제 보 자 : 함덕엽, 남, 76세
구연상황 : 함덕엽 댁을 방문하려고 미리 전화를 드렸다. 마을로 들어서니 지난주에 내린 눈이 아직 녹지 않아 마을은 온통 눈으로 덮여있었다. 함덕엽은 집 앞까지 마중을 나와 있었다. 방에 들어가 인사를 나누고 마을 이야기를 나누니 그동안 여러 사람이 다녀갔다고 한다. 우리는 마을지명, 장례풍습에 대해 듣고 함덕엽에게 노래나 이야기를 청했다. 그러자 '어랑 타령'을 불렀다. 노래가 끝난 후에 하나는 너무 싱겁다고 더 해달라고 청했으나 소용이 없었다. 이에 이야기를 부탁하니 재미난 얘기가 있다며 '산골 사돈과 바닷가 사돈'을 들려주었다.
줄 거 리 : 산골 양반이 바닷가 사돈네 집에 놀러갔다. 사돈이 왔다고 상을 잘 차렸다. 산골사돈은 밥상에 있는 김국이 뜨거운 줄 모르고 한 숟가락 떠서 입에 넣었다. 얼마나 뜨거운지 입안을 데었다. 뜨겁다는 말을 미리 안 해준 사돈이 미웠다. 이에 산골 사돈은 바닷가 사돈을 초청하여 앙갚음을 하려고 했다. 바닷가 사돈이 오기로 한 날 산골 사돈은 도토리를 푹 삶아서 뜨겁게 한 후 강낭콩과 섞어 군것질거리로 내놨다. 바닷가 사돈은 그것도 모르고 한 입 가득 넣으니 뜨거운 도토리가 이빨에 끼어 고통을 당했다. 이후 서로 한 번씩 고통을 당한 두 사돈은 화해를 하고 잘 지냈다고 한다.

거 인제, 에 흔히 저 농촌에는 그전이나 지금이나 이 메느리(며느리)를 은거나(얻거나) 뭐 인제 딸을 주거나 하게 되므는 산협(山峽)에다가두 주구 또 산협 사람은 나리까 여자, 저저 바닷가 쪽에다두 사우두(사위도) 삼

을 수 있구 딸두 저저 메느리두 은어올 수 있잖우?

기렌데(그런데) 하루는 산골에 있는 사둔(사돈) 양반이 인제 딸네 집에를 인제 갔다 이거여. 바닷가에 딸네 집에 인제 갔는데, 딸 보러 사우도 보고 사둔댁에를 갔는데, 저녁에 상을 채려 가지고 들어왔는데, 아주 진주성찬을 해서 잘 가주고 들어왔더라 이겁니다.

이렇게 보니 까나 아주 바다풀을 해서 바다풀을 뜯어다가 밥을 해사 강낭콩을 넣 가지고서는 해서 밥을 가지고 들어 왔는데, 저 사둔하구 점상(겸상)을 해 놓구서는 ○ 먹는데, 아이 이게 숟가락을 들고 누가 그런 줄은 모르고 짐, 짐국(김국)이 뜨겁잖우?

그래놓구서는 떠먹으니까나 뜨거워 가지고 입이 디가(데어) 다 홀딱 디구서는 자 사둔 보긴 민망시래워서 어쩔 줄을 몰라 가지고서는, '자, 이 짐이 뜨거우믄 뜨겁다구 사둔양반이 얘기를 좀 해주지 이거 산골에서 바닷국 먹으미 나물국 먹으러 와서 뜨거운 줄을 모르고 그랬더이 먹어서 아 입이 뚜구와 가지고서는 한 눈물을 뚝뚝 떨구문선 아 이렇구나!'

그러구선 그걸 먹구는 집에 들어가서 가만이 집에 와서 생각해보니까나, '자, 저 양반이 그렇게 친한 사돈 양반인데 나를 이번에 딸네 집에 가니, 사우네 집에 갔는데 나를 이래 고랑탱이를(골탕을) 멕였으니, 자 저 사둔이 우리 집으루 오믄 내 저 양반을 어떻게 고랑탕 먹이노!' 이걸 연구했다 이겁니다.

그 인제, 어느 날 인제 초청을 해 가지고서는 사둔양반 좀 댕겨 가시라고, 하니깐 "아무 날 내가 갈 테니까나 사둔 그리 아시우!" 그러드래.

그래 이 양반이 오는 걸 알아 가지군 집에 다가 인제 잔뜩,

"마누라!"

"왜 불러!"

"아 자네 저 뒷동산에 저 갈게(가을에) 저 주서다 난 도토리 있잖어?"

"도토리 좀 푹 삶어 가지고 좀 갖다 놔두게." 이래.

그 이제 무슨 영문이지도 몰르구 이제 할멈이 이제 그 도토리를 삶어서 인제 해 놨다가, 그 인제 사둔 양반이 인제 왔길래 인제 식사를 하구는 그 군식으로(군것질거리로) 인제 구밤(도토리)을 인제 꽤 뜨끈뜨끈한 구밤을 갖다가 인제 한 그릇을 갖다 퍼다 놓구 강낭콩을 좀 쑤어 가지고 인제 구밤을 갖다 너 놓고는 푹 삶아서,

"사돈양반 이게 저 별음식이니 좀 군것질이나 하시라고." 인제 떡 갖다 드리니, 이 양반이 요렇게 보니까 먹음직하니까는 그놈을 꾹 한 숟가락을 떠서 딱 넣으니, 아따 이 뜨거운 놈의 굴밤(도토리)을 깨미니 그 놈우 굴밤이 이빨에 배게(박혀) 가시고서는 [웃음] 아 이 양반이 돌아서면서 굴밤을 빼 가지고서는 우물우물 하더래.

그래 속으로 싱긋이 돌아서면서 "저 사돈한테 내가 김에, 김에 내가 디서 했으니, 내가 굴밤으루 저 사둔 내가 그 포기를 했다구서는 다물드래.

했다구서는 돌아서서 애길하구는 나중에 서로 상면 하믄선,

"아 여보게 내가 당신한테 집에 가 가지구 김국을 먹구 뚜구와 가지구 눈물을 흘리구 그랬는데, 사둔 우리 집에 와서 굴밤 보구 굴밤 먹고서는 굴밤에 이가 배게 가지고 그 뜨구운데(뜨거운데), 혼찔, 혼났다고" 서는, 서로 그제선 아 이런 일이 없도록 서로 저 뭐하자고 서는 서로 저 화회, 화우하고 서는 이렇게 지냈다는 그런 얘기도 있어요.

춤추는 나무와 솜바지 입은 나무

자료코드 : 03_01_FOT_20100228_KDH_HDY_0002
조사장소 : 강원도 고성군 간성읍 금수리 236번지 함덕엽 댁
조사일시 : 2010.2.28
조 사 자 : 강등학, 이영식, 박은영, 이창현, 윤희렬
제 보 자 : 함덕엽, 남, 76세

구연상황 : '산골 사돈과 바닷가 사돈'을 들려준 후 흥이 나셨는지 이어서 '춤추는 나무와 솜바지 입은 나무'를 구연했다.

줄 거 리 : 참나무 종류에는 여러 가지가 있다. 은행나무가 서로 마주보고 있어야 열매를 맺듯이 활철나무도 그렇다. 자작나무는 껍질을 벗고 작은 바람에도 잘 흔들린다. 그런 자작나무를 보고 보솔나무가 "너는 뭐가 그리 좋아서 만날 춤을 추냐?"고 했다. 그러자 보솔나무는 자작나무에게 "너는 왜 만날 솜바지를 입고 있니?"라고 응수했다.

　이 참나무, 참나무에두 보솔나무, 보솔나무가 있구 재랭이나무가 있다구. 이 재랭이나무는 빤들빠들하구 보솔나무는 이 굴피 따는 나무라구. 굴피, 굴피, 굴피, 굴피 따는 나무.

　(조사자 : 굴피)

　그 인제 저 서켠에다 심구면 인제 이 뭐 동쪽에다 심구면 이렇게 서로 건네다 본 다구. 인제 그 은행나무두 인제 암컷이 있구, 수컷이 이 디다 봐야 은행이 잘 연다 그러잖우?

　근데 그 있는데 그, 그 나무가 뭐 황철나무, 황철나무 다 그러기두 하구, 그 저 물 내 먹는 그 나무를 뭐라 그러더라?

　자작나무!

　(조사자 : 자작나무.)

　자작나무, 짜작나무가 누, 허옇게 껍데기 뻣겨지잖우?

　응, 껍데기 뻣겨지잖아. 근데 꼭대기 이파리가 바람만 불면 간들간들하지요? 그 뭐 보니까 [웃음] 이 짜작나무는 쪼금만 바람이 불어두 흔들흔들하고 말이야 [웃음] 아주 춤을 춘단 말이야.

　그러니 이쪽에 보솔나무가, 참나무가 하는 말이야.

　"야, 넌 이렇게 더운데두 뭐이 이렇게 응, 좋아서 맨날 응, 웃고 자빠졌냐고!" 말이야 쳐다보구, 만날 그런다고서는 올래다보구 욕을 하니까는, 짜작나무가 하는 말이 보솔나무 보고,

　"아이구, 아이구 너는 뭐이 그렇게 만날 더워 가지고서는 솜바지를 잔

뜩 입고 있니?"

　그니까난 그 보솔낭그는 누데기를 입고 있으니까나 그 만날 누데기니까나 그 솜바지지. 솜바지를 입고 있냐구 서로 그렇게 저 인사를 하더라는 얘기여.

어랑 타령 / 가창유희요

자료코드 : 03_01_FOS_20100226_KDH_NSG_0001
조사장소 : 강원도 고성군 간성읍 해상리 1078 해상2리 경로당
조사일시 : 2010.2.26
조 사 자 : 강등학, 이영식, 박은영, 이창현, 윤희렬
제 보 자 : 남상균, 남, 79세
구연상황 : 논농사에 대한 이야기로 판의 분위기를 부드럽게 만든 후, '논 삶는 소리'를
불러 줄 것을 요청했다. 그러나 제보자들 모두 할 줄 모른다며 노래하기를 마
다했다. 술을 한잔씩 마신 후 '어랑 타령'이나 '뱃노래'라도 불러줄 것을 청했
다. 박세정이 '노랫가락'을 부른 후, 남상균이 '어랑 타령'을 불러주었다.

어랑 타령 본고향은 함경도 원산인데
히사시까미 본고향 경상도 신마찌라
어야어야 너야 어럼마 디여라 시절이 젊어 놀아

노랫가락 / 가창유희요

자료코드 : 03_01_FOS_20100226_KDH_NSS_0001
조사장소 : 강원도 고성군 간성읍 해상리 1078 해상2리 경로당
조사일시 : 2010.2.26
조 사 자 : 강등학, 이영식, 박은영, 이창현, 윤희렬
제 보 자 : 남상식, 남, 79세
구연상황 : 술을 한잔씩 돌려서 마신 후 판의 분위기가 한결 부드러워졌다. '노랫가락',
'어랑 타령', '박연폭포'를 돌아가면서 부른 후, 남상식이 자발적으로 이 노래
를 불렀다. 처음 부를 때에는 끝까지 기억이 나지 않아 중간에서 멈추었다가,
다시 처음부터 노래를 불렀다.

말은 가자고 두발로 쿵글러 뛰는데

님은 손을 잡고서 놓지를 않네

임아 임아 날 잡지 말고

서산에 지는 해를야 잡어다오

화무는 십일홍이요 달도 차며는 기우나니

어랑 타령 / 가창유희요

자료코드 : 03_01_FOS_20100226_KDH_NSS_0002
조사장소 : 강원도 고성군 간성읍 해상리 1078 해상2리 경로당
조사일시 : 2010.2.26
조 사 자 : 강등학, 이영식, 박은영, 이창현, 윤희렬
제 보 자 : 남상식, 남, 79세
구연상황 : 판의 분위기가 좀처럼 무르익지 않았으며 제보자들도 적극적인 태도를 보여
주지 않았다. 논농사에 관한 노래를 좀더 수집하고자 하였으나 소극적인 태도
로 일관하는 분위기에 판을 접기로 했다. 마지막으로 '어랑 타령'을 더 불러
줄 것을 청하자 남상식이 노래를 불러주었다.

어랑 타령 본고향은 함경도 원산인데

히사시까미 본고향은 우리나 혼마찌란다

어랑어랑 어허야 어허야 좋다 내 사령이로구나

노랫가락 / 가창유희요

자료코드 : 03_01_FOS_20100226_KDH_PSJ_0001
조사장소 : 강원도 고성군 간성읍 해상리 1078 해상2리 경로당
조사일시 : 2010.2.26
조 사 자 : 강등학, 이영식, 박은영, 이창현, 윤희렬

제 보 자 : 박세정, 남, 82세

구연상황 : 논농사에 대한 이야기로 판의 분위기를 부드럽게 만든 후, '논 삶는 소리'를
불러 줄 것을 요청했다. 그러나 제보자들 모두 할 줄 모른다며 노래하기를 마
다했다. 술을 한잔씩 마신 후 '어랑 타령'이나 '뱃노래'라도 불러줄 것을 청하
자, 박세정이 한 마디 하겠다며 노래를 불렀다.

노자 젊어서 놀아 늙어지면은 못 노나니

화문십일홍으니(화무는 십일홍이니) 달도 차며는 기우나니

인생아 일자춘몽에(일장춘몽에) 아니 노지는 못 하리라

박연폭포 / 가창유희요

자료코드 : 03_01_FOS_20100226_KDH_PSJ_0002

조사장소 : 강원도 고성군 간성읍 해상리 1078 해상2리 경로당

조사일시 : 2010.2.26

조 사 자 : 강등학, 이영식, 박은영, 이창현, 윤희렬

제 보 자 : 박세정, 남, 82세

구연상황 : '노랫가락'을 부른 후, '박연폭포'를 불러주었다.

박연폭포 흘러내리는 물은

수상선 타고서 에루 뱃놀이 가잖다

어허허어야 얼싸 좋다 둥기 띄어 내 사령아

이랴 소리 / 논 삶는 소리

자료코드 : 03_01_FOS_20100226_KDH_PYD_0001_s01

조사장소 : 강원도 고성군 간성읍 해상리 10452 해상1리 경로당

조사일시 : 2010.2.26

조 사 자 : 강등학, 이영식, 박은영, 이창현, 윤희렬

제 보 자 : 박용득, 남, 74세

구연상황 : 판의 분위기를 풀기 위해 논농사를 짓는 이야기부터 시작했다. 저리소로 써레
질하는 이야기를 하는 제보자들에게 조사자가 '논 삶는 소리'를 부탁했다. 소
를 몰 때 별 소리가 있는 것은 아니라며 박용득이 흔쾌히 구연을 해주었다.
남쪽 사람들은 "이러 저저" 하며 채찍으로 소를 후려친다고도 했다.

이랴

어서 가자

우우

좌우로 우로

똑바로 가자

똑바로 가자

이 논배미를 얼른 삼어야 모꾼이 들어온다

빨리 가자

어~ 이~

허이~

이랴 소리 / 논 삶는 소리

자료코드 : 03_01_FOS_20100226_KDH_PYD_0002_s01

조사장소 : 강원도 고성군 간성읍 해상리 10452 해상1리 경로당

조사일시 : 2010.2.26

조 사 자 : 강등학, 이영식, 박은영, 이창현, 윤희렬

제 보 자 : 박용득, 남, 74세

구연상황 : 저리소로 써레질 하는 이야기를 하는 제보자들에게 조사자가 '논 삶는 소리'
를 부탁했다. 소를 몰 때 별 소리가 있는 것은 아니라며 박용득이 흔쾌히 구
연을 해주었다. 조사자가 '마라 호라 안소야 들어서라'와 같은 사설을 넣어서
부르지는 않느냐는 질문에 박용득이 그렇게 부른다고 했다. 조사자가 그 사설
을 넣어 다시 한 번 불러줄 것을 청하자 박용득이 구연했다.

어러 저저저저~ 우~

이 마라소는

또 흔들리지 말고

마라소한테 흔들지 말고

똑바로 가자 으~

이러 저저 헤이

미다지 / 논 매는 소리

자료코드 : 03_01_FOS_20100226_KDH_PYD_0003_s04
조사장소 : 강원도 고성군 간성읍 해상리 10452 해상1리 경로당
조사일시 : 2010.2.26
조 사 자 : 강등학, 이영식, 박은영, 이창현, 윤희렬
제 보 자 : 박용득, 남, 74세
구연상황 : 모를 심고 난 뒤 한 달 안쪽으로 아이논을 매고, 열흘 뒤 두벌, 보름 뒤 세벌 매기를 하여 초복까지 김매기를 끝낸다고 한다. 김매기를 할 때에는 주로 '미나리'와 '미다지'를 부르는데, '미나리'는 소리가 길게 늘어지며 '미다지'는 '미나리'보다 약간 빠르게 부른다고 하는데, 일반인들이 구별하여 부르기 어렵다고 했다. '미나리'를 구연한 후, '미다지'도 구연해 달라는 제보자의 부탁에 박용득이 노래를 불렀다.

오그라진다 크나큰 이 논배미 오그라진다

미다지 / 논 매는 소리

자료코드 : 03_01_FOS_20100226_KDH_PYD_0004_s04
조사장소 : 강원도 고성군 간성읍 해상리 10452 해상1리 경로당
조사일시 : 2010.2.26
조 사 자 : 강등학, 이영식, 박은영, 이창현, 윤희렬

제 보 자 : 박용득, 남, 74세

구연상황 : '미나리'를 구연한 후, '미다지'도 구연해 달라는 제보자의 부탁에 박용득이
　　　　　노래를 불렀다. 노래를 하고 나면 다들 소리를 지르며 일을 마친다고 해서 조
　　　　　사자가 그 상황을 재연해 주기를 부탁했다. 이에 박용득이 '미다지'를 다시
　　　　　불렀다. 함성과 함께 일을 매듭짓고 논에서 나와 점심을 먹는다고 했다.

늦어 가오 점심참이 늦어 가네

일심 받아 이 논배미 매어 주소

와아~

정월이라 드는 액은 / 지신 밟는 소리

자료코드 : 03_01_FOS_20100226_KDH_PYD_0005

조사장소 : 강원도 고성군 간성읍 해상리 10452 해상1리 경로당

조사일시 : 2010.2.26

조 사 자 : 강등학, 이영식, 박은영, 이창현, 윤희렬

제 보 자 : 박용득, 남, 74세

구연상황 : 논농사를 하면서 부르는 노래에 관한 조사를 다 마친 후, '지신 밟는 소리'에
　　　　　대한 질문을 했다. 설을 쇠고 나면 마을에서 조직된 농악대가 다른 마을로 집
　　　　　집마다 다니면서 축원을 해주며 논다고 했다. 지금도 그 때 사용하던 악기가
　　　　　창고에 보관되어 있다고 한다.

정월이라 드는 액은 이월 한식에 막아내고 뭐

이월 한식에 드는 액은 삼월 삼실에 막아내고

삼월이라 드는 액은 사월 초파일에 막아내고

사월이라 드는 액은 아 오월 단오에 막아내고

오월 단오에 드는 액은 유월 유두에 막아내고

유월이라 드는 액은 칠월 칠석에 막아내고

칠월이라 드는 액은 팔월 한가위에 막아내고

팔월달에 드는 액은 구월 시월 단풍으로 막아내고

십일월달에 드는 액은 십이월 정월 대보름으로 막아내고

일년 열두달 다 가도록 신수 태평하기 빌고 또 비나이다

베틀가 / 가창유희요

자료코드 : 03_01_FOS_20100226_KDH_PYD_0006

조사장소 : 강원도 고성군 간성읍 해상리 10452 해상1리 경로당

조사일시 : 2010.2.26

조 사 자 : 강등학, 이영식, 박은영, 이창현, 윤희렬

제 보 자 : 박용득, 남, 74세

구연상황 : '지신 밟는 소리'에 관한 조사를 마친 후, 1987년도에 강릉대학교 국어국문학
과 학술답사 때 당시 박용득이 구연해준 '베틀가'에 대한 질문을 했다. 잠시
기억을 더듬던 박용득이 이내 노래를 불러주었다.

오늘도 하신 님 하니

베틀이나 농아나 보세

베 짜는 아가씨 사랑 노래

베틀에 수심만 기노라

낮에 짜면 일광단이요

밤에나 짜며는 월광단이라

월광단 일광단 다 짜 모아서

정든 님 바지저고리 지어나 주세

만고강산 / 가창유희요

자료코드 : 03_01_FOS_20100226_KDH_PYD_0007

조사장소 : 강원도 고성군 간성읍 해상리 10452 해상1리 경로당

조사일시 : 2010.2.26
조 사 자 : 강등학, 이영식, 박은영, 이창현, 윤희렬
제 보 자 : 박용득, 남, 74세
구연상황 : '성님 오네 성님 오네'와 같은 노래를 아느냐는 질문에 할머니들한테 물어보
면 잘 알 거라고 했다. 그 때 박용득이 '옛날 영감들'이 부르던 노래인 '만고
강산'을 해보겠다고 했다. '신만고강산'과는 사설이 좀 다르다며 단숨에 불렀
다. 문서를 보고 익힌 것이 아닌, 어릴 적 어른들로부터 배운 노래라고 했다.

만고강산 유람할 제
삼용춘이 아니더냐
죽장 짚고 풍월 실어
경포 동정호 명월을 구경하고
단발령을 얼른 넘어
봉래산에 올라서니
천봉만학 부용들은
하늘 위에 솟아 있고
백천폭포 급한 물에
은하수를 기울인듯
잠든 구름 깨우라고
맑은 안개 잠겼으니
선경일시가 분명쿠나
때마침 모춘이라
붉은 꽃 푸른 잎과
나는 나비 우는 새를
춘광춘색을 사랑할 제
봉래산 좋은 경치
지적 던져두고
못 본지가 몇 해런고

다행히 오늘날이야

이곳을 당도하니

옛님이 새로워라

어화 청춘 소년들아

상전백발 보고 우지 마라

○○○○지 없을까

서산에 지는 해는

양류사로 잡아매고

동경에 걸린 달은

계수에 머물러라

어이하면 잘 놀손가

지경 소리 / 땅 다지는 소리

자료코드 : 03_01_FOS_20100226_KDH_PYD_0008
조사장소 : 강원도 고성군 간성읍 해상리 10452 해상1리 경로당
조사일시 : 2010.2.26
조 사 자 : 강등학, 이영식, 박은영, 이창현, 윤희렬
제보자 1 : 박용득, 남, 74세
제보자 2 : 전제남, 남, 76세
제보자 3 : 전제일, 남, 75세
구연상황 : 집터를 다지면서 부르던 노래를 아느냐는 조사자의 질문에 박용득이 망설임
없이 노래를 불렀다. 전제남과 전제일이 마치 약속이나 한 듯이 자연스럽게
뒷소리를 받았다. 집터를 다지며 부르는 노래는 후렴을 '지정이야'로 해야하
는 것을 실수로 '달호야'로 했다고 한다. '땅 다지는 소리'나 '묘 다지는 소리'
나 곡조는 똑같다고 했다. 박용득이 메기고 전제남과 전제일이 받았다.

어허라 달구요

어허허야 달호야

이 집을 짓고 삼년만에

어헝차 달호야

아들을 낳면 효자를 낳고

허어영차 달호야

딸을 낳면 효녀를 난다

허어영차 달호야

오호라 달호여

허어영차 달호여

향로봉이 뚝 떨어져서

허어영차 달호야

남산봉이 되었구나

허어영차 달호야

아들 삼형제 구형제 낳아서

허어영차 달호야

대통령도 나오고 부통령도 나오고

허어영차 달호야

오호라 달호여

허어영차 달호여

어허 얼씨구 달호요

어허영차 달호야

○○농사를 진다면

어허영차 달호야

삼년 먹을 양식이 나온다

어허영차 달호야

어허얼싸 달호야

허어얼싸 달호야

어허얼싸 달호야

우여 우여 소리 / 새 쫓는 소리

자료코드 : 03_01_FOS_20100226_KDH_PYD_0009
조사장소 : 강원도 고성군 간성읍 해상리 10452 해상1리 경로당
조사일시 : 2010.2.26
조 사 자 : 강등학, 이영식, 박은영, 이창현, 윤희렬
제 보 자 : 박용득, 남, 74세
구연상황 : 새를 쫓으면서 부르던 노래가 없었느냐는 질문에 "우여 우여" 하며 쫓았다고
했다. 그것도 노래이니 불러 달라고 하자 박용득이 구연해 주었다.

워어어이

우리 논에 들지 말고 저 건너 양구집 논 박서방네 논에 들어라

우여~

잠자리 꽁꽁 / 잠자리 잡는 소리

자료코드 : 03_01_FOS_20100226_KDH_PYD_0010
조사장소 : 강원도 고성군 간성읍 해상리 10452 해상1리 경로당
조사일시 : 2010.2.26
조 사 자 : 강등학, 이영식, 박은영, 이창현, 윤희렬
제 보 자 : 박용득, 남, 74세
구연상황 : 어릴 적 잠자리를 잡으면서 부르던 노래를 아느냐는 질문에 다들 조금씩 기
억해 내었다. 박용득에게 구연을 부탁하자 쑥스러워하며 불러주었다.

잠자리 꽁꽁

앉은 자리 앉아라

먼 데 가면 죽는다

이거리 저거리 갓거리 / 다리 뽑기 소리

자료코드 : 03_01_FOS_20100226_KDH_PYD_0011
조사장소 : 강원도 고성군 간성읍 해상리 10452 해상1리 경로당
조사일시 : 2010.2.26
조 사 자 : 강등학, 이영식, 박은영, 이창현, 윤희렬
제 보 자 : 박용득, 남, 74세
구연상황 : 전래동요에 관한 질문을 이어가며 '다리 뽑기 소리'를 아느냐고 물었다. 전
　　　　　 재 일이 먼저 다리뽑기놀이를 하며 불러주었다. 전재남이 노래를 부를 때 옆
　　　　　 에서 거들어주었던 박용득에게도 구연해줄 것을 부탁했더니 망설임 없이 불
　　　　　 러주었다.

　　　이거리 저거리 갓거리
　　　천두만두 도만두
　　　짝발래 해양쥐
　　　도래미태 사제육

　　아이 요 놈의 다리 죽었구나

가갸 가다가 / 한글 풀이 소리

자료코드 : 03_01_FOS_20100226_KDH_PYD_0012
조사장소 : 강원도 고성군 간성읍 해상리 10452 해상1리 경로당
조사일시 : 2010.2.26
조 사 자 : 강등학, 이영식, 박은영, 이창현, 윤희렬
제 보 자 : 박용득, 남, 74세
구연상황 : '한글 풀이 소리'를 아느냐는 질문에 잘 모른다고 했다. '다리 뽑기 소리'로

화제가 넘어가는데 박용득이 혼자서 노래를 불렀다. '다리 뽑기 소리'에 대한 조사를 마친 후, 박용득에게 '한글 풀이 소리'를 다시 불러줄 것을 청했다. 박용득이 망설이지 않고 불러주었다.

가이갸 가다가
거이겨 거리서(걸어서)
고이교 고길 잡아
구이규 국을 끼래(끓여)
나이냐 나도 먹고
너이녀 너도 먹고
다이댜 다 먹었다

다람아 다람아 / 다람쥐 잡는 소리

자료코드 : 03_01_FOS_20100226_KDH_PYD_0013
조사장소 : 강원도 고성군 간성읍 해상리 10452 해상1리 경로당
조사일시 : 2010.2.26
조 사 자 : 강등학, 이영식, 박은영, 이창현, 윤희렬
제 보 자 : 박용득, 남, 74세
구연상황 : 다람쥐를 잡거나 놀리면서 부르던 노래를 아느냐는 질문에, 박용득이 다람쥐가 앞발을 비비는 흉내를 내며 이 노래를 불렀다. 다람쥐를 잡기 위해 부르는 노래라고 한다.

다람아 다람아 염불해라
다람아 다람아 염불해라

아가리 딱딱 벌려라 / 물고기 꿰는 소리

자료코드 : 03_01_FOS_20100226_KDH_PYD_0014
조사장소 : 강원도 고성군 간성읍 해상리 10452 해상1리 경로당
조사일시 : 2010.2.26
조 사 자 : 강등학, 이영식, 박은영, 이창현, 윤희렬
제 보 자 : 박용득, 남, 74세
구연상황 : 강가에서 민물고기를 잡아 꿸 때, 아가미가 잘 벌어지지 않으면 이 노래를 부른다고 했다. 버드나무 가지의 껍질을 벗겨 물고기의 아가미를 꿰었다고 한다.

아가리 딱딱 벌려라
열무짐치 들어간다

지경 소리 / 땅 다지는 소리

자료코드 : 03_01_FOS_20100226_KDH_PYD_0015
조사장소 : 강원도 고성군 간성읍 해상리 10452 해상1리 경로당
조사일시 : 2010.2.26
조 사 자 : 강등학, 이영식, 박은영, 이창현, 윤희렬
제보자 1 : 박용득, 남, 74세
제보자 2 : 전제남, 남, 76세
제보자 3 : 전제일, 남, 75세
구연상황 : 앞선 조사에서 제보자들이 '집터 다지는 소리'의 후렴을 실수로 '어허 달호야'로 했었다. 이후 다른 민요와 마을의 풍속에 관한 조사를 마친 후, 조심스럽게 '집터 다지는 소리'를 다시 구연해줄 것을 부탁했다. 흔쾌히 조사에 임해주었다. 박용득이 메기고 전제남과 전제일이 받았다.

어헐싸 지정이요
어허라 지정이요
이 집을 짓고 삼년 만에
어헐싸 지정이요

아들을 낳면 효자를 낳고

어헐싸 지정이요

딸을 낳며는 효녀를 난다

어헐싸 지정이요

어허루 지정이요

어헐싸 지정이요

향로봉이 뚝 떨어져서

어헐싸 지정이요

남산봉이 되었구나

어헐싸 지정이요

어허루 지정이요

어헐싸 지정이요

어랑 타령 / 가창유희요

자료코드 : 03_01_FOS_20100226_KDH_OMN_0001

조사장소 : 강원도 고성군 간성읍 해상리 1078 해상2리 경로당

조사일시 : 2010.2.26

조 사 자 : 강등학, 이영식, 박은영, 이창현, 윤희렬

제 보 자 : 오말녀, 여, 89세

구연상황 : 조사자가 해상2리 경로당을 찾아갔을 때 할머니들이 모여서 윷놀이를 하고
있었다. 윷놀이의 규칙에 대한 이야기를 나눈 후, 조사의 취지를 설명하고 노
래를 불러 줄 것을 요청했다. 다른 제보자들이 오말녀에게 노래를 해줄 것을
청하자, 오말녀는 큰 망설임 없이 '어랑 타령'을 불렀다.

어랑 타령의 본고향은 함경도 원산이요

○○○○○ 본고향 경성 신마찌라

어랑어랑 어허야 어허야 디허라 놀다 자다 가자

잘 한다

어랑 타령 / 가창유희요

자료코드 : 03_01_FOS_20100226_KDH_OMN_0002
조사장소 : 강원도 고성군 간성읍 해상리 1078 해상2리 경로당
조사일시 : 2010.2.26
조 사 자 : 강등학, 이영식, 박은영, 이창현, 윤희렬
제 보 자 : 오말녀, 여, 89세
구연상황 : 오말녀가 '어랑 타령' 한 수를 불렀다. 다른 제보자들이 오말녀에게 목소리가
　　　　　좋다며 노래를 더 해줄 것을 청하자, 오말녀는 '어랑 타령' 한 수를 더 불렀다.

　　신고산이 우르르릉 함흥 차 떠나는 소리
　　고무공장 큰 아기 밤봇짐만 싸누나
　　허랑허랑 허어야 어허야 디허라 안고 지고 놀자

베틀가 / 가창유희요

자료코드 : 03_01_FOS_20100226_KDH_OMN_0003
조사장소 : 강원도 고성군 간성읍 해상리 1078 해상2리 경로당
조사일시 : 2010.2.26
조 사 자 : 강등학, 이영식, 박은영, 이창현, 윤희렬
제 보 자 : 오말녀, 여, 89세
구연상황 : '성님 오네 성님 오네'를 아느냐는 질문에, 예전에 많이 불렀으나 다 잊어버
　　　　　려 기억하지 못 한다고 했다. '베틀가'를 아느냐는 질문에 오말녀가 망설이지
　　　　　않고 노래를 불렀다.

　　하두나 심심하여서
　　베틀노래나 불러 보세

베틀을 노세

베틀을 놔

옥난간에다 베틀을 놔

낮에, 베틀 다리는 네 다리요

잉앳대는 삼형젠데

눌림대는 독신이라

낮에 짜면 일광단이요

밤에 짜면 월광단이요

일광단 월광단 짜여서

정든 님 와이샤쓰나 만나 보세

우리 아기 잘도 잔다 / 아기 재우는 소리

자료코드 : 03_01_FOS_20100226_KDH_OMN_0004
조사장소 : 강원도 고성군 간성읍 해상리 1078 해상2리 경로당
조사일시 : 2010.2.26
조 사 자 : 강등학, 이영식, 박은영, 이창현, 윤희렬
제 보 자 : 오말녀, 여, 89세
구연상황 : 윤순녀가 '자장자장'을 부를 때, 옆에서 거들었던 오말녀에게 노래를 불러줄
          것을 청했다. 우스워서 하기 힘들다고 마다하는 것을 재차 부탁했다. 베개를
          아기 삼아 두드리며 노래를 불렀다.

자장자장 자장자장

우리 애기 잘두 잔다

멍멍 개야 짖지 마라

꼬꼬 닭아 우지 마라

자장자장 자장자장

시래기 타령 / 가창유희요

자료코드 : 03_01_FOS_20100226_KDH_OMN_0005
조사장소 : 강원도 고성군 간성읍 해상리 1078 해상2리 경로당
조사일시 : 2010.2.26
조 사 자 : 강등학, 이영식, 박은영, 이창현, 윤희렬
제 보 자 : 오말녀, 여, 89세
구연상황 : '시래기 타령'을 아느냐는 조사자의 질문에, 한옥년은 예전에 들은 기억은 있
　　　　　 으나 잘 모르겠다고 하며 다른 이들에게 불러줄 것을 청했다. 그러더니 갑자
　　　　　 기 노래를 불렀다. 새각시 시절에 어천리에 잔치 보러 갔다가 들은 노래라 정
　　　　　 확하지 않다고 했다. 옆에 있던 최경춘이 '바람이 불어도 나는 몰라'가 있다
　　　　　 고 했으나 오말녀는 모르겠다며 더 이상 구연하기를 거절했다. 앞서 '성주풀
　　　　　 이'를 불렀던 까닭에, 마지막 부분에서 '성주풀이'로 노래가 옮겨간 듯하다.

　　사랑 뻑게(밖에) 시래미 따래미

　　하늬바람에 다 뿌셔졌구나

　　에라 만수 허어 대신이야

개 타령 / 가창유희요

자료코드 : 03_01_FOS_20100226_KDH_OMN_0006
조사장소 : 강원도 고성군 간성읍 해상리 1078 해상2리 경로당
조사일시 : 2010.2.26
조 사 자 : 강등학, 이영식, 박은영, 이창현, 윤희렬
제 보 자 : 오말녀, 여, 89세
구연상황 : '시래기 타령'을 부른 후, 조사자가 '개 타령'을 불러줄 것을 청했다. 오말녀가
　　　　　 망설임 없이 노래를 불러주었다. 오말녀의 노래를 듣고 다들 즐거워했다.

　　개야 개야 워어리 검정 수캐야

　　밤사람 보고 함부로 짖지를 말아라

　　영감 잡놈을 보며는 어겅껑껑 짖고

총각 낭군을 보거든 꼬리만 툭툭 치어라

우리 아기 잘도 잔다 / 아기 재우는 소리

자료코드 : 03_01_FOS_20100226_KDH_YSN_0001
조사장소 : 강원도 고성군 간성읍 해상리 1078번지 해상2리 경로당
조사일시 : 2010.2.26
조 사 자 : 강등학, 이영식, 박은영, 이창현, 윤희렬
제 보 자 : 윤순녀, 여, 84세
구연상황 : 아기를 재우거나 어르면서 부르던 노래를 아느냐는 질문에 예전에 했으나 막
상 입에서 나오지 않는다고 하며 다들 구연해주기를 꺼렸다. 화제를 바꾸어
연기 방향을 돌리며 부르는 노래에 관한 질문을 하고 있는데, 윤순녀가 갑자
기 이 노래를 불렀다. 다시 구연해줄 것을 부탁해서 두 번째 부른 노래이다.

자장자장 잘두 잔다
머리 잠도 내리오너라
눈썹 잠도 내려오너라
우리 아기 잘도 잔다
자장자장 잘도 잔다

아라리 / 가창유희요

자료코드 : 03_01_FOS_20100227_KDH_YJR_0001
조사장소 : 강원도 고성군 간성읍 탑동리 131번지 윤종열 댁
조사일시 : 2010.2.27
조 사 자 : 강등학, 이영식, 박은영, 이창현, 윤희렬
제 보 자 : 윤종렬, 남, 74세
구연상황 : 윤종렬의 개인 신상에 관한 이야기를 10분 가까이 나눈 후, 본격적으로 민
요 조사를 시작했다. 잠자리를 잡으면서 부르던 노래를 아느냐는 질문부터 시

작했다. 노래가 있었다는 기억은 하나 정확한 사설은 기억하지 못 했다. 어릴 적에 걸립패의 끝무동으로 어른들을 따라다니면서 부르던 아리랑 밖에 모른 다고 했다. 그 노래를 불러달라고 하자 몇 번 마다하다가 불러주었다.

지불명력에 강지나 기평은 나나니 말날지라도
술상머리서 쓰는 금전은 애끼지(아끼지)를 말어라

그 때는 뭐 아리랑이지 뭐.

아리아리랑 스리스리랑 아라리요
아리랑 고개 고개루 나 넘어 간다

아라리 / 가창유희요

자료코드 : 03_01_FOS_20100227_KDH_YJR_0002
조사장소 : 강원도 고성군 간성읍 탑동리 131번지 윤종열 댁
조사일시 : 2010.2.27
조 사 자 : 강등학, 이영식, 박은영, 이창현, 윤희렬
제 보 자 : 윤종렬, 남, 74세
구연상황 : 어릴 적에 걸립패의 끝무동으로 어른들을 따라다니면서 부르던 '아리랑' 밖에 모른다고 했다. 그 노래를 불러달라고 하자 몇 번 마다하다가 불러주었다. 고 성 사람들이 부르는 '아리랑'은 빠른 반면에 자신이 부르는 '아리랑'은 조금 늦게 부른다고 했다. '아리랑'에는 '긴 아리랑'과 '자진 아리랑'이 있으며 앞서 부른 '아리랑'은 '긴 아리랑'이라고 했다. 조사자가 '자진 아리랑'을 불러달라 고 하자 이 노래를 불렀다.

오늘 갈런지 내일 갈런지 서산에 망종인데
맨드라미 줄봉숭알 왜 심어 놓나

어랑 타령 / 가창유희요

자료코드 : 03_01_FOS_20100227_KDH_YJR_0003
조사장소 : 강원도 고성군 간성읍 탑동리 131번지 윤종열 댁
조사일시 : 2010.2.27
조 사 자 : 강등학, 이영식, 박은영, 이창현, 윤희렬
제 보 자 : 윤종렬, 남, 74세
구연상황 : '긴 아라리'와 '자진 아라리'를 부른 뒤, '어랑 타령'도 불러달라는 조사자의
　　　　　요청에 들던 대로 하는 소리라며 망설임 없이 불러주었다. 강원도 홍천에서
　　　　　자라던 어릴 적 부르던 노래라고 한다.

신고산이 우르르 화물차 떠나는 소리에
고무공장 큰 아기 단돗짐(밤봇짐)만 싸네
어랑어랑 어허야 어허요 두여 내 사령아

아라리 / 가창유희요

자료코드 : 03_01_FOS_20100227_KDH_YJR_0004
조사장소 : 강원도 고성군 간성읍 탑동리 131번지 윤종열 댁
조사일시 : 2010.2.27
조 사 자 : 강등학, 이영식, 박은영, 이창현, 윤희렬
제 보 자 : 윤종렬, 남, 74세
구연상황 : 조사자의 요청에 '긴 아라리'와 '자진 아라리', 그리고 '어랑 타령'을 구연해
　　　　　주었다. 정선에서는 '아라리'라고 하지만, 홍천에서는 '아리랑'이라고 했다 한
　　　　　다. '아라리'를 연달아 몇 수 더 불러달라고 요청하자 망설임 없이 구연해 주
　　　　　었다. 사설의 내용이 정확하지 않아 다시 물어 보았으나 어떻게 돌아가는지
　　　　　잘 모르겠다고 했다.

오늘 갈런지 내일 갈런지 서산에 망종인데
맨드라미 줄봉숭알 왜 심어 놓나
아리아리랑 스리스리랑 아라리요

아리랑 고개루다가 나를 넘겨 주게

오릉쭉박에 금모단줄로 나를 감지 말고
대장부 길고 긴 팔로 나를 감어 주소

미나리 / 모찌는 소리

자료코드 : 03_01_FOS_20100227_KDH_YJR_0005_s01_1
조사장소 : 강원도 고성군 간성읍 탑동리 131번지 윤종열 댁
조사일시 : 2010.2.27
조 사 자 : 강등학, 이영식, 박은영, 이창현, 윤희렬
제 보 자 : 윤종렬, 남, 74세
구연상황 : '미나리'를 해보았냐는 질문에 어렸을 적 홍천에서 해보았다고 하며 바로 노
래 를 불렀다. 모를 찌면서 부르던 노래라고 했다. 모 심을 적에 부르는 '미
나리'는 좀 더 짧게 부른다고 했다. 객지로 돌아다니느라 간성읍에 와서는 해
본 적이 없다고 했다.

가슬산 다푼 독에

이게 미나리죠, 이게.

사방 열 해 지면 어어 나가려나
어얼싸 또 한 줌을 뽑았네

이게 이게 모를, 모를 찌면서 (조사자 : 모 찌면서 미나리 하셨어요?)
네. 모 찌면서 미나리 하는 거여. (조사자 : 어. 모 찌면서 미나리?) 네.

오늘은 여기서 놀구
내일은 어데가 노나

모란봉이 변하여 대동강이 될지라도

너와 나와는 맘 변치를 마세

오독떼기 / 모찌는 소리

자료코드 : 03_01_FOS_20100227_KDH_YJR_0005_s01_2
조사장소 : 강원도 고성군 간성읍 탑동리 131번지 윤종열 댁
조사일시 : 2010.2.27
조 사 자 : 강등학, 이영식, 박은영, 이창현, 윤희렬
제 보 자 : 윤종렬, 남, 74세
구연상황 : 홍천에서 모를 찔 때 부르던 소리가 있었느냐는 질문에 '오독떼기'가 있었다
고하며 노래를 불러주었다. '모찌는 소리'는 빨리 부르는 것도 있고 늦게 부
르는 것도 있는데, 이 노래는 늦게 부르는 노래라고 했다.

을래 어 우
어디까 또 한줌 쪘네

이게 오독떼긴데

기리년 농사 달도 진다
해 뜨니 또 한줌 쪘네

미나리 / 모심는 소리

자료코드 : 03_01_FOS_20100227_KDH_YJR_0005_s02
조사장소 : 강원도 고성군 간성읍 탑동리 131번지 윤종열 댁
조사일시 : 2010.2.27
조 사 자 : 강등학, 이영식, 박은영, 이창현, 윤희렬
제 보 자 : 윤종렬, 남, 74세
구연상황 : '오독떼기'를 구연한 후, 조사자가 앞서 불렀던 '미나리'를 다시 한 번 더 불
러달라고 요청했다. 윤종렬은 망설이지 않고 노래를 불렀다.

심어 주게 심어 주게 심어 주게
오종종종 줄모로만 심어 주게

이게 오독떼기 같은 저거 같은데, 미나리같은데
(조사자 : 미나리. 모 심을 때?)

서산에 지는 해는
지구 싶어 졌나

이게 이게 미나리.

상사 소리 / 논 매는 소리

자료코드 : 03_01_FOS_20100227_KDH_YJR_0006_s03
조사장소 : 강원도 고성군 간성읍 탑동리 131번지 윤종열 댁
조사일시 : 2010.2.27
조 사 자 : 강등학, 이영식, 박은영, 이창현, 윤희렬
제 보 자 : 윤종렬, 남, 74세
구연상황 : '모찌는 소리'인 '미나리'를 부른 후, 이어서 '논 매는 소리'를 아느냐는 질문
에 간성에서는 '논 매는 소리'가 없으며 호미로 김을 매는 홍천과 달리 손으
로 김을 맨다고 하였다. 그리고는 10대 때 홍천에서 부르던 노래를 곧장 구
연해 주었다.

얼럴럴 상사데야

이기 이기 인제 김매는, 김매는 소리야.
(조사자 : 아이논 맬 때?) 네. 아이논 맬 직에 (조사자 : 호미질하면서?) 네.

한 줌 긁고 두 줌 긁어 엎어질 제채로 제쳐노세

이게 툭 쳐서 흙을 훌떡 넘겨 놓는 거여. 놓는기.

(조사자 : 고 몇 마디 계속 해보시죠.)

마조 언저 평손하니 갈 길조차 앞이로구나

얼럴럴 상사데여

앞에 농부 호미 자루 중간 농부 별을 따세

아헤 소리 / 지신 밟는 소리

자료코드 : 03_01_FOS_20100227_KDH_YJR_0006
조사장소 : 강원도 고성군 간성읍 탑동리 131번지 윤종열 댁
조사일시 : 2010.2.27
조 사 자 : 강등학, 이영식, 박은영, 이창현, 윤희렬
제 보 자 : 윤종렬, 남, 74세
구연상황 : '모찌는 소리'와 '논 매는 소리'를 부른 후, 어릴 적 끝무동을 타며 '고사하는 소리'도 불렀다고 한다. 불러줄 것을 요청하자 사설을 다 잊어버려 잘 기억나지 않는다고 하는 것을 재차 불러줄 것을 요청하자 구연해 주었다. 지신밟기를 하며 부른 노래인데 중간 중간 다 잊어버렸다고 했다.

아헤이로구나
모진사경 두변 놓고 사살물질 다 지쳐가며
인간세상 뜬 세월이 흘러가도다
어저께는 농사짓고 오늘에는 하루를 ○○
이틀 삼일 ○○거시나 보름달이로구나
하루 경제로다 하루 경제로다
산낙상 기붕하여 천하지대본이 농사로다
농사하면은 누구를 잡고 이것 저것 달려들어
기본 없이 모일 적에 그 사람이 무엇이냐
한 곡을 들고 보니 두 산수 연맹이라

이 집 진지 삼년 만에 아들 낳면 효자를 낳고
딸을 낳면 열녀로다 천하지대본이 농사라
사한 본 보고 보고 어지이 에라 대신이야

이랴 소리 / 밭 가는 소리

자료코드 : 03_01_FOS_20100227_KDH_YJR_0007
조사장소 : 강원도 고성군 간성읍 탑동리 131번지 윤종열 댁
조사일시 : 2010.2.27
조 사 자 : 강등학, 이영식, 박은영, 이창현, 윤희렬
제 보 자 : 윤종렬, 남, 74세
구연상황 : 어릴 적 농사꾼이었던 윤종열의 아버지가 밭을 갈 때 저리소를 몰면서 부르던 노래가 있었다고 했다. 제보자의 질문이나 요청 없이도 자발적으로 노래를 불러 주었다. 밭을 갈 때 소를 달래가면서 부르던 노래라고 했다. 홍천에는 논을 삶든 밭을 갈든 저리소로 했다고 한다. 소와 사람이 마음이 맞아야 밭을 갈 수 있다고 한다.

이려 어디어허~
마라지혀 서거라
허 어디

그래구 우 돌아가지

어 허디
안소 고락에 들어서
어허디 올라서라

그 소를 달래가며 그,

이 골 타고 저 골 질러

올라 서거라 어디

어 잘 나간다

어디여 지어 나가자

허영차 소리 / 목도하는 소리

자료코드 : 03_01_FOS_20100227_KDH_YJR_0008
조사장소 : 강원도 고성군 간성읍 탑동리 131번지 윤종열 댁
조사일시 : 2010.2.27
조 사 자 : 강등학, 이영식, 박은영, 이창현, 윤희렬
제 보 자 : 윤종렬, 남, 74세
구연상황 : 윤종열이 석공일을 했다는 이야기를 앞서 들었던 까닭에, 무거운 돌을 들면서 부르던 '목도하는 소리'를 아느냐는 질문을 던졌다. 들어서 알고 있다고 하면서 망설임 없이 구연해 주었다.

어이제 에이

하면 어제
같이 어이여

어이여차 어이여

어영차 허이야

어이구 지구

어깨가 아프다

어제 어이고

아제 어이구

아버지 조심

내 걱정 말고

네 걱정 하여라

아이야 어깨도

시름같이 날린다

어이구 같이두

비탈같이 달리자

앞배잽이는 지구지구

뒷구잽이는 비탈을 탄다

어이여차 허이여

어기여차 뒤

허제 놓구

동고이고 소리 / 초 아뢰는 소리

자료코드 : 03_01_FOS_20100227_KDH_YJR_0009_s01
조사장소 : 강원도 고성군 간성읍 탑동리 131번지 윤종열 댁
조사일시 : 2010.2.27
조 사 자 : 강등학, 이영식, 박은영, 이창현, 윤희렬
제 보 자 : 윤종렬, 남, 74세
구연상황 : '미나리'를 구연해준 후 윤종열이 장례요에 대한 이야기를 먼저 꺼내었다. 자신은 선소리꾼을 하느라 상여를 메 본 적이 없다고 하였다. 초초, 이초, 삼초에 대한 이야기를 해준 후 그 중 삼초를 아뢰고 나서 부르는 노래를 구연해주었다. '동고이고'의 뜻이 무엇이냐고 물었더니, 알리는 것이라고 했다. '동고이고'는 세 마디가 나오는데, 선소리꾼이 세 번 부르면, 상두꾼이 세 번을 받고 그 동안 상주들은 슬피 운다고 했다. 고성에 와서도 많이 했는데 받아주는 사람이 없어서 혼자서 했다고 한다.

동고~

하믄 같이 부르는 사람이

이고~

들어간다는 두 마디를 받아준다고.
그러믄 내가 또 해야 될 거 아니여.

　　상생이 해가 떠니
　　갈 길이 재촉하니

이러믄 소리를 받아주는 사람이, 받아주는 사람이 있어야 될 거 아
니여?

　　어허허어허호오
　　어이 나갈까 호호오

그러믄 내가 또 소리를 줴야지

　　가자 가자 어서 가자
　　염라대왕이 날 불른다

하믄 인제 받아주는 사람이

　　어허어어허허
　　어기나 갈까 호호오

그러믄 인제 받아주는 저기하는 사람이

　　무지청산에 청산이요
　　죽음의 목숨이 간천시로다

이렇게 나가는 거여

어흥 소리 / 운상하는 소리

자료코드 : 03_01_FOS_20100227_KDH_YJR_0009_s02
조사장소 : 강원도 고성군 간성읍 탑동리 131번지 윤종열 댁
조사일시 : 2010.2.27
조 사 자 : 강등학, 이영식, 박은영, 이창현, 윤희렬
제 보 자 : 윤종렬, 남, 74세
구연상황 : '초 아뢰는 소리'를 구연해 준 후, 행상이 나갈 때 부르는 소리인 '미리타불'
          과 '아미타불 소리'를 조금 구연해 주었다. 고성에서도 선소리꾼을 많이 했지
          만 다른 이들이 노래를 받아줄 줄을 몰라서 혼자서 불렀다고 한다. 상여가 언
          덕을 올라갈 때 부르는 소리는 자진소리가 있다며 구연해 주었다.

　　어흥 어흥
　　어허흥 어흥

　　이렇게 올라가는 거여.
　　고바위로 올라갈 적에는

　　앞구잽이는 줄라 어흥
　　뒷구잽이는 미구가 어흥
　　어가는 들고 가자 어흥

지경 소리 / 땅 다지는 소리

자료코드 : 03_01_FOS_20100227_KDH_YJR_0010
조사장소 : 강원도 고성군 간성읍 탑동리 131번지 윤종열 댁
조사일시 : 2010.2.27
조 사 자 : 강등학, 이영식, 박은영, 이창현, 윤희렬
제 보 자 : 윤종렬, 남, 74세
구연상황 : '운상하는 소리'를 구연한 후, 조사자가 집터를 다지면서 소리를 해보았느냐
          는 질문을 했다. 윤종렬은 예전에 해보았는데 지금은 많이 잊어버렸다고 했

다. 그러나 곧 노래를 불러주었다. 조사자가 뒷소리를 받을 터이니, 앞소리를
불러달라고 요청을 하자 윤종렬이 다시 불러주었다.

이 터 밖은 성요탕에 성요훌치기 돌아온다
어허얼싸 지정이요
이 집 진지 삼년 만에 아들 낳면 효잘 낳고
어허얼싸 지정이요
아 한국에 동방이기 이수같이 또 있는가
어허얼싸 지정이요
어허얼싸 지정이요

뱃노래 / 가창유희요

자료코드 : 03_01_FOS_20100227_KDH_YJR_0011
조사장소 : 강원도 고성군 간성읍 탑동리 131번지 윤종열 댁
조사일시 : 2010.2.27
조 사 자 : 강등학, 이영식, 박은영, 이창현, 윤희렬
제 보 자 : 윤종렬, 남, 74세
구연상황 : 판의 마무리하면서 윤종열에게 '뱃노래'와 '오봉산 타령'을 불러달라고 요청
했다. 윤종렬은 술을 마시지 않아 노래하기 어렵다며 마다했다. 조사자가 재
차 부탁한데다 옆에 있던 윤종렬의 처 또한 불러주라고 거들어서 윤종렬이
구연을 해주었다. 더 불러달라고 요구했으나 잊어버려 하기 어렵다고 했다.

어기여디여차 어이야디여 어기여차 뱃놀이 가잔다
강릉 바다 건너 물결 소리가
설렁설렁 노를 저어라 배 떠나간다
어기여디여차 어이야디여 어기여차 뱃놀이 가잔다

오봉산 타령 / 가창유희요

자료코드 : 03_01_FOS_20100227_KDH_YJR_0012

조사장소 : 강원도 고성군 간성읍 탑동리 131번지 윤종열 댁

조사일시 : 2010.2.27

조 사 자 : 강등학, 이영식, 박은영, 이창현, 윤희렬

제 보 자 : 윤종렬, 남, 74세

구연상황 : 판의 마무리하면서 윤종렬에게 '뱃노래'와 '오봉산 타령'을 불러달라고 요청했다. '뱃노래' 한 수를 구연한 후, 조사자가 더 불러달라고 요구하자 잊어버려 하기 힘들다고 했다. 그러면 '오봉산 타령'을 불러줄 것을 요청하자 망설이지 않고 노래를 불렀다. 그러나 잊어버려 끝을 맺기 어렵다고 했다.

오봉산 꼭대기 에루화 돌배나 나무는

매디 매디 꺾어도 에루화 모양만 난다

에헤요 어허야 얼싸아 배

어 이기 아이구 끝트마리를 못 묶겠네.

이랴 소리 / 논 가는 소리

자료코드 : 03_01_FOS_20100227_KDH_YHC_0001

조사장소 : 강원도 고성군 간성읍 상리 446-3번지 상리 경로당

조사일시 : 2010.2.27

조 사 자 : 강등학, 이영식, 박은영, 이창현, 윤희렬

제 보 자 : 윤화춘, 남, 74세

구연상황 : 상리 경로당을 방문했을 때 남자들 세 분이 앉아서 대화를 나누고 있었다. 방문 취지를 말하자, 여기는 모인 사람은 노래도 못하고 이야기도 잘 못한다고 했다. 그리하여 처음에는 지명, 서낭당 등 마을에 관계된 이야기를 들었다. 어느 정도 분위기가 익자 조사자가 마을에 전해오는 이야기를 청하자 어른들한테 들은 얘기라며 '생활력이 강한 양양 사람들', '고뿔은 강릉 이통천네 집으로 가거라'를 들려주었다. 이에 청도 좋으니 소리를 잘하실 거 같다며 '이랴 소리'를 청하니, 논이나 밭을 갈다가 술 한 잔 먹고 하는 소리라며 이 노래를 불렀다.

그전에 술 한 잔 먹구 논 갈 적에, 저 심(힘)은 들구 이렇게 되믄 이제 소 쟁길 끝으마리까지 쭉 가게 되므는 이제 쉬는 겸 ○○○ 그러거든,

이려
이런 빌어먹을 놈의 소
이려 ~
어이
이려

한춤 소리 / 모찌는 소리

자료코드 : 03_01_FOS_20100226_KDH_JJN_0001_s02
조사장소 : 강원도 고성군 간성읍 해상리 10452 해상1리 경로당
조사일시 : 2010.2.26
조 사 자 : 강등학, 이영식, 박은영, 이창현, 윤희렬
제보자 1 : 전제남, 남, 76세
제보자 2 : 박용득, 남, 74세
제보자 3 : 전제일, 남, 75세
구연상황 : 논농사를 짓는 순서대로 조사를 시작했다. 먼저 '논 삶는 소리'를 박용득이 구연해 주었다. 이어서 '모찌는 소리'로 이야기를 옮겼다. 돌아가면서 구연해 주기를 청하자, 전제남이 먼저 망설이지 않고 구연을 해주었다. 모를 찔 때에는 '아리랑'도 불렀다고도 했다.

제보자1 얼러리 하더니 또 한춤

　이렇게

제보자2 어럴루 하더니 나두 또 한춤

제보자3 그 소리가 끝나자마자 또 한춤 나간다

어랑 타령 / 모심는 소리

자료코드 : 03_01_FOS_20100226_KDH_JJN_0002_s03
조사장소 : 강원도 고성군 간성읍 해상리 10452 해상1리 경로당
조사일시 : 2010.2.26
조 사 자 : 강등학, 이영식, 박은영, 이창현, 윤희렬
제보자 1 : 전제남, 남, 76세
제보자 2 : 박용득, 남, 74세
제보자 3 : 전제일, 남, 75세
구연상황 : 논농사를 짓는 순서대로 조사를 시작했다. '논 삶는 소리'와 '모찌는 소리'를
조사한 후, '모심는 소리'에 관한 질문을 했다. '모심는 소리'로 특별한 노래가
따로 있었던 것은 아니며 '어랑 타령'이나 '뱃노래'도 부르고, 유행가도 불렀
다고 한다. 대개는 못줄을 잡고 있는 사람이 노래를 불렀으며, 술을 한잔씩
하면 모 심는 사람이 부르기도 했다한다.

제보자 1 가는 새 오는 새 한 더불(덤불) 속에서 놀구요

　　　　너하고 나하고 한 이불 속에서 노잔다

　　　　어랑어랑 어허여 어야데야 요것두 내 사령이로구나

제보자 2 널과 날과 깊은 정들 적에

　　　　뒷동산 잔대풀이 다 부서졌구나

　　　　어야더야 더야 어허디어라 널과 나로구나

제보자 3 믿지를야 마서요 믿지를야 마서요

　　　　신체검사 간 낭군 ○○○ 믿지를 마서요

　　　　허야더야 더야 어허야좋소 시절이 젊어 노잖다

어랑 타령 / 모심는 소리

자료코드 : 03_01_FOS_20100226_KDH_JJN_0003_s03

조사장소 : 강원도 고성군 간성읍 해상리 10452 해상1리 경로당

조사일시 : 2010.2.26

조 사 자 : 강등학, 이영식, 박은영, 이창현, 윤희렬

제보자 1 : 전제남, 남, 76세

제보자 2 : 박용득, 남, 74세

제보자 3 : 전제일, 남, 75세

구연상황 : '모심는 소리'로 특별한 노래가 따로 있었던 것은 아니며 '어랑 타령'이나 '뱃노래'도 부르고, 유행가도 불렀다고 한다. 돌아가면서 '어랑 타령'을 한 번씩 부른 후, 조사자가 다시 한 번 더 불러달라고 요청하자 흥겹게 불러주었다. 노래에 따라 일하는 손의 빠르기가 달라졌으며 악기가 따로 나가지는 않았다고 한다.

제보자 1 놀기야 좋기는 ○○○ 복판이 좋구요

　　　　잠자리 좋기는 임에야 품안이 좋더라

　　　　어야더야 더야

　저 안에서 장구 좀 치잖우

제보자 2 에~

　　　　오잖는 낭군도 가잖는 낭군도 열둘

　　　　삼팔이 이십사 스물에 ○로구나

　　　　어랑어랑 어허야 어허 디어라 내 사령만 간다

제보자 3 논두렁에야 피는 꽃 꽃이라고 할소냐

　　　　가다오다 만난 님 님이라고 할소냐

　　　　허야더야 더야 어허야 좋소 시절이 젊어 노잖다

　(조사자 : 더 해보시죠. 아이 아이 오랜만에 흥이 나시잖아요. 한 번 더 해보시죠.)

제보자 1 산이야 높아서 골이나 깊지요

쪼고만한 여자 몸이 뭐 그렇게 깊을소냐

어야더야 더야 어허요 디어소 내가 사령이로구나

제보자 2 허~

맨발이 못 갈 덴 밤나무 밑이요

돈 없이 못 갈 덴 요리집 문턱이로구나

어야더야 더야 어허 디여라 널과 나로구나

제보자 3 원산야 유리가 공장 유리가 반짝반짝

해쑥해쑥 웃는 님 금니가 반짝반짝

허야더야 더요 어허야 좋소 시절이 젊어 노잖다

한 단 소리 / 벼 베는 소리

자료코드 : 03_01_FOS_20100226_KDH_JJN_0004_s05

조사장소 : 강원도 고성군 간성읍 해상리 10452 해상1리 경로당

조사일시 : 2010.2.26

조 사 자 : 강등학, 이영식, 박은영, 이창현, 윤희렬

제보자 1 : 전제남, 남, 76세

제보자 2 : 박용득, 남, 74세

제보자 3 : 전제일, 남, 75세

구연상황 : '논 매는 소리'에 대한 조사를 마치고 '벼 베는 소리'에 관한 질문을 했다. 빨리 베기 위해 이 소리를 했다고 한다. 벼 베는 상황을 떠올리며 돌아가면서 불러달라고 하자 별 어려움 없이 노래를 불렀다. 사설은 즉흥적으로 지어냈다 한다.

제보자 1 얼럴 하더니 또 한 단 나간다

제보자 2 어허 얼러 하더니 나두 또 한 단

제보자 3 그 소리가 끝나자마자 또 한 단

제보자 1 어허 나간다 또 한 단 녹아난다

제보자 2 워허 이 술이 깨기 전에 빨리 빨리 비자 또 한 단

구정물 나가고 / 물 맑게 하는 소리

자료코드 : 03_01_FOS_20100226_KDH_JJN_0005
조사장소 : 강원도 고성군 간성읍 해상리 10452 해상1리 경로당
조사일시 : 2010.2.26
조 사 자 : 강등학, 이영식, 박은영, 이창현, 윤희렬
제 보 자 : 전제남, 남, 76세
구연상황 : '잠자리 잡는 소리'에 대한 조사를 마친 후, 가재를 잡으면서 부르던 노래를
아느냐는 질문을 했다. 잘 기억하지 못하는 제보자들에게 흙탕물이 맑아지기
를 바라면서 부르던 노래라고 좀 더 구체적인 질문을 했다. 전제남이 기억을
했고 구연도 해주었다.

꾸정물 나가고
맑은 물 가져오너라
페~ 페~

앞니 빠진 수망다리 / 이 빠진 아이 놀리는 소리

자료코드 : 03_01_FOS_20100226_KDH_JJN_0006
조사장소 : 강원도 고성군 간성읍 해상리 10452 해상1리 경로당
조사일시 : 2010.2.26
조 사 자 : 강등학, 이영식, 박은영, 이창현, 윤희렬
제 보 자 : 전제남, 남, 76세
구연상황 : 어릴 적 아이들을 놀리며 부른 노래가 있었느냐는 질문에 '이 빠진 아이 놀리

는 소리'를 전제남이 불렀다. 다시 불러줄 것을 요청하자 쑥스러운지 웃으면
서 노래를 불렀다. 이가 하나도 없는 사람을 '수망대이'라고 한다고 했다. '자
루밭에 사래육'이 무슨 뜻이냐고 묻자 잘 모른다고 하며, '논두렁에 미끄러져
죽었다'는 뜻 아니냐며 모두들 웃었다.

앞니 빠진 수망대이
뒷골로 뒷골로 가다가
논 논두렁에 미끄러져
자루밭에 사래육

해야 해야 나오너라 / 몸 말리는 소리

자료코드 : 03_01_FOS_20100226_KDH_JJN_0007
조사장소 : 강원도 고성군 간성읍 해상리 10452 해상1리 경로당
조사일시 : 2010.2.26
조 사 자 : 강등학, 이영식, 박은영, 이창현, 윤희렬
제 보 자 : 전제남, 남, 76세
구연상황 : 개울에서 미역을 감다가 해가 구름 속에 들어가면 이 노래를 불러 해가 나오
기를 바랐다고 한다.

해야 해야 나와라
복지깨로 물 떠먹고
쨍쨍 나와라

미나리 / 논 매는 소리

자료코드 : 03_01_FOS_20100226_KDH_JJI_0001_s04
조사장소 : 강원도 고성군 간성읍 해상리 10452 해상1리 경로당
조사일시 : 2010.2.26

조 사 자 : 강등학, 이영식, 박은영, 이창현, 윤희렬
제보자 1 : 전제일, 남, 75세
제보자 2 : 전제남, 남, 76세
구연상황 : 모를 심고 난 뒤 한 달 안쪽으로 아이논을 매고, 열흘 뒤 두벌, 보름 뒤 세벌
매기를 하여 초복까지 김매기를 끝낸다고 한다. 김매기를 할 때에는 주로 '미
나리'와 '미다지'를 부르는데, '미나리'는 소리가 길게 늘어지며 '미다지'는
'미나리'보다 약간 빠르게 부른다고 하는데, 일반인들이 구별하여 부르기 어
렵다고 했다. 전재일이 '미나리'를 자발적으로 부르기 시작했으며 전제남이
함께 불렀다. '미나리'는 "와!" 하고 들판이 울리도록 여럿이 함께 부르는 노
래라고 한다.

메어 주게 일심 받아 이 논을 메어 주소

미나리 / 논 매는 소리

자료코드 : 03_01_FOS_20100226_KDH_JJI_0002_s04
조사장소 : 강원도 고성군 간성읍 해상리 10452 해상1리 경로당
조사일시 : 2010.2.26
조 사 자 : 강등학, 이영식, 박은영, 이창현, 윤희렬
제보자 1 : 전제일, 남, 75세
제보자 2 : 전제남, 남, 76세
구연상황 : 전제일이 '미나리'를 자발적으로 한 수를 부른 뒤, 다른 사설은 없느냐는 조
사자의 질문에 이 노래를 불러주었다. 전제남은 함께 불렀다.

이슬아침 만난 친구 석양 끝에 이별일세

이거리 저거리 갓거리 / 다리 뽑기 소리

자료코드 : 03_01_FOS_20100226_KDH_JJI_0003
조사장소 : 강원도 고성군 간성읍 해상리 10452 해상1리 경로당
조사일시 : 2010.2.26

조 사 자 : 강등학, 이영식, 박은영, 이창현, 윤희렬
제 보 자 : 전제일, 남, 75세
구연상황 : 전래동요에 관한 질문을 이어가며 '다리 뽑기 소리'를 아느냐고 물었다. 전
　　　　　제일이 자신의 다리를 뽑으면서 노래를 불러주었다. 박용득이 옆에서 거들
　　　　　었다.

　　　이거리 저거리 갓거리
　　　천두만두 두만두
　　　짝발래 해양지
　　　도래미체 사대육

하면 육하면 잡힌 사람은 이걸 다리를 오그리고 그 담에 또

　　　이거리 저거리 갓거리
　　　천두만두 두만두
　　　짝발래 해양지
　　　도래미체 사대육

하믄 잡히면 다리를 또 오그리고

미리타불 소리 / 초 아뢰는 소리

자료코드 : 03_01_FOS_20100226_KDH_JJI_0004
조사장소 : 강원도 고성군 간성읍 해상리 10452 해상1리 경로당
조사일시 : 2010.2.26
조 사 자 : 강등학, 이영식, 박은영, 이창현, 윤희렬
제 보 자 : 전제일, 남, 75세
구연상황 : '초 아뢰는 소리'에 관해 질문을 했다. 전제일이 '초 아뢰는 소리'에는 일초,
　　　　　이초, 삼초가 있는데, 일초는 출상하는 전날 초저녁에, 이초는 새벽 한시쯤에,
　　　　　그리고 삼초는 출상하기 바로 직전에 한다고 했다. 삼초를 올리고 시신을 틀

에 옮긴다고 한다. 사설은 매번 똑같다고 했다.

이제 "일초 아룁니다" 그런단 말이야 이제.

그카면 이제 상꾼들이 '네~'하고 대답을 해 이제.

　　나무아미타불

나무쇠 한꺼번에 불러.

　　나무쇠

이렇게 세 번을 해.

어랑 타령 / 가창유희요

자료코드 : 03_01_FOS_20100226_KDH_JYC_0001
조사장소 : 강원도 고성군 간성읍 해상리 1078 해상2리 경로당
조사일시 : 2010.2.26
조 사 자 : 강등학, 이영식, 박은영, 이창현, 윤희렬
제 보 자 : 정영춘, 여, 86세
구연상황 : 오말녀가 '어랑 타령' 두 수를 부른 뒤, 이어서 최경춘이 '어랑 타령'을 불렀
　　　　　다. 정영춘에게도 노래를 불러줄 것을 청하자, 약간 망설이다가 불러주었다.

　　니가나 잘 나서 천하에 일색이냐
　　내 눈에 들어야 천하일색이지
　　어랑어랑 어허야 어람마 디여라 시절이 젊어 노자

　좋다

뱃노래 / 가창유희요

자료코드 : 03_01_FOS_20100226_KDH_JYC_0002
조사장소 : 강원도 고성군 간성읍 해상리 1078 해상2리 경로당
조사일시 : 2010.2.26
조 사 자 : 강등학, 이영식, 박은영, 이창현, 윤희렬
제보자 1 : 정영춘, 여, 86세
제보자 2 : 최경춘, 여, 81세
구연상황 : 오말녀와 최경춘, 정영춘이 '어랑 타령'을 이어서 부르면서 판이 흥겨워졌다.
일제강점기 때 남편이 징용을 끌려갔었다는 정영춘의 말에 당시 남편을 생각
하면서 부르던 노래를 불러달라고 하자 '뱃노래'를 불렀다. 이어서 최경춘이
노래를 받았다.

제보자 1 일본 육해 아이고 육해도가 얼마나 좋아서
　　　　　꽃 같은 나를 두고 연락선을 탔느냐
　　　　　에야노야노야 에야노야노 어기여차 뱃놀이 가잖다

　잘 하지 뭐.
　(조사자 : 어르신도 뱃노래 한번 하시죠?)

제보자 2 만경청파에 배 띄워 놓구요
　　　　　근심도 아니 하고 잘도 가누나
　　　　　어야디여차 어기여차 어기여차 뱃놀이 가잖다

뱃노래 / 가창유희요

자료코드 : 03_01_FOS_20100226_KDH_JYC_0003
조사장소 : 강원도 고성군 간성읍 해상리 1078 해상2리 경로당
조사일시 : 2010.2.26
조 사 자 : 강등학, 이영식, 박은영, 이창현, 윤희렬

제 보 자 : 정영춘, 여, 86세

구연상황 : 오말녀와 최경춘, 정영춘이 '어랑 타령'을 이어서 부르면서 판이 흥겨워졌다. 일제강점기 때 남편이 징용을 끌려갔었다는 정영춘의 말에 당시 남편을 생각하면서 부르던 노래를 불러달라고 하자 '뱃노래'를 불렀다. 이어서 최경춘이 노래를 받았다. 최경춘의 노래가 끝난 후 조사자와 다른 제보자들이 정영춘에게 노래를 더 불러줄 것을 청했다. 잠시 망설인 뒤 정영춘이 '뱃노래'를 또 불렀다.

청천 하날엔 잔별도 많구요

요내나 가슴엔 수심도 많구나

에야노야노야 에야노야노 어기여차 뱃놀이 가잔다

해야 해야 나오너라 / 몸 말리는 소리

자료코드 : 03_01_FOS_20100226_KDH_JYC_0004
조사장소 : 강원도 고성군 간성읍 해상리 1078 해상2리 경로당
조사일시 : 2010.2.26
조 사 자 : 강등학, 이영식, 박은영, 이창현, 윤희렬
제 보 자 : 정영춘, 여, 86세
구연상황 : '잠자리 잡는 소리'와 '이 빠진 아이 놀리는 소리'를 채록하고자 하였으나 부분적으로 기억이 난다하여 적극적으로 구연해주려 하지 않았다. '몸 말리는 소리'를 아느냐는 질문에는 정영춘이 구연해 주었다.

해야 해야 서울 가서

복찌깨로 물 떠먹고

쨍쨍 나가라

내 손이 약손이다 / 배 쓸어주는 소리

자료코드 : 03_01_FOS_20100226_KDH_JYC_0005
조사장소 : 강원도 고성군 간성읍 해상리 1078 해상2리 경로당
조사일시 : 2010.2.26
조 사 자 : 강등학, 이영식, 박은영, 이창현, 윤희렬
제 보 자 : 정영춘, 여, 86세
구연상황 : '비손하는 소리'에 관한 질문을 했으나 다들 구연해주기를 꺼렸다. '배 쓸어주는 소리'에 관한 질문을 하며 윤순녀에게 구연해줄 것을 청했으나 모르겠다며 마다했다. 그때 옆에 있던 정영춘이 자발적으로 노래를 불렀다.

내 손이 약손이다
슬슬 내려가라
그저 삼신할머니 그저 손지 배 안 아프게 해주시우

어랑 타령 / 가창유희요

자료코드 : 03_01_FOS_20100226_KDH_CGC_0001
조사장소 : 강원도 고성군 간성읍 해상리 1078 해상2리 경로당
조사일시 : 2010.2.26
조 사 자 : 강등학, 이영식, 박은영, 이창현, 윤희렬
제 보 자 : 최경춘, 여, 81세
구연상황 : 조사자가 해상2리 경로당을 찾아갔을 때 할머니들이 모여서 윷놀이를 하고 있었다. 윷놀이의 규칙에 대한 이야기를 나눈 후, 조사의 취지를 설명하고 노래를 불러줄 것을 요청했다. 오말녀가 '어랑 타령' 두 수를 부른 뒤 더 불러달라는 조사자의 청을 망설이는 사이 옆에 있던 최경춘이 노래를 불렀다.

희망 상간에 능수야 버들
제 멋에 겨워서 축 늘어졌구나
어랑어랑 어혀야 어허럼마 디여라 시절이 젊어 놀자

(조사자 : 좋다.)

어랑 타령 / 가창유희요

자료코드 : 03_01_FOS_20100226_KDH_CGC_0002

조사장소 : 강원도 고성군 간성읍 해상리 1078 해상2리 경로당

조사일시 : 2010.2.26

조 사 자 : 강등학, 이영식, 박은영, 이창현, 윤희렬

제 보 자 : 최경춘, 여, 81세

구연상황 : 오말녀가 '어랑 타령' 두 수를 부른 뒤 더 불러달라는 조사자의 청을 망설이
는 사이 옆에 있던 최경춘이 '어랑 타령'을 연달아 불렀다.

서산에 지는 해는 지구나 싫어 지나

날 버리고 가는 님 가고나 싫어 가나

허랑허랑 어허야 어람마디여라 안고지고 노세

성주풀이 / 가창유희요

자료코드 : 03_01_FOS_20100226_KDH_CGC_0003

조사장소 : 강원도 고성군 간성읍 해상리 1078 해상2리 경로당

조사일시 : 2010.2.26

조 사 자 : 강등학, 이영식, 박은영, 이창현, 윤희렬

제 보 자 : 최경춘, 여, 81세

구연상황 : '칭칭이 소리'를 아느냐는 질문에 화전놀이에 가서 많이 부르기는 했으나 잘
기억하는 못 한다고들 했다. 불러줄 것을 몇 번 청했으나 노래가 나오지는 못
했다. 그 때 최경춘이 자발적으로 '성주풀이'를 불렀고 정영춘을 포함한 다른
제보자들도 함께 따라 불렀다. 옛날에 화전놀이를 가면 '성주풀이'를 많이 불
렀다고 한다.

낙영사 십리호예

높고 낮은 저 무덤은

영웅호걸이 몇몇이냐

절대가인이 그 누구냐

우리네 인생 한 번 가면
저기 저 모양 되는구나
에라만수 에라 대신이야

한송정 솔을 비어
조그맣게 배를 모아
울렁울렁 배 띄워 놓고
술이나 안주를 팔으시고
강릉 경포대 달구경 가세
두리둥실 달구경 가세
에라 만수 에라 대신이야

이거리 저거리 갓거리 / 다리 뽑기 소리

자료코드 : 03_01_FOS_20100226_KDH_CGC_0004
조사장소 : 강원도 고성군 간성읍 해상리 1078 해상2리 경로당
조사일시 : 2010.2.26
조 사 자 : 강등학, 이영식, 박은영, 이창현, 윤희렬
제 보 자 : 최경춘, 여, 81세
구연상황 : '다리 뽑기 소리'를 아느냐는 질문에 다수의 제보자들이 '이거리 저거리 갓거리'를 기억해 내었다. 먼저, 전찬옥, 최복순, 황옥순, 송옥희 넷이서 서로 다리를 엇갈리게 걸고 '이거리 저거리 갓거리'를 부르는데, 옆에 있던 최경춘이 조금 다른 소리를 했다. 최경춘에게 따로 노래를 불러줄 것을 청하자, 세 종류의 '다리 뽑기 소리'를 연달아 불렀다.

어거리 저거리 깍거리
천두만두 도만두
짝발래 해양주
도래미깨 사대육

지름에 지름에 장두칼 / 다리 뽑기 소리

자료코드 : 03_01_FOS_20100226_KDH_CGC_0005
조사장소 : 강원도 고성군 간성읍 해상리 1078 해상2리 경로당
조사일시 : 2010.2.26
조 사 자 : 강등학, 이영식, 박은영, 이창현, 윤희렬
제 보 자 : 최경춘, 여, 81세
구연상황 : '다리 뽑기 소리'를 아느냐는 질문에 최경춘은 다수의 제보자들과는 다른 소
리를 옆에서 했다. 최경춘에게 따로 노래를 불러줄 것을 청하자, 세 종류의
'다리 뽑기 소리'를 연달아 부르는데, 먼저 '이거리 저거리 갓거리'를 부른 후
이어서 이 노래를 불렀다.

지름에 지름에 장두칼
모구밭에 즉사리

오리고기 얻어먹으나 / 다리 뽑기 소리

자료코드 : 03_01_FOS_20100226_KDH_CGC_0006
조사장소 : 강원도 고성군 간성읍 해상리 1078 해상2리 경로당
조사일시 : 2010.2.26
조 사 자 : 강등학, 이영식, 박은영, 이창현, 윤희렬
제 보 자 : 최경춘, 여, 81세
구연상황 : '다리 뽑기 소리'인 '이거리 저거리 갓거리'에 이어 '지름에 지름에 장두칼'을
부른 후 이 노래를 연달아 불렀다.

오리 고기 은어 먹으나 못 은어 먹으나
진사지꾸 가매 따꾸

추워 추워 춘달래 / 추울 때 하는 소리

자료코드 : 03_01_FOS_20100226_KDH_CGC_0007
조사장소 : 강원도 고성군 간성읍 해상리 1078 해상2리 경로당
조사일시 : 2010.2.26
조 사 자 : 강등학, 이영식, 박은영, 이창현, 윤희렬
제 보 자 : 최경춘, 여, 81세
구연상황 : 어릴 적 호박꽃에 벌을 잡아넣어서 부르던 노래는 없었느냐는 질문에, 그런
　　　　　놀이는 했지만 노래를 따로 부르지는 않았다고 한다. 화제를 바꿔 '추위 추위
　　　　　춘달래'와 같은 노래를 아느냐는 질문에 최경춘이 노래를 불렀다. 다시 불러
　　　　　줄 것을 요청하자 흔쾌히 불러주었다.

　　아이고 추워라 춘달래

　　박서방네 아들이

　　멀구 다래 따먹다

　　불알이 홀켜 죽었대

꿩꿩 꿩서방 / 꿩 보고 하는 소리

자료코드 : 03_01_FOS_20100226_KDH_CGC_0008
조사장소 : 강원도 고성군 간성읍 해상리 1078 해상2리 경로당
조사일시 : 2010.2.26
조 사 자 : 강등학, 이영식, 박은영, 이창현, 윤희렬
제 보 자 : 최경춘, 여, 81세
구연상황 : 최경춘이 '추위 추위 춘달래'를 부르는데, 옆에서 '꿩꿩 꿩서방'을 불렀다. 최
　　　　　경춘의 구연이 끝난 후 '꿩꿩 꿩서방'을 불러줄 것을 청하자, 최경춘이 다시
　　　　　불렀다. 다른 제보자들도 함께 불렀다. 산에서 꿩이 날아가는 것을 보면 이
　　　　　노래를 불렀다고 한다.

　　꿔겅꿔겅 꿩서방

　　자네 집이 어디나

이 산 저 산 넘어서
덤불 밑이 내 집일세

둥게 소리 / 아기 재우는 소리

자료코드 : 03_01_FOS_20100226_KDH_CGC_0009
조사장소 : 강원도 고성군 간성읍 해상리 1078 해상2리 경로당
조사일시 : 2010.2.26
조 사 자 : 강등학, 이영식, 박은영, 이창현, 윤희렬
제 보 자 : 최경춘, 여, 81세
구연상황 : 윤순녀가 '세상 달강'을 구연하였으나 일부 밖에는 알지 못했다. 그 때 옆에
서 듣고 있던 최경춘이 '둥둥 소리'를 해주겠다고 자발적으로 나섰다. 한 번
부르고 난 뒤 재차 불러줄 것을 청해서 다시 불렀다. 아기를 재우느라 또닥또
닥 두드리며 부르는 소리라고 했다.

둥둥 둥둥아
먹으나 굶으나 둥둥아
자나 깨나 둥둥아
일가문중에 화목댕이
나랏님께는 효자요
부모님께는

(조사자 : 부모님께 효자지)

부모님께는 효자요
나릿님께는 충신이
둥둥둥 둥둥아
자나깨나 둥둥아

방구댕구 나간다 / 방귀뀌며 하는 소리

자료코드 : 03_01_FOS_20100226_KDH_CGC_0010
조사장소 : 강원도 고성군 간성읍 해상리 1078 해상2리 경로당
조사일시 : 2010.2.26
조 사 자 : 강등학, 이영식, 박은영, 이창현, 윤희렬
제 보 자 : 최경춘, 여, 81세
구연상황 : '방구뀌며 하는 소리'에 관한 질문을 하자 최경춘이 즉각적으로 노래를 불러
주었다. 다시 불러줄 것을 청하자 다른 이들도 즐거워하며 함께 불렀다.

　　방구 댕구 나간다
　　무지개 하지개 나간다
　　대가리 없는 똥장군
　　소리만 갱갱 지른다

가갸 가다가 / 한글 풀이 소리

자료코드 : 03_01_FOS_20100226_KDH_HON_0001
조사장소 : 강원도 고성군 간성읍 해상리 1078 해상2리 경로당
조사일시 : 2010.2.26
조 사 자 : 강등학, 이영식, 박은영, 이창현, 윤희렬
제 보 자 : 한옥년, 여, 77세
구연상황 : '남원읍에 성춘향이'와 같은 노래를 아느냐고 묻자, 어릴 적에 많이 하기는
했는데 잊어버려 하지 못 하겠다고 했다. 화제를 바꾸어 '가갸 가다가'와 같
은 노래를 불렀느냐고 묻자 여기저기서 노래를 불렀다. 한옥년에게 불러줄 것
을 요청하자, 그 노래 모르는 사람이 어디 있겠느냐며 불러주었다.

　　가이갸 가다가
　　거이겨 걸어서
　　고이교 고기 잡아
　　구이규 국을 끼래(끓여)

다이댜 다 먹었다

어랑 타령 / 가창유희요

자료코드 : 03_01_FOS_20100228_KDH_HDY_0001
조사장소 : 강원도 고성군 간성읍 금수리 236번지 함덕엽 댁
조사일시 : 2010.2.28
조 사 자 : 강등학, 이영식, 박은영, 이창현, 윤희렬
제 보 자 : 함덕엽, 남, 76세
구연상황 : 함덕엽 댁을 방문하려고 미리 전화를 드렸다. 마을로 들어서니 지난주에 내린
눈이 아직 녹지 않아 마을은 온통 눈으로 덮여있었다. 함덕엽은 집 앞까지 마
중을 나와 있었다. 방에 들어가 인사를 나누고 마을 이야기를 나누니 그동안
여러 사람이 다녀갔다고 한다. 우리는 마을지명, 장례풍습에 대해 듣고 함덕
엽에게 노래나 이야기를 청했다. 그러자 '어랑 타령'을 불렀다. 노래가 끝난
후에 하나는 너무 싱겁다고 더 해달라고 청했으나 소용이 없었다.

산골 여자를 칭하면(친하면) 멀구나 다래가 선사요
나리까(바다라고 함) 여자를 칭하면(친하면) 명태 두름이 선사라
어야드흐야 드흐야 어허야 노잖다 시절이 젊어서 놉시다

초초 소리 / 초 아뢰는 소리

자료코드 : 03_01_FOS_20100228_KDH_HDY_0002
조사장소 : 강원도 고성군 간성읍 금수리 236번지 함덕엽 댁
조사일시 : 2010.2.28
조 사 자 : 강등학, 이영식, 박은영, 이창현, 윤희렬
제 보 자 : 함덕엽, 남, 76세
구연상황 : '어랑 타령'이 끝난 후에 하나는 너무 싱겁다고 더 해달라고 청했으나 소용이
없었다. 이에 이야기를 부탁하니 재미난 얘기가 있다며 '산골 사돈과 바닷가
사돈'을 들려주었다. 한 이야기가 끝나자 흥이 나셨는지 이어서 '춤추는 나무

와 솜바지 입은 나무'를 구연했다. 두 이야기를 듣고 제보자가 선소리를 했다
는 얘기를 듣고 '초 아뢰는 소리'에 대해 묻자 설명을 해주면서 한 마디 했다.
이초, 삼초를 할 때도 같으며, 단지 아뢰는 시간만 다르다고 한다. 초초는 발
인 전날 밤 10시 경에 하고, 이초는 발인 날 2시 경, 삼초는 발인 날 새벽 4
시 경에 하는 것이라 한다.

'초초 알립니다.' 하믄 행두꾼들은,

아~ 호~

인제 행두꾼들은 이렇게,

초초 알립니다~

이렇게 인제 초초꾼이 울리믄 뒤에서 또,

아~ 호~

그렇게 되믄 이 상주들이 나와 가지구 막 울어 막.

각시방에 불 켜라 / 풀뿌리 문지르는 소리

자료코드 : 03_01_FOS_20100226_KDH_HOS_0001
조사장소 : 강원도 고성군 간성읍 해상리 1078 해상2리 경로당
조사일시 : 2010.2.26
조 사 자 : 강등학, 이영식, 박은영, 이창현, 윤희렬
제 보 자 : 황옥순, 여, 74세
구연상황 : 어릴 적 풀뿌리를 문지르며 부르던 노래를 기억하느냐는 질문에 황옥순이 노
래를 불렀다. 이 노래를 부르며 풀뿌리를 자꾸 문지르면 뿌리 색깔이 빨갛게
되었다고 한다. 세 번만 연속해서 불러줄 것을 청하자 황옥순은 흔쾌히 불러
주었다.

각시방에 불 켜라
신랑방에 불 켜라
각시방에 불 켜라
신랑방에 불 켜라
각시방에 불 켜라
신랑방에 불 켜라

원숭이 똥구멍은 / 말꼬리 잇는 소리

자료코드 : 03_01_MFS_20100226_KDH_JJI_0001
조사장소 : 강원도 고성군 간성읍 해상리 10452 해상1리 경로당
조사일시 : 2010.2.26
조 사 자 : 강등학, 이영식, 박은영, 이창현, 윤희렬
제 보 자 : 전제일, 남, 75세
구연상황 : '한글 풀이 소리'를 구연한 후, 전제일이 '원숭이 똥구멍은' 노래도 안다고 했
다. 아이들이 부르는 노래를 들은 것이라고 했다. '백두산' 이후로 이어지는
노래는 잘 기억하지 못해 흐지부지되어 버렸다.

원생이 똥구멍은 새빨개요

새빨간 건 사과요

사과는 맛있어요

맛있는 건 고구마요

고구마는 찔다래요(길어요)

찔다란 건 기차요

기차는 빨라요

빠른 거는 비행기

비행기는 높아요

높은 건 백두산이요

백두산 벋어나려 반도 삼천리

무궁화 이 강산에 역사 반만년

2. 거진읍

증편 한국구비문학대계 ● 강원도 고성군

▌조사마을

강원도 고성군 거진읍 거진리

조사일시 : 2010.2.6~7, 2010.2.25
조 사 자 : 강등학, 이영식, 박은영, 이창현, 윤희렬

거진읍(巨津邑)은 38선 이북에 위치한 까닭에 1945년 8·15해방 후 북한에 속했으나 국군의 북진으로 수복되었다. 1954년 10월 21일 수복지구 임시행정조치법에 따라 대한민국으로 행정권이 이양되었으며, 1973년 7월 1일 대통령령 제6543호에 의거 거진읍으로 승격되어 현재에 이르고 있다.

거진읍은 거진리, 자산리, 봉평리, 화포리, 원당리, 송정리, 용하리, 산북리, 송강리, 석문리, 초계리, 오정리, 대대리, 송죽리, 반암리, 송포리, 냉

천리 등 17개의 법정리로 구성되어 있으나, 냉천리는 주민미거주지역이다. 냉천리에는 고찰인 건봉사가 자리하고 있는 까닭에 현재 스님을 비롯한 사찰 관계자들이 거주하고 있다. 거진읍에는 동해안 최북단의 전진항구인 거진항이 있는데, 거진항의 내항면적은 130km²이며 방파제의 길이는 1,243m이다.

거진읍은 2008년 12월 기준으로 전체면적이 76.75km²인데, 이 중에 논이 7.320km², 밭이 2,310km², 임야가 33.673km²로 밭보다는 논이 더 많다. 총세대수는 3,511호이고, 인구는 7,960명으로 고성군 소재지인 간성읍보다 세대수는 500여 호, 인구는 560여 명이 더 많다.

거진읍은 어촌형 마을인 거진1리~거진6리, 시장 및 상업적 마을인 거진7리~거진11리, 그리고 거진리를 제외한 나머지 16개리는 농촌형 마을로 구분된다.

거진리(巨津里)는 동쪽으로 동해, 서쪽으로는 자산리·봉평리, 남쪽으로는 송포리, 북쪽으로는 화포리와 각각 이웃하고 있다. 거진리는 약 500년 전에 한 선비가 과거를 보러 한양으로 가던 중 이곳에 들렀다가 산세를 훑어보니 클 '거(巨)'자와 같은 형국이며 거부장자(巨富長者)가 불어날 것이라고 하였기에 거진리라 부르게 되었다고 한다. 옛 기록에는 거탄진리(巨呑津里)라 하였으며, 1915년 행정구역 폐합으로 수외리(水外里)가 거진리에 편입되었다. 거진리는 1922년부터는 오대면 소재지, 1940년부터는 거진면 소재지로 되었으며 1973년 7월 1일부터는 거진읍 소재지로 되었다. 1940년대까지는 원산, 부산간 여객선의 기항지였으며, 1925년부터 1945년까지는 동해북부선의 거진역이 있었으므로 농산물과 해산물의 집산지이기도 하다. 1954년 9월 1일 수복과 동시에 거진리가 거진1,2리로 구분 되었다. 1959년 3월19일 인구증가로 거진3리로, 1960년 12월에 또다시 거진5리로 점차 확장 구분 하였으며, 1971년 1월 1일 빠른 속도의 인구증가로 6,7,8리로 확장 구분되었고, 1973년 9월 거진9리에서 거진10

리로 구분, 1981년 7월 1일 거진10리에서 거진 11리로 행정구역이 개편되었쭈. 최근 주소득원인 어업이 계속 불황을 거듭하면서 인구의 도시유출이 심해져 인구가 감소하고 있다. 마을에는 할아버지서낭당 과 할머니 서낭당이 각각 있어서 거진어촌계가 주관하여 해마다 서낭고사를 지낸다.

거진리는 거진읍 중심마을로 2500여 세대에 6,000여 명이 거주하고 있으며, 주민 대부분은 어업과 상업 및 서비스업에 종사한다.

강원도 고성군 거진읍 반암리

조사일시 : 2010.2.6
조 사 자 : 강등학, 이영식, 박은영, 이창현, 윤희렬

반암리(盤岩里)는 동쪽으로 동해, 서쪽으로는 오정리, 남쪽으로는 송죽리, 북쪽으로는 송포리와 각각 이웃하고 있다. 이 마을은 해안이 돌아가

는 모퉁이에 위치하였기에 예전에는 돌구미 또는 회진리(回津里)로 부르기도 하였다. 그 후 마을 지하에 암반이 있다 하여 반바우라고 불러오다가 반암리라 하였다. 마을 서쪽에는 임진왜란 등 또는 국난이 있을 때마다 신호의 역할을 하였던 높은 봉수봉이 있다.

반암리에는 89세대에 189명이 거주하고 있다. 반암리의 경지면적은 논이 2ha, 밭이 13ha, 임야가 102ha로 다른 마을에 경지면적이 월등히 적으며, 특히 논의 경우는 더욱 그러하다. 마을 구성원 중 30여 세대는 농업에, 20여 세대는 어업에 종사하나 대부분은 반농반어이다. 그리고 마을이 동해 및 국도 7호선과 접해 있는 까닭에 식당, 숙박업 등을 운영하는 분들이 많다.

강원도 고성군 거진읍 산북리

조사일시 : 2010.3.20
조 사 자 : 강등학, 이영식, 박은영, 이창현, 윤희렬

산북리(山北里)는 동쪽으로 원당리, 서쪽으로는 수동면, 남쪽으로는 용하리, 북쪽으로는 현내면 화곡리와 각각 이웃하고 있다. 산북리는 노인산 밑에서 토기를 구워 생계를 이어오던 옹기점마을과 거진읍에서 북쪽에 위치하였다고 부르던 상산북리 마을이 합쳐져 산북리라 불렀다고 하며, 일설에는 산두라 부르다가 후에 산북리로 고쳤다고도 한다.

산북리에는 34세대에 85명이 거주하고 있으며, 경지면적은 논이 32ha, 밭이 19ha, 임야가 381ha로 다른 마을에 비해 임야가 많은 편이다. 마을에 서낭당이 있어서 음력 3월 3일과 9월 9일에 서낭고사를 지낸다.

강원도 고성군 거진읍 송정리

조사일시 : 2010.2.5
조 사 자 : 강등학, 이영식, 박은영, 이창현, 윤희렬

송정리(松亭里)는 동쪽으로 봉평리, 서쪽으로는 송강리, 남쪽으로는 석문리, 북쪽으로는 원당리와 각각 이웃하고 있다. 마을의 중심 일대에 노송이 많아 좋은 정자를 이루고, 마을 앞 하천에는 맑은 물이 흐르며, 앞산에는 냉정(冷井)터 (일명 냉장골)가 있어 송정리라 부르게 되었다고 한다. 1915년까지는 오현면(梧峴面) 소재지였다.

송정리에는 65세대에 166명이 거주하고 있으며, 논이 67ha, 밭이 12ha, 임야가 372ha이다. 주민 대부분은 농업에 종사하고 있다. 마을 뒷산에는 거진읍내의 서낭당에서 중심이 되는 고청서낭이 있다. 예전 거진리 어민들은 풍어제를 올릴 때면 이곳에 와서 풍어를 기원하고 신을 모셔가곤 했으나 지금은 흔적만 남아 있다.

강원도 고성군 거진읍 용하리

조사일시 : 2010.2.5
조 사 자 : 강등학, 이영식, 박은영, 이창현, 윤희렬

용하리(龍下里)는 동쪽으로 송정리, 서쪽으로는 수동면, 남쪽으로는 송강리, 북쪽으로는 사북리가 각각 이웃하고 있다. 용하리는 마을 뒤에 용의 형상을 닮은 암산이 있고, 마을 앞에는 늪이 있었으므로 용호촌(龍湖村)이라 불러왔다. 그러다가 1915년 행정구역 개편으로 이웃해 있던 하산북리(下山北里)와 합하여 용하리(龍下里)라 부르게 되었다. 언제부터 시작되었는지 정확히 알 수 없으나 마을에 토기점(土器店)이 성행하여 1973년까지 있었다.

용하리에는 55세대에 155명이 거주하고 있으며, 논이 52ha, 밭이 25ha, 임야가 65ha이다. 주민 대부분은 농업에 종사하고 있다. 마을 구성원은 특정 성씨가 많지 않고 각성바지이며, 연령층은 대부분 60대 이상이다.

강원도 고성군 거진읍 원당리

조사일시 : 2010.1.12, 2010.1.21
조 사 자 : 강등학, 이영식, 박은영, 이창현, 윤희렬

원당리(源塘里)는 동쪽으로 화진포리, 서쪽으로는 산북리·용하리, 남쪽으로는 송정리, 북쪽으로는 현내면 죽정리와 각각 이웃하고 있다. 원당리는 7번 국도를 중심으로 갈리어 있는데, 원당리는 원래 월안리(月安里)라 하였다고 한다. 이는 마을 뒷산이 반달형이라 하여 부르던 동반월동(東半月洞)과 서반월동(西半月洞)을 합쳐서 붙여진 이름이라 한다. 후에 서북간에 연못이 있다하여 부르던 원당리에 월안리가 편입되어 현재에 이르고 있다.

원당리에는 33세대에 71명이 거주하고 있으며, 경지면적은 논이 51ha, 밭이 8.9ha, 임야가 248ha이다. 주민 대부분은 농업에 종사하고 있으며, 마을 구성원 중 강릉 최씨가 반을 차지할 정도로 강릉 최씨가 많다.

▌제보자

강숙자, 여, 1929년생

주 소 지 : 강원도 고성군 거진읍 용하리
제보일시 : 2010.2.5
조 사 자 : 강등학, 이영식, 박은영, 이창현, 윤희렬

현내면 명파리에서 태어나 송강에서 살다
가 19세에 용하리로 시집을 왔다. 조사 자
체에는 상당히 흥미를 보이고 자신이 알고
있는 것은 이야기해주고자 하는 적극성은
있었으나 알고 있는 자료가 많지 않은 듯
했다. 고광렬이 구연하는 것을 지켜보면서
추임새를 넣는 등의 반응을 보여주며 판의
분위기를 돋우었다. 제공한 자료로는 '잠자
리 부리는 소리'와 '날개 잘린 아기장수'이다.

제공 자료 목록
03_01_FOT_20100205_KDH_KSJ_0001 날개 잘린 아기장수
03_01_FOS_20100205_KDH_KSJ_0001 알 나라 딸 나라 / 잠자리 부리는 소리

고광렬, 여, 1928년생

주 소 지 : 강원도 고성군 거진읍 용하리
제보일시 : 2010.2.5
조 사 자 : 강등학, 이영식, 박은영, 이창현, 윤희렬

평창에서 태어나 21세에 평창에서 결혼했다. 남편의 고향인 용하리에
는 27세에 이주했다. 『강원의 설화』에 제공한 자료들이 있어 그것을 참고

하여 다시 구연해줄 것을 요청하자 별 망설임 없이 이야기를 해주었다. 그러나 당시 자료 외에 새로운 자료를 끌어내지는 못 했다. 네 편의 설화만 구연해 주었다.

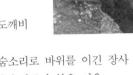

제공 자료 목록
03_01_FOT_20100205_KDH_KGR_0001 방귀쟁이 며느리
03_01_FOT_20100205_KDH_KGR_0002 도깨비를 물리친 계란
03_01_FOT_20100205_KDH_KGR_0003 숨소리로 바위를 이긴 장사
03_01_FOT_20100205_KDH_KGR_0004 수수대궁이 붉은 이유

고춘랑, 여, 1946년생

주 소 지 : 강원도 고성군 거진읍 송정리
제보일시 : 2010.2.5
조 사 자 : 강등학, 이영식, 박은영, 이창현, 윤희렬

속초시 상동1리에서 태어나 22세에 결혼했다. 같은 자리에 함께 있던 황충자와 임병채에 비해 나이가 젊은 까닭도 있었지만, 조사에 상당히 적극적이며 협조적이어서 판이 고춘랑을 중심으로 돌아갔다. 조사자가 약간의 운만 띄워주면 스스럼없이 불러주었을 뿐만 아니라, 조사자의 요구 없이도 본인이 알고 있는 노래는 알아서 불러주기도 했다. 조사 자체를 즐기고 있다는 인상을 받을 수 있었다.

제공 자료 목록

03_01_FOS_20100205_KDH_KCR_0001 꼬마야 꼬마야 / 줄넘기 하는 소리
03_01_FOS_20100205_KDH_KCR_0002 하나꼬 데꼬 / 다리 뽑기 소리
03_01_FOS_20100205_KDH_KCR_0003 별 하나 나 하나 / 단숨에 외는 소리
03_01_FOS_20100205_KDH_KCR_0004 해야 해야 나오너라 / 몸 말리는 소리
03_01_FOS_20100205_KDH_KCR_0005 구정물은 나가고 / 물 맑게 하는 소리
03_01_FOS_20100205_KDH_KCR_0006 아침 방아 쩌라 / 방아깨비 부리는 소리
03_01_FOS_20100205_KDH_KCR_0007 엄마 손이 약손이다 / 배 쓸어주는 소리
03_01_FOS_20100205_KDH_KCR_0008 진주 난봉가 / 가창유희요
03_01_FOS_20100205_KDH_KCR_0009 어랑 타령 / 가창유희요
03_01_FOS_20100205_KDH_KCR_0010 뱃노래 / 가창유희요
03_01_FOS_20100205_KDH_KCR_0011 꼭꼭 숨어라 / 술래잡기 하는 소리
03_01_FOS_20100205_KDH_KCR_0012 앉은 자리 꽁꽁 / 잠자리 잡는 소리
03_01_FOS_20100205_KDH_KCR_0013 양골 춘향이 아가씨 / 신 내리는 소리
03_01_FOS_20100205_KDH_KCR_0014 잼잼 소리 / 아기 어르는 소리
03_01_FOS_20100205_KDH_KCR_0015 저 건너 말뚝이 / 단숨에 외는 소리
03_01_FOS_20100205_KDH_KCR_0016 가갸 가다가 / 한글 풀이 소리
03_01_MFS_20100205_KDH_KCR_0001 정이월 다가고 / 고무줄 하는 소리
03_01_MFS_20100205_KDH_KCR_0002 무찌르자 오랑캐 / 고무줄 하는 소리
03_01_MFS_20100205_KDH_KCR_0003 꽃 이름 차차 / 프라이팬 놀이 하는 소리
03_01_MFS_20100205_KDH_KCR_0004 바다가 소주라면 / 가창유희요
03_01_MFS_20100205_KDH_KCR_0005 반짝이는 금이빨을 / 가창유희요
03_01_MFS_20100205_KDH_KCR_0006 이수일과 심순애 / 가창유희요
03_01_MFS_20100205_KDH_KCR_0007 사치기 사치기 사차뽀 / 동작 따라하는 소리
03_01_MFS_20100205_KDH_KCR_0008 무궁화 꽃이 피었습니다 / 술래잡기 하는 소리
03_01_MFS_20100205_KDH_KCR_0009 영자야 영자야 / 가창유희요

김만복, 여, 1935년생

주 소 지 : 강원도 고성군 거진읍 용하리
제보일시 : 2010.2.5
조 사 자 : 강등학, 이영식, 박은영, 이창현, 윤희렬

신남에서 태어나 24세에 결혼했다. 용하
리에는 40여 년 전에 이주했다. 옛날이야기
를 해달라는 조사자의 요청에 아는 것이 없
다고 하며 송이 따러 갔다가 호랑이를 만난
이야기와 벼락을 맞고 죽은 이웃집 할아버
지 이야기를 해주었다. 조사에 응하는 자세
가 소극적이지는 않으나 알고 있는 자료가
많지 않은 듯 했다. 제공한 자료는 '물 맑게
하는 소리' 한 수뿐이었다.

제공 자료 목록

03_01_FOS_20100205_KDH_KMB_0001 흐린 물은 나가고 / 물 맑게 하는 소리

김순규, 여, 1925년생

주 소 지 : 강원도 고성군 거진읍 반암리
제보일시 : 2010.2.6
조 사 자 : 강등학, 이영식, 박은영, 이창현, 윤희렬

간성읍 교동리에서 태어나 21세에 반암
리로 시집을 왔다. 다른 사람들의 이야기를
주로 들으며 판에 적극적으로 동참하지는
않았다. 자신이 알고 있는 것은 조용조용한
말씨로 이야기했다. 방귀쟁이 며느리 이야
기와 '성님 오네 성님 오네' 등을 구연해 주
었다.

제공 자료 목록

03_01_FOT_20100206_KDH_KSG_0001 방귀쟁이 며느리

03_01_FOS_20100206_KDH_KSG_0001 성님 오네 성님 오네 / 가창유희요
03_01_MPN_20100206_KDH_KSG_0001 호랑이가 따라다니는 할머니

김순이, 여, 1931년생

주 소 지 : 강원도 고성군 거진읍 반암리
제보일시 : 2010.2.6
조 사 자 : 강등학, 이영식, 박은영, 이창현, 윤희렬

간성에서 태어나 19세에 거진읍 송죽리
로 시집을 갔다. 반암리에는 5년 전에 이사
를 왔다. 처음에는 다른 이들의 이야기를 들
으며 적극적으로 제보에 나서지는 않았다.
김순이의 기록이 남아 있던 예전 조사 자료
를 보며 당시 불러주었던 노래를 다시 해줄
것을 요청하자 처음에는 완강히 거절했다.
'개 타령', '어랑 타령', '물 맑게 하는 소리'
를 제공해 주었다.

제공 자료 목록

03_01_FOS_20100206_KDH_KSI_0001 개 타령 / 가창유희요
03_01_FOS_20100206_KDH_KSI_0002 흙탕물은 너 갖고 / 물 맑게 하는 소리
03_01_FOS_20100206_KDH_KSI_0003 어랑 타령 / 가창유희요

김옥동, 여, 1934년생

주 소 지 : 강원도 고성군 거진읍 산북리
제보일시 : 2010.3.20
조 사 자 : 강등학, 이영식, 박은영, 이창현, 윤희렬

거진에서 태어나 23세에 시집을 갔다. 조사의 초반에 다른 제보자들이

김옥동에게 노래를 불러줄 것을 요청했으나 완강하게 거부했다. 그러나 황순옥이 부르는 노래에 추임새를 넣거나 일어나서 춤을 추는 것으로 미루어 평소 노래하기를 즐기는 것으로 보였다. 후반으로 가면서 태도를 바꾸어 자신이 알고 있는 노래는 망설이지 않고 적극적으로 불러주며 조사 자체를 즐겼다. '아기 어르는 소리', '화투 풀이하는 소리', '어랑 타령' 등을 구연해 주었다.

제공 자료 목록
03_01_FOS_20100320_KDH_KOD_0001 둥게 소리 / 아기 어르는 소리
03_01_FOS_20100320_KDH_KOD_0002 성님 오네 성님 오네 / 가창유희요
03_01_FOS_20100320_KDH_KOD_0003 새야 새야 파랑새야 / 새 쫓는 소리
03_01_FOS_20100320_KDH_KOD_0004 정월 송학에 / 화투 풀이하는 소리
03_01_FOS_20100320_KDH_HSO_0011 어랑 타령 / 가창유희요

남택원, 남, 1946년생

주 소 지 : 강원도 고성군 거진읍 송정리
제보일시 : 2010.2.5
조 사 자 : 강등학, 이영식, 박은영, 이창현, 윤희렬

거진읍 송정리의 토박이라고 한다. 별반 말이 없었으나 자신이 알고 있는 사항에 대해서는 자신 있게 설명해 주었다.

제공 자료 목록
03_01_FOT_20100205_KDH_NTW_0001 서낭신이 된 이화진의 며느리

도한섭, 남, 1953년생

주 소 지 : 강원도 고성군 거진읍 거진리
제보일시 : 2010.2.6, 2010.2.7
조 사 자 : 강등학, 이영식, 박은영, 이창현, 윤희렬

경상북도 울진에서 태어나 명태를 잡기 위해 이주한 부모를 따라 예닐곱 살 즈음 고성으로 들어왔다. 배는 16세 쯤 대진에서 타기 시작해서 금양호의 선주가 된 것은 10년 전이라고 한다. 본인의 직업에 상당한 자부심을 가지고 있는 까닭에 어업에 대한 정치적 뒷받침이 이루어지지 못하는 것에 대해 상당히 안타까운 마음을 표출했다. 역사, 정치, 문학 등 다방면에 걸쳐 현학적인 태도를 보여주었다. 옛날에는 소리를 많이 했으나 기계화가 이루어진 현재에는 소리를 거의 하지 않기 때문에 아는 소리가 많지 않다고 했다. 조사에 상당히 적극적인 태도로 임했다.

제공 자료 목록

03_01_FOT_20100207_KDH_DHS_0001 명태라는 이름이 붙은 사연
03_01_FOT_20100207_KDH_DHS_0002 은어가 도루묵으로 불리는 사연
03_01_FOS_20100206_KDH_DHS_0001 산자 소리 / 그물 당기는 소리
03_01_FOS_20100206_KDH_DHS_0002 산자 소리 / 고기 푸는 소리
03_01_FOS_20100206_KDH_DHS_0003 둔대 소리 / 배 올리는 소리
03_01_FOS_20100206_KDH_DHS_0004 때려라 소리 / 그물 터는 소리

박옥춘, 여, 1923년생

주 소 지 : 강원도 고성군 거진읍 용하리
제보일시 : 2010.2.5

조 사 자 : 강등학, 이영식, 박은영, 이창현, 윤희렬

현재는 북한에 위치해 있는 고성군 봉우리에서 태어나 16세에 용하리로 시집을 왔다. 슬하에 6남 1녀를 두었다. 북한에서 나온 까닭에 일가친척도 없으며, 친정 형제 셋은 먼저 죽었다고 한다. 젊어서 노래 부르는 것을 아주 좋아했으며 남들이 부르는 노래는 한두 번만 들어도 금방 배울 수 있었다고 했다. 거진에 약장수가 오면 노래 잘 하는 박옥춘을 데려오라고 할 정도로 근방에서는 이름이 났다. 또한 동네에서 모를 심을 적에는 모는 심지 말고 논둑에 앉아 소리만 하라는 이야기도 많이 들었다고 한다. 노래를 불러 상 또한 많이 탔다. 많은 나이임에도 불구하고 카랑카랑한 청은 힘이 넘쳤다. 그러나 아들이 아파서 경황이 없는 까닭에 노래 부르기가 쉽지 않다고 했다. 옛날이야기를 해달라는 조사자들의 요청에 소리는 하라고 하면 할 수 있지만 옛날이야기는 다 잊어버려 할 줄 모른다며 소극적인 자세를 보였다. 노랫가락과 창부 타령을 즐겨 부른다고 했다.

제공 자료 목록

03_01_FOT_20100205_KDH_POC_0001 삼천갑자 동방석을 잡은 저승사자
03_01_FOT_20100205_KDH_POC_0002 각시를 혼내 준 꼬마 신랑
03_01_FOS_20100205_KDH_POC_0001 노랫가락 / 가창유희요
03_01_FOS_20100205_KDH_POC_0002 창부 타령 / 가창유희요
03_01_FOS_20100205_KDH_POC_0003 강원도 아리랑 / 가창유희요
03_01_FOS_20100205_KDH_POC_0004 개 타령 / 가창유희요
03_01_FOS_20100205_KDH_POC_0005 가갸 가다가 / 한글 풀이 소리

양복순, 여, 1938년생

주 소 지 : 강원도 고성군 거진읍 산북리
제보일시 : 2010.3.20
조 사 자 : 강등학, 이영식, 박은영, 이창현, 윤희렬

거진읍 산북리 토박이다. 21세에 오봉로
시집 갔다가 남편이 군대를 가 큰아이만 데
리고 혼자 살았다. 원주에 있는 군부대 PX
에서 근무하는 남편과 잠깐 함께 살기도 했
으나 26세에 둘째를 낳기 위해 다시 친정
동네로 들어왔다. 남편을 '애기아빠'라고 부
르는 등 나이에 비해 젊고 건강하게 보였다.
조사에 협조적이고 적극적이어서 알고 있는
노래는 망설임 없이 불러주고자 했다.

제공 자료 목록

03_01_FOS_20100320_KDH_YBS_0001 가갸 가다가 / 한글 풀이 소리
03_01_FOS_20100320_KDH_YBS_0002 이거리 저거리 갓거리 / 다리 뽑기 소리
03_01_FOS_20100320_KDH_YBS_0003 도랑골 양반이 / 어휘 맞춰 엮는 소리
03_01_FOS_20100320_KDH_YBS_0004 비야 비야 오지 마라 / 비 그치게 하는 소리
03_01_FOS_20100320_KDH_YBS_0005 하늘천 따지 / 천자 풀이하는 소리
03_01_FOS_20100320_KDH_YBS_0006 별 하나 나 하나 / 단숨에 외는 소리

임병채, 여, 1937년생

주 소 지 : 강원도 고성군 거진읍 송정리
제보일시 : 2010.2.5
조 사 자 : 강등학, 이영식, 박은영, 이창현, 윤희렬

강릉에서 태어나 세 살 때 부모님이 동해로 이사를 갔다. 23세에 송정

리로 시집을 왔다. 판이 고춘랑을 중심으로 형성되었기 때문에 임병채는 주로 옆에서 고춘랑의 노래를 들었다. 자신이 아는 노래가 나오면 조금씩 거들기는 했으나 적극적으로 나서지는 않았다. 그러나 조사 자체에 소극적이지는 않아서, 고춘랑이 '다리 뽑기 소리'를 부를 때는 함께 놀이에 참여해 주었다. 손수건을 돌리며 부르던 노래 한 수를 제보해 주었다.

제공 자료 목록

03_01_FOS_20100205_KDH_LBC_0001 반지 반지 / 반지 돌리기 하는 소리

정순녀, 여, 1927년생

주 소 지 : 강원도 고성군 거진읍 반암리
제보일시 : 2010.2.6
조 사 자 : 강등학, 이영식, 박은영, 이창현, 윤희렬

강릉시 주문진에서 태어났다. 17세에 주문진으로 시집을 가서 이후 대진과 거진에서 살다가 반암리에 온 지는 34년째라고 한다. 남편 얼굴도 모른 채 시집을 가서, 시집 간 지 얼마 안 돼 남편이 일본으로 징용을 갔다가 해방이 되어 돌아왔다고 한다. 지지한 소리를 많이 알고 있지만 뭐하러 그런 소리를 하느냐며 조사에 소극적으로 임했으나 판의 중심에서 움직였다. '진주 난봉가', '어랑 타령' 등을 불러주었다.

제공 자료 목록

03_01_FOS_20100206_KDH_JSY_0001 엄마 손이 약손이다 / 배 쓸어주는 소리
03_01_FOS_20100206_KDH_JSY_0002 어랑 타령 / 가창유희요
03_01_FOS_20100206_KDH_JSY_0003 진주 난봉가 / 가창유희요
03_01_FOS_20100206_KDH_JSY_0004 칭칭이 소리 / 가창유희요
03_01_FOS_20100206_KDH_JSY_0005 아침 방아 쪄라 / 방아깨비 부리는 소리
03_01_FOS_20100206_KDH_KSG_0001 성님 오네 성님 오네 / 가창유희요

정춘래, 여, 1925년생

주 소 지 : 강원도 고성군 거진읍 원당리
제보일시 : 2010.1.21
조 사 자 : 강등학, 이영식, 박은영, 이창현, 윤희렬

간성에서 태어나 19에 결혼했다. 나이에 비해 상당히 정정해서 기억력이 좋고 발음이 정확했다. 조사에 협조적이며 적극적이어서 알고 있는 노래라면 조사자의 요청에 별 망설임 없이 불러주었다. 평소 노래 부르기를 즐겨하는 듯 판이 초반부터도 노래를 부르며 손으로 덩실덩실 춤을 추기도 했다. 비교적 많은 종류의 노래들을 구연해 주었다.

제공 자료 목록

03_01_FOS_20100121_KDH_JCL_0001 어랑 타령 / 가창유희요
03_01_FOS_20100121_KDH_JCL_0002 어랑 타령 / 가창유희요
03_01_FOS_20100121_KDH_JCL_0003 아침 방아 쪄라 / 메뚜기 부리는 소리
03_01_FOS_20100121_KDH_JCL_0004 이거리 저거리 갓거리 / 다리 뽑기 소리
03_01_FOS_20100121_KDH_JCL_0005 헌 이는 너 갖고 / 새 이 가는 소리
03_01_FOS_20100121_KDH_JCL_0006 메요 메요 소리 / 소 부르는 소리
03_01_FOS_20100121_KDH_JCL_0007 꼭꼭 숨어라 / 술래잡기 하는 소리

03_01_FOS_20100121_KDH_JCL_0008 앞니 빠진 수망다리 / 이 빠진 아이 놀리는 소리
03_01_FOS_20100121_KDH_JCL_0009 이 담을 넘을까 / 대문 놀이 하는 소리
03_01_FOS_20100121_KDH_JCL_0010 한알대 두알대 / 다리 뽑기 소리
03_01_FOS_20100121_KDH_JCL_0011 내 손은 약손이다 / 배 쓸어주는 소리

조영기, 여, 1947년생

주 소 지 : 강원도 고성군 거진읍 원당리
제보일시 : 2010.1.21
조 사 자 : 강등학, 이영식, 박은영, 이창현, 윤희렬

인제군 서화면에서 태어나 19세에 원당
리로 시집 왔다. 판에 참여한 제보자들 중
나이가 상당히 젊은 편에 속해서인지 뒤쪽
에서 이야기를 거들기는 해도 적극적으로
나서서 참여해주기는 꺼렸다. 조사의 의의
를 이해하고 호응해주고자 하는 마음은 가
지고 있는 듯 했다.

제공 자료 목록
03_01_FOT_20100121_KDH_JYG_0001 시주승에게 소똥을 준 부자
03_01_FOS_20100121_KDH_JYG_0001 고모네 집에 갔더니 / 다리 뽑기 소리
03_01_FOS_20100121_KDH_JYG_0002 각시방에 불 켜라 / 풀뿌리 문지르는 소리

조윤신, 여, 1945년생

주 소 지 : 강원도 고성군 거진읍 산북리
제보일시 : 2010.3.20
조 사 자 : 강등학, 이영식, 박은영, 이창현, 윤희렬

경북 영덕에서 태어나 25세에 산북리로 시집을 왔다. 제보자들 가운데

나이가 젊은 편에 속해서인지 처음에는 판에 적극적으로 개입하지는 않고 뒤쪽에서 주로 구경만 했다. 그러다 자신이 아는 노래가 나오자 제보를 해주기를 꺼리지는 않았다. 또한 조사자가 질문하지는 않았으나 본인이 알고 있는 노래는 혼자서 불러 제보해 주고자 하는 뜻을 분명히 하기도 했다. 고운 외모를 지니고 있었다. '이 빠진 아이 놀리는 소리', '모래집 짓는 소리' 등을 제공해 주었다.

제공 자료 목록

03_01_FOS_20100320_KDH_JYS_0001 앞니 빠진 갈가지 / 이 빠진 아이 놀리는 소리
03_01_FOS_20100320_KDH_JYS_0002 까치야 까치야 / 까치 보고 하는 소리
03_01_FOS_20100320_KDH_JYS_0003 두껍아 두껍아 / 모래집 짓는 소리

최옥녀, 여, 1927년생

주 소 지 : 강원도 고성군 거진읍 반암리
제보일시 : 2010.2.6
조 사 자 : 강등학, 이영식, 박은영, 이창현, 윤희렬

거진읍 마달리에서 태어나 13세에 거진으로 이사를 해 그곳에서 성장한 후, 21세에 반암리로 시집을 왔다. 거진에 이사 와서 야학을 다녔다고 한다. 나이에 비해 발음이 정확했으며 조사에 협조적인 태도를 보여주었다. 제공한 자료로는 '한글 풀이 소리', '아리랑', '신 부르는 소리', '노랫가락'이 있다.

제공 자료 목록

03_01_FOS_20100206_KDH_COY_0001 가갸 가다가 / 한글 풀이 소리

03_01_FOS_20100206_KDH_COY_0002 아리랑 / 가창유희요

03_01_FOS_20100206_KDH_COY_0003 춘향아 춘향아 / 신 부르는 소리

03_01_FOS_20100206_KDH_COY_0004 노랫가락 / 가창유희요

최옥단, 여, 1916년생

주 소 지 : 강원도 고성군 거진읍 원당리

제보일시 : 2010.1.12

조 사 자 : 강등학, 이영식, 박은영, 이창현, 윤희렬

거진읍 죽전리에서 태어났다. 20세에 결혼하여 슬하에 2남 3녀를 두었다. 외동딸이었던 까닭에 당시로서는 늦게 시집을 갔다고 한다. 세 살에 어머니가 돌아가셔서 새어머니를 맞게 되었는데 새어머니의 눈치가 심해 맘 편히 성장하지 못 했다고 한다. 소리를 잘 한다는 말을 듣고, 조사자들이 집으로 찾아가 최선숙의 집으로 모시고 왔다. 그날 눈이 많이 와서 최선숙의 집에서 자고 갔다. 나이에 비해 발음이 정확했으며 기억력도 좋은 편이었다. 좋은 음질을 얻기 위해 같은 노래를 몇 번이고 다시 불러달라는 요청에도 망설이거나 불쾌해하지 않고 불러주는 등 조사에 상당히 적극적이며 협조적인 태도를 보여주었다.

제공 자료 목록

03_01_FOS_20100112_KDH_COD_0001 뱃노래 / 가창유희요

03_01_FOS_20100112_KDH_COD_0002 뱃노래 / 가창유희요

03_01_FOS_20100112_KDH_COD_0003 헌 이는 너 갖고 / 새 이 가는 소리

03_01_FOS_20100112_KDH_COD_0004 계집 죽고 자식 죽고 / 비둘기 보고 하는 소리

03_01_FOS_20100112_KDH_COD_0005 꿩꿩 꿩서방 / 꿩 보고 하는 소리

03_01_FOS_20100112_KDH_COD_0006 뱃노래 / 가창유희요

03_01_FOS_20100112_KDH_COD_0007 뱃노래 / 가창유희요

03_01_FOS_20100112_KDH_COD_0008 뱃노래 / 가창유희요

03_01_FOS_20100112_KDH_COD_0009 뱃노래 / 가창유희요

03_01_FOS_20100112_KDH_COD_0010 뱃노래 / 가창유희요

03_01_FOS_20100112_KDH_COD_0011 노낙각시 벼락맞아 죽는다 / 노래기 없애는 소리

03_01_FOS_20100121_KDH_COD_0010 도랑골 양반이 / 어휘 맞춰 엮는 소리

최해동, 여, 1931년생

주 소 지 : 강원도 고성군 거진읍 원당리

제보일시 : 2010.1.12

조 사 자 : 강등학, 이영식, 박은영, 이창현, 윤희렬

강릉에서 태어났다. 22세에 강릉에서 결혼해서 그 후 얼마 뒤 원당리로 이주했다. 정춘래가 노래를 부르면 옆에서 함께 따라 부르기도 하는 등 최해동 또한 적극적으로 조사에 임해주었다. 가물가물하게 기억이 나는 노래들이 있으면 매우 아쉬워하였다. 집에 돌아가 혼자 누워 있으면 그 때 가서야 뒤늦게 생각이 날 것이라는 말을 여러 번 했다.

제공 자료 목록

03_01_FOS_20100121_KDH_CHD_0001 성님 오네 성님 오네 / 가창유희요

03_01_FOS_20100121_KDH_CHD_0002 다복녀 / 가창유희요

03_01_FOS_20100121_KDH_CHD_0003 울뱅이 찔뱅이 / 우는 아이 놀리는 소리

03_01_FOS_20100121_KDH_CHD_0004 앞니 빠진 갈가지 / 이 빠진 아이 놀리는 소리

03_01_FOS_20100121_KDH_CHD_0005 이거리 저거리 갓거리 / 다리 뽑기 소리

03_01_FOS_20100121_KDH_CHD_0006 비야 비야 오지 마라 / 비 그치게 하는 소리

한용진, 남, 1947년생

주 소 지 : 강원도 고성군 거진읍 산북리
제보일시 : 2010.3.20
조 사 자 : 강등학, 이영식, 박은영, 이창현, 윤희렬

거진읍 산북리에서 태어나 3대째 거주하고 있다고 한다. 주된 제보자 중 한 명이었던 황순옥의 아들이기도 하다. 이 마을 이장으로 조사에 상당히 적극적이며 협조적으로 응해 주었다. 다른 제보자들에게 조사의 의의를 설명해 주며 협조해 주기를 열심히 청했다. '새 이 가는 소리', '새 쫓는 소리', '단숨에 외는 소리'를 구연해 주었다.

제공 자료 목록
03_01_FOS_20100320_KDH_HYJ_0001 헌 이는 너 갖고 / 새 이 가는 소리
03_01_FOS_20100320_KDH_HYJ_0002 우어 우어 소리 / 새 쫓는 소리
03_01_FOS_20100320_KDH_HYJ_0003 별 하나 나 하나 / 단숨에 외는 소리

함옥선, 여, 1946년생

주 소 지 : 강원도 고성군 거진읍 원당리
제보일시 : 2010.1.12
조 사 자 : 강등학, 이영식, 박은영, 이창현, 윤희렬

죽왕면 오봉리 태생으로 20세에 원당리로 시집을 왔다. 슬하에 삼형제를 두었다. 조사자로 함께 간 윤희렬의 외숙모로서 조사를 할 수 있도록 자리를 주선해 주는 등 상당히 열의를 보였다. 그러나 사진 찍기를

거부하거나 이름을 알려주려 하지 않는 등 제보 자체에는 상당히 소극적인 모습을 보였다. 조부모와 오랫동안 함께 생활했기 때문에 나이에 비해 오래 전의 풍습을 많이 알고 있었다. 그러나 앞으로 나서서 적극적으로 구연하는 것을 꺼리는 모습을 보였다.

제공 자료 목록

03_01_FOT_20100112_KDH_HOS_0001 논밭이 물에 잠겨 생긴 화진포
03_01_FOS_20100112_KDH_HOS_0001 헌 이는 너 갖고 / 새 이 가는 소리
03_01_FOS_20100112_KDH_HOS_0002 구정물은 나가고 / 물 맑게 하는 소리
03_01_FOS_20100121_KDH_HOS_0001 별 하나 나 하나 / 단숨에 외는 소리
03_01_FOS_20100121_KDH_HOS_0002 헌 집 줄게 새 집 다오 / 모래집 짓는 소리

황순옥, 여, 1927년생

주 소 지 : 강원도 고성군 거진읍 산북리
제보일시 : 2010.3.20
조 사 자 : 강등학, 이영식, 박은영, 이창현, 윤희렬

거진읍 산북리에서 태어나 16세에 결혼했다. 이장인 한용진의 어머니로 조사에 매우 적극적으로 임해 주었다. 나이에 비해 청과 기억력이 좋은 편이었다. 조사의 초반 노래를 부르지 않겠노라 서로 미루어 조사가 진행이 되지 못 했을 때, 자발적으로 먼저 노래를 불러서 판이 부드럽게 돌아갈 수 있도록 도움을 주었다. 알고 있는 노래는 제보해주고자 하였으며 다른 제보자들이 노래 부르기를 망설이면 불러주기를 청하기도 했다. 조사를 하는 자리라는 특수성 때문인지 노래 자체를 흥겹게 즐기면서 부른다는 느낌을 받을 수 없었다. '창부 타령', '어랑 타령'

등 총 11수의 노래를 제공해 주었다.

제공 자료 목록

03_01_FOS_20100320_KDH_HSO_0001 창부 타령 / 가창유희요
03_01_FOS_20100320_KDH_HSO_0002 창부 타령 / 가창유희요
03_01_FOS_20100320_KDH_HSO_0003 개성 난봉가 / 가창유희요
03_01_FOS_20100320_KDH_HSO_0004 우리 아기 잘도 잔다 / 아기 재우는 소리
03_01_FOS_20100320_KDH_HSO_0005 이거리 저거리 갓거리 / 다리 뽑기 소리
03_01_FOS_20100320_KDH_HSO_0006 추워 추워 춘달래 / 추울 때 하는 소리
03_01_FOS_20100320_KDH_HSO_0007 각시방에 불 켜라 / 풀뿌리 문지르는 소리
03_01_FOS_20100320_KDH_HSO_0008 해야 해야 나오너라 / 몸 말리는 소리
03_01_FOS_20100320_KDH_HSO_0009 방귀 방귀 나온다 / 방귀뀌며 하는 소리
03_01_FOS_20100320_KDH_HSO_0010 엄마 손이 약손이다 / 배 쓸어주는 소리
03_01_FOS_20100320_KDH_HSO_0011 어랑 타령 / 가창유희요

황충자, 여, 1939년생

주 소 지 : 강원도 고성군 거진읍 송정리
제보일시 : 2010.2.5
조 사 자 : 강등학, 이영식, 박은영, 이창현, 윤희렬

거진읍 오정리에서 태어나 23세에 결혼
을 했다. 처음 판을 벌였을 때 꺼낸 일제강
점기에 대한 이야기가 께름칙하여 본인의
이름을 밝힐 수 없다고 했다. 고춘랑을 중심
으로 판이 형성되었기 때문에 황충자는 주
로 옆에서 노래를 들으며 거들어 주거나 노
래에 대한 자신의 생각을 이야기하는 선의
역할을 해주었다. 그러나 조사 자체에 대해
서는 상당히 적극적인 관심을 보였다.

제공 자료 목록

03_01_FOS_20100205_KDH_HCJ_0001 이거리 저거리 갓거리 / 다리 뽑기 소리
03_01_FOS_20100205_KDH_HCJ_0002 앞니 빠진 수망새이 / 이 빠진 아이 놀리는
                                 소리

날개 잘린 아기장수

자료코드 : 03_01_FOT_20100205_KDH_KSJ_0001
조사장소 : 강원도 고성군 거진읍 용하리 140번지 용하리 경로당
조사일시 : 2010.2.5
조 사 자 : 강등학, 이영식, 박은영, 이창현, 윤희렬
제 보 자 : 강숙자, 여, 82세
구연상황 : 아기장수 이야기를 했었던 기록을 보며 다시 이야기해줄 것을 요청하자 기억
이 나지 않는다고 했다. 그러다 기억이 난다고 하며 구연을 시작했다. 끝부분
은 잘 모르겠다고 한다.
줄 거 리 : 한 아기가 태어났다. 엄마가 밖에 나갔다오면 방안이 먼지로 보얗게 되어 있
었다. 이상하게 여긴 엄마가 숨어서 보자, 아기가 날아서 시렁 위에 올라가는
것이었다. 장수가 나면 집안이 망한다고 하여 아기의 날개를 태워버렸다. 한
노인이 장수가 될 아이를 알아보았으나, 날개가 없는 아이는 이미 평범하게
돌아와 있었다.

애기 어머이가 애기를 참 열 달 배 가지고 낳았는데 빨래를 씨러 갔다
들어오믄 아 방이 ○○하드래. 먼지가. 야 이상하더래. 그래 가지고 늘 봐
야 ○○새 어머이가 집을 비우면 애기를 재워놓고, 젖 먹여 놓고 집을 비
우면 먼지가 뽀하더래. 그래 가만 숨어서 들여다보니까는 날개에서, 날개
가 나서요 호로롱 날아 댕기더래요. 날아댕기미 그 전에는 실경이 있거든
요? 이 나무 실경.

(조사자 : 시렁, 시렁.)

예, 예. 실경이 있는데 고게 날, 날아서 올라가더래요. 연습하느라. 날아
서 올라앉았다가 호르롱 내려오면 인기 소리가 바깥에서, 즈이 어머이가,
어머이가 인기 소리가 나믄 포대기 속으로 살짝 들어가요. 포대기 속으로
들어가 가만히 들어가 있다. 또 바깥에 나가면 ○○하더래요, 먼지가. 그

래 문틈으로 또 요렇게 들여다볼라치면 이 날개를 퍼퍼퍼퍼벅 뛰더래요. 이 훌훌 날아댕기다가서는 거기 실경에 딱 올라앉아 있더래요. 앉았다가 또 인기 소리가 나면 살짝 와서 고대로 드러누워 있대요. 그래 가지고 동네에서 이 집안찌리 이 장수가 나면 이 집안을 자식을 다, 부모를 다 죽이고 간다는만요. 장수가. 그래 가지고 저 저 이 집안을 위해서 저 아를 어떻게 날개를 태우자. 그래 가지고 태웠대요. 모두 깔고 올라앉아 가지고. 그 날개를, 그 애기를. 장수를. 태워가, 태웠는데 어떤 노인이 얼매큼 있다 가가 인제 한 꽤 컸대요. 일곱 살이나 대여섯 살 된 아를,

"야 너 저 가서 수숫대, 수수."

그 전에 그 수숫대. 빗자루 맹그는 거. 가서, 가서, 어 빗자루 맹그는 거.

"수숫대를 비 오너라."

그 애기를 시기더래요.

대 일곱 살 먹은 게야 아마. 가가 비 오니까는 그 노인이 이렇게 쥐고,

"너 여기 올라서라."

그러더래요. 이 날개가 있으면 올라섰겠는데 날개가 없으니 이게 부러지지 뭐요. 그러니까 그리고 그 끝은 모르겠어요. 뭐 뭐 장수가 뭐 울고가더라나, 저 저 말이, 말이 공중에서 허공에서 울고가더란 소리는, 있기는 그러 있기는 있더라이던가 뭐 그렇게 수숫댕이가 부러지더래요. 이게 가가 날개가 있으믄 이 수숫대에 올라앉으라하믄 올라섰잖우? 이 저 저 저 시렁에도 올라 앉는기. 훌훌 날아서 올라가는데. 이거 지스러워서. 장수를 놔두면 부모를 죽인대. 부모를 죽이고, 말 날까봐 부모를 죽이고 간다는 거래요.

방귀쟁이 며느리

자료코드 : 03_01_FOT_20100205_KDH_KGR_0001
조사장소 : 강원도 고성군 거진읍 용하리 140번지 용하리 경로당
조사일시 : 2010.2.5
조 사 자 : 강등학, 이영식, 박은영, 이창현, 윤희렬
제 보 자 : 고광렬, 여, 83세
줄 거 리 : 방귀쟁이 며느리가 있었다. 방귀쟁이 며느리와는 살 수 없다고 시아버지가 친
정으로 데려다 주는 길, 배나무 아래에서 며느리가 방귀를 뀌었다. 그러자 배
가 잔뜩 떨어져, 그 배를 팔아 돈을 벌게 되었다. 방귀쟁이 며느리도 쓸모가
있다하여 다 함께 집으로 돌아와 잘 살았다.

며느리를 봤는데 방구를 잘 뀌더래요. 하두 잘 뀌서 인제 시아버이가
아이구 도저히 같이 못 살겠다고 친정으로 데려다 준다고 가는데. 어느
배나무 밑에서 자는데 이 며느리가 거기서 방귀를 얼마나 뀌는지 그 배가
우르르르 다 떨어지더래요. 그래 가지고서래 이 메누리하고 시아버이하고
잔뜩 줏어 가지고 팔아 가지고 그 돈이 좀 생겼대요. 아, 이 메누리 내버
리면 안 되겠다. 그래 써먹을 데가 있구나. 다시 집으로 데려와서 뭐 행복
하게 살았다고 그래.

도깨비를 물리친 계란

자료코드 : 03_01_FOT_20100205_KDH_KGR_0002
조사장소 : 강원도 고성군 거진읍 용하리 140번지 용하리 경로당
조사일시 : 2010.2.5
조 사 자 : 강등학, 이영식, 박은영, 이창현, 윤희렬
제 보 자 : 고광렬, 여, 83세
구연상황 : 5년 전 조사 자료를 보며 당시 고광렬이 제보해준 이야기들을 순차적으로 물
었다. 고광렬은 별 망설임 없이 조사자의 질문에 당시 구연했던 이야기를 다
시 구연해 주었다.

줄 거 리 : 서당에 가는 아들에게 어머니가 계란을 몇 개 싸주었다. 아이들이 서당에서
혼자 선생님과 친구들을 기다리고 있는데 밖에서 이상한 소리가 들렸다. 소리
가 점점 가까이 다가오는데, 싸 가지고 온 계란에서 병아리가 나왔다. 병아리
소리에 날이 샌 줄 안 도깨비는 도망을 가고 아들은 살게 되었다.

옛날에 저기 한 고을에 그 서당방이 있어서 서당엘 가는데 이제 한 일
고여덟살 먹은 그 아들이 가는데 어머이가 겨란을 몇 개 싸주더래요. 그
래 그걸 싸 가지고 가 가지고 서당방엘 가서 기달리고 있으니 어떻게 선
생님도 안 오고 애들고 안 오고 그래서 거기서 잠이 홀연히 들었는데 바
깥에서 뚝딱뚝딱 자꾸 그런 소리가 들리더래요. 그래서,

'하우, 이거 뭔 소리가 이래 나나.'

막 가까이 들어와, 들어올라 하는 찰라에 이 병아리 꼬꼬요 울더래요.
병아리가 알을 까 가지고. 그래 꼭꼭거리니까느로 고만에 날이 샜다고 이
도깨빈가 호랭인가 뭐 못 들어오더래요. 그래 가지고서래 살아났더라잖아
요. 그 어머니가 겨란을 싸줘서 그게 닭을, 닭이 생겨 가지고 그 꼬기요
하니까 아 날이 샜다고. 그러니까 귀신이겠죠? 귀신은 날만 새면은 덤비
지 못하고 도망을 간다고.

(조사자 : 계란이 삶은 계란이 아니었나보네요?)

그렇죠. 생계란이었죠. 싸, 웬만큼 싸줘서 가지고 가서 선생님 기달리고
애들 기달려서 안 와서 바람은 불고 막 아주 그냥 무섭고 그런데 자꾸 뚝
딱 뚝딱 소리가 나 가지구 거의 가깝게 왔는데 아 그, 그 당시에 겨란 있
는 데서 꼬기오 하고 닭 우는 소리가 나니까 고만에 내빼 가지고 그래 살
아났대요, 애가. 그 옛날 얘기에요. 옛날에 우리 아버지, 어머니가 얘기해
주는 것 듣고 그대로.

(조사자 : 그러셨구나.)

숨소리로 바위를 이긴 장사

자료코드 : 03_01_FOT_20100205_KDH_KGR_0003
조사장소 : 강원도 고성군 거진읍 용하리 140번지 용하리 경로당
조사일시 : 2010.2.5
조 사 자 : 강등학, 이영식, 박은영, 이창현, 윤희렬
제 보 자 : 고광렬, 여, 83세
구연상황 : 5년 전 조사 자료를 보며 당시 고광렬이 제보해준 이야기들을 순차적으로 물었다. 고광렬은 별 망설임 없이 조사자의 질문에 당시 구연했던 이야기를 다시 구연해 주었다. '방귀쟁이 며느리 이야기'에 이어 '도깨비를 물리친 계란' 이야기를 구연해준 후, 이어서 이 이야기를 해주었다.
줄 거 리 : 한 장사가 있었다. 한 바위가 장사에게 대결을 신청했다. 남자가 숨소리로 바위를 들었다 놓아서 장사가 이겼다고 한다.

　　장사 그거는 한 사람이 자는데, 낮잠을 자는데 어, 한숨을 쉬고 내쉬고 들이쉬고 하는데 이놈의 바우가 올라갔다 내려갔다 하더래요. 그래서 이, 이 사람이 얼마나 기운이 시면 바우가 이 한, 숨소리에 올라갔다 내려갔다 한다고. 그래믄서 아 이 사람 나하고 대결을 해보자. 아 참, 그 바우하고 나하고 대결을 하자. 역시 그렇게 그 바우를 올렸다 내렸다 한숨으로 그렇게 해 가지고. 그래 그 사람이 이겼다 그러잖아요. 그 바우한테.

　　(조사자 : 아 그러니까 청년이 한숨을 쉴 때마다 올라갔다 내려왔다.)

　　올러갔다 내려갔다 그러니 그 바우를 그 때 그 해내었다고.

수수대궁이 붉은 이유

자료코드 : 03_01_FOT_20100205_KDH_KGR_0004
조사장소 : 강원도 고성군 거진읍 용하리 140번지 용하리 경로당
조사일시 : 2010.2.5
조 사 자 : 강등학, 이영식, 박은영, 이창현, 윤희렬
제 보 자 : 고광렬, 여, 83세

구연상황 : 어릴 적 동무들과 놀면서 부르던 노래를 채록하기 위해 여러 가지 질문을 던
졌다. 그러나 대부분 오래 전 일이라 부분부분 기억이 날 뿐, 전체적으로는
기억이 잘 나지 않는다고 하였다. 그러던 중 고광렬이 갑자기 이 이야기를 꺼
내었다. 다른 제보자들도 대부분 이 이야기를 알고 있는 듯 조금씩 거들었다.
줄 거 리 : 옛날이 오누이를 둔 엄마가 떡을 팔고 집으로 돌아오는 길이었다. 호랑이가
나타나 떡을 빼앗아 먹은 후, 엄마의 행세를 하며 오누이까지 잡아먹고자 하
였다. 오누이는 하늘에 빌어서 성한 밧줄을 타고 하늘로 올라가고, 호랑이는
썩은 밧줄을 타고 오누이를 쫓아가다 수수밭에 떨어졌다. 호랑이 피로 물든
수수대궁은 그 때부터 호랑이 빨갛게 되었다고 한다.

옛날에 두 오누가 살다가 저 그 어머이, 그러니까 떡 팔러 가 가지구
떡을 다 팔고 오는데 고개 있는 데서 넘어오는데 호랭이가,

"내 떡 하나 주면 안 잡아먹지."

그래 떡 한 덩어리 이래 주면 또 먹고,

"내 떡 한 덩거리 주면 안 잡아먹지."

그래 가지고는 그 떡을 다 먹고 그 담에 그 애들 있는 집에 가가주고서래,

"내가 느 어머이니까 문 열어라." 하니,

(청중 : "아가 아가 문 열어라.")

그래 인제 문을, 문틈으로 그러면 손을 디밀어 보라고 그래. 그 문틈으
로 손을 디미는데 그새 지름을 발라 가지고 문틈에다 요렇게 내밀으니 즈
어머이 손 같지 않더래요. 그래서 야들이,

"우리 어머이 손 아니다."

"진짜로 느들이 문 안 열어 줄래?" 하니까. 뭐 무서워서 문도 못 열고,

"아유 하나님 저게 우리를 살릴라믄 응, 저 성한 밧줄을 내려주시고 우
리를 죽일라믄 썩은 밧줄을 내려주세요." 하고 고만 기도를, 자꾸 빌었대
요. 그러니까 하늘에서 아주 밧줄이 내려오는데 둘이 고만 타고, 성한 밧
줄 내려보내서 올라타고. 이 호랭이가 저게 저,

"하느님 하느님 우리를 살릴라믄 썩은 밧줄 내려주고 응, 좋은 밧줄,

성한 밧줄 내려보내주고 또 우리를 죽일라믄 헌 밧줄을 내려주세요." 하고 인제 빌으니 아 썪은 밧줄을 내려줘 가지고 이 놈의 호랑이가 타고 올라가다가 뚝 떨어져서 죽었는데, 그 수수밭에 떨어져 가지고,

(청중 : 수수밭에 찔려 가지고 그 수수대궁이 뻘겋대.)

뻘거 가지고 그래서 그게 호랑이 피다 인제 그래, 유래가 옛날에 났었어요.

방귀쟁이 며느리

자료코드 : 03_01_FOT_20100206_KDH_KSG_0001
조사장소 : 강원도 고성군 거진읍 반암리 17번지 반암리 경로당
조사일시 : 2010.2.6
조 사 자 : 강등학, 이영식, 박은영, 이창현, 윤희렬
제보자 1 : 김순규, 여, 87세
제보자 2 : 김순이, 여, 80세
구연상황 : 방귀쟁이 이야기를 아느냐는 질문에 모두들 잘 모르겠다고 대답했다. 말머리를 돌려 조사자가 부엉이 소리를 내는 노래를 아느냐고 묻자 부르긴 했으나 기억이 잘 나지 않는다고 하는 와중에, 김순규가 문득 이 이야기를 꺼내었다. 옆에서 듣고 있던 김순이가 끼어들어 이야기 전개를 도왔다.
줄 거 리 : 방귀쟁이 며느리가 시집을 와서 방귀를 뀌지 못해 노랑병이 들었다. 그 이유를 알게 된 식구들이 방귀를 뀌게 하였다. 며느리는 시아버지에게는 가마를, 신랑은 구유를 붙잡게 하고 시원하게 방귀를 뀌었다. 그러자 방귀바람에 신랑이 구유 너머로 날아갔다고 한다.

제보자 1 방귀쟁이 며느리라는 게 그 뭘 며누리가 노랗게. 그래서 왜 그러냐 그러니까 하두 하두 노랑병이 드니까는 자꾸 자꾸 물으니께 그러면 내가, 저, 저. 시아버지를 시아버지를 가매를 붙잡으라 그러고 한사람은 저 저 대들보 붙잡으라 그러고 그래 가지고 그 다음에 방구를 뀌니까.

제보자 2 신랑은, 신랑은 인제 옛날 소 구숭(구유)머리 거드매 붙잡으라 그
         랬는데 방구를 메누리가 그 메누리가 방구를 못 퀴서 노랑병이
         들었대. 방구를 못 퀴서. 시집을 와 가지고 으르신들이 많으니까
         방구를 못 퀴서 노랑병이 들었는데 그 다음엔,

제보자 1 아가 아가 고만 고만 고만

제보자 2 하두 그 다음엔 방구를, 노랑병을 인제 그 병을 인제 곤칠라고 너
         뭘 해서 뭘 해야지만 인제 그 저 병을 곤치냐께, 방구를 못 퀴서.
         방구를 그럼 퀴라고 그러니께. 신랑이 그 구숭머리를 붙잡고 있다
         가 방구를 얼마나 퀸지 구숭 너매 넘어갔다 넘어갔다 방구바람에.
         그기 그렇게 그기 무신 옛날에.

      (조사자 : 그게 어디, 신랑이 어디를 잡아요?)

제보자 2 예?

      (조사자 : 신랑이 어디를 잡아요?)

제보자 1 신랑은 저 저 구융.

      (조사자 : 구융?)

제보자 2 소 밥주는 구융. 시아버이는 뭐 기둥을 붙잡고, 또 누구는 또 뭐.

제보자 1 가매를 붙잡고.

제보자 2 또 솥단지 붙잡고. 근데 방구를 얼마나 퀸는지 그 그렇게 퀴야하
         는 방구를 못 퀴니까 인제 노랑병이 들은 거여. 그래 그 그 인제
         곤칠라고 방구를 얼마나 퀴란기가.

제보자 1 방구쟁이가 뭐유, 방구쟁이라 하니까 그 옛날 얘기가 생각이 나.

제보자 2 나도 그 생각이 나.

서낭신이 된 이화진의 며느리

자료코드 : 03_01_FOT_20100205_KDH_NTW_0001
조사장소 : 강원도 고성군 거진읍 송정리 15-2번지 송정리 경로당
조사일시 : 2010.2.5
조 사 자 : 강등학, 이영식, 박은영, 이창현, 윤희렬
제 보 자 : 남택원, 남, 70세
줄 거 리 : 옛날 이화진이라는 사람이 살고 있었다. 그는 부자이기는 하나 매우 인색하였
　　　　다. 어느 날 시주를 하러온 스님에게 이화진은 소똥을 퍼서 주었다. 그의 며
　　　　느리가 시아버지 몰래 쌀을 가져다주자, 스님은 뒤를 돌아보지 말고 자신을
　　　　따라오라고 했다. 며느리가 현재 고청서낭이 있는 데까지 갔을 때 벼락치는
　　　　소리가 나서 뒤를 돌아보고야 말았다. 그러자 며느리는 그 자리에서 돌이 되
　　　　었고, 며느리가 돌이 된 자리가 고청서낭이 되었으며 이화진의 집과 전답은
　　　　물이 차서 호수가 되어 버렸다.

　그 옛날 지금 그 화진포가 옛날에는 이화진이라는 그 갑부의 전답이라
고 그게 전체가. 전답인데, 이화진이가 그렇게 잘 살아도 상당히 그 사람
이 성품이 난폭하고 또 인색한 사람이여. 그래 어느 날 하루 건봉사 중이
시주를 받으러 이제 이화진씨 집에 갔는데 그 시주를 받으러 가니까 그
이화진이가 그 소똥을 말이지 삽으로 퍼 가지고 쌀은 안 주고 그 소똥을
퍼 가지고 그 배낭인가 그 짊어진 거기다가 퍼 넣으니까 며느리가 그 보
기 상당히 거북하니까, 그래 아, 시아버지 몰래 쌀을 갖다 인제 줬는데 그
중이 가면서 어 그 뒤를 돌아보지 말고 자기를 따라오라 중이 그렇게 얘
기를 해서 죽 가다가, 그 이제 날이 흐리고 비가 막 오는데 그 며느리가
지금 고청서낭 지금 그 고청서낭 있는 데까지 가서 뒤에서 벼락치는 소리
가 나니까 이제 고개를 돌려서 이렇게 돌아, 돌아봤는데 그 며느리가 이
렇게 돌아보는 순간 그 이제 돌이 됐다는 거야. 돌이 돼 가지고 그 며느
리가 서있던 그 돌이 된 자리가 바로 고청서낭. 그래 그 이화진이가 앉아
서 이제 사던 전답 전체가 그 호수가 돼버린 거야. 물이 차 가지고. 그 전
체가. 그런 유래지 뭐.

그리구 이제 그 거진서 어민들이 이제 고기가 안 나고 하면 일 년에 한 번씩 이제 풍어제를 지내는데 거진에도 이제 그 보면 서낭이 암서낭 숫서낭 시내에도 있어요. 시내에도 있는데 거기 풍어제를 지내도 고기가 안 나니까 이제 고청서낭에 와서 이제 그 풍어제를 지내며는 고기가 잘 난대요. 그래서 이제 어민들이 그 전에는 풍어, 고기가 안 나면은 풍어제를 고청서낭에 와서 지내고 또 거진서 풍어제를 지내도 고청서낭에 와서 이제 그 빌면서 뭐 해 가지고 내려가서 이제 그렇게 해서 한다더라고 그런 전설이지 뭐 우리는 하는 걸 난 한 번도 못 봤어, 못 보고 풍어제는 그렇게 지낸다는 거는 알지.

명태라는 이름이 붙은 사연

자료코드 : 03_01_FOT_20100207_KDH_DHS_0001
조사장소 : 강원도 고성군 거진읍 거진1리 2반 금성호 사무실
조사일시 : 2010.2.7
조 사 자 : 강등학, 이영식, 박은영, 이창현, 윤희렬
제 보 자 : 도한섭, 남, 58세
구연상황 : 아침 일찍 숙소에서 나와 거진항으로 나갔다가 마침 고기가 잘 잡히지 않아 출항을 하지 않고 있던 도한섭을 금성호 사무실에서 다시 만났다. 도한섭의 처가 직접 말린 도미를 쪄서 안주로 내왔다. 둘러앉아 술을 한잔씩 하며 이야기를 나누었다. 근래 들어 명태가 잘 나오지 않는 이야기를 하다가 명태라는 명칭의 유래를 이야기하게 되었다.
줄 거 리 : 명씨라는 성을 가진 사람이 함경도에 사찰을 나갔다가 먹어본 명태의 맛이 좋아서, 그때부터 그 사람의 성을 따서 '명태'라고 이름하게 되었다.

옛날에 아마 조정에서 저 쪽 함경도 쪽으로 무슨 요즘 같으면 시찰 나갔겠지? 그 이제 명태라는 유래가 그 명씨라는 사람이 그 그쪽 함경도에 갔는데 참 그 고기가 참 맛이 있다 이래서 그 사람 이 성을 따 가지고 명태가 됐다는 유래도 있고.

은어가 도루묵으로 불리는 사연

자료코드 : 03_01_FOT_20100207_KDH_DHS_0002

조사장소 : 강원도 고성군 거진읍 거진1리 2반 금성호 사무실

조사일시 : 2010.2.7

조 사 자 : 강등학, 이영식, 박은영, 이창현, 윤희렬

제 보 자 : 도한섭, 남, 58세

구연상황 : '명태라는 이름이 붙은 사연'에 관한 이야기를 들려 준 후, 이어서 구연했다.

줄 거 리 : 임진왜란 때 선조임금이 함경도로 피난을 갔다가 은어를 맛있게 먹게 되었다. 피난 생활을 마치고 궁으로 돌아와 다시 은어를 먹었더니 당시의 맛이 나지 않았다. 그래서 '도로 물려라'라고 했다는 데에서 '도루묵'이 되었다고 한다.

　옛날에 아마 조정에서 저 쪽 함경도 쪽으로 무슨 요즘 같으면 시찰 나갔겠지? 그 이제 명태라는 유래가 그 명씨라는 사람이 그 그쪽 함경도에 갔는데 참 그 고기가 참 맛이 있다 이래서 그 사람 이 성을 따 가지고 명태가 됐다는 유래도 있고 그 도루묵 유래 아시죠?

　(조사자 : 말씀해 보세요.)

　옛날에 아마 선조 임금인가 봐. ○○○한테 피난을 가다가 어디 함경도 쪽 어디 가까운 쪽으로 갔던가봐. 그래서 이제 뭐 참 집을 떠나서 마 쫓겨가는 판이니까 어떤 음식인들 안 마시운 게 어디 있겠어요? 그 또 도루묵이 그기 아주 그 담백하고 시원하잖아요? 이 ○○○ 끓여노며는 그래서 그 처음에는 은어라 은어. 원래 표준어가 은어입니다, 은어. 은어.

　(조사자 : 언어예요? 은어?)

　은, 은, 은자.

　(조사자 : 은자)

　은자. 은어. 말 그대로 은, 은. 은언데, 그이 뭐 인제 피난 생활하고 다시 인제 궁에 돌아와 가지고 그걸 먹으니까 그 때 맛이 안 나더란 얘기야. 그래서 임금이 이거 도루 물려라. 도루묵. 그래서 말짱 도루묵이라는 유래가. 그거 사실인거 같아요.

삼천갑자 동방석을 잡은 저승사자

자료코드 : 03_01_FOT_20100205_KDH_POC_0001
조사장소 : 강원도 고성군 거진읍 용하리 1반 박옥춘 댁
조사일시 : 2010.2.5
조 사 자 : 강등학, 이영식, 박은영, 이창현, 윤희렬
제 보 자 : 박옥춘, 여, 88세
구연상황 : '다복녀'를 아느냐고 묻자 알고 있었는데 잊어버렸다고 한다. '담바구 타령' 또한 알던 노래이나 잊어버렸다고 한다. 다른 조사에서 삼천갑자 이야기를 한 기록이 있어 다시 해줄 것을 부탁하자, 기억을 떠올리기 위해서인지 잠시 뜸을 들인 후 이야기를 꺼냈다.
줄 거 리 : 저승사자가 삼천갑자 동방석을 잡기 위해 논둑에 앉아 숯에다 낫을 갈았다. 논물을 보러 들어가던 삼천갑자가 그것을 보고 자신의 이름을 밝히는 바람에 저승사자에게 잡혀갔다.

삼천갑자 동박삭이가 삼천갑자를 살았는데 사재가(사자) 잡아갈라니 당초 뭐 누군지 알 수가 없어서 못 잡아 갔어요. 그런게 삼천갑자를 잡을라고 사재들이 서이가 논둑에 앉아서 숯에다가 낫을 갈았대요. 숯에다가. 숯. 불 때는 숯에다가 낫을 갈고 앉아시니까는 삼천갑자 동박삭이가 논물을 보러 들어가다가 그걸 보고,

"내가 삼천갑자를 살아도 숯에다가 낫 가는 놈은 첨 봤다" 이래니까는,

"오호 니가 삼천갑자야!" 하고는 그 날로 잡아갔대요.

각시를 혼내 준 꼬마 신랑

자료코드 : 03_01_FOT_20100205_KDH_POC_0002
조사장소 : 강원도 고성군 거진읍 용하리 1반 박옥춘 댁
조사일시 : 2010.2.5
조 사 자 : 강등학, 이영식, 박은영, 이창현, 윤희렬
제 보 자 : 박옥춘, 여, 88세

구연상황 : '삼천갑자 동방석을 잡은 저승사자' 이야기를 한 후, 꼬마 신랑 이야기를 해 달라고 하자 망설임 없이 바로 이야기를 꺼내었다.

줄 거 리 : 자신보다 열 살이나 많은 여자와 결혼을 한 꼬마 신랑이 부인에게 맞으면서 도 자기 엄마한테는 이르지 않았다. 그러나 다 자라고 나서는 부인에게 매를 들어 어릴 적 자신을 벌한 부인을 혼내주었다.

옛날에는요 일 부려먹을라고 아들이 열 살이믄 각시 스무살씩 먹은 거를 은어왔대. 그러믄 인제 한문 서당엘 댕기는데 와 가지구 인제 각신 줄도 몰르고 밥 달라고,

"밥 줘!" 하믄 각시가 한 번씩 궁둥파대기를 뚜드려주고 밥을 준대. 그러믄 운대요. 은어 맞고. 그러면 즈 어머이가 어디 갔다 와 가지고,

"너 왜 우니?" 이러믄,

"눈에 가시가 들어갔잖아." 이러커드란대요.

근데 지가 커 가지구요 하루 문풀이를 한단을 떠다 구석에다 세우더래요. 지가 한 육십 살 먹더니만. 그래 각시가,

'저걸 뭐 할라고 떠다 세우나.' 했대요.

지약을 해 먹고 설거지 하고 들어오까나 문을 딱딱 닫아걸더니,

"너 오늘 나한테 신선매 좀 맞아보라." 그러더래요.

"너 나 어리다고 만날 때려줬지? 오늘 나한테 그 매 좀 맞아봐야 한다."고 그 문풀이가 몇 개가 부러지도록 때리더래요. 지가 커 가지고 질을 들이더래요. 즈 어머이한테 안 일르고.

시주승에게 소똥을 준 부자

자료코드 : 03_01_FOT_20100121_KDH_JYG_0001

조사장소 : 강원도 고성군 거진읍 원당리 60번지 원당리 경로당

조사일시 : 2010.1.21

조 사 자 : 강등학, 이영식, 박은영, 이창현, 윤희렬

제 보 자 : 조영기, 여, 64세

구연상황 : 마을 지명 관련 이야기를 아는 것이 없느냐는 조사자의 질문에 제보자들은
아는 것이 없다고들 했다. 화진포에 얽힌 이야기를 슬쩍 꺼내어 이런 얘기 들
어보지 못 했느냐고 묻자 조영기가 이야기를 꺼내었다. 옛날부터 들은 이야기
가 아니라 안내문에 써 있는 글을 보고 아는 이야기라고 했다.

줄 거 리 : 옛날 인색한 부자가 시주를 온 스님에게 소똥을 퍼서 주었다. 그 벌로 부자의
집은 물이 차서 지금의 화진포가 되었다.

　　화진포에 저 저 전설은, 화진포의 전설은, 저기 아주 부잣집에 시아버
이하고 며느리하고 사는데 중이 시주하라고 오니까는 시아버이가 쇠똥을
한 삵가리 퍼다가 줬대. 그래 가지고서네 그 스님이 하두 괘씸해서 그 그
집이 억만장자루 아주 물 안에 ○○가 개바닥으로 아주 그 집 땅이 됐
대. 그런기 스님이 갑자기 물을 퍼, 바닷물을 오게 해 가지고 갯물을 맹글
었다고 전설이 있어. 화진포에. 그래 가지고 그 시아버이가 못된 시아버
이가 쇠똥을 한 삵가리 퍼줬는데 그 메누리가 거기 전설로 이승만 별당
옆에 전설을 이렇게 동상 그래놓고 거기 전설로 다 써있다네.

논밭이 물에 잠겨 생긴 화진포

자료코드 : 03_01_FOT_20100112_KDH_HOS_0001

조사장소 : 강원도 고성군 거진읍 원당리 51번지 김선순 댁

조사일시 : 2010.1.12

조 사 자 : 강등학, 이영식, 박은영, 이창현, 윤희렬

제 보 자 : 함옥선, 여, 65세

구연상황 : 어릴 적 놀면서 부르던 노래가 있었느냐는 질문에 제보자들은 엄하게 커서
그런 걸 모르고 컸다고 한다. 옛날이야기 기억하는 것이 있느냐고 묻자 다 잊
어버려 모른다고 했다. 장자못 전설의 예를 들어 이런 이야기를 아느냐고 물
었더니 제보자가 화진포에 얽힌 이야기를 들려주었다. 어려서부터 들어오던
이야기였으며 화진포에 있는 안내판에서도 같은 이야기를 확인했다고 한다.

줄 거 리 : 옛날 한 부잣집에 스님이 시주를 하러 왔다. 그 집의 시아버지가 소똥을 퍼서

주자, 며느리가 쌀을 퍼 가지고 가서 시주를 했다. 스님은 며느리에게 뒤를 돌아보지 마라했으나 며느리가 뒤를 돌아보자, 논밭이 다 물에 잠겨 화진포가 되었다고 한다.

옛날에 스님이 인제 시주하러 오셨는데 그 시아버지가 소똥을 퍼다가 시주를 한 거야, 인제. 소똥을 퍼다가 스님을 준거여, 부잣집인데.

소똥을 퍼다가 주니까나 그 스님이 그 소똥을 받아 가지고 몇 발자국 가는데 인제 그 며느리가 쌀을 퍼 가지고 와서 스님한테 쫓아가서 인제 공양을 인제 시주를 핸(한) 거래요. 했는데 그 스님이 메누리(며느리) 그 정성이 고마워 가지고 그 메누리한테 그 시주를 받으면서 뒤를 돌아다보지 말라 그랬어.

근데 그 스님이 뒤를 돌아다보지 말라 그랬는데 이 며느리가 뒤를 돌아다보니까는 그 화진포 그게 다 논밭이 다 화진포 물이 되었다는 전설이 그런 전설이 있어요, 그런 게.

호랑이가 따라다니는 할머니

자료코드 : 03_01_MPN_20100206_KDH_KSG_0001
조사장소 : 강원도 고성군 거진읍 반암리 17번지 반암리 경로당
조사일시 : 2010.2.6
조 사 자 : 강등학, 이영식, 박은영, 이창현, 윤희렬
제 보 자 : 김순규, 여, 87세
구연상황 : 김순규가 수수께끼를 내자 모두들 즐겁게 답을 맞추었다. 조사자가 다른 수수
　　　　　 께끼를 알려달라고 하자 아는 것이 없다고 했다. 그러면 '떡 하나 주면 안 잡아
　　　　　 먹지'와 같은 옛날이야기를 알려 달라고 요청했다. 짧게 그 이야기를 한 후 '호
　　　　　 랑이'에서 생각이 났는지 어릴 적 자신이 들었던 호랑이 이야기를 해주었다.
줄 거 리 : 한 할머니가 바닷가에 가서 일을 해주고 집으로 돌아올 때면 항상 호랑이가
　　　　　 따라온다고 한다. 그래서 그 할머니를 일러 사람들이 '두호장모'라고 하였다.

　옛날 그건 옛날 얘긴데 그렇게 하면 돼. 어머이가 가서 인제 이웃에
갔다 왔는데 아들이 엄마를 바래, 떡을 얻어다가서네 호랭이를 만났대.
그래서 그 호랭이가 참 떡을 다 뺏어먹고는 즈이 어머이까지 잡아먹고는
가서,

　"아가 아가 내가 왔다. 문 열어 다오." 그래더래.

　"내가 왔다 문 열어 다오." 그러니까 목소리가 달르거든.

　그 다음에 엄마 손 한번 대보내 달라거든. 손에 그게 있지.

　(청중 : 털이 있지.)

　털이 있지. 그래, 그래 가지고 내중에 호랑이가 그 아들꺼정 다...

　그리고 우리는 그 전에 아적에 다 들었는데 호랭이가 사람 따라 댕긴
다그럽디다, 사람. 근데 그 어머이는 우리가 저 교동서 사는데 인제 저 우
에서 살다가 딸을 교동다 시집을 줘서는 딸네 모탱이 와서 사는데 아들이

없으니까. 공현진 거기를 잘 댕겨요. 그리는데 거기를 갔다오면 인제 나리까니까는 가서 일해주고 오자면 저물지? 어천리로 올라가자면. 그러면 호랭이가 나신대.

(청중 : 호랑이 옛날에는 호랑이가 산속에 꽤 있었나봐, 있었나봐.)

근데 그렇게 성큼 성큼 성큼 따라, 멀찌가니 따라온대. 그러다가 물을 근, 물을 만내면 읊대요. 그래서 인제 물 근네 와서 그담에 이렇게 있으믄 또 설렁 설렁 설렁 따라오고. 근데 그게 나시다가 안 나시면 도로 무섭대. 그게 같이 댕겨야지만 인제. 그러니까 계속 그렇게 같이 따라댕긴다고 그 어멈을 가지고 '두호장모, 두호장모' 했는데 그럽디다. 그런 얘기 들어봤어.

(조사자 : 두호장모?)

두호장모.

알 나라 딸 나라 / 잠자리 부리는 소리

자료코드 : 03_01_FOS_20100205_KDH_KSJ_0001
조사장소 : 강원도 고성군 거진읍 용하리 140번지 용하리 경로당
조사일시 : 2010.2.5
조 사 자 : 강등학, 이영식, 박은영, 이창현, 윤희렬
제 보 자 : 강숙자, 여, 82세
구연상황 : 모를 심으면서 노래를 하지 않았느냐는 조사자의 질문에, 남자들 중에 그렇게 놀면서 부르던 사람들이 있었지만 지금은 다 죽고 없다고 했다. 자신들은 구경하며 웃기만해서 부를 줄 모른다고 한다. '어랑 타령'이나 '뱃노래'를 아느냐는 질문에는 알지만, 잘 부를 줄은 모른다며 구연해 주기를 꺼렸다. 화제를 돌려, 잠자리를 잡으며 부르던 노래가 있었냐고 묻자, 다 잊어버렸다고 하며 잠자리를 잡아 날개를 쥐고 이 노래를 부르면 잠자리가 하얀 알을 똑똑똑 낳는다고 하였다.

알 나라 딸 나라
알 나라 딸 나라

꼬마야 꼬마야 / 줄넘기 하는 소리

자료코드 : 03_01_FOS_20100205_KDH_KCR_0001
조사장소 : 강원도 고성군 거진읍 송정리 15-2번지 송정리 경로당
조사일시 : 2010.2.5
조 사 자 : 강등학, 이영식, 박은영, 이창현, 윤희렬
제 보 자 : 고춘랑, 여, 65세
구연상황 : 본격적인 조사에 들어가기에 앞서 판을 부드럽게 하기 위해 어릴 적 놀던 놀이에 관한 질문을 꺼내었다. 제보자들은 목자치기, 정월대보름에 하던 쥐불놀이, 고무줄놀이에 관한 이야기를 해주었다. 고무줄놀이를 하며 부르던 노래라

며 이 노래를 불렀다가, 이 노래는 줄넘기를 하며 부르던 노래라고 정정했다. 노래를 부르는 중간 중간 설명을 끼워 넣었던 까닭에 조사자가 노래만 다시 불러달라고 요청했다. 그러자 줄넘기 놀이를 하는 흉내를 내며 이 노래를 불러주었다.

꼬마야 꼬마야 뒤를 돌아라
꼬마야 꼬마야 땅을 짚어라
꼬마야 꼬마야 눈을 감어라
꼬마야 꼬마야

저 쪽에서 잘 가거라 하면 차악 나간다고.

꼬마야 꼬마야 잘 가거라

하면 또 이렇게 나가고.

하나꼬 데꼬 / 다리 뽑기 소리

자료코드 : 03_01_FOS_20100205_KDH_KCR_0002
조사장소 : 강원도 고성군 거진읍 송정리 15-2번지 송정리 경로당
조사일시 : 2010.2.5
조 사 자 : 강등학, 이영식, 박은영, 이창현, 윤희렬
제 보 자 : 고춘랑, 여, 65세
구연상황 : 황충자가 '다리 뽑기 소리'를 하고 난 뒤, 고춘랑과 임병채에게도 각각 아는 노래를 불러줄 것을 요청했으나 잘 기억이 나지 않는다고 했다. 고춘랑은 '고 모네 집에 갔더니'를 불렀던 기억은 나는데 잊어버렸다고 한다. 그리고 이 노래를 기억해 내었으나 끝까지는 기억이 나지 않는다고 했다.

하나꼬 데꼬
짐치 모래 깍두기

별 하나 나 하나 / 단숨에 외는 소리

자료코드 : 03_01_FOS_20100205_KDH_KCR_0003

조사장소 : 강원도 고성군 거진읍 송정리 15-2번지 송정리 경로당

조사일시 : 2010.2.5

조 사 자 : 강등학, 이영식, 박은영, 이창현, 윤희렬

제 보 자 : 고춘랑, 여, 65세

구연상황 : 하늘에 별을 보며 부르던 노래를 아느냐는 질문이 떨어지기 무섭게 고춘랑이
'별 하나 나 하나'를 불렀다. 하늘의 별을 보며 숨을 쉬지 않고 단숨에 부르는
노래라고 했다. 친구들끼리 숨 안 쉬고 열 번까지 하는 것을 내기삼아 놀았다
고 한다.

별 하나 나 하나

별 둘 나 둘

별 셋 나 셋

별 넷 나 넷

별 다섯 나 다섯

별 여섯 나 여섯

별 일곱 나 일곱

별 아홉 나 아홉

별 열 나 열

해야 해야 나오너라 / 몸 말리는 소리

자료코드 : 03_01_FOS_20100205_KDH_KCR_0004

조사장소 : 강원도 고성군 거진읍 송정리 15-2번지 송정리 경로당

조사일시 : 2010.2.5

조 사 자 : 강등학, 이영식, 박은영, 이창현, 윤희렬

제 보 자 : 고춘랑, 여, 65세

구연상황 : 어릴 적 강에서 미역을 감다가 해가 구름 속에 들어가면 부르던 노래가 있었

느냐는 질문에 고춘랑이 어렴풋하게 기억해 내었다. 조사자가 노래에 대한 약간의 힌트를 주자 노래를 정확하게 기억해 내었다. 몸이 젖어 춥기 때문에 해가 빨리 나오기를 바라는 마음에서 이 노래를 불렀다고 한다.

해야 해야 나오너라
복지께다 물 떠넣고
쨍쨍 나오너라
해야 해야 나오너라
복지께다 물 떠넣고
쨍쨍 나오너라
해야 해야 나오너라
복지께다 물 떠넣고
쨍쨍 나오너라

구정물은 나가고 / 물 맑게 하는 소리

자료코드 : 03_01_FOS_20100205_KDH_KCR_0005
조사장소 : 강원도 고성군 거진읍 송정리 15-2번지 송정리 경로당
조사일시 : 2010.2.5
조 사 자 : 강등학, 이영식, 박은영, 이창현, 윤희렬
제 보 자 : 고춘랑, 여, 65세
구연상황 : 개울에서 가재를 잡을 때 물이 흐려지면 이 노래를 불렀다고 한다. 침을 뱉은 후, 이 노래를 부르면 물이 조금씩 맑아졌다고 한다.

페에
꾸정물은 나가고 샘물 나와라
페에
꾸정물은 나가고 샘물 나와라
꾸정물은 나가고 샘물 나와라

아침 방아 쩌라 / 방아깨비 부리는 소리

자료코드 : 03_01_FOS_20100205_KDH_KCR_0006

조사장소 : 강원도 고성군 거진읍 송정리 15-2번지 송정리 경로당

조사일시 : 2010.2.5

조 사 자 : 강등학, 이영식, 박은영, 이창현, 윤희렬

제 보 자 : 고춘랑, 여, 65세

구연상황 : '잠자리 잡는 소리'를 부른 후, '메뚜기 부리는 소리'를 아느냐는 조사자의 질문에 이 노래를 불렀다. 방아메뚜기를 부리며 부르던 노래라고 한다.

아침 방아 찧라

저녁 방아 찧라

아침 방아 찧라

저녁 방아 찧라

아침 방아 찧라

저녁 방아 찧라

엄마 손이 약손이다 / 배 쓸어주는 소리

자료코드 : 03_01_FOS_20100205_KDH_KCR_0007

조사장소 : 강원도 고성군 거진읍 송정리 15-2번지 송정리 경로당

조사일시 : 2010.2.5

조 사 자 : 강등학, 이영식, 박은영, 이창현, 윤희렬

제 보 자 : 고춘랑, 여, 65세

구연상황 : 아기를 재울 때 소리를 하지 않았느냐는 조사자의 질문에, "자장 자장 자장" 하며 두드려주었다고 한다. 사설을 넣지는 않았느냐고 묻자, 어른들이 있어 그렇게 하지는 못 했다고 해서 채록하지 못 하였다. 이어서 아이가 배 아플 때 문질러주면서 부르던 소리를 해달라고 요청하자 이 노래를 불렀다. 아이가 설사를 하면 생밀가루를 물에 타서 먹이면 낫는다고 한다.

내 손이 약손이다

엄마 손이 약손이다

내 손이 약손이다

내 손이 약손이다

진주 난봉가 / 가창유희요

자료코드 : 03_01_FOS_20100205_KDH_KCR_0008
조사장소 : 강원도 고성군 거진읍 송정리 15-2번지 송정리 경로당
조사일시 : 2010.2.5
조 사 자 : 강등학, 이영식, 박은영, 이창현, 윤희렬
제 보 자 : 고춘랑, 여, 65세
구연상황 : 처녀 시절 친구들과 어울려 부르던 노래를 연달아 부르던 중, 이 노래를 불렀
다. 고춘랑은 조사자의 질문 없이도 본인이 알고 있는 노래는 스스로 부를 정
도로 적극적이었다. 고춘랑이 이 노래를 부르고 나자 황충자는 고춘랑의 기억
력이 좋다며 칭찬을 아끼지 않았다.

울도 담도 없는 집에

시집 삼년을 살고 나니

시어머님 하시는 말씀

얘야 아가 며늘아야

진주낭군을 볼려거든

진주 남강에 빨래를 가렴

진주 남강에 빨래 가니

물도나 좋고 돌도나 좋아

토닥토닥 빨래를 하네

난데없는 발자국소리

털석털석 나는구나

옆눈으로 흘켜보니

하늘같은 갓을 쓰고
구름같은 말을 타고
못 본 듯이 지나가네
흰 빨래는 희게 씻고
검은 빨래는 검게나 빨아
집이라고도 돌아오니
시어머님 하시는 말씀
애야 아가 며늘아야
진주낭군을 볼려거든
건너방으로 들어가렴
건너방으로 들어가니
오색 가지 술을 놓고
기생첩을 옆에 끼고
권주가만 부르는구나
버선발로 뛰어나와
명주석자에 목을 메니
버선발로 뛰어나와
내 말 한마디 들어 보소
기생첩은 삼년이고
본에첩은 백년인데
억울하게도 되었구나

이상입니다.

어랑 타령 / 가창유희요

자료코드 : 03_01_FOS_20100205_KDH_KCR_0009
조사장소 : 강원도 고성군 거진읍 송정리 15-2번지 송정리 경로당
조사일시 : 2010.2.5
조 사 자 : 강등학, 이영식, 박은영, 이창현, 윤희렬
제 보 자 : 고춘랑, 여, 65세
구연상황 : '어랑 타령'이나 '뱃노래'를 아느냐는 조사자의 질문에 알고 있다고 했다. 하
　　　　　 지만 남들도 다 아는 노래를 뭐하러 부르겠냐며 하지 않으려 했다. 가요는 좋
　　　　　 으나 소리는 좋아하지 않는다고 하였다. 재차 불러줄 것을 요청하자 '어랑 타
　　　　　 령' 두 수를 불렀다.

　　　신고산이 우르릉 화물차 떠나는 소리
　　　고무공장 큰 애기 벤또밥만 싸는구나
　　　어랑어랑 어허야 어럼마 디여라 내 사랑아

　잘 해야 되는데.

　　　콩나물은 길러서 누구나 줄라고 길렀나
　　　우리 부모 나를 길러 누구나 줄라고, 남이나 줄라고 길렀나
　　　어랑어랑 어허야 어럼마 디여라 내 사랑아

뱃노래 / 가창유희요

자료코드 : 03_01_FOS_20100205_KDH_KCR_0010
조사장소 : 강원도 고성군 거진읍 송정리 15-2번지 송정리 경로당
조사일시 : 2010.2.5
조 사 자 : 강등학, 이영식, 박은영, 이창현, 윤희렬
제 보 자 : 고춘랑, 여, 65세
구연상황 : '어랑 타령' 두 수를 부른 후, 연달아 '뱃노래'를 불렀다. 총각과 처녀가 서로
　　　　　 를 만나기 위해 낫을 갈러 가거나 맷돌을 갈러 간다는 뜻이라며, 이 두 노래

가 궁합이라고 하였다. 경희 아버지라는 사람에게서 배웠다고 한다.

요놈에 총각에 뭣하러 왔느냐
숫돌이 좋아서 낫 갈러 왔지요
에야 노야 노야 에야 노야 노 어기여차 뱃놀일 갑시다

요놈에 처녀야 뭐하러 왔느냐
맷돌이 좋아서 망 갈러 왔지요
에야 노야 노야 에야 노야 노 어기여차 뱃놀일 갑시다

꼭꼭 숨어라 / 술래잡기 하는 소리

자료코드 : 03_01_FOS_20100205_KDH_KCR_0011
조사장소 : 강원도 고성군 거진읍 송정리 15-2번지 송정리 경로당
조사일시 : 2010.2.5
조 사 자 : 강등학, 이영식, 박은영, 이창현, 윤희렬
제 보 자 : 고춘랑, 여, 65세
구연상황 : 술래잡기할 때 부르던 노래를 해달라고 하자 고춘랑이 노래를 불렀다.

꼭꼭 숨어라 머리카락 보인다
꼭꼭 숨어라 머리카락 보인다
꼭꼭 숨어라 머리카락 보인다

앉은 자리 꽁꽁 / 잠자리 잡는 소리

자료코드 : 03_01_FOS_20100205_KDH_KCR_0012
조사장소 : 강원도 고성군 거진읍 송정리 15-2번지 송정리 경로당
조사일시 : 2010.2.5
조 사 자 : 강등학, 이영식, 박은영, 이창현, 윤희렬

제 보 자 : 고춘랑, 여, 65세

구연상황 : 어릴 적 잠자리를 잡으며 노래를 부르지 않았느냐는 조사자의 질문에, 노래를 했다며 어슴푸레 기억을 해내었다. 불러줄 것을 요청하자, 몇 번 시도를 하였으나 생각처럼 잘 되지 않는다며 어려워했다.

앉은 자리 꽁꽁

앉은 자리 붙어라

앉은 자리 꽁꽁

앉은 자리 붙어라

앉은 자리 꽁꽁

앉은 자리 붙어라

요렇게 또 잡아 가지고 그 다음에

알 나라 딸 나라

알 나라 딸 나라

알 나라 딸 나라

알 나라 딸 나라

양골 춘향이 아가씨 / 신 내리는 소리

자료코드 : 03_01_FOS_20100205_KDH_KCR_0013

조사장소 : 강원도 고성군 거진읍 송정리 15-2번지 송정리 경로당

조사일시 : 2010.2.5

조 사 자 : 강등학, 이영식, 박은영, 이창현, 윤희렬

제 보 자 : 고춘랑, 여, 65세

구연상황 : 고무줄 놀이하며 부르는 소리에 관한 조사를 마친 후, 조사자가 '남원읍에 성춘향이'와 같은 노래를 아느냐고 묻자, 고춘랑이 이 노래를 불렀다. 비행기 소리에 노래가 잘 들리지 않아 다시 불러줄 것을 요청하자, 놀이를 하는 흉내를 내며 불렀다. 이 노래를 자꾸 부르면 신이 실린다고 한다.

양골 양골 춘향이 아가씨

이도령과 만났을 때

슬슬 내리시오 슬슬 내리시오

양골 양골 춘향이 아가씨

이도령과 만났을 때

슬슬 내리시오 슬슬 내리시오

이걸 자꾸하면 이 형님이 실려. 자꾸.

잼잼 소리 / 아기 어르는 소리

자료코드 : 03_01_FOS_20100205_KDH_KCR_0014
조사장소 : 강원도 고성군 거진읍 송정리 15-2번지 송정리 경로당
조사일시 : 2010.2.5
조 사 자 : 강등학, 이영식, 박은영, 이창현, 윤희렬
제 보 자 : 고춘랑, 여, 65세
구연상황 : 아기를 어르며 부르던 노래를 아느냐는 조사자의 질문에, 다음 노래들을 한꺼
번에 불렀다. 하나씩만 끊어서 불러달라고 요청했으나 행동을 흉내 내면서 한
꺼번에 내리 불렀다. 교육을 갔더니 이 노래가 아이들 운동이라고 했다고 한다.

죄미 죄미 죄미 죄미

죄미 죄미 죄미 죄미

죄미 죄미 죄미 죄미

곤지 곤지 곤지 곤지

곤지 곤지 곤지 곤지

짝제이 짝제이

짝제이 짝제이

도리 도리 도리 도리

도리 도리 도리 도리

저 건너 말뚝이 / 단숨에 외는 소리

자료코드 : 03_01_FOS_20100205_KDH_KCR_0015
조사장소 : 강원도 고성군 거진읍 송정리 15-2번지 송정리 경로당
조사일시 : 2010.2.5
조 사 자 : 강등학, 이영식, 박은영, 이창현, 윤희렬
제 보 자 : 고춘랑, 여, 65세
구연상황 : 숨을 쉬지 않고 단번에 부르는 '별 하나 나 하나'를 부른 후, 조사자가 노래를
많이 알고 있으며 잘 한다고 칭찬을 해주자 이 노래를 불렀다. 이 것 또한 단
숨에 빨리 부르는 것이라고 했다.

저 건너 말뚝이 말 맬만한 말뚝이인가 말 못 맬만한 말뚝이인가

가갸 가다가 / 한글 풀이 소리

자료코드 : 03_01_FOS_20100205_KDH_KCR_0016
조사장소 : 강원도 고성군 거진읍 송정리 15-2번지 송정리 경로당
조사일시 : 2010.2.5
조 사 자 : 강등학, 이영식, 박은영, 이창현, 윤희렬
제 보 자 : 고춘랑, 여, 65세
구연상황 : '단숨에 외는 소리'를 두 수를 부른 후, '가갸 가다가'와 같은 노래를 아느냐
는 질문에 고춘랑이 즉시 이 노래를 불렀다.

가갸 가다가
거겨 거기서
고교 고기를
자쟈 잡아서

다댜 다 먹었다

흐린 물은 나가고 / 물 맑게 하는 소리

자료코드 : 03_01_FOS_20100205_KDH_KMB_0001
조사장소 : 강원도 고성군 거진읍 용하리 140번지 용하리 경로당
조사일시 : 2010.2.5
조 사 자 : 강등학, 이영식, 박은영, 이창현, 윤희렬
제 보 자 : 김만복, 여, 76세
구연상황 : '잠자리 잡는 소리'를 부른 후, 가재를 잡을 때 부르는 소리를 아느냐는 질문
을 던졌다. 강숙자가 먼저 노래를 불렀으나 잘 기억하지는 못 했다. 김만복도
이 노래를 아는 듯 하여 조사자가 김만복에게 노래를 해줄 것을 요청했다. 김
만복은 망설이지 않고 노래를 불러주었다. 가재를 잡기위해 돌을 뒤집으면 물
이 흐려지는데, 이 때 맑은 물이 나오기를 바라며 이 노래를 부른다. 그러면
맑은 물이 나오는데 그 때 가재를 잡는다고 한다.

가재야 나오너라
흐렁물은 나가고
새물이 나오너라
새물이 나오라

그라믄 꼭 붙잡고.
그 굴에서 나오던대요.

성님 오네 성님 오네 / 가창유희요

자료코드 : 03_01_FOS_20100206_KDH_KSG_0001
조사장소 : 강원도 고성군 거진읍 반암리 17번지 반암리 경로당
조사일시 : 2010.2.5

조 사 자 : 강등학, 이영식, 박은영, 이창현, 윤희렬
제보자 1 : 김순규, 여, 87세
제보자 2 : 정순녀, 여, 84세
구연상황 : 판을 정리하면서 노래로 마무리를 하자며 분위기를 유도했으나 판이 쉽게 무
르익지 않았다. 김순이가 '어랑 타령'을 불러 분위기를 유도했으나 노래가 이
어지지 못했다. 이어 김순규가 '성님 오네 성님 오네'를 부르자 정순녀가 생
각이 난다면서 '성님 오네 성님 오네'를 받아 이어 불렀다.

제보자 1 성님 오네 성님 오네

　　　　분고개로 성님 오네

　　　　반달같은 우리 성님

　　　　네가 어째 반달이냐

　　　　보름달이 반달이지

　　　　시집살이 삼년 만에

　　　　열두폭 초마가 미역줄거리가 됐다나

　　제보자 2 : 그 소리 하니 생각이 나네.

　　(조사자 : 어르신도 한번 해 보세요.)

제보자 2 성님 성님 사촌 성님

　　　　시집살이 어떻던가

　　　　아이구야야 그 말 마라

　　　　삼단같은 요내 머리

　　　　비솔이(머리를 빗지 못해 솔이 되었다)가 다 됐단다

　　　　치마 세 폭 행지초마

　　　　눈물 닦다 다 썩었다

개 타령 / 가창유희요

자료코드 : 03_01_FOS_20100206_KDH_KSI_0001
조사장소 : 강원도 고성군 거진읍 반암리 17번지 반암리 경로당
조사일시 : 2010.2.6
조 사 자 : 강등학, 이영식, 박은영, 이창현, 윤희렬
제 보 자 : 김순이, 여, 80세
구연상황 : 1997년 강릉대학교 국어국문학과 구비문학답사에 당시 57세의 김순이가 제
          보해준 노래의 제목을 알려주며 다시 불러줄 것을 요구했다. 김순이는 다 잊
          어버려서 모른다고 하며 조사에 소극적으로 임했다. 그러자 옆에 있던 김순규
          가 김순이를 대신하여 '개 타령'을 불러주었다. 조사자가 김순이에게 재차 노
          래를 불러줄 것을 요구하자, 앞에서 이미 불렀는데 똑같은 노래를 다시 부를
          필요가 있냐고 마다하다 조사자의 설득에 '개 타령'을 불렀다.

개야 개야 어거리 검정 수캐야
밤사람 보구서 함부로 짖지를 말아라

그렇지 뭐.

흙탕물은 너 갖고 / 물 맑게 하는 소리

자료코드 : 03_01_FOS_20100206_KDH_KSI_0002
조사장소 : 강원도 고성군 거진읍 반암리 17번지 반암리 경로당
조사일시 : 2010.2.6
조 사 자 : 강등학, 이영식, 박은영, 이창현, 윤희렬
제 보 자 : 김순이, 여, 80세
구연상황 : 가재를 잡다가 흙탕물이 지면 물을 맑게 하기 위해 침을 퉤하고 뱉은 후 이
          노래를 불렀다고 한다. 하려면 유식한 소리를 해야지 왜 이런 노래를 시키냐
          고 부끄러워하면서 노래를 불러주었다.

퉤.
너는 흙탕물을 갖고

나는 맑은 물 다와.

퉤.

너는 흙탕물 갖고

나는 맑은 물 다와.

어랑 타령 / 가창유희요

자료코드 : 03_01_FOS_20100206_KDH_KSI_0003

조사장소 : 강원도 고성군 거진읍 반암리 17번지 반암리 경로당

조사일시 : 2010.2.6

조 사 자 : 강등학, 이영식, 박은영, 이창현, 윤희렬

제 보 자 : 김순이, 여, 80세

구연상황 : 판을 정리하면서 노래로 마무리를 하자며 분위기를 유도했으나 판이 쉽게 무르익지 않았다. 조사자가 김순이에게 먼저 노래를 시작해줄 것을 부탁했다. 주저하던 김순이가 '어랑 타령'을 불렀다.

시집인지 뉘 집인지 갈란지 말란지 한데

호박덤불 박덤불 왜 요리 승해나느냐

어랑어랑 어허야 어허요 좋소

모두 다 내 사랑이라

둥게 소리 / 아기 어르는 소리

자료코드 : 03_01_FOS_20100320_KDH_KOD_0001

조사장소 : 강원도 고성군 거진읍 산북리 137-20번지 산북리 경로당

조사일시 : 2010.3.20

조 사 자 : 강등학, 이영식, 박은영, 이창현, 윤희렬

제 보 자 : 김옥동, 여, 77세

구연상황 : '세상 달강'을 아느냐는 질문에 제보자들 모두 부분적으로는 알고 있으나 정확히 기억이 나지 않는다고 하였다. 둥게둥게하는 소리를 아느냐고 물었더니 김옥동이 이 노래를 불렀다. 아기를 어르면서 부르는 노래라고 했다.

둥게야 둥게야
둥둥둥 둥게야
어머님의 살을 빌러
아버님의 뼈를 빌러
둥둥둥 둥게야
어화둥둥 둥게야
아들을 낳으면
효자를 낳고
딸을 낳면
열녀를 낳아
둥둥둥 둥게야
일가문중에 화목둥이
동네 간에는 인심둥이
나라에게는 충신둥이
둥둥둥 둥게야

성님 오네 성님 오네 / 가창유희요

자료코드 : 03_01_FOS_20100320_KDH_KOD_0002
조사장소 : 강원도 고성군 거진읍 산북리 137-20번지 산북리 경로당
조사일시 : 2010.3.20
조 사 자 : 강등학, 이영식, 박은영, 이창현, 윤희렬
제 보 자 : 김옥동, 여, 77세
구연상황 : 조윤신이 '까치야 까치야'를 부른 후, 조사자가 '성님 오네 성님 오네'의 일부

를 부르며 이 노래를 아느냐고 물었다. 조사자가 부르는 노래를 김옥동이 따라 불렀다. 다시 불러줄 것을 요청하자 부끄러워하면서도 망설임 없이 불러주었다.

형님 왔네 형님 왔네
분고개로 형님 왔네
형님 마중 누가 가나
반달같은 내가 가지
네가 어째 반달이냐
초생달이 반달이지

새야 새야 파랑새야 / 새 쫓는 소리

자료코드 : 03_01_FOS_20100320_KDH_KOD_0003
조사장소 : 강원도 고성군 거진읍 산북리 137-20번지 산북리 경로당
조사일시 : 2010.3.20
조 사 자 : 강등학, 이영식, 박은영, 이창현, 윤희렬
제 보 자 : 김옥동, 여, 77세
구연상황 : 새를 쫓으며 부르는 노래를 아느냐는 질문에 김옥동이 노래를 얼핏 불렀다. 황순옥이 배를 문지르며 부르는 소리를 하고 난 뒤, 조사자가 김옥동에게 그 노래를 다시 불러줄 것을 요청하자 김옥동은 망설이지 않고 다시 불러주었다.

새야 새야 파랑새야
녹두밭에 앉지 마라
녹두꽃이 떨어지면
청포장수 울고 간다

정월 송학에 / 화투 풀이하는 소리

자료코드 : 03_01_FOS_20100320_KDH_KOD_0004
조사장소 : 강원도 고성군 거진읍 산북리 137-20번지 산북리 경로당
조사일시 : 2010.3.20
조 사 자 : 강등학, 이영식, 박은영, 이창현, 윤희렬
제 보 자 : 김옥동, 여, 77세
구연상황 : 조윤신이 '모래집 짓는 소리'를 부른 후, 몇 가지 질문을 더 던졌으나 다들 잘
　　　　　모른다고 했다. 잠시 침묵이 흐른 후, 조사자가 '화투 풀이하는 소리'를 아느
　　　　　냐고 물었다. 김옥동이 몇 마디를 불러, 다시 불러줄 것을 요청했다. 역시 망
　　　　　설임 없이 노래를 해주었다. 덮어놓고 부르는 것이라고 했다.

일월 송학 속속한 마음

이월 매자이(매조에) 맺어 놓고

삼월이라 사꾸라 산란한 마음

사월 흑싸리에 허사로다

오월 난초 놀던 나비

유월 목단에 날아 들고

칠월이라 홍돼지 홀로 누워

팔월 동산에 구경하자

구시월 오신 내 손님

재수야 사망(소망)을 점점(점지)하소

산자 소리 / 그물 당기는 소리

자료코드 : 03_01_FOS_20100206_KDH_DHS_0001
조사장소 : 강원도 고성군 거진읍 거진리 거진항 방파제
조사일시 : 2010.2.6
조 사 자 : 강등학, 이영식, 박은영, 이창현, 윤희렬

제 보 자 : 도한섭, 남, 58세

구연상황 : 영하의 매서운 추위와 바람이 몹시 부는 거진리 거진항 방파제에서 그물을 손질하고 있던 도한섭과 금성호 선원들을 만났다. 본격적인 조사를 하기에 앞서 어업과 관련된 도한섭의 개인적 경험이나 정치적 견해 등을 한동안 이야기하였다. 판을 부드럽게 하기 위해 술을 한잔씩 마시면서 분위기를 만들고자 했으나 처음에는 노래 부르는 것을 많이 어려워하였다. 조사자의 거듭된 요청에 노래를 불러주었다.

어허 산자

어허 산자

댕겨라 이 사람들아

어허 산자

좀 힘 좀 써라

양쪽 좀 어깨다 힘을 주어야

에이 산자

에헤 산자

이런 식이지

산자 소리 / 고기 푸는 소리

자료코드 : 03_01_FOS_20100206_KDH_DHS_0002

조사장소 : 강원도 고성군 거진읍 거진리 거진항 방파제

조사일시 : 2010.2.6

조 사 자 : 강등학, 이영식, 박은영, 이창현, 윤희렬

제 보 자 : 도한섭, 남, 58세

구연상황 : 그물 손질을 하던 중인 제보자와 만났다. 본격적인 조사를 하기에 앞서 어업과 관련된 제보자의 개인적 경험이나 정치적 견해 등을 한동안 이야기하였다. 판을 부드럽게 하기 위해 술을 한잔씩 마시면서 분위기를 만들었고, 이에 어려워하다가 '그물 당기는 소리'를 먼저 불러주었다. 조사자가 '고기 푸는 소

리'를 요청하자, 잘 부르기 어렵다며 한참 망설이다가 불러주었다.

야 이 사람들아 땡겨 봐라 이 사람들아

땡겨야 뭐 고기가 올라오던지 뭐 하지

땡겨라.

어~

산자 산자 좀 땡겨 봐라 이 사람들아 땡겨라

이래하지.

둔대 소리 / 배 올리는 소리

자료코드 : 03_01_FOS_20100206_KDH_DHS_0003
조사장소 : 강원도 고성군 거진읍 거진리 거진항 방파제
조사일시 : 2010.2.6
조 사 자 : 강등학, 이영식, 박은영, 이창현, 윤희렬
제 보 자 : 도한섭, 남, 58세
구연상황 : 조사자의 요구에 따라 '그물 당기는 소리'와 '고기 푸는 소리'를 어려워하며
불러주었고 이어 '둔대 소리'도 불러주었다. 배 크기에 따라 움직여지는 만큼
노래를 불렀다고 하는데 제보자가 어렸을 적에 들었던 노래라고 한다.

에헤 둔대야

에헤 둔대야

에헤 둔대야

야 이 사람들아 눌러라 둔대야

에헤 둔대야

에헤 둔대야

에헤 둔대야

이렇습니다.

때려라 소리 / 그물 터는 소리

자료코드 : 03_01_FOS_20100206_KDH_DHS_0004
조사장소 : 강원도 고성군 거진읍 거진리 거진항 방파제
조사일시 : 2010.2.6
조 사 자 : 강등학, 이영식, 박은영, 이창현, 윤희렬
제 보 자 : 도한섭, 남, 58세
구연상황 : '그물 당기는 소리'와 '고기 푸는 소리', '둔대 소리'를 불렀다. 잠깐 시간을
내서 막걸리 한 잔을 하고 있자니 참이 나왔다. 조사자들도 함께 먹으면서 얘
기 저런 얘기를 나누면서 도한섭으로부터 바다이야기를 들었다. 선원들은 계
속 그물을 손질하고 도한섭과 조사자들은 그물이 널려있는 곳에 갔다. 도한섭
은 차에서 그물 터는 도리깨를 가지고 와서 조사자와 함께 그물을 치면서 노
래를 했다. 때문에 구연을 하는데 있어 상당히 힘들어 하였다.

자 어챠 으쌰

때려봐라

여기여

때려라

그래 가지고 떨어지나

때려라

요기여

요기 봐라 야

여기여

자네하고

나하고는야

하루 종일 뚜드려야 된다

때려라

때려봐라

여기여

때려라

때려봐라

때려라

요기여

봐라

여기다

여기 들어라

때려라

그래 때려 떨어지나

세게 때려라

보아하니 총각 같은데

때려라 이 사람아

때려라

내 딸을 줄라하는데

그래 때려 가지고

우리 지지바 주겠나

때려봐라 이놈아

때려라

때려봐라

때려라 이 사람아

여기다

요기 봐라

여기다

여기 봐라

때려라

때려라

아이구 숨차

아이구 죽겠다

(조사자 : 수고하셨습니다.)

노랫가락 / 가창유희요

자료코드 : 03_01_FOS_20100205_KDH_POC_0001
조사장소 : 강원도 고성군 거진읍 용하리 1반 박옥춘 댁
조사일시 : 2010.2.5
조 사 자 : 강등학, 이영식, 박은영, 이창현, 윤희렬
제 보 자 : 박옥춘, 여, 88세
구연상황 : 박옥춘이 소리를 잘 한다는 이야기를 듣고 심준희의 안내로 박옥춘의 집으로
찾아갔다. 기존에 제보를 해준 바가 있어 그 기록을 보며 당시 해주었던 이야
기를 다시 해줄 것을 요청하자, 박옥춘은 소리는 할 수 있지만 이야기는 다
잊어버려서 기억이 나지 않는다고 했다. 그러면 소리를 해달라고 청하자, 멋
쩍어서 하기 어렵다고 하면서도 별 망설임 없이 노래를 불러주었다. 시집오기
전 어릴 때 부른 노래라고 한다.

에에에 말은 가자고 울고

임은 날 잡고 낙루를 하네

나 갈 길은 천리길인데

해는 벌써야 서산 진다

임아 날 잡지 말고

지는 저 해를 후여 잡아

창부 타령 / 가창유희요

자료코드 : 03_01_FOS_20100205_KDH_POC_0002
조사장소 : 강원도 고성군 거진읍 용하리 1반 박옥춘 댁
조사일시 : 2010.2.5
조 사 자 : 강등학, 이영식, 박은영, 이창현, 윤희렬
제 보 자 : 박옥춘, 여, 88세
구연상황 : '노랫가락'을 부른 뒤 '어랑 타령'이나 '창부 타령'도 불러달라고 요청했다. 부를 수는 있지만 청이 다 망가져서 하기가 껄끄럽다고 마다했다. 조사자가 재차 요구를 하자, 금세 노래를 불러주었다.

연못 꽃 연당 안에 연밥 따는 저 처녀야
연밥을랑 내 따 주꺼니 이 내 품에 잠 들어라
잠들기는 어렵지 않으나 연밥 따기가 늦어가네

강원도 아리랑 / 가창유희요

자료코드 : 03_01_FOS_20100205_KDH_POC_0003
조사장소 : 강원도 고성군 거진읍 용하리 1반 박옥춘 댁
조사일시 : 2010.2.5
조 사 자 : 강등학, 이영식, 박은영, 이창현, 윤희렬
제 보 자 : 박옥춘, 여, 88세
구연상황 : 예전 기록에 박옥춘이 '성님 성님 사촌 성님' 노래를 제보한 기록이 있어 다시 불러줄 것을 요청하자 기억이 잘 나지 않는다고 한다. 한참을 생각하더니 이 노래를 불렀다.

나물 가네 나물 가네 나물 가네
메누리 나물 가네

나 안 입던 모시 뜯개 혼백이나 불러주게
나중 걸로 가나

시월아 봄철아 가지 마라
알뜰헌 청춘들 다 늙는다

개 타령 / 가창유희요

자료코드 : 03_01_FOS_20100205_KDH_POC_0004
조사장소 : 강원도 고성군 거진읍 용하리 1반 박옥춘 댁
조사일시 : 2010.2.5
조 사 자 : 강등학, 이영식, 박은영, 이창현, 윤희렬
제 보 자 : 박옥춘, 여, 88세
구연상황 : '강원도 아리랑'을 부른 후 박옥춘이 이제 그만 하자고 했다. '시래기 타령'을
아느냐는 조사자의 질문에 그 노래는 전혀 알지 못한다고 했다. '개 타령'을
아느냐고 물었더니, 잠깐 망설인 후 노래를 불러주었다.

개야 개야 어거리 검정 수캐야
밤 사람 보고 함부로 짖지 마라
이팝 소둘키 삼치 토맥이 너 다 주꺼니
꼬리만 홰홰 둘러라

그 밖에 몰라요

가갸 가다가 / 한글 풀이 소리

자료코드 : 03_01_FOS_20100205_KDH_POC_0005
조사장소 : 강원도 고성군 거진읍 용하리 1반 박옥춘 댁
조사일시 : 2010.2.5
조 사 자 : 강등학, 이영식, 박은영, 이창현, 윤희렬
제 보 자 : 박옥춘, 여, 88세
구연상황 : 아들이 아파서 노래 부르고 싶은 마음이 없다고 하며 그만하자고 했다. 그러

면 옛날이야기를 해달라고 하자, 예전에는 '장화홍련전'이나 '심청전'같은 이
야기를 많이 알고 있었으나 지금은 잊어버렸다고 한다. 야학을 배워 한글을
알고 있다는 제보자의 말에 '한글 풀이 소리'를 아느냐고 묻자, 이 노래를 불
렀다.

가이갸 가다가
거이겨 걸어서
고이교 고길 잡아
구이규 국을 끼래
너이녀 너도 먹고
나이냐 나도 먹고

그거 그렇게 뱀에 몰라요.

가갸 가다가 / 한글 풀이 소리

자료코드 : 03_01_FOS_20100320_KDH_YBS_0001
조사장소 : 강원도 고성군 거진읍 산북리 137-20번지 산북리 경로당
조사일시 : 2010.3.20
조 사 자 : 강등학, 이영식, 박은영, 이창현, 윤희렬
제 보 자 : 양복순, 여, 78세
구연상황 : 황순옥이 '아기 재우는 소리'를 부른 후, 황순옥에게 다시 '한글 풀이 소리'를
아느냐고 물었다. 황순옥은 모른다고 했으나 옆에서 황순옥의 노래를 듣고 있
던 양복순이 '가갸 가다가'를 불렀다. 양복순이 부르는 '가갸 가다가'의 끝부
분이 조금 특이해서 끝부분만 다시 불러달라고 하자 양복순은 망설임 없이
처음부터 다시 불렀다. 옛날에 듣던 소리라고 했다.

가갸 가다가
거겨 걸어서
고교 고기 잡아

구규 국을 끓여

나냐 나도 먹고

너녀 너도 먹고

다댜 다 먹었다

더뎌 더 먹어라

아야 안 먹겠다

어여 어서 먹어라

이거리 저거리 갓거리 / 다리 뽑기 소리

자료코드 : 03_01_FOS_20100320_KDH_YBS_0002

조사장소 : 강원도 고성군 거진읍 산북리 137-20번지 산북리 경로당

조사일시 : 2010.3.20

조 사 자 : 강등학, 이영식, 박은영, 이창현, 윤희렬

제 보 자 : 양복순, 여, 78세

구연상황 : 잠자리를 잡으면서 노래를 부르지 않았느냐는 질문에 한용진이 '잠자리 꽁꽁'
을 부르기는 했으나 채록할만한 완성도를 보여주지는 못 했다. 화제를 바꾸어
다리뽑기놀이를 하며 부르던 노래를 아느냐고 물었더니 어릴 적에 그 놀이를
많이 했다고 하며 불러주었다. 황순옥과 마주앉아 서로 엇갈리게 다리를 뻗고
손으로 치면서 이 노래를 불렀다.

이거리 저거리 갓거리

천두만두 도만두

짝발개 새앙주

도리김치 사래육

도랑골 양반이 / 어휘 맞춰 엮는 소리

자료코드 : 03_01_FOS_20100320_KDH_YBS_0003

조사장소 : 강원도 고성군 거진읍 산북리 137-20번지 산북리 경로당

조사일시 : 2010.3.20

조 사 자 : 강등학, 이영식, 박은영, 이창현, 윤희렬

제 보 자 : 양복순, 여, 78세

구연상황 : 황순옥과 양복순이 번갈아 '다리 뽑기 소리'를 부른 후, 조사자가 화제를 바꾸어 '쥐야 쥐야 어디서 잤나'와 같은 노래를 아느냐고 물었다. 그러나 다들 아는 바가 없다고 했다. 이어서 '도랑골 양반이'와 같은 노래는 알지 못 하느냐고 물었더니 양복순이 망설임 없이 노래를 불러 주었다.

　도랑골 양반이 도랑을 치다가

　가재골 양반이 가재를 잡아서

　황덕골 양반이 황덕을 해서

　노랑골 양반이 노랗게 구워서

　납작골 양반이 납작하고 다 먹었다

비야 비야 오지 마라 / 비 그치게 하는 소리

자료코드 : 03_01_FOS_20100320_KDH_YBS_0004

조사장소 : 강원도 고성군 거진읍 산북리 137-20번지 산북리 경로당

조사일시 : 2010.3.20

조 사 자 : 강등학, 이영식, 박은영, 이창현, 윤희렬

제 보 자 : 양복순, 여, 78세

구연상황 : 황순옥이 '몸 말리는 소리'를 부른 후 조사자가 '비야 비야 오지 마라'와 같은 노래를 아느냐고 질문했다. 황순옥은 알지 못 한다고 했고, 양복순이 이 노래를 기억해 내었다. 비가 그치기를 바라며 부른 노래라고 한다.

　비야 비야 오지 마라

　우리 누나 시집갈 때

다홍치마 얼룩진다

하늘천 따지 / 천자 풀이하는 소리

자료코드 : 03_01_FOS_20100320_KDH_YBS_0005
조사장소 : 강원도 고성군 거진읍 산북리 137-20번지 산북리 경로당
조사일시 : 2010.3.20
조 사 자 : 강등학, 이영식, 박은영, 이창현, 윤희렬
제 보 자 : 양복순, 여, 78세
구연상황 : 양복순이 '비 그치게 하는 소리'를 부른 뒤, 이어서 조사자가 '천자 풀이하는
소리'를 아느냐고 물었다. 양복순이 망설임 없이 노래를 불렀다. '함반태'가
무엇인지에 관한 질문을 하였더니 한용준이 '함지박'을 의미한다면서 그에 관
한 설명을 길게 해주었다.

하늘천 따지
가마솥에 누룽지
박박 긁어서
선생님은 때렸다고
한 숟가락 주고
학생들은 맞았다고
함반태(함지박)기 주고

별 하나 나 하나 / 단숨에 외는 소리

자료코드 : 03_01_FOS_20100320_KDH_YBS_0006
조사장소 : 강원도 고성군 거진읍 산북리 137-20번지 산북리 경로당
조사일시 : 2010.3.20
조 사 자 : 강등학, 이영식, 박은영, 이창현, 윤희렬

제 보 자 : 양복순, 여, 78세
구연상황 : 한용진이 '단숨에 외는 소리'를 부르고 난 뒤, 양복순이 조금 다른 사설의 이
노래를 불렀다. 숨을 쉬지 않고 단번에 부르는 노래라며 양복순 역시 끝까지
숨을 쉬지 않았다. 그러나 힘들어하는 모습을 보이지는 않았다. 건강하시다고
조사자가 칭찬해주자 모두들 즐거워했다.

별 하나 나 하나

별 둘 나 둘

별 셋 나 셋

별 넷 나 넷

별 다섯 나 다섯

별 여섯 나 여섯

별 일곱 나 일곱

별 여덟 나 여덟

별 아홉 나 아홉

별 열 나 열

반지 반지 / 반지 돌리기 하는 소리

자료코드 : 03_01_FOS_20100205_KDH_LBC_0001
조사장소 : 강원도 고성군 거진읍 송정리 15-2번지 송정리 경로당
조사일시 : 2010.2.5
조 사 자 : 강등학, 이영식, 박은영, 이창현, 윤희렬
제 보 자 : 임병채, 여, 74세
구연상황 : 어릴 적 놀면서 부르던 노래에 관한 이야기를 하면서 '다리 뽑기 소리', '단숨
에 외는 소리' 등의 노래들을 조사했다. 조사자가 '종지놀이 하는 소리'처럼
여럿이 둘러앉아 부르던 노래에 관한 질문을 하자 임병채가 이 노래에 관한
제보를 해주었다. 여러 명이 둘러앉아 손수건을 돌리면서 땅 한번 치고 무릎
한번 치며 이 노래를 부른다고 한다. 노래가 끝났을 때 손수건을 가지고 있는

사람이 술래가 되어 노래를 불러야한다.

반지 반지 그늘에 갔다가
속히 속히 보내주시오

엄마 손이 약손이다 / 배 쓸어주는 소리

자료코드 : 03_01_FOS_20100206_KDH_JSY_0001
조사장소 : 강원도 고성군 거진읍 반암리 17번지 반암리 경로당
조사일시 : 2010.2.6
조 사 자 : 강등학, 이영식, 박은영, 이창현, 윤희렬
제 보 자 : 정순녀, 여, 84세
구연상황 : 잠자리를 잡으면서 노래를 불렀느냐는 조사자의 질문에, 정순녀는 불렀지만
사는 세월이 힘들어 다 잊어버리고 지금은 기억이 나지 않는다고 했다. 이어
서 아이를 돌보면서 부르던 노래가 있었느냐는 질문에는 그 중, 아픈 배를 문
질러주며 부르던 노래를 기억해 내었다.

그래 인제 애기가 아프믄 배를 문대민,

배야 배야 나아라
내 손이 약손이다

자꾸 그렇게 문대주지 그렇게.
자꾸 그렇게 하지.

어랑 타령 / 가창유희요

자료코드 : 03_01_FOS_20100206_KDH_JSY_0002
조사장소 : 강원도 고성군 거진읍 반암리 17번지 반암리 경로당
조사일시 : 2010.2.6

조 사 자 : 강등학, 이영식, 박은영, 이창현, 윤희렬
제 보 자 : 정순녀, 여, 84세
구연상황 : 예전에 화전놀이를 다녔느냐는 조사자의 질문에 3월달에 한 번씩 놀러갔다고
한다. 장구로 장단을 치기도 했지만 대개 장구는 귀해서 물바가지 장단을 많
이 쳤다고 한다. 그 때 어떤 노래를 불렀느냐고 묻자 '아리랑'이나 '어랑 타
령'을 불렀다고 했다. '어랑 타령'을 불러달라고 하자 다 잊어버렸다고 하며
이 노래를 불러주었다.

신고산이 우르르 함흥차 가는 소리
고무공장 큰 아기 벤또밥만 싼다네

진주 난봉가 / 가창유희요

자료코드 : 03_01_FOS_20100206_KDH_JSY_0003
조사장소 : 강원도 고성군 거진읍 반암리 17번지 반암리 경로당
조사일시 : 2010.2.6
조 사 자 : 강등학, 이영식, 박은영, 이창현, 윤희렬
제 보 자 : 정순녀, 여, 84세
구연상황 : 조사자가 이전에 이옥이라는 할머니에게서 조사한 자료를 이야기해주자 정순
녀가 이옥 할머니에게 배운 노래라며 이 노래를 불러주었다. 이옥 할머니는
청이 좋고 장구를 잘 쳐서 명절 때 노래를 부르며 많이 놀았다고 한다. 그 때
할머니로부터 노래를 배울 수 있었다고 한다.

둥둥둥 내 사령아
시집 울두 담두 없는 집에
시집가서 삼년 만에
진주 남강으로 빨래를 가니

(청중 : 시어머니 하시는 말씀)
아니 그 소리는 내중이야 그럼.

진주 남강으로 빨래를 가니
난데없는 닭소리에
옆눈으로 뜨고 보니
하늘같은 갓을 씨고
용마같은 말을 타고
못 본듯이도 가는구나
그 질로 빨래를
흰 빨래를 깨끗이 빨고
검은 빨래는 막 빨아 가지고
천방지방 집으로
대문 앞으로 당도하니
할머니요 할
내 소리가 이래 안 하다하니 그래
시어머니가 나와 가지고 이래
아가 아가 메눌아가
사랑문을 열어봐라
사랑문을 열어보니
옥삭같은 술을 놓고
기상첩을 문 앞에다 놓고
못 본 듯이도 하는구나
그 질로 내 방을 가서
아홉 가지 약을 먹고
명지석자 목에 걸고
못 본 듯이도 죽었구나
할머니요 할머니요
메눌 아기가 죽었어요

맨버선발로 뛰어나와서

죽는단 말이 웬말이나

죽일 놈아 살릴 놈아

남의 자식을 데리다가

죽는다는 말이 웬말이나

채관아 채관아 내 채관아

소리 꼭지도 못 들어봤나

국화꽃이 아무리 고우도

춘충 단철이요

연못 안에 금붕 금붕어는

사시 절로 도는구나

이게 끝이야.

칭칭이 소리 / 가창유희요

자료코드 : 03_01_FOS_20100206_KDH_JSY_0004
조사장소 : 강원도 고성군 거진읍 반암리 17번지 반암리 경로당
조사일시 : 2010.2.6
조 사 자 : 강등학, 이영식, 박은영, 이창현, 윤희렬
제 보 자 : 정순녀, 여, 84세
구연상황 : '치나 칭칭 나네'를 아느냐는 조사자의 질문에 정순녀가 안다고 대답했다. 이
노래는 메기는 사람이 따로 있다고 하며 잠깐 불러주었다. 화전놀이에 가서도
불렀다고 한다. 화전놀이에서는 노래라는 것은 별의별 것을 다 불렀다고 한다.

치나칭칭 노네

노세 노세 젊어 노세

치나칭칭 노네

늙구야 병들며는

놀고 싶어도 못 논다

그러고 노래하지요 뭐.

아침 방아 쩌라 / 방아깨비 부리는 소리

자료코드 : 03_01_FOS_20100206_KDH_JSY_0005
조사장소 : 강원도 고성군 거진읍 반암리 17번지 반암리 경로당
조사일시 : 2010.2.6
조 사 자 : 강등학, 이영식, 박은영, 이창현, 윤희렬
제 보 자 : 정순녀, 여, 84세
구연상황 : 어릴 적 놀면서 부르던 노래가 있었느냐는 조사자의 질문에 있었지만 정순녀
는 오래 돼서 기억이 나지 않는다고 했다. 메뚜기나 방아깨비를 잡아서 부리
며 부르던 노래가 있으면 불러달라고 하자 정순녀가 이 노래를 불러주었다.
방아메뚜기 뒷다리를 잡아서 이 노래를 부르면 메뚜기가 뛰었다고 한다.

아침 방아 쩌라

저녁 방아 쩌라

아침 방아 쩌라

저녁 방아 쩌라

어랑 타령 / 가창유희요

자료코드 : 03_01_FOS_20100121_KDH_JCL_0001
조사장소 : 강원도 고성군 거진읍 원당리 60번지 원당리 경로당
조사일시 : 2010.1.21
조 사 자 : 강등학, 이영식, 박은영, 이창현, 윤희렬
제 보 자 : 정춘래, 여, 86세

구연상황: 판의 분위기를 부드럽게 하기 위해 어릴 적 놀이가 무엇이 있었는지, 마을에 서 전해오는 풍속에는 어떤 것들이 있는 지에 관한 이야기를 한참을 나누었 다. 본격적인 조사에 들어서, 모 심을 때 부르던 소리가 있었느냐고 물었으나 잘 모른다는 대답들이 나왔다. 아기를 재우면서 노래를 부르지 않았느냐고 하 자 별 사설 없이 "자장 자장"만 했다고 한다. 그러다 정춘래가 바람 피우는 남편을 둔 부인이 한 소리가 있다며 먼저 이야기를 꺼내었다. 조사자가 노래 로 불러줄 것을 요청하자 망설임 없이 소리를 해주었다.

얼었다 녹으면은 봄 온 줄을 알구야
하모니카를 불거든 임 온 줄을 알어라
어랑어랑 어허야 어허야 둥둥 시절이 젊어 노세

이렇게 했지요.
(조사자 : 이왕이면 몇 곡 더 뽑이시지요? 속상하신 점을.)

가는 님의 허리를야 한아름 듬썩 안고
내가 잘못 했으니 십분 용서만 하세요
어야더야 더허야 어허야 둥둥 시절이 젊어 노세

이렇게 했지요.
(청중 : 그게 옛날 소리야.)
(조사자 : 또 하나. 세 곡은 하셔야지요.)
야?
(조사자 : 세 곡은 하셔야지요.)
에이그.
(조사자 : 한 번만 도와주세요. 삼세번인데)

무정한 기차야 나를 싫어다 놓고
환고향 속일 줄 니가 왜 모르나
어랑 어랑 어허야 어허야 둥둥 시절이 젊어 노세

됐수? 인제?

어랑 타령 / 가창유희요

자료코드 : 03_01_FOS_20100121_KDH_JCL_0002

조사장소 : 강원도 고성군 거진읍 원당리 60번지 원당리 경로당

조사일시 : 2010.1.21

조 사 자 : 강등학, 이영식, 박은영, 이창현, 윤희렬

제 보 자 : 정춘래, 여, 86세

구연상황 : 정춘래가 '어랑 타령' 세 편을 부른 뒤 판이 이어지지 못했다. 조사자가 더 불러달라고 요청하자 제보자들은 서로 부르라고 부추기기는 하나 선뜻 나서지는 않았다. 최옥단은 정춘래가 노래를 부르면 옆에서 도와주겠다며 정춘래에게 노래를 부를 것을 청했다. 정춘래가 노래를 부르고 최옥단이 뒤에서 함께 불렀다.

산이나 높어야 골이나 깊지

조그만 여자 속 얼마나 깊을소냐

어야더야 더야 어허야 둥둥 시절이 젊어 노세

아침 방아 쩌라 / 메뚜기 부리는 소리

자료코드 : 03_01_FOS_20100121_KDH_JCL_0003

조사장소 : 강원도 고성군 거진읍 원당리 60번지 원당리 경로당

조사일시 : 2010.1.21

조 사 자 : 강등학, 이영식, 박은영, 이창현, 윤희렬

제 보 자 : 정춘래, 여, 86세

구연상황 : 메뚜기를 잡아서 부리며 부르는 노래를 알지 못하느냐는 질문에, 정춘래가 방아메뚜기라고 뒷다리가 긴 놈을 잡아 노래를 부르며 놀았다고 했다. 이 노래를 부르면 메뚜기가 뒷다리를 껍적껍적한다며 즐거워했다.

아침 방애 찧라

저녁 방애 찧라

아침 방애 찧라

저녁 방애 찧라

이렇게 했어요.

이거리 저거리 갓거리 / 다리 뽑기 소리

자료코드 : 03_01_FOS_20100121_KDH_JCL_0004

조사장소 : 강원도 고성군 거진읍 원당리 60번지 원당리 경로당

조사일시 : 2010.1.21

조 사 자 : 강등학, 이영식, 박은영, 이창현, 윤희렬

제 보 자 : 정춘래, 여, 86세

구연상황 : '단숨에 외는 소리'를 조사한 후, 다른 동요를 채록하기 위해 여러 가지 질문
을 던졌으나 잘 모른다고들 했다. 다리뽑기하는 놀이를 했느냐고 묻자, 정춘
래가 단박에 이 노래를 불렀다. 다시 불러줄 것을 요청하자 별 망설임 없이
노래를 불렀다. 옆에 앉아있던 최해동이 노래를 함께 불렀다.

이거리 저거리 깍거리

천두만두 두만두

짝 벌레 새양쥐

도래 김치 사대 육

헌 이는 너 갖고 / 새 이 가는 소리

자료코드 : 03_01_FOS_20100121_KDH_JCL_0005

조사장소 : 강원도 고성군 거진읍 원당리 60번지 원당리 경로당

조사일시 : 2010.1.21

조 사 자 : 강등학, 이영식, 박은영, 이창현, 윤희렬

제 보 자 : 정춘래, 여, 86세

구연상황 : 최해동이 '성님 오네 성님 오네'와 '다복녀'를 불렀으나 사설을 정확히 기억하지 못 하였기 때문에 동요로 화제를 다시 옮겼다. 어릴 적 이를 갈 때 부르던 소리가 있었느냐는 질문에 정춘래가 노래를 불렀다. 반복해서 몇 번 불러줄 것을 요청하자 망설임 없이 불러주었다.

　　헌 이는 너 갖고

　　새 이는 나 다와

　　헌 이는 너 갖고

　　새 이는 나 다와

이렇게 했어요.

메요 메요 소리 / 소 부르는 소리

자료코드 : 03_01_FOS_20100121_KDH_JCL_0006

조사장소 : 강원도 고성군 거진읍 원당리 60번지 원당리 경로당

조사일시 : 2010.1.21

조 사 자 : 강등학, 이영식, 박은영, 이창현, 윤희렬

제 보 자 : 정춘래, 여, 86세

구연상황 : 소를 데리고 산에 꼴을 먹이러 갔을 때, 소를 부르며 부른 소리가 있었느냐는 질문에 조영기는 영 너머에서는 꼴을 먹이러 다니지 않고, 꼴을 베다 먹여서 그런 노래를 모른다고 했다. 정춘래가 해가 질 무렵 송아지를 부른 소리가 있다며 이 노래를 불렀다.

　　메오 메오

이렇게 하면 따라와요, 송아지가.

꼭꼭 숨어라 / 술래잡기 하는 소리

자료코드 : 03_01_FOS_20100121_KDH_JCL_0007
조사장소 : 강원도 고성군 거진읍 원당리 60번지 원당리 경로당
조사일시 : 2010.1.21
조 사 자 : 강등학, 이영식, 박은영, 이창현, 윤희렬
제 보 자 : 정춘래, 여, 86세
구연상황 : 잠자리를 잡으면서 부르던 소리, 방망이점을 칠 때 부르는 소리, 춤을 추게
　　　　　할 때 부르는 소리 등에 관한 질문을 하였으나 다들 놀이는 기억을 하고 있
　　　　　으되, 노래는 잘 기억이 나지 않는다고 했다. 숨바꼭질을 하면서 부르던 노래
　　　　　를 아느냐고 물었더니 정춘래가 노래를 불렀다.

　　　꼭꼭 숨어라 머리칼이 보인다
　　　꼭꼭 숨어라 머리칼이 보인다

이렇게 했어요.

앞니 빠진 수망다리 / 이 빠진 아이 놀리는 소리

자료코드 : 03_01_FOS_20100121_KDH_JCL_0008
조사장소 : 강원도 고성군 거진읍 원당리 60번지 원당리 경로당
조사일시 : 2010.1.21
조 사 자 : 강등학, 이영식, 박은영, 이창현, 윤희렬
제 보 자 : 정춘래, 여, 86세
구연상황 : 줄넘기할 때 부르던 소리, 고무줄놀이를 할 때 부르던 소리에 관한 질문을 하
　　　　　였으나 기억을 하지 못 했다. 화제를 돌려, 이 빠진 아이 놀리는 소리를 아느
　　　　　냐고 묻자 다들 부분적으로 노래를 불렀으나 잘 기억해내지 못 했다. 그 때
　　　　　최혜동이 노래를 기억해 내고 불렀다. 마을마다 노래가 다르다며 다들 재미있
　　　　　어 했다. 고성에서 자란 정춘래에게 고성 노래도 불러달라고 하자 기억나는
　　　　　데까지만 노래를 불러주었다.

　　　앞니 빠진 수망새이

뒷골로 가다가

쇠똥밭에 미끄러져

뭐라 그랬어, 그렇게 하고.

이 담을 넘을까 / 대문 놀이 하는 소리

자료코드 : 03_01_FOS_20100121_KDH_JCL_0009
조사장소 : 강원도 고성군 거진읍 원당리 60번지 원당리 경로당
조사일시 : 2010.1.21
조 사 자 : 강등학, 이영식, 박은영, 이창현, 윤희렬
제 보 자 : 정춘래, 여, 86세
구연상황 : 함옥선이 '두껍아 두껍아'를 부른 후, 정춘래가 이 노래를 기억해 내었다. 진
도리 놀이를 할 때 부르던 노래라고 했다. 진 사람이 팔을 벌리고 빙 둘러 앉
아 있으면 이긴 사람이 가운데에 서서 이 노래를 불렀다고 한다. 놀이의 규칙
에 대해서는 잘 기억이 나지 않는다고 하다가 다른 제보자들의 설명에 기억
을 해냈다. 진도리놀이는 동대문을 열어라와 같은 놀이인데, 문이 닫힐 때 빠
져 나가지 못한 사람이 지는 것인 듯하다고 했다.

이 담을 넘을까

저 담을 넘을까

어허 둥둥

잘 넘어 간다

한알대 두알대 / 다리 뽑기 소리

자료코드 : 03_01_FOS_20100121_KDH_JCL_0010
조사장소 : 강원도 고성군 거진읍 원당리 60번지 원당리 경로당
조사일시 : 2010.1.21

조 사 자 : 강등학, 이영식, 박은영, 이창현, 윤희렬
제 보 자 : 정춘래, 여, 86세
구연상황 : '다리 뽑기 소리' 중 '이거리 저거리 갓거리' 말고도 다른 노래가 있지 않느냐
는 질문에 정춘래가 이 노래의 일부를 기억해 내었다. 몇 번을 불러보았으나
전부는 기억이 나지 않는다고 했다.

한알때이 두알때이

세알때이 네알때이

단자 연자 임금 다리

또 뭐이 있는대

임금 다리

거꺼징 밖에 모르겠는데.

내 손은 약손이다 / 배 쓸어주는 소리

자료코드 : 03_01_FOS_20100121_KDH_JCL_0011
조사장소 : 강원도 고성군 거진읍 원당리 60번지 원당리 경로당
조사일시 : 2010.1.21
조 사 자 : 강등학, 이영식, 박은영, 이창현, 윤희렬
제 보 자 : 정춘래, 여, 86세
구연상황 : 아이가 배가 아플 때 배를 문질러주며 부른 노래를 아느냐고 묻자, 조사자들
의 대부분이 '내 손은 약손이다'를 불렀다. 옛날 할머니들이 손주가 배가 아
프다며 하면, 배를 썩썩 문질러주며 이 노래를 불렀다고 한다. 여러 번 반복
하여 조금 길게 불러줄 것을 요청하자, 길게 부를 것이 없다며 마다했다. 재
차 부탁을 하자 두 번 반복을 하고는 마쳤다.

내 손이 약손이다

내 손이 약손이다

이렇게 하며 문댔지요.

고모네 집에 갔더니 / 다리 뽑기 소리

자료코드 : 03_01_FOS_20100121_KDH_JYG_0001
조사장소 : 강원도 고성군 거진읍 원당리 60번지 원당리 경로당
조사일시 : 2010.1.21
조 사 자 : 강등학, 이영식, 박은영, 이창현, 윤희렬
제 보 자 : 조영기, 여, 64세
구연상황 : 정춘래가 '이거리 저거리 갓거리'를 부른 뒤, 조사자가 이 노래 외에 다리뽑
기할 때 부르는 다른 노래를 아느냐고 하자 모른다고들 했다. 혹시, '고모네
집에 갔더니'와 같은 노래를 아느냐고 묻자, 조영기가 안다고 했다. 조영기는
내내 적극적으로 나서지 않고 뒤에서 이야기를 거들다가 이 노래에서는 망설
이지 않고 불러주었다.

고모네 집에 갔더니

암탉 수탉 잡아서

기름에 동동 뜨는 걸

나 한술 안 주고

우리집에 와 봐라

대가리 바짝 깨논다

각시방에 불 켜라 / 풀뿌리 문지르는 소리

자료코드 : 03_01_FOS_20100121_KDH_JYG_0002
조사장소 : 강원도 고성군 거진읍 원당리 60번지 원당리 경로당
조사일시 : 2010.1.21
조 사 자 : 강등학, 이영식, 박은영, 이창현, 윤희렬
제 보 자 : 조영기, 여, 64세

구연상황 : 풀뿌리를 문지르면서 부른 노래를 아느냐는 질문에 조영기가 이 노래를 불렀다. 이 노래를 부르며 개비름의 뿌리를 한참 문지르면 뿌리의 색깔이 빨갛게 되었다고 한다. 노래 중간 중간 자꾸 설명을 넣으려고 해서, 설명을 하지 말고 노래만 연속적으로 불러줄 것을 여러 번 요청했으나 조사자의 의도처럼 길게 불러주지는 않았다. 일곱 여덟 살 쯤 부른 노래라고 한다.

각시방에 불 켜라
신랑방에 불 켜라
각시방에 불 켜라
신랑방에 불 켜라

앞니 빠진 갈가지 / 이 빠진 아이 놀리는 소리

자료코드 : 03_01_FOS_20100320_KDH_JYS_0001
조사장소 : 강원도 고성군 거진읍 산북리 137-20번지 산북리 경로당
조사일시 : 2010.1.21
조 사 자 : 강등학, 이영식, 박은영, 이창현, 윤희렬
제 보 자 : 조윤신, 여, 65세
구연상황 : '새 이 가는 소리'를 부른 후, 그와 관련하여 '이 빠진 아이 놀리는 소리'를 아느냐고 물었다. 제보자들이 여기저기서 조금씩 노래를 부르기는 했으나 정확히 기억이 나지 않는다며 혼자 부르는 것은 꺼려했다. 그 중 조윤신이 가장 적극적이었던 까닭에 조윤신의 노래를 담을 수 있었다.

앞니 빠진 갈가지 뭐고
개천가에 가지 마라
붕어새끼 놀린다

까치야 까치야 / 까치 보고 하는 소리

자료코드 : 03_01_FOS_20100320_KDH_JYS_0002
조사장소 : 강원도 고성군 거진읍 산북리 137-20번지 산북리 경로당
조사일시 : 2010.1.21
조 사 자 : 강등학, 이영식, 박은영, 이창현, 윤희렬
제 보 자 : 조윤신, 여, 65세
구연상황 : '단숨에 외는 소리'까지 조사를 마친 후, 잠시 조용해진 틈에 조윤신이 혼자
서 이 노래를 불렀다. 조사자가 자세히 불러줄 것을 요청하자 부끄러워하였으
나 그다지 망설임 없이 다시 불러주었다. 어릴 적에 고향에서 부르던 노래라
고 한다.

까치야 까치야
네 어디 갔나
새끼 치러 갔다
몇 마리 쳤나
세 마리 쳤다
한 마리는 구워먹고
한 마리는 볶아먹고
한 마리는 지져먹고
기름솥에 불이 붙어
홀락 탁탁
홀락 탁탁
다 타버렸네

두껍아 두껍아 / 모래집 짓는 소리

자료코드 : 03_01_FOS_20100320_KDH_JYS_0003
조사장소 : 강원도 고성군 거진읍 산북리 137-20번지 산북리 경로당

조사일시 : 2010.1.21
조 사 자 : 강등학, 이영식, 박은영, 이창현, 윤희렬
제 보 자 : 조윤신, 여, 65세
구연상황 : '귓물 빼는 소리'를 아느냐는 질문에 귀에 물이 들어가면 돌멩이를 귀에 대고 탁탁 털기는 했을 뿐, 특별히 기억이 나지는 않는다고 했다. '두껍아 두껍아'는 옛날이나 오늘날이나 똑같이 부른다고 한다.

두껍아 두껍아
헌 집 줄게 새 집 다오
두껍아 두껍아
헌 집 줄게 새 집 다와

가갸 가다가 / 한글 풀이 소리

자료코드 : 03_01_FOS_20100206_KDH_COY_0001
조사장소 : 강원도 고성군 거진읍 반암리 17번지 반암리 경로당
조사일시 : 2010.2.6
조 사 자 : 강등학, 이영식, 박은영, 이창현, 윤희렬
제 보 자 : 최옥녀, 여, 84세
구연상황 : '한글 풀이 소리'에 관한 질문을 하기에 앞서 야학을 다녔느냐는 질문부터 던졌다. 최옥녀가 어릴 적 다녔다고 대답했다. 야학에서 '가갸 가다가'와 같은 한글 풀이하는 노래를 배우지 않았느냐는 질문에 최옥녀는 이 노래를 불렀다. 좋은 음원을 확보하기 위해 다시 한 번 불러보도록 요청하자 다 잊어버렸다고 부끄러워하며 상당히 소극적으로 노래해 주었다.

가이갸 가다가
거이겨 걸어서
고이교 고기잡아
그이기 가

그렇게.

아리랑 / 가창유희요

자료코드 : 03_01_FOS_20100206_KDH_COY_0002
조사장소 : 강원도 고성군 거진읍 반암리 17번지 반암리 경로당
조사일시 : 2010.2.6
조 사 자 : 강등학, 이영식, 박은영, 이창현, 윤희렬
제 보 자 : 최옥녀, 여, 84세
구연상황 : 전에 화전놀이를 다녔느냐는 조사자의 질문에 3월달에 한 번씩 놀러갔다고
한다. 장구로 장단을 치기도 했지만 대개 장구는 귀해서 물바가지 장단을 많
이 쳤다고 한다. 그 때 어떤 노래를 불렀느냐고 묻자 '아리랑'이나 '어랑 타
령'을 불렀다고 했다. 정순녀가 '어랑 타령'을 부른 후, 조사자가 최옥녀에게
'아리랑'을 불러줄 것을 요청하자 쑥스러워서 하기 어렵다고 했다. 재차 요구
하자 노래를 부르기 시작했고 정순녀도 따라 불렀다.

아리랑 아리랑 아라리요 아리랑 고개로 넘어간다
아리랑 고개는 열 고갠데 내가 넘어갈 곳은 한 고개라

춘향아 춘향아 / 신 부르는 소리

자료코드 : 03_01_FOS_20100206_KDH_COY_0003
조사장소 : 강원도 고성군 거진읍 반암리 17번지 반암리 경로당
조사일시 : 2010.2.6
조 사 자 : 강등학, 이영식, 박은영, 이창현, 윤희렬
제 보 자 : 최옥녀, 여, 84세
구연상황 : '비손하는 소리'를 아느냐는 질문에 신기 있는 사람들은 그런 거 한다고 대답
했다. 조사자가 성춘향이 노래를 아느냐고 묻자, 최옥녀가 색시 때에도 부르
고 시집 와서도 부르며 놀았는데, 어떤 사람은 이 노래를 부르면 일어나 춤추
었다고 하며 노래를 불러주었다. 다는 기억하지 못 한다고 했다.

성춘향이
나이는 십팔세
생일은 사월초파일

이 자리에서 놀다갑시다.

그렇게 대고 그러면 어떤 사람은 일어나 춤추고 돌아쳐요

노랫가락 / 가창유희요

자료코드 : 03_01_FOS_20100206_KDH_COY_0004
조사장소 : 강원도 고성군 거진읍 반암리 17번지 반암리 경로당
조사일시 : 2010.2.6
조 사 자 : 강등학, 이영식, 박은영, 이창현, 윤희렬
제 보 자 : 최옥녀, 여, 84세
구연상황 : 판을 정리하면서 노래로 마무리를 하자며 분위기를 유도했으나 판이 쉽게 무
　　　　　르익지 않았다. 김순이가 '어랑 타령'과 '성님 오네'를 이어서 부른 후, 최옥녀
　　　　　에게 노래를 부탁했으나 잘 알지 못한다고 주저하였다. 주변의 권유로 마지못
　　　　　해 노랫가락을 불렀다.

언제 언제나 금붕어나 되여서
우리 님 낙수에 걸어를 보나

뱃노래 / 가창유희요

자료코드 : 03_01_FOS_20100112_KDH_COD_0001
조사장소 : 강원도 고성군 거진읍 원당리 51번지 김선순 댁
조사일시 : 2010.1.12
조 사 자 : 강등학, 이영식, 박은영, 이창현, 윤희렬
제 보 자 : 최옥단, 여, 95세
구연상황 : 모를 심으면서 소리를 하지 않았느냐는 조사자의 질문에 모 심기 바빠 노래
　　　　　할 틈이 없다고들 했다. 그러나 심다가 힘이 들면 아주머니들이 '어랑 타령'
　　　　　같은 노래를 한 마디씩 하고는 했다고 한다. 최옥단에게 노래를 부탁했더니
　　　　　부른지 오래되어 부를 줄 모른다며 거절했다. 재차 요구하자 한참을 망설인

뒤에 노래를 불렀다. 김선순이 옆에서 따라 불렀다.

놀기 좋기는 ○○○○ 잠자기 좋기는 ○○○○

숨이 차서

어야노야노야 어야노야 노 어기여차 뱃놀이 가잔다

뱃노래 / 가창유희요

자료코드 : 03_01_FOS_20100112_KDH_COD_0002
조사장소 : 강원도 고성군 거진읍 원당리 51번지 김선순 댁
조사일시 : 2010.1.12
조 사 자 : 강등학, 이영식, 박은영, 이창현, 윤희렬
제 보 자 : 최옥단, 여, 95세
구연상황 : 최옥단이 '뱃노래'를 두 수 부른 후 노래 부르기를 멈추었다. 더 불러줄 것을
재차 요구하자 망설이다 한 수를 더 불렀다. 떨려서 하기 힘들다고 했다.

세월이 갈라면 저 혼자 가지야
알뜰한 청년을 왜 데려 가느냐
어야노야노야 어야노야노 어기여차 뱃놀이 가잔다

헌 이는 너 갖고 / 새 이 가는 소리

자료코드 : 03_01_FOS_20100112_KDH_COD_0003
조사장소 : 강원도 고성군 거진읍 원당리 51번지 김선순 댁
조사일시 : 2010.1.12
조 사 자 : 강등학, 이영식, 박은영, 이창현, 윤희렬
제 보 자 : 최옥단, 여, 95세
구연상황 : 어릴 적 이를 갈면 어떻게 했느냐는 조사자의 질문에 최옥단은 "낡은 이 너

갖고 새 이 나 다와"라고 하며 빠진 이를 지붕 위에 던졌다고 한다. 조사자가 그 노래를 세 번만 연속으로 불러줄 것을 요청하자 최옥단은 별 망설임 없이 노래를 불러주었다.

낡은 이 너 갖고 새 이 나 다와
낡은 이 너 갖고 새 이는 나 다와
낡은 이 너 갖고 새 이 나 다와

계집 죽고 자식 죽고 / 비둘기 보고 하는 소리

자료코드 : 03_01_FOS_20100112_KDH_COD_0004
조사장소 : 강원도 고성군 거진읍 원당리 51번지 김선순 댁
조사일시 : 2010.1.12
조 사 자 : 강등학, 이영식, 박은영, 이창현, 윤희렬
제 보 자 : 최옥단, 여, 95세
구연상황 : 뻐꾸기나 비둘기는 우는 소리를 흉내내어 부르는 노래를 아느냐는 질문에 잘 모르겠다고 했다. "지집 죽고 헌 누대기"와 같은 노래를 알지 못 하느냐고 구체적인 예를 들자, 최옥단은 뚜대기 우는 소리라고 했다. 그 노래도 들을 때마다 다르기 때문에 여러 가지 노래가 있다고 했다. 뚜대기는 뜸부기를 뜻하는 말이라고 한다.

뚜둑뚜둑
저기
내 집 진지 삼년 만에
헌 투데기 목에 걸고
뚜둑뚜둑

꿩꿩 꿩서방 / 꿩 보고 하는 소리

자료코드 : 03_01_FOS_20100112_KDH_COD_0005
조사장소 : 강원도 고성군 거진읍 원당리 51번지 김선순 댁
조사일시 : 2010.1.12
조 사 자 : 강등학, 이영식, 박은영, 이창현, 윤희렬
제 보 자 : 최옥단, 여, 95세
구연상황 : '꿩꿩 꿩서방'과 같은 노래를 아느냐는 질문에 함옥선이 일부를 기억해 내었
　　　　　으나 전체적으로는 잊어버려 잘 모르겠다고 했다. 다른 노래를 조사하려고 하
　　　　　는데, 최옥단이 노래를 부르기 시작했다. 조사자가 다시 불러줄 것을 요청하
　　　　　자 주저함 없이 다시 불러주었다. 산에 나물을 하러 가서 꿩이 후다닥 날아가
　　　　　는 모습을 보면 이 노래를 불렀다고 한다.

　　꿔겅꿔겅 꿩서방
　　자네 집이 어디나
　　이 산 저 산 넘어가
　　덤불 밑이 내 집일세

뱃노래 / 가창유희요

자료코드 : 03_01_FOS_20100112_KDH_COD_0006
조사장소 : 강원도 고성군 거진읍 원당리 51번지 김선순 댁
조사일시 : 2010.1.12
조 사 자 : 강등학, 이영식, 박은영, 이창현, 윤희렬
제 보 자 : 최옥단, 여, 95세
구연상황 : 마지막으로 판을 정리하는 의미에서 흥이 났을 때 부르는 소리를 불러달라고
　　　　　했다. 머뭇거리는 최옥단을 김성순이 '날 따라 오너라'와 같은 노래를 부르지
　　　　　않았느냐며 불러줄 것을 부추겼다. 최옥단이 노래를 부르자 김선순이 따라 불
　　　　　렀다. 숨이 차서 부르기가 힘들다고 했다.

　　날 따라오너라 날 따라오너라

가시밭이 천리래도 날 따라 오너라

그기지 뭐.

뱃노래 / 가창유희요

자료코드 : 03_01_FOS_20100112_KDH_COD_0007
조사장소 : 강원도 고성군 거진읍 원당리 51번지 김선순 댁
조사일시 : 2010.1.12
조 사 자 : 강등학, 이영식, 박은영, 이창현, 윤희렬
제 보 자 : 최옥단, 여, 95세
구연상황 : '뱃노래' 두 수를 부른 후 조사자가 '시래기 타령'과 같은 노래를 아느냐고 물
　　　　　었더니 모르겠다고 했다. 그러다 또 생각이 났는지 갑자기 '뱃노래'를 더 불
　　　　　렀다.

　　　일년 열두달 남의 집 살아서
　　　청초마 꼬리다 다 쏟다 났구나
　　　에야노야 노야 에야노야 노 어기여차 뱃놀이 가잔다

뱃노래 / 가창유희요

자료코드 : 03_01_FOS_20100112_KDH_COD_0008
조사장소 : 강원도 고성군 거진읍 원당리 51번지 김선순 댁
조사일시 : 2010.1.12
조 사 자 : 강등학, 이영식, 박은영, 이창현, 윤희렬
제 보 자 : 최옥단, 여, 95세
구연상황 : 함옥선과 김선순이 옛날 화전놀이 할 때 참으로 재미나게 잘들 놀았다는 이
　　　　　야기를 하는 중간에 최옥단이 이 노래를 불렀다. 다시 불러달라고 요청하자
　　　　　망설임 없이 또 불렀다. 옛날 여자들의 신세타령이라고 했다. 후렴은 붙일 때
　　　　　도 있고 그렇지 않을 때도 있으며 그것은 하는 사람 마음이라고 했다.

일년 열두달 다 지나 가도록
내 속에 든 말을 누구에다 하느냐

뱃노래 / 가창유희요

자료코드 : 03_01_FOS_20100112_KDH_COD_0009
조사장소 : 강원도 고성군 거진읍 원당리 51번지 김선순 댁
조사일시 : 2010.1.12
조 사 자 : 강등학, 이영식, 박은영, 이창현, 윤희렬
제 보 자 : 최옥단, 여, 95세
구연상황 : 조사자와 제보자들이 이런 저런 이야기를 나누는 중간 중간 최옥단은 생각나
는 '뱃노래'를 불렀다. 이 노래 또한 이야기 도중에 생각이 났는지 부르기 시
작했다. 마음이 푸근해야 소리가 나오는데 불러다가 갑자기 부르라고 하니 생
각이 잘 나지 않는다고 했다.

무정한 자동차가 날 실어 놓구나
환고향 갈 줄은 나는 몰랐네
어기야디어라 어기야디야 어기여차 뱃놀이 가잔다

뱃노래 / 가창유희요

자료코드 : 03_01_FOS_20100112_KDH_COD_0010
조사장소 : 강원도 고성군 거진읍 원당리 51번지 김선순 댁
조사일시 : 2010.1.12
조 사 자 : 강등학, 이영식, 박은영, 이창현, 윤희렬
제 보 자 : 최옥단, 여, 95세
구연상황 : 조사자와 제보자들이 이런 저런 이야기를 나누는 중간 중간 최옥단은 생각나
는 '뱃노래'를 불렀다. 이 노래 또한 이야기 도중에 생각이 났는지 부르기 시
작했다. 마음이 푸근해야 소리가 나오는데 불러다가 갑자기 부르라고 하니 생

각이 잘 나지 않는다고 했다.

청춘 하날에 잔별도 많구나
떨어진 요내 가슴 수심도 많구나
어야디어라 어야디야 어기여차 뱃놀이 가잔다

노낙각시 벼락 맞아 죽는다 / 노래기 없애는 소리

자료코드 : 03_01_FOS_20100112_KDH_COD_0011
조사장소 : 강원도 고성군 거진읍 원당리 51번지 김선순 댁
조사일시 : 2010.1.12
조 사 자 : 강등학, 이영식, 박은영, 이창현, 윤희렬
제 보 자 : 최옥단, 여, 95세
구연상황 : 조사판의 초반에 함옥선이 설명을 섞어서 이 노래를 불렀다. 설명은 빼고 노
래만 세 번 연속해서 불러달라고 요청했으나 뜻대로 되지 않았다. 판의 마무
리를 하며 최옥단에게 이 노래를 연속해서 세 번만 불러달라고 요청했다. 최
옥단은 상당히 협조적으로 돌을 뒤집는 흉내를 내며 이 노래를 불러주었다.
냄새가 심하게 나는 노래기를 없애기 위해 초봄에 첫 번째 천둥이 칠 때 마
당에 있는 돌을 뒤집으며 이 노래를 불렀다고 한다.

노낙각시 벼락 맞아 죽는다
노낙각시 벼락 맞아 죽는다
노낙각시 벼락 맞아 죽는다

도랑골 양반이 / 어휘 맞춰 엮는 소리

자료코드 : 03_01_FOS_20100121_KDH_COD_0001
조사장소 : 강원도 고성군 거진읍 원당리 60번지 원당리 경로당
조사일시 : 2010.1.21

조 사 자: 강등학, 이영식, 박은영, 이창현, 윤희렬

제 보 자: 최옥단, 여, 95세

구연상황: 조영기가 화진포에 얽힌 이야기를 하고 난 뒤, 다른 이야기를 아는 것이 없느냐고 묻자 다들 아는 바가 없다고 했다. 혹시, '도랑골 양반이'와 같은 노래를 알지 못 하느냐고 하자 여기저기서 부르기 시작했다. 그 중 최옥단이 적극적으로 노래를 불렀다. 조사자가 이것이 이야기냐, 아니면 노래냐고 묻자, 이야기라고 하는 사람도 있고 노래라고 하는 사람도 있었다.

도랑골 양반이 도랑을 쳐서

황덕골 양반이 황덕을 해서

노랑골 양반이 노랗게 귀니까는

답삭골 양반이 답삭 집어먹었대요.

성님 오네 성님 오네 / 가창유희요

자료코드: 03_01_FOS_20100121_KDH_CHD_0001

조사장소: 강원도 고성군 거진읍 원당리 60번지 원당리 경로당

조사일시: 2010.1.21

조 사 자: 강등학, 이영식, 박은영, 이창현, 윤희렬

제 보 자: 최해동, 여, 80세

구연상황: '다리 뽑기 소리', '단숨에 외는 소리' 등 어릴 적 부르던 동요를 중심으로 민요를 조사한 후, 설화 조사를 위해 이야기의 방향을 조금 틀었다. 그러나 다들 아는 이야기가 없다며 소극적으로 나와서 설화 조사가 진행이 되지 못 했다. 할 수 없이 다시 민요로 분위기를 돌려, '성님 성님 사촌 성님' 노래를 아느냐고 물었더니 최해동이 노래를 불렀으나 부분적으로 밖에는 기억이 나지 않는다고 하였다.

성님 성님 사촌 성님

시집살이 어떻던가

야야 동상 말도 마라

둥실둥실 두렁반에

수절(수저) 놓기 어렵더라

다복녀 / 가창유희요

자료코드 : 03_01_FOS_20100121_KDH_CHD_0002

조사장소 : 강원도 고성군 거진읍 원당리 60번지 원당리 경로당

조사일시 : 2010.1.21

조 사 자 : 강등학, 이영식, 박은영, 이창현, 윤희렬

제 보 자 : 최해동, 여, 80세

구연상황 : 최해동은 '성님 성님 사촌 성님'을 부른 뒤, '다복녀'를 아느냐는 조사자의 질
문에 망설임 없이 노래를 시작했으나 몇 소절 부르지 못 하고 잊어 버렸다며
그만 두었다. 자발적으로 다시 노래를 불렀으나 기억이 나지 않아 길게 부르
지는 못 하였다. 꽤 긴 노래였는데 잊어버렸음을 아쉬워했다.

다복 다복 다복네야

너 어드루 울고 가나

우리 어머니 망중골로

젖줄 바래 울고 간다

울뱅이 찔뱅이 / 우는 아이 놀리는 소리

자료코드 : 03_01_FOS_20100121_KDH_CHD_0003

조사장소 : 강원도 고성군 거진읍 원당리 60번지 원당리 경로당

조사일시 : 2010.1.21

조 사 자 : 강등학, 이영식, 박은영, 이창현, 윤희렬

제 보 자 : 최해동, 여, 80세

구연상황 : 동무들끼리 놀다가 우는 아이가 있으면 그 아이를 놀리면서 부르던 노래가
있었느냐는 질문에 최해동이 불쑥 이 노래를 불렀다. 반복적으로 몇 번 불러

줄 것을 요청하자 스스럼없이 불러주었다. '호두뱅이'가 무슨 뜻이냐고 물었
으나 들은 소리라 잘 모른다고 대답했다.

울뱅이 찔뱅이
담배 밭에 호두뱅이

또 한 마디 하우?

울뱅이 찔뱅이
담배 밭에 호두뱅이

앞니 빠진 갈가지 / 이 빠진 아이 놀리는 소리

자료코드 : 03_01_FOS_20100121_KDH_CHD_0004
조사장소 : 강원도 고성군 거진읍 원당리 60번지 원당리 경로당
조사일시 : 2010.1.21
조 사 자 : 강등학, 이영식, 박은영, 이창현, 윤희렬
제 보 자 : 최해동, 여, 80세
구연상황 : 줄넘기할 때 부르던 소리, 고무줄 놀이를 할 때 부르던 소리에 관한 질문을
하였으나 기억을 하지 못 했다. 화제를 돌려, 이 빠진 아이 놀리는 소리를 아
느냐고 묻자 다들 부분적으로 노래를 불렀으나 잘 기억해내지 못 했다. 그 때
최혜동이 노래를 기억해 내고 불렀다. 강릉에서 자라던 어릴 적 부른 노래라
고 했다.

앞니 빠진 갈가지야
뒷골로 가지 마라
범한테 뺨 맞는다

이거리 저거리 갓거리 / 다리 뽑기 소리

자료코드 : 03_01_FOS_20100121_KDH_CHD_0005
조사장소 : 강원도 고성군 거진읍 원당리 60번지 원당리 경로당
조사일시 : 2010.1.21
조 사 자 : 강등학, 이영식, 박은영, 이창현, 윤희렬
제 보 자 : 최해동, 여, 80세
구연상황 : 정춘래가 '한알때 두알때'를 부르는 것을 옆에서 지켜본 최해동이 이런 노래
　　　　　도 있었다며 노래를 불렀다. 다른 제보자들이 '이거리 저거리 갓거리'라며 앞
　　　　　서 부른 노래를 무엇하러 또 부르냐고 하자, 조사자가 약간 다른 노래라며 다
　　　　　시 불러줄 것을 요청했다. 직접 다리 세기하는 흉내를 내며 노래를 불렀다.

한가리 각가리 두가리

천두만두 두만두

짝발루 새앙개

너그 당다 어디 갔다

왔더라

비야 비야 오지 마라 / 비 그치게 하는 소리

자료코드 : 03_01_FOS_20100121_KDH_CHD_0006
조사장소 : 강원도 고성군 거진읍 원당리 60번지 원당리 경로당
조사일시 : 2010.1.21
조 사 자 : 강등학, 이영식, 박은영, 이창현, 윤희렬
제 보 자 : 최해동, 여, 80세
구연상황 : 종지 돌리기 또는 반지 돌리기를 하며 부르던 노래를 아느냐는 질문에 놀이
　　　　　는 기억하고 있으나 노래는 잘 기억이 나지 않는다고 했다. 알고 있는 듯한
　　　　　느낌이 들어 재차 불러줄 것을 요청했으나 서로에게 떠밀며 부르려고 하지
　　　　　않았다. 화제를 돌려 '비야 비야 오지 마라'와 같은 노래를 아느냐고 묻자, 최
　　　　　해동이 노래를 불렀다.

비야 비야 오지 마라

우리 동상 시집 갈 때

분홍 저고리 얼룩진다

헌 이는 너 갖고 / 새 이 가는 소리

자료코드 : 03_01_FOS_20100320_KDH_HYJ_0001
조사장소 : 강원도 고성군 거진읍 산북리 137-20번지 산북리 경로당
조사일시 : 2010.1.21
조 사 자 : 강등학, 이영식, 박은영, 이창현, 윤희렬
제 보 자 : 한용진, 남, 64세
구연상황 : 흙탕물이 맑아지기를 바라며 부르는 노래를 아느냐는 질문에 제보자들은 있
         기는 있었는데 잘 기억이 나지 않는다고 했다. 조사자가 이 빠지면 부르는 노
         래에 관해 묻자 한용진과 양복순이 동시에 노래를 불러, 한용진에게 혼자 불
         러줄 것을 요청했다. 이가 빠지면 초가집 지붕 위에 이를 던지면서 이 노래를
         불렀다고 한다.

    에이 너는 헌 이 갖고

    나는 새 이 다와

이렇게 그렇게 했었죠.

우여 우여 소리 / 새 쫓는 소리

자료코드 : 03_01_FOS_20100320_KDH_HYJ_0002
조사장소 : 강원도 고성군 거진읍 산북리 137-20번지 산북리 경로당
조사일시 : 2010.1.21
조 사 자 : 강등학, 이영식, 박은영, 이창현, 윤희렬
제 보 자 : 한용진, 남, 64세

구연상황 : '새 쫓는 소리'를 아느냐는 조사자의 질문에 제보자들은 있기는 있었으나 정
확히 기억이 나지 않는다고 하였다. 불러달라고 재차 요구를 하자 서로 미루
며 부르려하지 않자, 이장인 한용진이 나서서 불렀다. 가을에 누렇게 익은 벼
를 새가 쪼아 먹으면 그 새를 쫓기 위해 부르던 노래라고 한다.

워어이
저 멀리 강릉에 이통천네 집에 가거라

별 하나 나 하나 / 단숨에 외는 소리

자료코드 : 03_01_FOS_20100320_KDH_HYJ_0003
조사장소 : 강원도 고성군 거진읍 산북리 137-20번지 산북리 경로당
조사일시 : 2010.1.21
조 사 자 : 강등학, 이영식, 박은영, 이창현, 윤희렬
제 보 자 : 한용진, 남, 64세
구연상황 : 숨바꼭질할 때 부르던 노래를 기억하느냐는 질문에 '꼭꼭 숨어라 머리카락
보인다' 정도만 기억해내고 나머지 사설은 기억이 잘 나지 않는다고 했다. 이
어서 별을 세며 부르는 노래를 아느냐고 물었더니 한용진이 기억해 내었다.
숨을 참고 단번에 끝까지 부르느라 마지막 부분에 가서 한용진이 굉장히 힘
들어하자, 황순옥이 "남의 아들 잡겠다."라고 해서 모두들 웃었다.

별 하나 따서 망태기다 넣고
별 둘 따서 망태기다 넣고
별 서이 따서 망태기다 넣고
별 너이 따서 망태기다 넣고
별 다섯 따서 망태기다 넣고
별 여섯 따서 망태기다 넣고
별 일곱 따서 망태기다 넣고

헌 이는 너 갖고 / 새 이 가는 소리

자료코드 : 03_01_FOS_20100112_KDH_HOS_0001
조사장소 : 강원도 고성군 거진읍 원당리 51번지 김선순 댁
조사일시 : 2010.1.12
조 사 자 : 강등학, 이영식, 박은영, 이창현, 윤희렬
제 보 자 : 함옥선, 여, 65세
구연상황 : 최옥단이 '새 이 가는 소리'를 구연한 후 아랫니를 갈 때도 같은 노래를 불렀느냐는 질문에 함옥선이 똑같이 했다고 한다. 윗니는 지붕 위에 던지고 아랫니는 아궁이에 던지기도 했다한다. 함옥선에게도 노래를 불러줄 것을 요청하자 부끄러워하며 짧게 불렀다.

헌 이 갖고 새 이 다와
헌 이 갖고 새 이 다와

구정물은 나가고 / 물 맑게 하는 소리

자료코드 : 03_01_FOS_20100112_KDH_HOS_0002
조사장소 : 강원도 고성군 거진읍 원당리 51번지 김선순 댁
조사일시 : 2010.1.12
조 사 자 : 강등학, 이영식, 박은영, 이창현, 윤희렬
제 보 자 : 함옥선, 여, 65세
구연상황 : 가재를 잡을 때 개울물이 흐려지면 어떤 노래를 부르지 않았느냐는 질문에 최옥단은 모르겠다고 했다. 옆에 있던 함옥선이 남자 아이들이 '꾸정물 나가고 샘물 들어와라'라는 노래를 불렀다고 했다. 조사자가 세 번 정도 연속해서 불러줄 것을 요청했지만 부끄러워하며 부르려하지 않았다. 주변에서 불러주라고 거들자 망설이다 노래를 불렀다. 이 노래를 부른다고 해서 금세 물이 맑아지는 것은 아니지만 이렇게들 놀았다고 한다.

페 하면서

꾸정물 나가고 샘물 들어와라

꾸정물 나가고 샘물 들어와라

이제 이렇게 하면서 장난을 치지.
서로 물장난을 치면서.

별 하나 나 하나 / 단숨에 외는 소리

자료코드 : 03_01_FOS_20100121_KDH_HOS_0001
조사장소 : 강원도 고성군 거진읍 원당리 60번지 원당리 경로당
조사일시 : 2010.1.21
조 사 자 : 강등학, 이영식, 박은영, 이창현, 윤희렬
제 보 자 : 함옥선, 여, 65세
구연상황 : 반딧불이를 잡으며 부르던 노래를 아느냐고 물었으나 그에 대한 대답을 얻지
　　　　　 못 했다. 벌을 잡아 호박꽃에 넣으며 놀기도 했느냐고도 물었으나 특별한 대
　　　　　 답을 듣지 못 했다. 이어서 별을 세며 부르던 노래를 아느냐고 묻자 함옥선이
　　　　　 저녁 때 동무들과 놀며 이 노래를 불렀다고 한다. 이 노래를 부르면 하늘의
　　　　　 별이 점점 더 많아진다고 했다.

별 하나 나 하나
별 둘 나 둘
별 셋 나 셋
별 넷 나 넷
별 다섯 나 다섯
별 여섯 나 여섯
별 일곱 나 일곱
별 여덟 나 여덟
별 아홉 나 아홉
별 열 나 열

이렇게.

헌 집 줄게 새 집 다오 / 모래집 짓는 소리

자료코드 : 03_01_FOS_20100121_KDH_HOS_0002
조사장소 : 강원도 고성군 거진읍 원당리 60번지 원당리 경로당
조사일시 : 2010.1.21
조 사 자 : 강등학, 이영식, 박은영, 이창현, 윤희렬
제 보 자 : 함옥선, 여, 65세
구연상황 : 모래집을 지으며 부르던 노래를 아느냐고 물으며 조사자가 어릴 적 부르던
　　　　　노래를 예를 들었다. 함옥선 자신들도 그렇게 불렀다고 했다. 노래로 불러줄
　　　　　것을 요청하자, 다 알고 있으면서 무엇하러 부르라고 하냐며 하지 않으려고
　　　　　했다. 조사자가 재차 불러줄 것을 요청하자 부끄러워하며 노래를 불렀다.

　　두껍아 두껍아
　　헌 집 주게 새 집 다와
　　두껍아 두껍아
　　헌 집 주게 새 집 다와

창부 타령 / 가창유희요

자료코드 : 03_01_FOS_20100320_KDH_HSO_0001
조사장소 : 강원도 고성군 거진읍 산북리 137-20번지 산북리 경로당
조사일시 : 2010.3.20
조 사 자 : 강등학, 이영식, 박은영, 이창현, 윤희렬
제 보 자 : 황순옥, 여, 84세
구연상황 : 소리를 해달라는 조사자의 요청에 다들 적극적으로 나서지 않자 황순옥이 먼
　　　　　저 하겠노라면 입을 떼었다. 이 노래는 화전놀이할 때도 부르고, 일하다 힘들
　　　　　어도 부르고, 심심하면 부르기도 했다고 한다. 황순옥이 노래를 부를 때 김옥
　　　　　동은 추임새를 넣으며 서서 춤을 추었다.

　　아니 아니 놀지는 못하리라
　　일월 창해 속석한 마음

이월 메조에 맺어놓고

삼월 사구라 산란한 마음

사월 흑싸리 허사로다

오월 난초 나비가 되어

유월 목단에 날아든다

칠월 홍돼지 홀로 키워

팔월 공산을 구경 가자

구월 국준 국화가 되어

시월 단풍에 다 떨어졌네

얼씨구 절씨구나 기화자자 좋네

아니 노지는 못 하리로다

창부 타령 / 가창유희요

자료코드 : 03_01_FOS_20100320_KDH_HSO_0002
조사장소 : 강원도 고성군 거진읍 산북리 137-20번지 산북리 경로당
조사일시 : 2010.3.20
조 사 자 : 강등학, 이영식, 박은영, 이창현, 윤희렬
제 보 자 : 황순옥, 여, 84세
구연상황 : '창부 타령' 한 곡을 마친 후, 다른 노래도 불러달라는 조사자의 요청에 주저
하지 않고 다시 '창부 타령'을 불렀다. 다른 사람이 부르는 소리를 어깨너머
로 배웠다고 한다. 황순옥이 노래를 부를 때, 김옥동과 한용진이 추임새를 넣
어 흥을 돋우었다.

어화 둥둥둥둥 내 사령아

기다리다 못해서 잠이 잠깐 들었더니

새벽 별에 ○○○○

○○○ 어데로 가고

○○○○ 간 곳 없고

○○○○ ○○○○

얼씨구 절씨구 기화자자 좋구나

아니 노지는 못 하리로다

개성 난봉가 / 가창유희요

자료코드 : 03_01_FOS_20100320_KDH_HSO_0003
조사장소 : 강원도 고성군 거진읍 산북리 137-20번지 산북리 경로당
조사일시 : 2010.3.20
조 사 자 : 강등학, 이영식, 박은영, 이창현, 윤희렬
제 보 자 : 황순옥, 여, 84세
구연상황 : 황순옥이 '창부 타령' 두 수를 망설임 없이 불러준 후, 화제를 바꾸고자 '다복
녀'와 '진주 난봉가'를 아느냐는 조사자의 질문을 했으나 그 노래는 잘 모른
다고 했다. 아는 노래를 더 불러달라고 하자 '개성 난봉가'를 부르겠다며 흔
쾌히 나섰다.

박연폭포 흘러가는 ○○○○○

저 소리는 ○○밤새 감돌아든다

에헤헹 어허야 어허

얼씨구 좋구 좋다

내 사랑이로다

우리 아기 잘도 잔다 / 아기 재우는 소리

자료코드 : 03_01_FOS_20100320_KDH_HSO_0004
조사장소 : 강원도 고성군 거진읍 산북리 137-20번지 산북리 경로당

조사일시 : 2010.3.20
조 사 자 : 강등학, 이영식, 박은영, 이창현, 윤희렬
제 보 자 : 황순옥, 여, 84세
구연상황 : 순옥이 '창부 타령'과 '개성 난봉가'를 부른 후, 판의 분위기가 한결 부드러워
    졌다. 아기를 재우면서 노래를 불렀느냐는 질문에 그냥 "자장 자장" 하면서
    재웠다고 했다. 그것을 좀 길게 불러달라고 하자 흔쾌히 노래를 불렀다.

자장 자장 우리 애기 잘도 잔다
자장 자장 뒷집 애기는 못 자도
우리 애기는 잘도 잔다

이렇게 했지.

이거리 저거리 갓거리 / 다리 뽑기 소리

자료코드 : 03_01_FOS_20100320_KDH_HSO_0005
조사장소 : 강원도 고성군 거진읍 산북리 137-20번지 산북리 경로당
조사일시 : 2010.3.20
조 사 자 : 강등학, 이영식, 박은영, 이창현, 윤희렬
제 보 자 : 황순옥, 여, 84세
구연상황 : 다리뽑기놀이를 하며 부르던 노래를 아느냐고 물었더니 양복순이 황순옥과
    마주 앉아 먼저 '이거리 저거리 갓거리'를 불렀다. 황순옥에게도 불러줄 것을
    요청하자 양복순과 마주 앉아 다리뽑기를 하며 이 노래를 불렀다.

이거리 저거리 갓거리
천두만두 두만두
짝벌레 새앙구
도리길쭉 사대육

추위 추위 춘달래 / 추울 때 하는 소리

자료코드 : 03_01_FOS_20100320_KDH_HSO_0006
조사장소 : 강원도 고성군 거진읍 산북리 137-20번지 산북리 경로당
조사일시 : 2010.3.20
조 사 자 : 강등학, 이영식, 박은영, 이창현, 윤희렬
제 보 자 : 황순옥, 여, 84세
구연상황 : 마을에서 행해지는 민속에 관한 이야기를 하다가 '아이구 추위 춘달래'와 같
        은 노래를 아느냐고 조사자가 운을 떼웠더니, 제보자가 얼핏 노래를 불렀다.
        녹음을 할 수 있게 다시 불러달라고 하자 제보자는 상당히 부끄러워하며 노
        래를 불렀다. 부르고 난 뒤에는 점잖지 못하다고 민망해했다.

아이구 추위 춘달래
멀구 다래 따먹다
불알이 홀켜 죽었네

각시방에 불 켜라 / 풀뿌리 문지르는 소리

자료코드 : 03_01_FOS_20100320_KDH_HSO_0007
조사장소 : 강원도 고성군 거진읍 산북리 137-20번지 산북리 경로당
조사일시 : 2010.3.20
조 사 자 : 강등학, 이영식, 박은영, 이창현, 윤희렬
제 보 자 : 황순옥, 여, 84세
구연상황 : 한용진이 '새 쫓는 소리'를 부른 후, 조사자가 풀뿌리를 문지르며 부르던 노
        래에 관한 질문을 하자 황순옥이 먼저 입을 열었다. 어릴 때 이 노래를 부르
        며 개비름 뿌리를 문지르면 뿌리의 색깔이 발갛게 변했다고 한다. 황순옥은
        뿌리를 문지르는 흉내를 직접 내며 이 노래를 불러주었다.

신랑방에 불 켜라
각시방에 불 켜라
신랑방에 불 켜라
각시방에 불 켜라

해야 해야 나오너라 / 몸 말리는 소리

자료코드 : 03_01_FOS_20100320_KDH_HSO_0008

조사장소 : 강원도 고성군 거진읍 산북리 137-20번지 산북리 경로당

조사일시 : 2010.3.20

조 사 자 : 강등학, 이영식, 박은영, 이창현, 윤희렬

제 보 자 : 황순옥, 여, 84세

구연상황 : 강에서 미역을 감다가 해가 들어가 추우면, 해를 불러내며 부르는 노래라고
한다. 조윤신이 먼저 부르기 시작했으나 잘 부르지 못하자, 황순옥이 받아서
불렀다. 조사자가 다시 불러줄 것을 요청해서 두 번을 이어서 불렀다.

해야 해야

복지깨다 물 퍼먹고

장구치고 나오너라

해야 해야

복지깨다 물 퍼먹고

장구치고 나오너라

방귀 방귀 나온다 / 방귀뀌며 하는 소리

자료코드 : 03_01_FOS_20100320_KDH_HSO_0009

조사장소 : 강원도 고성군 거진읍 산북리 137-20번지 산북리 경로당

조사일시 : 2010.3.20

조 사 자 : 강등학, 이영식, 박은영, 이창현, 윤희렬

제 보 자 : 황순옥, 여, 84세

구연상황 : '다복녀'를 아느냐는 조사자의 질문에 황순옥이 앞부분을 조금 불렀으나 그
이후는 잘 알지 못한다고 하였다. 화제를 바꾸어, 조사자가 방귀를 뀌고 난
후에 부르는 노래를 아느냐고 묻자 황순옥이 노래를 불렀다. 조금 더 크게 다
시 불러줄 것을 요청하자 다시 불러주었다.

방구댕구 나간다

대가리 없는 장군님

소리만 쾅쾅 질르고 나간다

엄마 손이 약손이다 / 배 쓸어주는 소리

자료코드 : 03_01_FOS_20100320_KDH_HSO_0010

조사장소 : 강원도 고성군 거진읍 산북리 137-20번지 산북리 경로당

조사일시 : 2010.3.20

조 사 자 : 강등학, 이영식, 박은영, 이창현, 윤희렬

제 보 자 : 황순옥, 여, 84세

구연상황 : 황순옥이 방귀를 뀐 후 부르는 노래를 한 후, 아픈 배를 어루만져주며 부르는
노래를 아느냐는 질문을 했다. 황순옥은 안다고 하며, 아들 한용진의 배를 문
질러주면서 이 노래를 불렀다.

배야 배야 내 손 약손이다

배야 배야 내 손이 약손이다

그만 아파라

배야 배야 내 손이 약손이다

어랑 타령 / 가창유희요

자료코드 : 03_01_FOS_20100320_KDH_HSO_0011

조사장소 : 강원도 고성군 거진읍 산북리 137-20번지 산북리 경로당

조사일시 : 2010.3.20

조 사 자 : 강등학, 이영식, 박은영, 이창현, 윤희렬

제보자 1 : 황순옥, 여, 84세

제보자 2 : 김옥동, 여, 77세

구연상황 : 판을 정리하며 마지막으로 돌아가면서 '어랑 타령'을 불러줄 것을 요청했다.
잘 모른다고 하던 황순옥에게 양복순이 불러보라고 권유하자 황순옥이 먼저

노래를 불렀다. 이어서 김옥동이 노래를 받았으나 다시 노래가 이어지지 못해
조사자가 다시 황순옥에게 받아줄 것을 부탁해서 몇 번 노래가 오고갔다. 양
복순은 한쪽 팔을 들썩거리며 노래를 부르고 추임새를 넣었다. 싱거운 노래를
시킨다고 민망해했다.

제보자 1 노세 노세 저리나 젊어 놀자

　　　　　늙고야 병들면 못 노리로구나

　　　　　어랑어랑 어허야 어리럼마 둥둥 내 사령이로다

제보자 2 내 사랑 뚝 띠여 어느내 정칠년 주고야

　　　　　날만 보면 생짜증을 낸다네

　　　　　어랑어랑 어허야 어허야 디어라 요고가 모두 내 사령아

　(조사자 : 어른신은요?)

　(청충 : 또 한 번 더 받아봐.)

　(조사자 : 받아주셔야죠.)

제보자 1 세월 네월 봄 한 철아 오고가지를 말어라

　　　　　아까운 청춘 다 늙어진다

　　　　　어랑어랑 어허야 어리럼마 둥둥 내 사령이로다

제보자 2 앞강에 뜬 배는 고기를 잡는 배구야

　　　　　뒷강에 뜬 배는 널과 날과 실은 배라

　　　　　허야 데혜야 어허어야 둥둥둥 몽땅 내 사령아

　(조사자 : 한 번만 더요.)

　　제보자 2 : 한번만 더 하래

제보자 1 놀구야 놀거나 깊은 정 들지

　　　　　뒷동산 대밭에 다 벗어졌네

어랑어랑 어허야 어리럼마 둥둥 널고 내로구나

제보자 2 : 또 한번 더 하래요.

제보자 1 : 한 번 해 봐. 뭐 돈 드는 일이니?

제보자 2 갈라문 가구야 말며는 말아지
　　　　　너 잡놈 따라서 밤질은 못 걷겠네
　　　　　허야디야 허어야 어허야 두둥둥 안고지구나 놀잔다

이거리 저거리 갓거리 / 다리 뽑기 소리

자료코드 : 03_01_FOS_20100205_KDH_HCJ_0001
조사장소 : 강원도 고성군 거진읍 송정리 15-2번지 송정리 경로당
조사일시 : 2010.2.5
조 사 자 : 강등학, 이영식, 박은영, 이창현, 윤희렬
제 보 자 : 황충자, 여, 71세
구연상황 : '다리 뽑기 소리'를 아느냐는 질문에 다들 '이거리 저거리 갓거리' 노래를
　　　　　불렀다. 다리 뽑기 하는 놀이를 하면서 노래를 불러달라고 요청하자 황충
　　　　　자, 고춘랑, 임병채가 다리를 엇갈리게 앉아 놀이를 시연했다. 고춘랑이 따
　　　　　라 불렀다.

이거리 저거리 갓거리
천두만두 두만두
짝벌레 해양기
도리니께 사리육

앞니 빠진 수망새이 / 이 빠진 아이 놀리는 소리

자료코드 : 03_01_FOS_20100205_KDH_HCJ_0002

조사장소 : 강원도 고성군 거진읍 송정리 15-2번지 송정리 경로당

조사일시 : 2010.2.5

조 사 자 : 강등학, 이영식, 박은영, 이창현, 윤희렬

제 보 자 : 황충자, 여, 71세

구연상황 : '이 빠진 아이 놀리는 소리'를 아느냐는 조사자의 질문에 고춘랑이 먼저 노래를 불렀다. 고춘랑은 '앞니 빠진 수망다리'라고 부르자, 황충자가 '수망새이'라고 수정을 했다. 조사자가 마을마다 다르니 계속 불러달라고 요청했으나, 고춘랑은 노래하기를 멈추었고 황충자가 노래를 받아 불렀다. '수망새이'가 무슨 뜻이냐고 물었으나 정확한 뜻은 모른다고 했다.

앞니 빠진 수망새이

뒷골로 가다가

쇠똥에 미끄러져서

(청중 : 호박줄에 걸려서)

호박줄에 걸려서

(제보자 : 또 또 우린 뭐인지 모르겠다)

정이월 다 가고 / 고무줄 하는 소리

자료코드 : 03_01_MFS_20100205_KDH_KCR_0001
조사장소 : 강원도 고성군 거진읍 송정리 15-2번지 송정리 경로당
조사일시 : 2010.2.5
조 사 자 : 강등학, 이영식, 박은영, 이창현, 윤희렬
제 보 자 : 고춘랑, 여, 65세
구연상황 : 본격적인 조사에 들어가기에 앞서 판을 부드럽게 하기 위해 어릴 적 놀던 놀이에 관한 질문을 꺼내었다. 제보자들은 목자치기, 정월대보름에 하던 쥐불놀이, 고무줄놀이에 관한 이야기를 해주었다. 먼저 줄넘기할 때 부르는 소리를 한 후, 다시 고무줄놀이를 하며 부르던 노래를 불러주었다. 노래를 부르며 고무줄놀이를 하는 흉내를 직접 내며 불러주었다.

정이월 다 가고 삼월이라네
강남 갔던 제비가 돌아온다네
이 땅에도 또 다시 봄이 온다네
아리랑 아리랑 아라리요
아리랑 강남을 어서나 가세

무찌르자 오랑캐 / 고무줄 하는 소리

자료코드 : 03_01_MFS_20100205_KDH_KCR_0002
조사장소 : 강원도 고성군 거진읍 송정리 15-2번지 송정리 경로당
조사일시 : 2010.2.5
조 사 자 : 강등학, 이영식, 박은영, 이창현, 윤희렬
제 보 자 : 고춘랑, 여, 65세
구연상황 : '줄넘기 하는 소리', '고무줄 하는 소리'를 한 후, 다시 고무줄놀이를 하며 부

르던 노래를 불러주었다. 고무줄 놀이를 하는 흉내를 직접 내며 불러주었다. 발목에서 성공을 하면 고무줄 높이를 어디까지 올려서 이 노래에 맞춰 놀이를 한다. 고무줄 노래는 각 단계별로 부르는 노래가 다르다고 한다.

무찌르자 오랑캐 몇 백만이냐
대한남아 가는 길에 정의로구나
나아가자 나아가 승리의 길로
나아가자 나아가 승리의 길로

꽃 이름 차차 / 프라이팬 놀이 하는 소리

자료코드 : 03_01_MFS_20100205_KDH_KCR_0003
조사장소 : 강원도 고성군 거진읍 송정리 15-2번지 송정리 경로당
조사일시 : 2010.2.5
조 사 자 : 강등학, 이영식, 박은영, 이창현, 윤희렬
제 보 자 : 고춘랑, 여, 65세
구연상황 : 노래에 맞춰 무릎 치고 손뼉 치고 손을 내밀며 하는 놀이이다. 여러 명의 사람이 둘러앉아 이 노래를 부르는데, 둘러앉은 사람 중 한 사람의 이름을 대는 놀이라고 한다. 이름이 불린 사람이 노래를 받아서 다음 이름을 댄다고 한다. 이미 나왔던 이름을 또 대면 일어나서 노래를 불러야한다.

꽃 이름 차차
이름 대기 차차

바다가 소주라면 / 가창유희요

자료코드 : 03_01_MFS_20100205_KDH_KCR_0004
조사장소 : 강원도 고성군 거진읍 송정리 15-2번지 송정리 경로당
조사일시 : 2010.2.5

조 사 자 : 강등학, 이영식, 박은영, 이창현, 윤희렬
제 보 자 : 고춘랑, 여, 65세
구연상황 : 마을에 전해오는 민속에 관한 이야기를 나누다가 분위기를 바꿔, '떵가라붕'
과 같은 노래를 아느냐고 물었다. 고춘랑이 그 노래는 모르겠으나 오래 전에
송정에 놀러갔다가 한 번 듣고 기억하는 노래가 있다며 이 노래를 불러주었
다. 조미미의 '바다가 육지라면'을 개사한 노래이다.

얼마나 먹고 먹고 싶은 소주였는데
외상값이 하두 많아 먹고 싶어도 못 먹니라
바다가 소주라면 바다가 소주라면
배 타고 다니면서 홀짝홀짝 마실 것을
아아아아 바다가 소주라면
외상값은 없었을 것을

반짝이는 금이빨을 / 가창유희요

자료코드 : 03_01_MFS_20100205_KDH_KCR_0005
조사장소 : 강원도 고성군 거진읍 송정리 15-2번지 송정리 경로당
조사일시 : 2010.2.5
조 사 자 : 강등학, 이영식, 박은영, 이창현, 윤희렬
제 보 자 : 고춘랑, 여, 65세
구연상황 : 고춘랑이 가요 '바다가 육지라면'을 개사한 노래를 부른 후, 그와 같은 노래
를 한 곡 더 알고 있다고 하며 이 노래를 불러주었다. 이 역시 가요 '무너진
사랑탑'을 개사한 노래이다.

반짝이는 금이빨을 빼 가지고
전당포로 달려가서
얼마 주겠소 얼마 주겠소
흥정 끝에 삼백 원이요

사나이 목숨 걸고 빼온 금이빨

고것 밖에 안 주겠소

다시는 안 팔겠소 다시는 안 팔겠소

전당포 놈아 전당포 도둑놈아

이수일과 심순애 / 가창유희요

자료코드 : 03_01_MFS_20100205_KDH_KCR_0006
조사장소 : 강원도 고성군 거진읍 송정리 15-2번지 송정리 경로당
조사일시 : 2010.2.5
조 사 자 : 강등학, 이영식, 박은영, 이창현, 윤희렬
제 보 자 : 고춘랑, 여, 65세
구연상황 : '진주 난봉가'를 부른 후, 그 당시 유행하던 노래라고 하며 이 노래를 기억했
다. 그러나 잊어버려 다 기억이 나지 않는다하여 구연하기를 꺼려했다. 조사
자가 아는 데까지만 불러달라고 하자, 기억나는 부분만 이야기했다. 이수일과
심순애의 이야기를 노래로 만든 것이라고 한다. 상당히 긴 노래라고 한다.

김승배의 스봉은 연고사지 스봉

이승배의 스봉은 단돈 십오 전 십오 전에 지나지 않던

다 떨어진 고로단꼬 스봉이었다

아서라 잡지 마라 잡으면 찢어진다

안 놓으면 발길로 탁 차고 갈 것이다

아 수일씨 용서하세요

오 용서 용서가 그립다하면 용서할 테다

하고

너를 만나볼 날이 있으리라

가사 다 잊어버렸어 이게 하두 오래된 노래라

사치기 사치기 사차뽀 / 동작 따라하는 소리

자료코드 : 03_01_MFS_20100205_KDH_KCR_0007
조사장소 : 강원도 고성군 거진읍 송정리 15-2번지 송정리 경로당
조사일시 : 2010.2.5
조 사 자 : 강등학, 이영식, 박은영, 이창현, 윤희렬
제 보 자 : 고춘랑, 여, 65세
구연상황 : 수일과 심순애 노래를 부른 후, 조사자가 '사치기 사치기 사차뽀'를 하였느냐
고 질문하자 했다고 하며 동작을 직접 보여주며 노래를 불렀다. 옆에 사람을
따라하다 틀리면 노래를 불렀다고 한다.

사치기 사치기 사차뽀
사치기 사치기 사차뽀
사치기 사치기 사차뽀
사치기 사치기 사차뽀
사치기 사치기 사차뽀
사치기 사치기 사차뽀
사치기 사치기 사차뽀
사치기 사치기 사차뽀
사치기 사치기 사차뽀
사치기 사치기 사차뽀
사치기 사치기 사차뽀

무궁화 꽃이 피었습니다 / 술래잡기 하는 소리

자료코드 : 03_01_MFS_20100205_KDH_KCR_0008
조사장소 : 강원도 고성군 거진읍 송정리 15-2번지 송정리 경로당
조사일시 : 2010.2.5
조 사 자 : 강등학, 이영식, 박은영, 이창현, 윤희렬

제 보 자 : 고춘랑, 여, 65세

구연상황 : 술래잡기할 때 부르던 노래를 해 달라는 조사자의 요청에 '꼭꼭 숨어라'를 부른 후, 이 노래도 술래잡기할 때 부르던 노래라고 하며 불렀다. 노래는 열 번을 불러야하는데, 그 이유는 그 정도는 불러주어야 아이들이 멀리 숨을 수 있기 때문이라고 한다. 요즘 아이들이 하는 것과는 달리 밤에 숨바꼭질을 하며 부르던 노래라고 한다.

무궁화 꽃이 피었습니다

무궁화 꽃이 피었습니다

무궁화 꽃이 피었습니다

열 번을 해야 돼.

영자야 영자야 / 가창유희요

자료코드 : 03_01_MFS_20100205_KDH_KCR_0009

조사장소 : 강원도 고성군 거진읍 송정리 15-2번지 송정리 경로당

조사일시 : 2010.2.5

조 사 자 : 강등학, 이영식, 박은영, 이창현, 윤희렬

제 보 자 : 고춘랑, 여, 65세

구연상황 : 고춘랑이 기존의 대중가요를 개사한 노래를 부르는 가운데 이 노래를 불렀다. 십대 후반 처녀 시절에 배운 노래라고 한다. 이 당시에는 친구들끼리 모여 돌아다니며 이런 노래를 부르는 것이 놀이라고 하였다.

영자야 영자야 이 노래를 듣거라

이 노래 이만하면 콩쿨대회 나가지

일등은 못 되지만 박수 정도는 받았다

영자야 영자야 만수무강 하여라

3. 죽왕면

증편 한국구비문학대계 • 강원도 고성군

▌조사마을

강원도 고성군 죽왕면 공현진1리

조사일시 : 2010.2.28, 2010.3.13
조 사 자 : 강등학, 이영식, 박은영, 이창현, 윤희렬

　죽왕면(竹旺面)은 1910년 한일병합과 동시에 간성군 죽도면(竹島面)과 왕곡면(旺谷面)으로 분리되었으나 1915년 간성군 죽왕면으로 동합되었다. 그후 1919년 양양군에 편입되었다가 1945년 해방 이후 북한 치하에 예속되었다. 1954년 10월 21일 법률 제 350호인 수복지구 임시행정조리법에 따라 대한민국 행정권에 들어온 후 1963년 양양군에서 고성군으로 편입되어 현재에 이르고 있다.

　죽왕면은 항목리, 가진리, 공현진리, 오봉리, 오호리, 인정리, 구성리,

마좌리, 삼포리, 야촌리, 송암리, 문암진리 등 12개의 법정리에 17개의 행정리로 구성되어 있으나 마좌리는 주민미거주지역이다.

죽왕면은 해안을 접하고 있어 농어촌 취락을 형성하고 있으며 송지호·삼포·봉포해수욕장, 왕곡마을 등의 관광자원을 갖추고 있다. 마을은 7번 국도를 경계로 농촌마을과 어촌마을로 확연히 구분되지만, 어촌마을의 경우도 어업에만 종사하는 것이 아니라 많은 분들이 농사일도 겸한다.

죽왕면은 2008년 12월 기준으로 전체면적이 50.11km²인데, 이 중에 논이 6,03km², 밭이 2,63km², 임야가 33,6km²이다. 총 세대수는 1,771호, 인구는 4,236명이며, 이 중 669세대는 농업에 종사하고, 306세대는 어업에 종사하고 있다.

공현진리(公峴津里)는 국도 7호선에 접해 있으며, 동쪽으로 동해바다, 서쪽으로는 오봉1리, 남쪽으로는 오호1리, 북쪽으로는 가진리와 각각 접하고 있다. 공현진리는 400여 년 전에 간성 현감 이택당이 선유담에서 작시한 글에 '공수왕처세방회(公須往處勢方回)'란 글을 인용하여 공수진이라 하였는데, 1970년 행정구역 폐합으로 공수진리의 '공(公)'과 인근부락 장현리의 '현(峴)'을 따서 공현진리가 되었다.

공현진리는 2개의 행정리에 세대수는 269호로, 인구는 668명이 거주하고 있으며, 전체면적은 2.29km²로 마을에 해수욕장을 갖추고 있다. 공현진리에는 어항을 갖추고 있으나 규모가 크지 않으며, 선박 또한 근해어업에 종사하는 소규모의 어선이 전부이다. 따라서 공현진리가 바다를 접하고 있지만 어업에만 종사하는 인구는 그리 많지 않고, 대부분은 농사일도 겸하고 있다.

공현진1리에는 150세대에 383명이 거주하고 있다. 공현진1리는 물이 맑고 백사장이 깨끗해서 고기가 해안 가까이 많이 왔다. 이에 1945년 해방 전까지 마을에서는 언덕에 동대라고 불리던 망대를 세워 고기의 동태를 살펴 12월~3월까지 후리질로 청어를 잡았다고 한다. 현재는 마을에 해안도로가 형성되어 있고, 해수욕장이 있으나 널리 알려진 것은 아니다. 어업에 종사하는 주민들은 고기잡이 외에 소형어선을 이용하여 낚싯배 임대업으로 수입을 올리기도 한다. 대부분의 어민은 고기 잡기는 물론 농사일도 겸하는 반농반어민이다.

강원도 고성군 죽왕면 구성리

조사일시 : 2010.3.13
조 사 자 : 강등학, 이영식, 박은영, 이창현, 윤희렬

구성리(九城里)는 동쪽으로 인정리, 서쪽으로는 마좌리, 남쪽으로는 야촌리, 북쪽으로는 간성읍 선유실리와 각각 이웃하고 있다. 구성리는 구돈리(九頓里) 혹은 서성리(西城里)라고도 하는데, 1564년 유산 허씨가 마을을 재건했다는 전설이 있다.

구성리에는 81가구에 198명이 거주하고 있으며, 전체면적은 4.02km²이나 대부분이 임야이다. 마을 구성원 대부분은 60대 이상이며 농업에 종사하는데, 밭농사보다는 논농사 면적이 넓다. 마을에 골짜기가 많아 마을이 여러 곳으로 흩어져 있다. 마을에 서낭당이 아직 남아 있으며 지금도 정월 초에 날을 받아 서낭고사를 지낸다고 한다. 서낭고사를 지낼 때 예전에는 소를 잡아 썼으나 요즘은 돼지머리 하나를 구입해 지낸다.

강원도 고성군 죽왕면 송암리

조사일시 : 2010.3.14
조 사 자 : 강등학, 이영식, 박은영, 이창현, 윤희렬

송암리(松岩里)는 국도 7호선에 인접해 있으며, 동쪽으로 문암1리, 서쪽으로는 야촌리, 남쪽으로는 토성면 백촌리, 북쪽으로는 삼포2리와 각각

이웃하고 있다. 옛날에는 오래된 소나무가 1그루 홀로 서 있다고 하여 독송정(獨松亭)이라고 했다. 1953년에 민통선이 삼포리까지 되자 수천 가구가 이 마을에 안착하게 되었고 행정구역 분할 시 송암리라 했다.

송암리는 전체면적이 0.56km²이며, 세대수는 86호에 인구는 212명이다. 마을은 한 곳에 모여 있으며 마을 구성원 대부분은 농업에 종사하고 있다. 송정리는 논농사가 중심으로, 논이 밭이나 임야보다 훨씬 많다.

강원도 고성군 죽왕면 야촌리

조사일시 : 2010.3.14
조 사 자 : 강등학, 이영식, 박은영, 이창현, 윤희렬

야촌리(野村里)는 동쪽으로 송암리, 서쪽으로는 토성면 운봉리, 남쪽으로는 토성면 백촌리, 북쪽으로는 삼포2리와 각각 이웃하고 있다. 야촌리

는 1915년 행정구역 폐합 때 송정동, 곡실, 삼성동 등 세 마을 합하여 하토성리(下土城里)라 하다가 후에 다시 야촌리라 했다.

야촌리는 전체면적이 1.6km²이며, 세대수는 108호에 인구는 275명이다. 마을 구성원 대부분은 농업에 종사하고 있다. 이 마을은 논농사가 중심으로, 논이 밭이나 임야보다 훨씬 더 많다.

강원도 고성군 죽왕면 인정2리

조사일시 : 2010.3.13
조 사 자 : 강등학, 이영식, 박은영, 이창현, 윤희렬

인정리(仁亭里)는 동쪽으로 오호리, 서쪽으로는 구성리, 남쪽으로는 삼포리, 북쪽으로는 오봉리와 각각 이웃하고 있다. 인정리는 처음에 감인당(甘仁堂)이라 하였고, 평촌리(坪村里)라는 부분적인 명칭이 있었다. 그러다

가 행정구역 통폐합으로 감인당의 '인(仁)'자와 화정(花亭)의 '정(亭)'자를 따서 명명하였다.

인정리는 1리와 2리로 분리되어 있는데, 인정1리는 전체면적이 3.92km²이며, 세대수는 33호에 인구는 83명이다. 인정2리는 전체면적 7.62km²에 세대수가 46호, 인구는 108명이다. 인정2리 마을 구성원은 각 성바지이나 평창 이씨가 가장 많다. 인정2리 구성원은 다른 마을보다 젊은이들이 많은 편이다.

김경식, 여, 1948년생

주 소 지 : 강원도 고성군 죽왕면 인정2리
제보일시 : 2010.3.13
조 사 자 : 강등학, 이영식, 박은영, 이창현, 윤희렬

토성면 백촌리 태생으로 26세에 인정리로 시집을 왔다. 자신이 알고 있는 사항은 조금이라도 더 알려주려고 애를 쓰는 등 성격이 적극적이다. 특히 '고무줄 하는 소리'를 하면서는 동작을 취하면서 불렀다.

제공 자료 목록
03_01_FOS_20100313_KDH_KGS_0001 세상 달강 / 아기 어르는 소리
03_01_MFS_20100313_KDH_KGS_0001 무찌르자 오랑캐 / 고무줄 하는 소리

김봉연, 여, 1946년생

주 소 지 : 강원도 고성군 죽왕면 인정2리
제보일시 : 2010.3.13
조 사 자 : 강등학, 이영식, 박은영, 이창현, 윤희렬

토성면 인흥리 태생으로 27세에 인정리로 시집을 왔다. 차분한 성격으로 별반 말이 없었으나 적극적으로 도왔다. '다리 뽑기 소리'를 노래할 때는 상당히 빠르게 불렀다.

제공 자료 목록
03_01_FOS_20100313_KDH_KBY_0001 이거리 저거리 갓거리 / 다리 뽑기 소리

03_01_FOS_20100313_KDH_KBY_0002 비야 비야 오지 마라 / 비 그치게 하는 소리
03_01_FOS_20100313_KDH_KBY_0003 우리 아기 잘도 잔다 / 아기 재우는 소리
03_01_FOS_20100313_KDH_KBY_0004 고모네 집에 갔더니 / 다리 뽑기 소리

송정심, 여, 1930년생

주 소 지 : 강원도 고성군 죽왕면 송암리
제보일시 : 2010.3.14
조 사 자 : 강등학, 이영식, 박은영, 이창현, 윤희렬

죽왕면 삼포리 태생으로 18세에 운봉리
로 시집갔다가 1976년도에 송암리로 이주
하였다. 예전부터 농사만 지었으며 지금도
3,500평 농토가 있다고 한다. 나이에 비해
건강해 보였고 성격도 시원스럽고 밝았으며,
발음도 좋았다. 질문에 대해 본인이 알고 있
으면 열심히 설명해 주었다.

제공 자료 목록
03_01_FOS_20100314_KDH_SJS_0001 어랑 타령 / 가창유희요
03_01_FOS_20100314_KDH_SJS_0002 아라리 / 가창유희요
03_01_FOS_20100314_KDH_SJS_0003 오돌또기 / 가창유희요
03_01_FOS_20100314_KDH_SJS_0004 자진 아라리 / 모심는 소리
03_01_MFS_20100314_KDH_SJS_0001 이순신 장군 / 가창유희요

신수남, 남, 1926년생

주 소 지 : 강원도 고성군 죽왕면 공현진1리
제보일시 : 2010.2.28
조 사 자 : 강등학, 이영식, 박은영, 이창현, 윤희렬

공현진1리 토박이다. 차분하고 깔끔하시며 말이 별로 없는 성격이다. 8년 전에 만났을 때는 노래보다 민속에 관한 사항을 많이 얘기해 줬다. 요즘 머리가 아파서 모든 것이 귀찮다고 했다.

제공 자료 목록

03_01_FOS_20100228_KDH_SSN_0001 어깨동무 쩔쩔 / 어깨동무 하는 소리

03_01_FOS_20100228_KDH_SSN_0002 도랑골 영감이 / 어휘 맞춰 엮는 소리

심창수, 남, 1935년생

주 소 지 : 강원도 고성군 죽왕면 야촌리

제보일시 : 2010.3.13

조 사 자 : 강등학, 이영식, 박은영, 이창현, 윤희렬

현내면 대진리 태생으로 6·25 때 이주하여 21세에 정순옥과 결혼했다. 평생 농사만 지었는데, 기계화가 되기 전에는 소를 잘 다뤄 성군을 했다. 과묵한 성격으로 그리 말은 없었으나 주위에서 알고 있는 사항에 대해서는 알려주었다. 젊어서는 마을 노래자랑대회에 나가 상도 받았다고 자랑했다. 농요를 청했으나 잘 모른다고 했다.

제공 자료 목록

03_01_FOS_20100314_KDH_JMJ_0004 별 하나 나 하나 / 단숨에 외는 소리

03_01_FOS_20100314_KDH_JSO_0005 잠자리 꽁꽁 / 잠자리 잡는 소리

장명숙, 여, 1944년생

주 소 지 : 강원도 고성군 죽왕면 구성리
제보일시 : 2010.3.13
조 사 자 : 강등학, 이영식, 박은영, 이창현, 윤희렬

죽왕면 오호리 태생으로 21세에 구성리로 시집을 왔다. 차분한 성격으로 별반 말이 없었다. 얼마 전부터 건강이 좋지 않아 현재 요양을 하고 있는 상황이라 한다.

제공 자료 목록
03_01_FOS_20100313_KDH_JMS_0001_s02 뱃노래 / 모심는 소리

장연춘, 여, 1952년생

주 소 지 : 강원도 고성군 죽왕면 인정2리
제보일시 : 2010.3.13
조 사 자 : 강등학, 이영식, 박은영, 이창현, 윤희렬

토성면 천진리 태생으로 22세에 인정리로 시집을 왔다. 옆에서 노래를 하면 따라 부르고, 자신이 노래할 때도 크게 부르는 등 성격이 활달하고 적극적이다. 마을에서 부녀회장 일을 맡고 있다.

제공 자료 목록
03_01_FOS_20100313_KDH_JYC_0001 아침 방아 쩌라 / 메뚜기 부리는 소리

전문자, 여, 1939년생

주 소 지 : 강원도 고성군 죽왕면 야촌리

제보일시 : 2010.3.14
조 사 자 : 강등학, 이영식, 박은영, 이창현, 윤희렬

야촌리 토박이로 18세에 결혼했다. 시집와서 지금껏 농사를 짓고 있지만 농토는 그리 많지 않다고 한다. 성격이 차분하면서도 밝다. 예전엔 노래 부르는 걸 참 좋아했는데, 얼마 전 몹시 아픈 이후 그것도 그리 즐겁지 않다고 했다.

제공 자료 목록

03_01_FOS_20100314_KDH_JMJ_0001 아침 방아 쩌라 / 메뚜기 부리는 소리
03_01_FOS_20100314_KDH_JMJ_0002 각시방에 불 켜라 / 풀뿌리 문지르는 소리
03_01_FOS_20100314_KDH_JMJ_0003 올라가면 올고사리 / 나물 뜯는 소리
03_01_FOS_20100314_KDH_JMJ_0004 별 하나 나 하나 / 단숨에 외는 소리
03_01_FOS_20100314_KDH_JMJ_0005 이거리 저거리 갓거리 / 다리 뽑기 소리
03_01_FOS_20100314_KDH_JSO_0010 잠자리 꽁꽁 / 잠자리 잡는 소리

정병완, 남, 1931년생

주 소 지 : 강원도 고성군 죽왕면 구성리
제보일시 : 2010.3.13
조 사 자 : 강등학, 이영식, 박은영, 이창현, 윤희렬

구성리 토박이로 현재 마을 노인회장이다. 나이에 비해 건강해 보였다. 웃음이 많으시며, 적극적인 성격으로 마을의 지명과 서낭당에 대해 열심히 설명해 주었다. 이야기하는 것은 좋아하지만 노래는 별로 취미가 없다고 했다.

03_01_FOS_20100313_KDH_HCG_0001_s01 이랴 소리 / 논 가는 소리

정순옥, 여, 1938년생

주 소 지 : 강원도 고성군 죽왕면 야촌리
제보일시 : 2010.3.14
조 사 자 : 강등학, 이영식, 박은영, 이창현, 윤희렬

야촌리 토박이로 18세에 심창수와 결혼
했다. 몸이 많이 불편하여 외출하기가 쉽지
않다. 그러나 성격은 차분하며 밝은 편이며,
노래 중간에 가끔 웃었다. 알고 있는 노래는
유행가보다는 주로 전래동요인데, 대부분
예전에 할머니한테서 들은 노래라고 한다.

제공 자료 목록

03_01_FOS_20100314_KDH_JSO_0001 앞니 빠진 수망다리 / 이 빠진 아이 놀리는 소리
03_01_FOS_20100314_KDH_JSO_0002 도랑골 양반이 / 어휘 맞춰 엮는 소리
03_01_FOS_20100314_KDH_JSO_0003 헌 이는 너 갖고 / 새 이 가는 소리
03_01_FOS_20100314_KDH_JSO_0004 이거리 저거리 갓거리 / 다리 뽑기 소리
03_01_FOS_20100314_KDH_JSO_0005 잠자리 꽁꽁 / 잠자리 잡는 소리
03_01_FOS_20100314_KDH_JSO_0006 세상 달강 / 아기 어르는 소리
03_01_FOS_20100314_KDH_JSO_0007 둥게 소리 / 아기 어르는 소리
03_01_FOS_20100314_KDH_JSO_0008 다복녀 / 가창유희요
03_01_FOS_20100314_KDH_JSO_0009 비야 비야 오지 마라 / 비 그치게 하는 소리
03_01_FOS_20100314_KDH_JSO_0010 잠자리 꽁꽁 / 잠자리 잡는 소리

최순녀, 여, 1954년생

주 소 지 : 강원도 고성군 죽왕면 인정2리
제보일시 : 2010.3.13
조 사 자 : 강등학, 이영식, 박은영, 이창현, 윤희렬

속초시 태생으로 28세에 인정리로 시집을 왔다. 그리 적극적인 성격은 아니다. 아는 노래가 별로 없다고 하면서도, 자신이 알고 있는 내용을 성의껏 알려주었다.

제공 자료 목록

03_01_FOS_20100313_KDH_CSN_0001 잠자리 꽁꽁 / 잠자리 잡는 소리
03_01_FOS_20100313_KDH_CSN_0002 각시방에 불 켜라 / 풀뿌리 문지르는 소리

최용운, 남, 1934년생

주 소 지 : 강원도 고성군 죽왕면 공현진1리
제보일시 : 2010.3.13
조 사 자 : 강등학, 이영식, 박은영, 이창현, 윤희렬

평안남도 강동 태생으로 1·4후퇴 때 남쪽으로 이주하여 군에서 근무하다가 1958년 공현진1리에 정착하였다. 공현진에 와서 배를 계속 타다가 얼마 전부터는 그 일을 아들에게 넘겨주었다. 차분하고 말이 별로 없는 성격이나 자신이 아는 것에 대해서는 적극적으로 알려주었다. 2000년도에 고성군 대표로 강원도 민속예술축제에 출연한 '고성 대진 든대질 놀이'를 고증하였다.

제공 자료 목록

03_01_FOS_20100313_KDH_CYU_0001 어이차 소리 / 배 내리는 소리
03_01_FOS_20100313_KDH_CYU_0002 때려라 소리 / 그물 터는 소리
03_01_FOS_20100313_KDH_CYU_0003 어이차 소리 / 노 젓는 소리

한창길, 남, 1934년생

주 소 지 : 강원도 고성군 죽왕면 구성리
제보일시 : 2010.3.13
조 사 자 : 강등학, 이영식, 박은영, 이창현, 윤희렬

간성읍 해상리 태생으로 6·25 때 이주
하였다. 예전부터 지금까지 농사를 짓고 있
으며, 젊어서는 소로 논을 가는 일을 맡아서
하는 성군이었다. 지금은 소 쓸 일이 별로
없어 노래 또한 부르지 않는다고 했다. 논
매는 소리를 불렀으나 약주 탓이지 노래가
제대로 부르지 못했다.

제공 자료 목록

03_01_FOS_20100313_KDH_HCG_0001 이랴 소리 / 논 가는 소리

세상 달강 / 아기 어르는 소리

자료코드 : 03_01_FOS_20100313_KDH_KGS_0001
조사장소 : 강원도 고성군 죽왕면 인정리 446-1번지 인정2리 경로당
조사일시 : 2010.3.13
조 사 자 : 강등학, 이영식, 박은영, 이창현, 윤희렬
제 보 자 : 김경식, 여, 62세
구연상황 : 처음 인정2리 경로당을 방문했을 때 경로당에는 아무도 없었다. 조사자들이
점심을 먹고 재차 방문하였을 때 부녀회장 장연춘을 비롯하여 5명이 모여 늦
은 점심을 먹고 있었다. 식사 중에 조사자들의 방문에 조금은 당황해 했지만,
방문 취지를 알고는 같이 밥을 먹자고 권하기도 했다. 제보자들은 서로 기억
을 더듬으며 인터뷰에 적극적으로 응해 주었다. 먼저 마을 얘기를 묻자 자신
들은 그런 건 모른다고 하고, 옛날얘기도 아는 게 없다고 했다. 이에 쉬운 거
부터 묻겠다며 동작을 취하며 '다리 뽑기 소리'를 묻자 여기저기서 입을 열었
다. 그러나 끝까지 제대로 하는 분들이 없어서, 자리에서 제일 연장자인 김봉
연에게 청해서 '다리 뽑기 소리'를 들었으나 상당히 빨리 불렀다. 노래가 끝
난 후 '아기 어르는 소리'를 청하자, 김경식은 할머니가 동생 손을 마주잡으
며 부르는 걸 봤다며 '세상 달강'을 구연해 주었다.

달공달공
할멈이 서울로 불 끄러 가다가
밤 한 톨 주서서 고무락에 치뜨렸드니
머리 깍은 새앙주가 올망졸망 다 갉아먹고

　　제보자 : 저기 속 안에 무슨, 응 올망졸망 다 갉아먹고 또 이제 알만 남
은 거야.
　　이제 속에 저게 알을 뭐라, 뭐라 그러는가 무슨 거만 남안 걸

너두 먹고 나두 먹고 다 먹었다

(청중 : 이렇게 이렇게 이렇게 했어, 이렇게.)

이거리 저거리 갓거리 / 다리 뽑기 소리

자료코드 : 03_01_FOS_20100313_KDH_KBY_0001
조사장소 : 강원도 고성군 죽왕면 인정리 446-1번지 인정2리 경로당
조사일시 : 2010.3.13
조 사 자 : 강등학, 이영식, 박은영, 이창현, 윤희렬
제 보 자 : 김봉연, 여, 64세
구연상황 : 처음 인정2리 경로당을 방문했을 때 경로당에는 아무도 없었다. 조사자들이
점심을 먹고 재차 방문하였을 때 부녀회장 장연춘을 비롯하여 5명이 모여 늦
은 점심을 먹고 있었다. 식사 중에 조사자들의 방문에 조금은 당황해 했지만,
방문 취지를 알고는 같이 밥을 먹자고 권하기도 했다. 제보자들은 서로 기억
을 더듬으며 인터뷰에 적극적으로 응해 주었다. 먼저 마을 얘기를 묻자 자신
들은 그런 건 모른다고 하고, 옛날얘기도 아는 게 없다고 했다. 이에 쉬운 거
부터 묻겠다며 동작을 취하며 '다리 뽑기 소리'를 묻자 여기저기서 입을 열었
다. 그러나 끝까지 제대로 하는 분들이 없어서, 자리에서 제일 연장자인 김봉
연에게 청해 들었는데 상당히 빨리 불렀다.

한거리 두거리 갓거리
잔데 만데 호만데
짝벌로 호양구
구르매 구르매 장독깨
모구밭에 똑소리

비야 비야 오지 마라 / 비 그치게 하는 소리

자료코드 : 03_01_FOS_20100313_KDH_KBY_0002
조사장소 : 강원도 고성군 죽왕면 인정리 446-1번지 인정2리 경로당
조사일시 : 2010.3.13
조 사 자 : 강등학, 이영식, 박은영, 이창현, 윤희렬
제 보 자 : 김봉연, 여, 64세
구연상황 : '다리 뽑기 소리'를 부른 후, 이어서 김경식으로부터 '아기 어르는 소리', 최순
녀로부터 '잠자리 잡는 소리'를 듣고 '비 그치게 하는 소리'를 묻자 김봉연이
학교 다닐 때 책에서 본 것 같다며 구연해 주었다.

비야 비야 오지 마라

비가 오면은 우리 누나

저 시집갈 때 다홍치마 얼룩진다

우리 아기 잘도 잔다 / 아기 재우는 소리

자료코드 : 03_01_FOS_20100313_KDH_KBY_0003
조사장소 : 강원도 고성군 죽왕면 인정리 446-1번지 인정2리 경로당
조사일시 : 2010.3.13
조 사 자 : 강등학, 이영식, 박은영, 이창현, 윤희렬
제 보 자 : 김봉연, 여, 64세
구연상황 : '비 그치게 하는 소리'를 부른 후 조사자가 자장가를 청하자 김봉연은 옆에
있던 최순녀의 어깨를 가볍게 두드리면서 불렀다.

자장 자장 자장 자장

우리 석권이

근데 아기라 그러제 아게,

우리 아기 잘도 잔다

꼬꼬 닭아 울지 마라 멍멍 개야 짖지 마라
꼬꼬 닭이 울면은 우리 아기 깨난다

고모네 집에 갔더니 / 다리 뽑기 소리

자료코드 : 03_01_FOS_20100313_KDH_KBY_0004
조사장소 : 강원도 고성군 죽왕면 인정리 446-1번지 인정2리 경로당
조사일시 : 2010.3.13
조 사 자 : 강등학, 이영식, 박은영, 이창현, 윤희렬
제 보 자 : 김봉연, 여, 64세
구연상황 : 김봉연으로부터 '비 그치게 하는 소리', '아기 재우는 소리', 장연춘으로부터
'메뚜기 부리는 소리'를 듣고 '고모네 집에 갔더니'는 안 했냐고 하자 김봉연
이 상당히 빨리 불렀다.

고모네 집에 갔더니 암탉 수탉 잡아서
기름이 둥둥 뜨는 걸 나 한 술 안 주더라
우리 집에 와보라 수수팥떡 안 준다

어랑 타령 / 가창유희요

자료코드 : 03_01_FOS_20100314_KDH_SJS_0001
조사장소 : 강원도 고성군 죽왕면 송암리 254번지 송암리 경로당
조사일시 : 2010.3.14
조 사 자 : 강등학, 이영식, 박은영, 이창현, 윤희렬
제 보 자 : 송정심, 여, 80세
구연상황 : 죽왕면 야촌리 심창수 택에서 인터뷰를 마치고 옆 마을인 송암리 경로당을
방문했다. 경로당에 모이는 시간이 아직 이른지 송정심 외 몇 분이서 이야기
를 나누고 있었다. 방문취지를 말하니 송정심이 웃으면서 맞이했다. 이런저런
이야기를 나누자니 송요헌을 비롯해 여러 분들이 왔다. 화투놀이를 하러 온

거라며 옆방으로 다들 갔다. 송요헌은 군대 다녀온 얘기, 마을 얘기 등을 한 참동안 했다. 이후 옛날이야기나 노래를 청하자 자신은 잘 모르고 하면서 송 정심에게 권했다. 이에 조사자들과 송요헌이 함께 송정심에게 소리를 청했다. 한참을 있다가 시집와서 책에 나온 것을 보고 익힌 노래라고 하면서 '이순신 장군' 노래를 불렀다. 노래를 마치자 모두들 박수를 치며 격려했다. 이후 조사 자가 '어랑 타령'을 듣고 싶다고 하자 노래를 불렀으나 중간에 설명을 하느냐 고 멈추곤 했다. 설명하지 말고 몇 곡 계속 불러달라는 요청에 두 곡을 연속 해 불렀다.

신고산이 우루루 화물차 떠나는 소리

고무공장 큰 애기 밤보짐만 싼다네

어랑 어랑 어허야 어리럼마 디여라 널과 나로구나

이렇게?

너는야 누구구 나는 누군데

한자리 앉아서 외맨(외면)을 하느냐

어랑 어랑 어허야 어러럼바 둥기 디여라 널과 나로구나

인제 됐지!

아라리 / 가창유희요

자료코드 : 03_01_FOS_20100314_KDH_SJS_0002
조사장소 : 강원도 고성군 죽왕면 송암리 254번지 송암리 경로당
조사일시 : 2010.3.14
조 사 자 : 강등학, 이영식, 박은영, 이창현, 윤희렬
제 보 자 : 송정심, 여, 80세
구연상황 : 송정심으로부터 '어랑 타령' 두 수를 들을 수 있었다. 조사자가 '어랑 타령'만
했냐고 하자 '아라리'를 불러주었다.

술 아니 먹자고 맹세를 했는데

안주고 주모 보니 또 한잔 먹었네

이걸 저 테이프다 다 널라 그러지?

아리랑 아리랑 아라리요 아리랑 고개로 넘어간다

오돌또기 / 가창유희요

자료코드 : 03_01_FOS_20100314_KDH_SJS_0003

조사장소 : 강원도 고성군 죽왕면 송암리 254번지 송암리 경로당

조사일시 : 2010.3.14

조 사 자 : 강등학, 이영식, 박은영, 이창현, 윤희렬

제 보 자 : 송정심, 여, 80세

구연상황 : 조사자의 요청에 '어랑 타령', '아라리'를 듣고 또 없냐고 하자 '오돌또기'를
불렀다. 놀 때 이 노래를 한 사람이 부르면 다 같이 따라할 정도로 인기가 있
었다고 한다.

둥글레 당실 둥글레 당실

너도 당실 연자놀이로 달도 밝소 냇가머리로 갈까나

황해도 봉산 인심이 좋아

노랑돈 한 푼에 큰 애기 열둘이 산다네

둥글레 당실 둥글레 당실

너도 당실 연자모리로 달도 밝소 냇가머리로 갈까나

자진 아라리 / 모심는 소리

자료코드 : 03_01_FOS_20100314_KDH_SJS_0004

조사장소 : 강원도 고성군 죽왕면 송암리 254번지 송암리 경로당

조사일시 : 2010.3.14

조 사 자 : 강등학, 이영식, 박은영, 이창현, 윤희렬

제 보 자 : 송정심, 여, 80세

구연상황 : 조사자의 요청에 '어랑 타령', '아라리', '오돌또기'를 불렀다. 잠시 농사 얘기
를 하다가 예전에 모를 심을 때 어떤 소리를 했냐고 묻자 이 노래를 불렀다.

심어 주오 심어 주오 심어만 주오

바다같은 요 논배미를 심어만 주소

이렇게 해!

어깨동무 찔찔 / 어깨동무 하는 소리

자료코드 : 03_01_FOS_20100228_KDH_SSN_0001

조사장소 : 강원도 고성군 죽왕면 공현진리 99번지 공현진1리 경로당

조사일시 : 2010.2.28

조 사 자 : 강등학, 이영식, 박은영, 이창현, 윤희렬

제 보 자 : 신수남, 여, 84세

구연상황 : 정월 대보름인 28일 죽왕면 공현진1리 경로당을 방문했을 때 제보자 심수남
외 네 분의 할머니가 함께 이야기를 나누며 휴일을 보내고 있었다. 조사자들
의 방문에 낯설어 하시는 어르신들과 정월대보름 풍습에 대해 담소를 나누며
조금씩 인터뷰를 위한 분위기를 만들어 갔다. 특히 제보자인 신수남 할머니는
8년 전에 인터뷰를 했던 경험이 있어 신수남 할머니께 집중적으로 질문을 했
다. 하지만 머리가 아프다는 등 조사에 적극적으로 응하지 않은 탓에 쉽지 않
았다. 그러다가 조사자가 어깨동무하면서 놀았던 얘기를 묻자 갑자기 이 노래
를 불렀다. 한 번 더 불러달라고 청했으나 부르지 않았다.

(조사자 : 아 옛날에 어렸을 때 어깨동무하고 어떻게 노셨어요?)

어깨동무 찔찔

붕우 좆이 내 좆이

이렇게 놀았지 뭐!

도랑골 영감이 / 어휘 맞춰 엮는 소리

자료코드 : 03_01_FOS_20100228_KDH_SSN_0002
조사장소 : 강원도 고성군 죽왕면 공현진리 99번지 공현진1리 경로당
조사일시 : 2010.2.28
조 사 자 : 강등학, 이영식, 박은영, 이창현, 윤희렬
제 보 자 : 신수남, 여, 84세
구연상황 : '어깨동무 하는 소리'를 들은 후, 예전에 불렀던 '도랑골 영감이'를 청했으나
　　　　　부르기를 한참을 거절하시다가 겨우 불렀다.

　　　도랑골 양반이 도랑을 쳤는데
　　　가재골 양반이 가재를 잡아서
　　　노랑골 양반이 노랗게 구우니
　　　납작골 양반이 납작 집어먹었수다

뱃노래 / 모심는 소리

자료코드 : 03_01_FOS_20100313_KDH_JMS_0001_s02
조사장소 : 강원도 고성군 죽왕면 구성리 179번지 구성리 경로당
조사일시 : 2010.3.13
조 사 자 : 강등학, 이영식, 박은영, 이창현, 윤희렬
제 보 자 : 장명숙, 여, 66세
구연상황 : 죽왕면 구성리 경로당을 방문했을 때 장명숙 외 두 분이 휴식을 취하고 있었
　　　　　다. 방문한 날 마을 한 집에 잔치가 있어 모두들 그 곳에 가있다고 한다. 경
　　　　　로당에 있던 분들은 조사자들의 방문에 잠시 놀라는 듯 말이 없었으나 방문
　　　　　취지를 알자 마을 이야기를 한참 나누었다. 여자들도 모를 많이 심었다는 설
　　　　　명에 어떤 노래를 했냐고 하자 구성리에서는 '어랑 타령'을 많이 불렀다고 했

다. 이에 노래를 청하니 웃으면서 서로들 미루었다. 계속적인 요청에 장명숙이 불렀다. 후렴만 한번 부른 장명숙에게 동작을 취하면서 불러달라고 하자이어서 모심는 시늉을 하면서 불렀다. 노래 끝 부분에 한창길과 정병완이 들어오는 바람에 마무리를 제대로 못했다.

에야노야 노야 에야노야노 어기여차 뱃놀이 가잔다

이렇게 했죠 뭐.

에야노야 노~야 에야노야노~ 어기여차 뱃놀이 가잔다

아침 방아 쩌라 / 메뚜기 부리는 소리

자료코드 : 03_01_FOS_20100313_KDH_JYC_0001
조사장소 : 강원도 고성군 죽왕면 구성리 179번지 구성리 경로당
조사일시 : 2010.3.13
조 사 자 : 강등학, 이영식, 박은영, 이창현, 윤희렬
제 보 자 : 장연춘, 여, 58세
구연상황 : 처음 인정2리 경로당을 방문했을 때 경로당에는 아무도 없었다. 조사자들이
점심을 먹고 재차 방문하였을 때 부녀회장 장연춘을 비롯하여 5명이 모여 늦
은 점심을 먹고 있었다. 식사 중에 조사자들의 방문에 조금은 당황해 했지만,
방문 취지를 알고는 같이 밥을 먹자고 권하기도 했다. 제보자들은 서로 기억
을 더듬으며 인터뷰에 적극적으로 응해 주었다. 먼저 마을 얘기를 묻자 자신
들은 그런 건 모른다고 하고, 옛날얘기도 아는 게 없다고 했다. 이에 쉬운 거
부터 묻겠다며 동작을 취하며 '다리 뽑기 소리'를 묻자 여기저기서 입을 열었
다. 그러나 끝까지 제대로 하는 분들이 없어서, 자리에서 제일 연장자인 김봉
연에게 청해서 '다리 뽑기 소리'를 들었으나 상당히 빨리 불렀다. 이어서 김
경식으로부터 '아기 어르는 소리', 최순녀로부터 '잠자리 잡는 소리', 김봉연
으로부터 '비 그치게 하는 소리', '아기 재우는 소리'를 듣고 메뚜기 뒷다리
잡은 흉내를 내면서 '메뚜기 부리는 소리'를 청하자 장연춘이 불렀다.

그냥

아침 방아 똑딱

저녁 방아 똑딱

그렇지 뭐.

아침 방아 쩌라 / 메뚜기 부리는 소리

자료코드 : 03_01_FOS_20100314_KDH_JMJ_0001
조사장소 : 강원도 고성군 죽왕면 야촌리 운봉산로 150 심창수 댁
조사일시 : 2010.3.14
조 사 자 : 강등학, 이영식, 박은영, 이창현, 윤희렬
제 보 자 : 전문자, 여, 71세
구연상황 : 2002년 답사한 경험이 있던 야촌리에서 정순옥 댁을 찾았다. 정순옥 댁을 가
　　　　　는 길에 전문자를 만나 방문 목적을 이야기하고 동참하기를 권했다. 이에 하
　　　　　던 일을 마치고 오겠다는 전문자의 얘기를 듣고 정순옥 댁을 방문했다. 마침
　　　　　남편인 심창수도 집에 있었다. 부부와 인사를 나누고 그 동안 지낸 얘기를 나
　　　　　누었다. 특히 심창수와는 농사와 관계된 일에 대해 얘기를 나누었다. 이곳은
　　　　　고성의 다른 마을과 달리 논 1마지기가 80평이라 했다. 심창수는 지금도 농
　　　　　사를 짓고 있는데, 예전에 성군이었다고 했다. 이에 '논 가는 소리'를 청하자
　　　　　그냥 '이랴 이랴'만 했다고 한다. 정순옥으로부터 '이 빠진 아이 놀리는 소리',
　　　　　'도랑꼴 양반이', '새 이 가는 소리', '다리 뽑기 소리', '잠자리 잡는 소리',
　　　　　'세상 달강', '둥게 소리', '다복녀', '비 그치게 하는 소리', '잠자리 잡는 소리'
　　　　　등을 들었다. 이어서 전문자에게 '모심는 소리'를 청했으나 뭐 별 노래 다 했
　　　　　다고만 할 뿐 부르지 않아 '메뚜기 부리는 소리'를 청해서 들었다.

아침 방아 찌라

저녁 방아 찌라

각시방에 불 켜라 / 풀뿌리 문지르는 소리

자료코드 : 03_01_FOS_20100314_KDH_JMJ_0002

조사장소 : 강원도 고성군 죽왕면 야촌리 운봉산로 150 심창수 댁

조사일시 : 2010.3.14

조 사 자 : 강등학, 이영식, 박은영, 이창현, 윤희렬

제 보 자 : 전문자, 여, 71세

구연상황 : '메뚜기 부리는 소리'를 청해서 듣고 이어서 '풀뿌리 문지르는 소리'를 부탁했다.

뿌래기 이렇게 내리듯

각시방에 불 켜라
신랑방에 불 켜라

해 가지구 불 켜라 그렇게 했는데 모르겠네.

올라가면 올고사리 / 나물 뜯는 소리

자료코드 : 03_01_FOS_20100314_KDH_JMJ_0003

조사장소 : 강원도 고성군 죽왕면 야촌리 운봉산로 150 심창수 댁

조사일시 : 2010.3.14

조 사 자 : 강등학, 이영식, 박은영, 이창현, 윤희렬

제 보 자 : 전문자, 여, 71세

구연상황 : '모심는 소리'를 청했으나 뭐 별 노래 다 했다고만 할 뿐 부르지 않았다. 이에
'메뚜기 부리는 소리', '풀뿌리 문지르는 소리'를 청해서 들었다. 노래가 끝나
고 고사리 꺾으러 가면서 부르던 소리는 지금도 부른다고 하면서 이 노래를
불렀다.

고사리 꺾으러 가면 그런 소리는 지금도 해.

(조사자 : 어떤 건데요?)

이제 고사리가 이렇게 있으믄

올라가면 올고사리 내려가면 묵고사리

우직근 작근 꺾어서 정든 님 밥반찬 해놓지

인제 그거는 더러 했는데 그것도 다 잊어버려 모르겠네.

별 하나 나 하나 / 단숨에 외는 소리

자료코드 : 03_01_FOS_20100314_KDH_JMJ_0004

조사장소 : 강원도 고성군 죽왕면 야촌리 운봉산로 150 심창수 댁

조사일시 : 2010.3.14

조 사 자 : 강등학, 이영식, 박은영, 이창현, 윤희렬

제보자 1 : 전문자, 여, 71세

제보자 2 : 심창수, 남, 75세

구연상황 : '메뚜기 부리는 소리', '풀뿌리 문지르는 소리', '나물 뜯는 소리'를 듣고 이
          노래를 청했다. 노래를 부르다가 막히자 심창수가 도와주었다.

제보자 1 별 하나 나 하나 그것도 모르겠네

제보자 2 별 둘 나 둘

제보자 1 별 둘 날 둘 별 셋 나 셋 그것도 몰라

제보자 2 별 넷 나 넷 이러지.

이거리 저거리 갓거리 / 다리 뽑기 소리

자료코드 : 03_01_FOS_20100314_KDH_JMJ_0005

조사장소 : 강원도 고성군 죽왕면 야촌리 운봉산로 150 심창수 댁

조사일시 : 2010.3.14

조 사 자 : 강등학, 이영식, 박은영, 이창현, 윤희렬

제 보 자 : 전문자, 여, 71세

구연상황 : '메뚜기 부리는 소리', '풀뿌리 문지르는 소리', '나물 뜯는 소리', '단숨에 외

는 소리'를 청해서 듣고 이 노래를 부탁했다.

이거리 저거리 각거리 천두만두 두만두
짝발래 회앙쥐 도래밑에 사대육

앞니 빠진 수망다리 / 이 빠진 아이 놀리는 소리

자료코드 : 03_01_FOS_20100314_KDH_JSO_0001
조사장소 : 강원도 고성군 죽왕면 야촌리 운봉산로 150 심창수 댁
조사일시 : 2010.3.14
조 사 자 : 강등학, 이영식, 박은영, 이창현, 윤희렬
제 보 자 : 정순옥, 여, 72세
구연상황 : 2002년 답사한 경험이 있던 야촌리에서 정순옥 댁을 찾았다. 정순옥 댁을 가
는 길에 전문자를 만나 방문 목적을 이야기하고 동참하기를 권했다. 이에 하
던 일을 마치고 오겠다는 전문자의 얘기를 듣고 정순옥 댁을 방문했다. 마침
남편인 심창수도 집에 있었다. 부부와 인사를 나누고 그 동안 지낸 얘기를 나
누었다. 특히 심창수와는 농사와 관계된 일에 대해 얘기를 나누었다. 이곳은
고성의 다른 마을과 달리 논 1마지기가 80평이라 했다. 심창수는 지금도 농
사를 짓고 있는데, 예전에 성군이었다고 했다. 이에 '논 가는 소리'를 청하자
그냥 '이랴 이랴'만 했다고 한다. 정순옥에게 노래를 청하자 이젠 다 잊어버
려 제대로 할 수가 없다고 했다. 그럼 쉬운 노래를 부탁드린다고 하면서 '이
빠진 아이 놀리는 소리'를 청했다. 남편이 있는 탓인지 한참을 있다가 차분히
불렀다.

앞이 빠진 수망냉이 뒷골로 가다가
쇠똥에 미끄러져서 달기똥이(닭똥) 약이라네

도랑골 양반이 / 어휘 맞춰 엮는 소리

자료코드 : 03_01_FOS_20100314_KDH_JSO_0002

조사장소 : 강원도 고성군 죽왕면 야촌리 운봉산로 150 심창수 댁

조사일시 : 2010.3.14

조 사 자 : 강등학, 이영식, 박은영, 이창현, 윤희렬

제 보 자 : 정순옥, 여, 72세

구연상황 : '이 빠진 아이 놀리는 소리'를 청하자 차분히 불렀다. 이어서 '도랑골 양반이'
를 청하니 조용히 웃다가 불렀다.

도랑골 양반이 도랑을 쳐서

낭그골(나무골) 낭그를 해다 불을 해놓니

가재골 양반이 가재를 잡아다가 황덕에다 구으니

납작골 양반이 납작 다 먹었네

헌 이는 너 갖고 / 새 이 가는 소리

자료코드 : 03_01_FOS_20100314_KDH_JSO_0003

조사장소 : 강원도 고성군 죽왕면 야촌리 운봉산로 150 심창수 댁

조사일시 : 2010.3.14

조 사 자 : 강등학, 이영식, 박은영, 이창현, 윤희렬

제 보 자 : 정순옥, 여, 72세

구연상황 : '이 빠진 아이 놀리는 소리', '어휘 맞춰 엮는 소리'를 듣고 '새 이 가는 소리'
를 청했다.

이빨이 뭐 빠지며는 뭐 할머이들이 저 마굿간에 지붕게다(지붕에
다) 얹으미(얹으며)

너는 헌 이 갖고 나는 새 이 다와

그거지 뭐.

이거리 저거리 갓거리 / 다리 뽑기 소리

자료코드 : 03_01_FOS_20100314_KDH_JSO_0004
조사장소 : 강원도 고성군 죽왕면 야촌리 운봉산로 150 심창수 댁
조사일시 : 2010.3.14
조 사 자 : 강등학, 이영식, 박은영, 이창현, 윤희렬
제 보 자 : 정순옥, 여, 72세
구연상황 : '이 빠진 아이 놀리는 소리', '어휘 맞춰 엮는 소리', '새 이 가는 소리'를 듣고 '다리 뽑기 소리'를 청했다.

이거리 저거리 각거리 천두만두 두만두
짝발에 회양두 노래짐치 사대육

그거지 뭐.

잠자리 꽁꽁 / 잠자리 잡는 소리

자료코드 : 03_01_FOS_20100314_KDH_JSO_0005
조사장소 : 강원도 고성군 죽왕면 야촌리 운봉산로 150 심창수 댁
조사일시 : 2010.3.14
조 사 자 : 강등학, 이영식, 박은영, 이창현, 윤희렬
제보자 1 : 정순옥, 여, 72세
제보자 2 : 심창수, 남, 75세
구연상황 : '잠자리 잡는 소리'를 청하자 남편인 심창수 거들어 주었다.

제보자 1 소금쟁이 꽁꽁 앉아라

제보자 2 소금쟁이 앉아라
         꽁꽁 앉아라

그랬지 뭐. 그래 가지고 가서 요렇게 붙잡고.

제보자 2 소금쟁이 앉아라

　　　　꽁꽁 앉아라

　그 다음에 앉으면 가서 꽁대기 붙잡고 탁!

세상 달강 / 아기 어르는 소리

자료코드 : 03_01_FOS_20100314_KDH_JSO_0006
조사장소 : 강원도 고성군 죽왕면 야촌리 운봉산로 150 심창수 댁
조사일시 : 2010.3.14
조 사 자 : 강등학, 이영식, 박은영, 이창현, 윤희렬
제 보 자 : 정순옥, 여, 72세
구연상황 : 남편인 심창수와 함께 '잠자리 잡는 소리'를 부른 후, '세상 달강'을 불러주었다.

　달궁 달궁

　할머니가 장에 가다 밤 한 톨 은어서(얻어서)

　고무락에 치때렸더이 오고가는 쥐가 다 파먹고 껍데기만 남은 거를

그렇게 했지요 뭐.

둥게 소리 / 아기 어르는 소리

자료코드 : 03_01_FOS_20100314_KDH_JSO_0007
조사장소 : 강원도 고성군 죽왕면 야촌리 운봉산로 150 심창수 댁
조사일시 : 2010.3.14
조 사 자 : 강등학, 이영식, 박은영, 이창현, 윤희렬
제 보 자 : 정순옥, 여, 72세
구연상황 : '세상 달강'을 듣고난 뒤 또 다른 '아기 어르는 소리'를 청하자 '둥게 소리'를
　　　　　 빠르게 불렀다.

둥게둥게 둥게야

먹으나 굶으나 둥게야

입으나 벗으나 둥게야

다복녀 / 가창유희요

자료코드 : 03_01_FOS_20100314_KDH_JSO_0008
조사장소 : 강원도 고성군 죽왕면 야촌리 운봉산로 150 심창수 댁
조사일시 : 2010.3.14
조 사 자 : 강등학, 이영식, 박은영, 이창현, 윤희렬
제 보 자 : 정순옥, 여, 72세
구연상황 : '세상 달강'과 '둥게 소리'를 부른 후 '다복녀'를 청해서 들을 수 있었다. '다
복녀' 부를 때는 소리가 너무 작은 탓에 남편인 심창수가 좀 크게 부르라고
했다.

다북다북 다북녀야

(청중 : 좀 크게 해!)

너 어디루 울고 가니

우리 엄마 산소 찾아 젖 먹으러 울고 간다

과자 줄께이 가지마라 골배이 줄께이 가지마라

과자 싫다 골배이 싫다 우리 엄마 젖을 다오

물이 깊어 못 간단다 산이 높어 못 간단다

물이 깊음 쉬어가고 산이 높음 기어가지

우리 엄마 산소 가니 노란 치마 열렸더라

하나 따서 맛을 보니 우리 엄마 젖 맛 일세

비야 비야 오지 마라 / 비 그치게 하는 소리

자료코드 : 03_01_FOS_20100314_KDH_JSO_0009
조사장소 : 강원도 고성군 죽왕면 야촌리 운봉산로 150 심창수 댁
조사일시 : 2010.3.14
조 사 자 : 강등학, 이영식, 박은영, 이창현, 윤희렬
제 보 자 : 정순옥, 여, 72세
구연상황 : '이 빠진 아이 놀리는 소리', '어휘 맞춰 엮는 소리', '새 이 가는 소리', '다리
뽑기 소리', '잠자리 잡는 소리', '아기 어르는 소리', '다복녀'를 차례로 듣고
'비 그치게 하는 소리'를 청했다.

비야 비야 오지 마라
우리 누나 시집갈 때
가마 속에 들어가면
노랑 치마 얼룩진다

잠자리 꽁꽁 / 잠자리 잡는 소리

자료코드 : 03_01_FOS_20100314_KDH_JSO_0010
조사장소 : 강원도 고성군 죽왕면 야촌리 운봉산로 150 심창수 댁
조사일시 : 2010.3.14
조 사 자 : 강등학, 이영식, 박은영, 이창현, 윤희렬
제보자 1 : 정순옥, 여, 72세
제보자 2 : 전문자, 여, 71세
구연상황 : '비 그치게 하는 소리'를 듣고 '잠자리 잡는 소리'를 청했다. 전문자에게도 청
해서 들을 수 있었다.

제보자 1 잠자리 꽁꽁
앉을 자리 앉아라
먼 데 가면 죽는다

이렇게 했지.

(조사자 : 네, 고맙습니다. 어르신도 다시 한 번 크게 불러주시죠!)

제보자 2 : 그걸?

(조사자 : 예.)

제보자 2 잠자리 꽁꽁

앉은 자리 앉아라

먼 데 가면 죽는다

잠자리 꽁꽁 / 잠자리 잡는 소리

자료코드 : 03_01_FOS_20100313_KDH_CSN_0001

조사장소 : 강원도 고성군 죽왕면 인정리 446-1번지 인정2리 경로당

조사일시 : 2010.3.13

조 사 자 : 강등학, 이영식, 박은영, 이창현, 윤희렬

제 보 자 : 최순녀, 여, 56세

구연상황 : 처음 인정2리 경로당을 방문했을 때 경로당에는 아무도 없었다. 조사자들이 점심을 먹고 재차 방문하였을 때 부녀회장 장연춘을 비롯하여 5명이 모여 늦은 점심을 먹고 있었다. 식사 중에 조사자들의 방문에 조금은 당황해 했지만, 방문 취지를 알고는 같이 밥을 먹자고 권하기도 했다. 제보자들은 서로 기억을 더듬으며 인터뷰에 적극적으로 응해 주었다. 먼저 마을 얘기를 묻자 자신들은 그런 건 모른다고 하고, 옛날얘기도 아는 게 없다고 했다. 이에 쉬운 거부터 묻겠다며 동작을 취하며 '다리 뽑기 소리'를 묻자 여기저기서 입을 열었다. 그러나 끝까지 제대로 하는 분들이 없어서, 자리에서 제일 연장자인 김봉연에게 청해서 '다리 뽑기 소리'를 들었으나 상당히 빨리 불렀다. 이어서 김경식으로부터 '아기 어르는 소리'를 듣고 '잠자리 잡는 소리'를 청하자 모두들 노래의 앞머리만 꺼내서 조금씩 노래했다. 그 중 최순녀의 노래가 그래도 긴 편에 속했다.

잠자리 꽁꽁

멀리 가면 죽는다

각시방에 불 켜라 / 풀뿌리 문지르는 소리

자료코드 : 03_01_FOS_20100313_KDH_CSN_0002
조사장소 : 강원도 고성군 죽왕면 인정리 446-1번지 인정2리 경로당
조사일시 : 2010.3.13
조 사 자 : 강등학, 이영식, 박은영, 이창현, 윤희렬
제 보 자 : 최순녀, 여, 56세
구연상황 : 장연춘으로부터 '메뚜기 부리는 소리'를 듣고 '풀뿌리 문지르는 소리'를 청하
　　　　　자 최순녀가 불렀다.

　그게

　　　각시방에 불 켜라
　　　신랑방에 불 켜라

이렇게 이렇게 문데면 고게 쌔빨게 지더라고!

어이차 소리 / 배 내리는 소리

자료코드 : 03_01_FOS_20100313_KDH_CYU_0001
조사장소 : 강원도 고성군 죽왕면 공현진리 1156번지 최용운 댁
조사일시 : 2010.3.13
조 사 자 : 강등학, 이영식, 박은영, 이창현, 윤희렬
제 보 자 : 최용운, 남, 76세
구연상황 : 최용운은 '둔대질 소리'로 고성군 대표로 강원도민속예술축제 참한 경험이 있
　　　　　다. 조사자와는 8년 전에 민요조사 관계로 만난 일이 있었다. 사전에 전화로
　　　　　방문 목적을 설명하자 흔쾌히 허락했다. 저녁에 집을 방문했을 때는 손자들과
　　　　　휴식을 취하고 있었다. 처음에는 젊은 시절 배 타던 이야기를 듣다가 '둔대질
　　　　　소리'를 청하게 되었다. 이에 제보자는 별 거 없다고 얘기하면서 짧은 동작과
　　　　　함께 구연을 시작했다.

　자 괘들 갖다 대시오! 하믄 괘를 갖다 대믄

여이싸 지겨라

배가 내려간다

괘 바까(바꿔) 땡겨서 앞에 갖다 대시오

자 동이 트니 빨리 갑시다

뭐 뭐 이런 식으로.

때려라 소리 / 그물 터는 소리

자료코드 : 03_01_FOS_20100313_KDH_CYU_0002
조사장소 : 강원도 고성군 죽왕면 공현진리 1156번지 최용운 댁
조사일시 : 2010.3.13
조 사 자 : 강등학, 이영식, 박은영, 이창현, 윤희렬
제 보 자 : 최용운, 남, 76세
구연상황 : 짧은 동작과 함께 '배 내리는 소리'를 구연한 후, 조사자가 '그물 터는 소리'를 청하자 그건 도리깨질 하는 거와 같다고 하면서 불러주었다.

여이싸 때려라

흙이 떨어진다

뭐 뭐 이런 식으로, 뭐 별 소리 없어요.

자 하나 둘

때려라

뿌셔라

뭐 흙이 떨어진다

먼지가 난다

때려라

도리깨로 때려라

때려라 뭐

어이차 소리 / 노 젓는 소리

자료코드 : 03_01_FOS_20100313_KDH_CYU_0003
조사장소 : 강원도 고성군 죽왕면 공현진리 1156번지 최용운 댁
조사일시 : 2010.3.13
조 사 자 : 강등학, 이영식, 박은영, 이창현, 윤희렬
제 보 자 : 최용운, 남, 76세
구연상황 : '배 내리는 소리'와 '그물 터는 소리'를 부른 후 조금 흥이 나는 것 같아 '노
젓는 소리'를 청해서 들었다.

지겨라
지겨라
바람이 분다
서풍이 분다
지겨라
지겨라
자 남풍이 불어온다

(조사자 : 지겨라)

어 지겨라
노를 저어라
노를 저어라
지겨라
남풍이 분다
뭐 서풍이 분다

쪼금 더 땀을 내서 지겨라

어이싸

어이싸

뭐 이렇게.

(조사자 : 후렴은 보통 어이싸로 합니까?)

그렇지. 어이싸로 많이 해요.

이랴 소리 / 논 가는 소리

자료코드 : 03_01_FOS_20100313_KDH_HCG_0001_s01

조사장소 : 강원도 고성군 죽왕면 구성리 179번지 구성리 경로당

조사일시 : 2010.3.13

조 사 자 : 강등학, 이영식, 박은영, 이창현, 윤희렬

제보자 1 : 한창길, 남, 76세

제보자 2 : 정병완, 남, 79세

구연상황 : 왕면 구성리 경로당을 방문했을 때 장명숙 외 두 분이 휴식을 취하고 있었다. 방문한 날 마을 한 집에 잔치가 있어 모두들 그 곳에 가있다고 한다. 경로당에 있던 분들은 조사자들의 방문에 잠시 놀라는 듯 말이 없었으나 방문 취지를 알자 마을 이야기를 한참 나누었다. 여자들도 모를 많이 심었다는 설명에 어떤 노래를 했냐고 하자 구성리에서는 '어랑 타령'을 많이 불렀다고 했다. 이에 노래를 청하니 웃으면서 서로들 미루었다. 계속적인 요청에 장명숙이 불렀다. 장명숙이 '모심는 소리'를 부르는 과정에 이웃 잔칫집에 다녀온 장병완과 한창길이 왔다. 두 분은 약주를 조금씩 하신 까닭인지 좋아했다. 마을 노인회장인 장병완으로부터 마을의 지명유래와 서낭당 얘기를 듣고 노래를 청하자, 장병완은 한창길이 성군이었다면서 적극적으로 추천하였다. 조사자가 요청을 하니 한창길은 오래 전 일이라 잘 못하겠다고 했다. 이에 장병완이 먼저 불렀다. 한창길도 흥이 나는지 이어서 불렀다.

제보자 2 이려이려~

이려 이 소
빨리 가자

뭐 이런 식으루.

제보자 1 올라서라 내려서라
똑바루 나가라
왔다갔다 하지 말고
이려~
어서 가자~

이거지 뭐 딴 거 있나.

무찌르자 오랑캐 / 고무줄 하는 소리

자료코드 : 03_01_MFS_20100313_KDH_KGS_0001
조사장소 : 강원도 고성군 죽왕면 인정리 446-1번지 인정2리 경로당
조사일시 : 2010.3.13
조 사 자 : 강등학, 이영식, 박은영, 이창현, 윤희렬
제 보 자 : 김경식, 여, 62세
구연상황 : 처음 인정2리 경로당을 방문했을 때 경로당에는 아무도 없었다. 조사자들이 점심을 먹고 재차 방문하였을 때 부녀회장 장연춘을 비롯하여 5명이 모여 늦은 점심을 먹고 있었다. 식사 중에 조사자들의 방문에 조금은 당황해 했지만, 방문 취지를 알고는 같이 밥을 먹자고 권하기도 했다. 제보자들은 서로 기억을 더듬으며 인터뷰에 적극적으로 응해 주었다. 먼저 마을 얘기를 묻자 자신들은 그런 건 모른다고 하고, 옛날얘기도 아는 게 없다고 했다. 이에 쉬운 거부터 묻겠다며 동작을 취하며 '다리 뽑기 소리'를 묻자 여기저기서 입을 열었다. 그러나 끝까지 제대로 하는 분들이 없어서, 자리에서 제일 연장자인 김봉연에게 청해서 '다리 뽑기 소리'를 들었으나 상당히 빨리 불렀다. 이어서 김경식으로부터 '아기 어르는 소리', 최순녀로부터 '잠자리 잡는 소리', '풀뿌리 문지르는 소리', 김봉연으로부터 '비 그치게 하는 소리', '아기 재우는 소리', '고모네 집에 갔더니', 장연춘으로부터 '메뚜기 부리는 소리'를 듣고, 고무줄은 안 했냐고 묻자 다들 여기저기서 한마디씩 불렀다. 김경식은 실제로 고무줄놀이를 하는 동작도 더해가며 구연해 주었다.

무찌르자 오랑캐 몇 백만이냐
대한 남아 가는데 저기로구나
나가자 나아가 승리에 길로
나가자 나아가 승리에 길로

이렇게 했어요.

이순신 장군 / 가창유희요

자료코드 : 03_01_MFS_20100314_KDH_SJS_0001
조사장소 : 강원도 고성군 죽왕면 송암리 254번지 송암리 경로당
조사일시 : 2010.3.14
조 사 자 : 강등학, 이영식, 박은영, 이창현, 윤희렬
제 보 자 : 송정심, 여, 80세
구연상황 : 죽왕면 야촌리 심창수 택에서 인터뷰를 마치고 옆 마을인 송암리 경로당을
        방문했다. 경로당에 모이는 시간이 아직 이른지 송정심 외 몇 분이서 이야기
        를 나누고 있었다. 방문취지를 말하니 송정심이 웃으면서 맞이했다. 이런저런
        이야기를 나누자니 송요헌을 비롯해 여러 분들이 왔다. 화투놀이를 하러 온
        거라며 옆방으로 다들 갔다. 송요헌은 군대 다녀온 얘기, 마을 얘기 등을 한
        참동안 했다. 이후 옛날이야기나 노래를 청하자 자신은 잘 모르고 하면서 송
        정심에게 권했다. 이에 조사자들과 송요헌이 함께 송정심에게 소리를 청했다.
        한참을 있다가 시집와서 책에 나온 것을 보고 익힌 노래라고 하면서 불렀다.
        송정심은 '대동아 전쟁 이순신 장군 노래'라고 했는데, 이 노래는 아무도 못
        들어봤을 거라며 자신이 알고 있는 것에 대한 자부심이 대단했다.

먼 남쪽 바다로 침노하는 왜군을
오는 대로 다 잡은 우리 장군 이순신
그 손으로 만드신 신기로운 거북선
이 세상에 발명된 철갑선의 처음일세

들어 봤어?

4. 토성면

증편 한국구비문학대계 ● 강원도 고성군

▌조사마을

강원도 고성군 토성면 봉포리

조사일시 : 2010.3.20

조 사 자 : 강등학, 이영식, 박은영, 이창현, 윤희렬

  토성면(土城面)은 1910년 간성군 토성면에서 1919년 양양군에 편입된 후, 3·8 이북에 위치한 까닭에 1945년 8·15해방과 더불어 북한에 속했다. 1954년 10월 21일 수복지구 임시행정조치법에 따라 양양군에 행정권이 인수되었다가, 1963년 법률 제1178호에 의거 고성군에 편입되었다. 1973년 사진리와 장천리가 속초시로 편입되었다.

  토성면은 천진리, 청간리, 아야진리, 금화정리, 교암리, 백촌리, 운봉리, 학야리, 도원리, 신평리, 성대리, 용암리, 인흥리, 성천리, 원암리, 용촌리,

봉포리 등 17개의 법정리에 33개의 행정리로 구성되어 있다.

토성면은 2008년 12월 기준으로 전체 면적이 120.46km²인데, 이 중에 논이 11.047km², 밭이 2.450km², 임야가 94.962km²이다. 총세대수는 3,470호이고, 인구는 7,962명으로 고성군에서 세대수와 인구가 가장 많은 거진읍과 비슷하다.

봉포리(鳳浦里)는 동쪽으로 동해, 서쪽으로는 인흥리, 남쪽으로는 용촌리, 북쪽으로는 천진리와 각각 이웃하고 있다. 봉포리는 예전에 해변마을은 광포(廣浦), 산너머 마을은 봉현(鳳峴)이라 하였는데, 1914년 2개 마을을 통합하는 과정에 두 마을의 이름을 따서 붙여진 것이라 한다.

봉포리에는 390세대에 817명이 거주하고 있으며, 경지면적은 논이 25ha, 밭이 8ha, 임야가 50ha이다. 마을주민 구성원 중 어업에 30여 가구, 농업에 20여 가구가 반농반어로 종사할 뿐이며, 대부분은 식당, 숙박업 등 서비스업에 종사한다. 특히 마을에는 1997년도에 개교한 경동대학교가 있어서 학생들을 상대로 하는 영업이 성행하다보니 마을 전체가 도시화되어 있다. 이런 까닭에 마을구성원은 지역 토박이보다 최근에 이주한 분들이 대다수를 차지한다. 마을에 서낭당이 있어서 10월 1일에 서낭고사를 지낸다.

강원도 고성군 토성면 신평1리

조사일시 : 2010.3.20
조 사 자 : 강등학, 이영식, 박은영, 이창현, 윤희렬

신평리(新坪里)는 동쪽으로 천진리, 서쪽으로는 인제군, 남쪽으로는 인흥리·원암리, 북쪽으로는 성대리와 각각 이웃하고 있다. 신평리는 성대리의 남쪽 성남이라 부르던 곳에 새로 생긴 마을이라 하여 새말이라 하던 것이 한자로 표기하면서 붙여진 이름이다. 마을에는 넓은 들이 있어 사람

들은 쌀밥 먹고 장작만 땠다는 얘기가 전해질만큼 모든 것이 풍부하였다고 한다. 성남이란 제일 먼저 생긴 곳으로 간성 둘레를 성으로 쌓은 남쪽에 있다 하여 부르게 된 것이다. 1991년도 신평벌판에서 제17회 세계잼버리대회가 개최됨에 따라 세계적인 명소가 되었다.

신평리는 1,2리로 분리되어 있는데, 신평1리에는 66세대에 175명이 거주하고 있고, 신평2리에는 85세대에 152명이 거주하고 있다. 신평1리의 경지면적은 논이 84ha, 밭이 30ha, 임야가 315ha이며, 신평2리의 경지면적은 논이 46ha, 밭이 35ha, 임야가 677ha이다. 신평2리는 1961년 정부 시책에 의해 서울에서 이주한 분들이 개척한 마을이다.

신평1리에는 150년 된 마을회관이 있는데, 이 건물을 아직도 경로당으로 이용할 수 있을 만큼 튼튼하다. 그리고 마을에 서낭당이 있어서 음력 3월 1일과 10월 1일에 서낭고사를 지내고 있다.

강원도 고성군 토성면 아야진리

조사일시 : 2010.3.12
조 사 자 : 강등학, 이영식, 박은영, 이창현, 윤희렬

아야진리(我也津里)는 동쪽으로 동해, 서쪽으로는 도원리, 남쪽으로는
청간리, 북쪽으로는 교암리와 각각 이웃하고 있다. 아야진리는 구전에 의
하면 아야진 등대가 자리하고 있는 바위가 거북처럼 생겼다고 하여 구암
리(龜岩里)로 불러왔다고 하는데, 그 후에는 애기미로 통하고 있다. 아야
진에서는 마을의 평안과 풍어를 빌기 위하여 두 곳에서 해마다 서낭고사
를 지내고 있다. 남쪽 마을에서는 여신을 모시고 있는데 이를 작은 서낭
혹은 암서낭이라 하고, 북쪽 마을에서는 남신을 모시며, 이를 큰 서낭 혹
은 숫서낭이라 부른다. 이 풍습이 그대로 마을 이름과 통하여 여신을 모
시는 아야진 5,6리 마을을 작은 애기미라 칭하고, 남신을 모시는 아야진

1,2,3,4리 마을을 큰 애기미라 한다. 아야진리는 6·25 이후 인구 증가로 1955년 7월 1일 분할되어 아야진을 1,2,3리로 구분하였으나, 인구가 계속 늘어난 까닭에 1972년 7월 1일 다시 행정구역 조정으로 1,2,3,4,5,6리로 분할하여 현재에 이르고 있다.

아야진리에는 752세대에 1833명이 거주하고 있으며, 경지면적은 논이 96ha, 밭이 36ha로 세대수나 인구수에 비해 경지면적이 적은 편이다. 아야진리에는 항구가 조성되어 있는 까닭에 어업에 종사는 하는 분들이 많고, 국도 7호선과 접해 있어 숙박업 및 서비스업에 종사하는 분들도 많다. 농업은 주로 어업과 겸하는 경우가 많으며, 어업은 연안어업이 중심을 이루고 있다.

강원도 고성군 토성면 용촌1리

조사일시 : 2010.3.21
조 사 자 : 강등학, 이영식, 박은영, 이창현, 윤희렬

용촌리(龍村里)는 동쪽으로 동해, 서쪽과 북쪽으로는 인흥리, 남쪽으로는 속초시와 각각 이웃하고 있다. 용촌리는 예전에 사야지리(沙也只里)라 불렀으며, 1915년 행정구역 개편으로 용포리(龍浦里)와 사촌동(砂村洞) 두 마을을 합쳐서 용촌리라 부르게 되었다. 과거의 용포리는 현재 용촌2리이며, 사촌리는 용촌1리가 되었다. 용촌리는 속초시와 이웃한 까닭에 용촌리의 많은 주민들이 속초시에서 경제활동을 하고 있다.

용촌리는 1,2리로 분리되어 있는데, 용촌1리에는 189세대에 415명이 거주하고 있고, 용촌2리에는 78세대에 181명이 거주하고 있다. 용촌1리의 경지면적은 논이 36ha, 밭이 13ha, 임야가 24ha이며, 용촌2리의 경지면적은 논이 29ha, 밭이 13ha, 임야가 25ha이다.

　용포1리는 바다와 접하고 있으나 어업에 종사하는 분들은 없으며, 40
여 가구가 농업에 종사하고 그 외의 분들은 마을 또는 속초시에서 상업
및 서비스업에 종사하는 분들이 많다. 이러한 사정은 용촌2리도 크게 다
르지 않다.

김진태, 남, 1938년생

주 소 지 : 강원도 고성군 토성면 봉포리
제보일시 : 2010.3.20
조 사 자 : 강등학, 이영식, 박은영, 이창현, 윤희렬

봉포리 토박이로 19세에 처음 배를 타서
지금까지 뱃일을 하고 있다. 성격이 털털하
고 적극적이다. 별다른 취미는 없고, 시간이
나면 자신의 배를 타고 앞 바다에 고기 잡
으러 가는 게 일이란다. 남들은 형편이 좋아
졌으니 뱃일을 그만 두라고 하지만 본인은
천직으로 여기기 때문에 힘이 자라는 데까
지 하겠다고 한다.

제공 자료 목록
03_01_FOS_20100320_KDH_KJT_0001 지개라 소리 / 노 젓는 소리
03_01_FOS_20100320_KDH_KJT_0002 어이싸 소리 / 그물 당기는 소리
03_01_FOS_20100320_KDH_KJT_0003 하나요 둘이요 / 고기 세는 소리
03_01_FOS_20100320_KDH_KJT_0004 어이싸 소리 / 배 올리는 소리

김흥수, 남, 1931년생

주 소 지 : 강원도 고성군 토성면 신평리
제보일시 : 2010.3.20
조 사 자 : 강등학, 이영식, 박은영, 이창현, 윤희렬

양양군 서면 공수전리 태생으로 53년 전에 신평리로 이주하였다. 성격

이 차분하고 꼼꼼하였다. 그리고 인자한 인
상으로 질문에 성심껏 답해주고 서낭당까지
안내해 주는 등 친절하고 적극적이다. 나이
에 비해 건강하고 젊어보였고, 한자 공부를
좀 했다. 지역의 문화와 역사에 관심이 많다
고 한다.

제공 자료 목록
03_01_FOT_20100320_KDH_KHS_0001 새로 개
척한 마을 신평리
03_01_FOT_20100320_KDH_KHS_0002 상석이 제자리에 있지 못한 사연

박태원, 남, 1933년생

주 소 지 : 강원도 고성군 토성면 용촌1리
제보일시 : 2010.3.21
조 사 자 : 강등학, 이영식, 박은영, 이창현, 윤희렬

박태원은 홍천군 내면 명계리 태생으로
19세에 황정식과 결혼하여 양양에서 살다가
40년 전 이곳 용촌리로 이주하였다. 이주하
여서는 농사와 소장수를 했는데, 소장수는
몸이 불편하기 전까지도 계속 해왔다. 예전
우시장은 홍천과 양양이 제일 큰 시장으로,
강릉 아래로는 삼척, 영해, 울진까지도 다녔
다고 한다. 박태원은 얼마 전에 풍이 들어
거동이 좀 불편하고 발음도 자신의 의지대로 되지 않는다고 한다. 그럼에
도 이야기를 하는 데 있어 성의껏 해주었다. 소리는 취미가 없다고 한다.

제공 자료 목록

03_01_FOT_20100321_KDH_PTW_0001 오빠가 달이 되고 동생이 해가 된 사연
03_01_FOT_20100321_KDH_PTW_0002 아흔아홉 명의 아들을 낳은 중
03_01_FOT_20100321_KDH_PTW_0003 아들 때문에 용이 못된 아버지
03_01_FOT_20100321_KDH_PTW_0004 여우 잡으려다가 전대를 잃어버린 소장수
03_01_FOT_20100321_KDH_PTW_0005 며느리가 벙어리로 살게 된 사연
03_01_MPN_20100321_KDH_PTW_0001 조상 묏자리를 잘 써서 출세한 황정민

이홍택, 남, 1913년생

주 소 지 : 강원도 고성군 토성면 아야진5리
제보일시 : 2010.3.12
조 사 자 : 강등학, 이영식, 박은영, 이창현, 윤희렬

함경북도 성진 태생으로 6·25 때 아야
진리로 피난을 나와 정착했다. 1913년생인
이홍택은 고령의 나이에도 불구하고 상당히
건강하다. 지금도 혼자서 시내버스를 타고
속초에 있는 목욕탕에 다닌다. 발음이 약간
부정확하지만 듣는 데 큰 지장이 없다. 차분
한 성격으로 질문하는 말 외에는 별로 말이
없다. 이북에서부터 뱃일을 시작하여 70세
가 될 때까지 배를 탔다. 평생 뱃일만 하고 농사를 짓지 않아 농요는 모
른다. 뱃노래도 부른 지 오래된 일이라 기억이 잘 나지 않는다고 했다. 그
러한 까닭인지 조사자의 요청에도 불구하고 사설 없이 후렴만으로 노래
했다.

제공 자료 목록

03_01_FOS_20100312_KDH_LHT_0001 자아 소리 / 배 올리는 소리
03_01_FOS_20100312_KDH_LHT_0002 이어차 소리 / 노 젓는 소리

03_01_FOS_20100312_KDH_LHT_0003 이어차 소리 / 그물 당기는 소리
03_01_FOS_20100312_KDH_LHT_0004 이어차 소리 / 멸치 터는 소리

황정식, 여, 1935년생

주 소 지 : 강원도 고성군 토성면 용촌1리
제보일시 : 2010.3.21
조 사 자 : 강등학, 이영식, 박은영, 이창현, 윤희렬

황정식은 양양군 갈천리 태생으로 17세에 박태원과 결혼하여 양양에서 살다가 40년 전 이곳 용촌리로 이주하였다. 이주하여서는 농사를 지었다. 남편 박태원은 고성으로 이주해와서 줄곧 소장수를 했

황정식과 남편 박태원

기 때문에 농사는 남들처럼 그렇게 많지 않다. 알고 있는 이야기는 어렸을 때 친정아버지한테서 주로 들은 것이다. 적극적인 성격으로 남편이 이야기를 하면 보충 설명을 해주곤 했다. 이야기를 할 때 '인제'라는 낱말을 자주 쓰는 습관이 있다.

제공 자료 목록
03_01_FOT_20100321_KDH_HJS_0001 돌 웅덩이가 얼마나 깊기에
03_01_FOT_20100321_KDH_HJS_0002 어머니 몰래 시집간 딸
03_01_FOT_20100321_KDH_HJS_0003 방귀쟁이 며느리
03_01_FOT_20100321_KDH_HJS_0004 오줌 여덟 가닥과 팔 남매
03_01_MPN_20100321_KDH_HJS_0001 조는 며느리 때리려다 손을 다친 시어머니
03_01_MPN_20100321_KDH_HJS_0002 조상 드릴 쌀을 먹어서 나타난 호랑이

새로 개척한 마을 신평리

자료코드 : 03_01_FOT_20100320_KDH_KHS_0001
조사장소 : 강원도 고성군 토성면 신평리 95번지 김홍수 댁
조사일시 : 2010.3.20
조 사 자 : 강등학, 이영식, 박은영, 이창현, 윤희렬
제 보 자 : 김홍수, 남, 79세
구연상황 : 기존의 보고서에 정리된 신평리의 김홍수를 찾았다. 신평리 토박이는 아니지
　　　　　만 기존의 자료에 지명유래가 많이 정리되어 있기 때문이다. 전화를 드려 방
　　　　　문목적을 말씀드리니 흔쾌히 허락해 주었다. 집을 방문하니 내외분만 계셨다.
　　　　　차를 마시며 농사와 마을 서낭당에 관한 얘기를 한참 나눈 후 노래를 청했더
　　　　　니 소리는 취미가 없다고 했다. 이에 예전 제보했던 새말의 지명유래에 대해
　　　　　부탁드렸다.
줄 거 리 : 신평리는 원래 새두르 또는 새마을이라 했는데, 그것을 한자로 쓰려다보니 신
　　　　　평(新坪)이 된 것이다.

(조사자 : 그 예전에 보니까 어르신이 새말 새말이라는 유래를 말씀해
주셨드라구요. 새말이란 게 여기 말씀하신 건가요?)

그렇지, 이 동네 이름이에요. 원래 옛날 구명으로 새마을이야 새마을.

(조사자 : 아 그래서 신평인가요?)

네. 그래서 인제 그 새말이란 게 새두르(새들)란 원래는 새마을이라고
그러지 말고 그때 새두르라고 그랬어야 되는데 동네를 표시하다보니까
거기 마을이 따라붙었단 말이여 새 새마을.

그리고 이 주변 부락 밭이 제일 늦게, 여기 나 많은 이들이의 얘기를
내가 들었는데 들어와서, 마을이 제일 늦게 생겼어. 그래서 인제 새로 생
긴 마을이라 그래서 새마을.

그기 인제 그 새마을이 또 들어가 맞는 기 그렇게 새말 새말 그랬는데

그래 한자로 쓸라면 신평 새두르 새 신(新)자에 들 평(坪)자 새두르거든 그기. 근데 새두르란 게 여 뒤에 한 35만평 두르가 있어요 여 바로 우리 뒤에.

근데 그거 그 그 그 두르의 이름이 인제 원래 산양평인데 산양평 산양평인데, 그거를 우리말로 산양평을 뭐라 그러냐하니 셈제평, 셈제평 그랬거든!

(조사자 : 셈제평이요?)

예 셈제평. 여기도 보니까 인제 셈제평이라고 나왔더라고 이 책에 보면. 그래 가지고 인제 여기서는 그 저 논을 그 때 처음 들어 온 사람들이 다 일궜지. 들어온 사람들, 이 토지가 막 없는 사람들이 들어와서 그 토지를 일군거야. 논을 맨드는 거여, 보를 막고 논을 맨들어 가지고. 그니까 그 버덩이 넓으니까, 넓으니까 없는 사람이 들어와서 우선, 우선 먹는 게 해결이 잘됐다구 그렇게 얘기를 해요 나 많은 이들이. 근데 그래 가지고서 마을이 생겼다.

근데 이 소나무가 엄청 많았대요. 이 두르 두르 그 부근에.

그래구 개따(이따) 보시면 알겠지만 우리 동네 그 저 마을 동사(洞舍)있잖아 마을 동사 리 회관. 그거를 진 제가(지은 지) 한 백 한 십 년, 십 년 된 회집이 있어요. 지금도 그거 써요.

상석이 제자리에 있지 못한 사연

자료코드 : 03_01_FOT_20100320_KDH_KHS_0002
조사장소 : 강원도 고성군 토성면 신평리 95번지 김흥수 댁
조사일시 : 2010.3.20
조 사 자 : 강등학, 이영식, 박은영, 이창현, 윤희렬
제 보 자 : 김흥수, 남, 79세

구연상황 : 새말의 지명 유래인 '새로 개척한 마을 신평리'를 듣고 또 다른 이야기를 청
하자 이 이야기를 들려주었다.

줄 거 리 : 화암사 가는 길에 큰 상석이 있는데, 묘 앞에 있지 않고 옆에 있다. 누구 것
인지는 몰라도 인근에 사는 분들의 것은 아니다. 전설에 그 상석 주인이 구두
쇠로 탁발 온 스님을 박대했다. 이에 집안이 망하는 바람에 일꾼들이 그 상석
은 제자리에 놓지 않은 것이라 한다.

저기 저 화암사라, 화암사라는 데가 있거든, 화암사.

거기 올라가는 도중에, 지금도 거기 가면 그 상석을 엄청 크게 해, 엄
청 크게 해서 그 묘 절(곁)에 갖다 놨어요. 갔다 놨는데 그 놓지 못 했어
묘 앞에다가. 거까지만 끌어다 놨지.

근데 엄청 커 두께가 이런 기 이 이 책상 네 매이는(배는) 될 거야 네
매이(배). 그 큰 걸 갔다 놨는데 그 상석이 지금도 묘 절에(곁에) 인제 놓
지 못하고 있는데.

그 여기 나 많은 이들이 그 전설적으로 얘기 하는 게, 그 묘 주인이 그
렇게 잘 살았대요. 잘살았는데 그기 여기 이 동네 사는 사람이 아니여. 그
묘 묘 주인이 이 동네 사람이 아닌데, 그 참 중이 와서 그 시주를 좀 그
요구했는데, 그걸 인제 박대를 한 모양이야.

그래서 그 이후 어떻게, 그리구 인제 중이 갔으니까 뭐뭐 뭐 그런 생각
도 아이 했는데, 여기 할아버지들 얘기하는 기, 그 한 열흘 있다가 그 중
이 또 왔더래 그 중이 그 집에. 그 집에 또 왔는데, 또 와서 인제 이를테
면 "이거 좀 시주를 좀 보태주시오!" 하니까, 또 안줬거든. 또 안주고 아
매(아마) 말도 고마스레(곱게) 안 했던 모양이지.

그러니까나나 그 할아버지들 얘기가 그러더만. 그 상석을 묘에다 놓을
라고 상석을 가지고 왔는데, 그 인부들이, 그땐 전부 인력으로 했잖아?
인부들이 그 상석을 놓을라고 하니까 "상석을 놓지 말라!" 그 주인이 다
그 집이 금방 아주 일시에 다 망했다, 이래 가지고 그 상석을 못 놓구, 묘

앞에다가두 못 놓구 묘 옆에 있어요 지금도 가면.

(조사자 : 아 그러니까 놓지 말라는 건 누가 놓지 말라고?)

아 일하는 사람이, 아 그 집 그 집에서 인저(인제) 그 집 그 집 그 주인이 주인이 뭐 이를테면 할아버지들 얘기가 뭐 급사를 했다드래, 급사를 했다고.

(조사자 : 성씨도 모르구요?)

몰라 성씨도 몰라.

(조사자 : 어느 마을 분인지도 모르고?)

몰라 먼데 먼데 먼데 사람인 모양이야.

근데 지금도 가면 거기 상석이 큰 게 묘 앞에다 못 놓구.

(조사자 : 묘는 있구요?)

묘는 있어요.

(조사자 : 묘는 떨어져 있나요?)

아 바로 그 옆에(곁에) 있어, 상석 옆에(곁에).

(조사자 : 아 근데 바로 앞에다 못 놓구, 제자리에 못 놓구)

아 맞어. 옆에 이렇게 그 ○○○○ 삐뚜름하게 삐뚜름하게 지금도 있어요.

(조사자 : 지금도 여기 가까이 있나요?)

아 멀어 거기. 또 걸어서 한참꺼정 올라가야 돼.

(조사자 : 무슨 산에 있는 건가요?)

거기 저 저 불당골이라 그래 불당골.

(조사자 : 아 불당골, 불당골에 있는 겁니까?)

예.

(조사자 : 음 불당골 있는데, 불당골의 상석하면 다 아시는 거죠, 이 마을 사람들은?)

그렇지, 응.

오빠가 달이 되고 동생이 해가 된 사연

자료코드 : 03_01_FOT_20100321_KDH_PTW_0001

조사장소 : 강원도 고성군 토성면 용촌1리 312번지 박태원 댁

조사일시 : 2010.3.21

조 사 자 : 강등학, 이영식, 박은영, 이창현, 윤희렬

제 보 자 : 박태원, 남, 77세

구연상황 : 박태원이 이야기를 많이 알고 있다고 해서 댁으로 연락을 드렸더니 손자가
　　　　　할아버지가 계신다고 한다. 이에 길을 몇 번 물어 집에 도착하니 박태원은 몸
　　　　　이 불편하여 누워 있고 손자들 셋이서 텔레비전을 보고 있었다. 박태원에게
　　　　　방문취지를 말씀드리니 풍으로 인해 말을 잘 할 수가 없다고 한다. 다 알아
　　　　　들을 수 있으니 해달라고 부탁을 하자 한참을 망설이다 짧은 거라며 '오빠가
　　　　　달이 되고 동생이 해가 된 사연'을 이야기했다. 제보자의 말처럼 제대로 발음
　　　　　이 안 되어 본인도 힘들어 했다.

줄 거 리 : 옛날에 해와 달을 만들 때 여동생은 밤을 무서워해 오빠가 달이 되었다. 사람
　　　　　이 해를 보면 눈부신 것은 사람이 접근하는 것을 막으려고 동생인 해가 햇살
　　　　　로 바늘처럼 찌르기 때문이다.

　그 해가(와) 달이 그기 어떻게 (어떻게) 됐냐면은.

　옛날에는 우리 슬(어렸을) 적에는 에구 이기 해가 어 달이.

　근데 해가 달이 두 오눈데(오누인데) 아이고 두 오눈데, 뭐이야 사람들
이 자꾸 치다보니께 이 햇살이 사람이 보면 자꾸 내리 비치잖애?

　그게 달이고 응 여자구. 또 달은 밤에 동, 여동생을 달을 맨들어 놔 밤
에 댕기라 하니 밤에 무서워 겠으니 달을 고만 오빠를 가서 달을 만들고
그러시더래.

　그런데 아이고 [다리가 불편하여 뻗으면서] 그래서 해는 여자고 달은
오빠고 그렇대요, 옛날부터.

　그래서 해가(와) 달이.

　해는 사람이 치다보믄, 오빠가 저 얘가 바늘처럼 내리 찔르믄 오지도
모한다(못한다) 이러구, 그래서 치다보믄 이 있잖애이? 이게 바늘로 내리

찌르는 거래.

　이렇게 맨들고.

아흔아홉 명의 아들을 낳은 중

자료코드 : 03_01_FOT_20100321_KDH_PTW_0002

조사장소 : 강원도 고성군 토성면 용촌1리 312번지 박태원 댁

조사일시 : 2010.3.21

조 사 자 : 강등학, 이영식, 박은영, 이창현, 윤희렬

제 보 자 : 박태원, 남, 77세

구연상황 : '오빠가 달이 되고 동생이 해가 된 사연'이 끝나고 이야기를 더 청하자 '아흔
　　　　　아홉 명의 아들을 낳은 중'을 해 주었다.

줄 거 리 : 불공드리러 온 신도와 중이 관계를 맺어 아흔아홉 명의 아들을 두었다. 한 번
　　　　　은 절에 아들을 얻으려 불공드리러 온 임금의 부인과 관계를 맺었다. 그것이
　　　　　임금 귀에 들어가는 바람에 백 명을 못 채우고 화형 당했다. 이러한 까닭에
　　　　　중은 무덤을 안 만들고 화장하는 것이다.

　중이 아흔아홉을 낳은, 아들이 아흔아홉이야, 아흔아홉. 그럼 중이 어떻
게 아흔, 아들을 아흔아홉을 낳겠소?

　근데 그 전에 옛날에 우리 쪼그만할 때부텀 그렇게 했는데 바지저고리
를 해주구 어 돌저옷고름을 해줬어요, 돌저옷고름 그전에도. 근데, 근데
중이 가다가 그거해서 돌저옷고름이 생긴 거여.

　가다가 본 돌저옷고름을 묶어 놓은 거 중의 아들이거든. 그리구 쉬고
가는데.

　중이 어떻게 돼서 아들을 아흔아홉을 낳냐! 저 이거 아주먼네들이 없고
하니까. 왜 절에 가서 삼재 불공을 드리믄, 아들 딸을 낳게 해달라고 삼재
불공을 드린다고 그렇게 얘길 해. 그렇게 인제 죽 맨들어 놓곤, 뭐야 여자
들이 불공드리러 오믄 이걸 참 관계를 해서 아가(아이를) 낳구 낳구 한 기

낳는데.

옛날에 그 저 나라 왕 마누라가 아이를 못 낳았대요. 그래서 인제 어느 절에 가믄 그냥 응 주지가 저 불공을 드리믄 아들을 낳는다 그랬대, 그래 그집에, 그러니까 글로 보냈어요.

그 절로 보내니까 그래두 그 나라 임금이라믄 밑에 나들이(나졸이) 많잖우? 알지도 못해 따라 섰거든, 그 마누라를 따라 섰는데, 그러니께 임금한테 와서 그런 얘기를 했대요.

"이렇게 이렇게 해서 다 이렇게."

그 임금도 부애가(부아가) 나잖우!

그러니께 "그 놈의 새끼 죽이라고!"

그래서 중이 무덤이 없잖우! 중은 죽으믄 화장을, 요전에 태우는 걸 봐도 남구때기(나무) 이렇게 해서 태우는데! 중은 무덤이 없어요, 다 태워놓구.

그래 "저 놈의 새끼 묶어 묶어서 내오라고,"

그런께 그래서 뭐야 불을 확덕불을, 황덕불을 해 놓구 태웠어요. 중을 태웠는데, 그래서 아흔아홉을 아들인데 그걸 아흔아홉을 백을, 백을 못 채쿠구 백을 못낳지요. 아들을 백을 못 낳구 붙드니께, 그 묶어서 불을 태우니께, 중 아들이 아우아우 아흔아홉이예요. 응 그 내려온기.

그렇게 된기, 중을 태우니께 고만 아흔아홉, 중의 아들이 아우아우 아우, 아들이 아우아든이 말이 안 된다. 말이 안 돼, 내가 풍 풍을 만났어요.

그래 그래 가지고서는 고만 황덕에다 태웠지요. 그래 태운 건데. 중의 무덤이, 중은 죽으믄 어 불더미다 태우노니 무덤이 없지 않소? 그래서 중무덤이 없구 불에다 태워서 내오지(내려오지), 그전 부텀 그렇게 된 기.

(조사자 : 그러니까 그래서 인제 중이 아들이 그런 식으로 해서 아흔아홉 명을 낳았다는 얘기잖아요?)

그렇죠! 백 명을 채우는데 백 명을 못 채워.

(조사자 : 백 명 채우면 어떻게 되나요?)

몰르지요 그건. 백 명을 챌라 그러는데 그 중이 아들이 백 명이라 그랬는데 백 명을 못 채웠지. 나라 임금 마누라를 건드려 가지고 그랬지. 그래서 불땜이다(불더미에다) 해 가지구 황덕에다 놓아서 태웠어. 그래 중이 무덤이 없잖우.

중은 죽으믄 낭그(나무)에다 이렇게 해서 태워서 잿봉지에 내버리는 건지 중 무덤이 없잖우, 중 무덤이 없어. 그래서 전설에서 옛날부텀 내려오는 게 중이 무덤이 없구.

아들 때문에 용이 못된 아버지

자료코드 : 03_01_FOT_20100321_KDH_PTW_0003
조사장소 : 강원도 고성군 토성면 용촌1리 312번지 박태원 댁
조사일시 : 2010.3.21
조 사 자 : 강등학, 이영식, 박은영, 이창현, 윤희렬
제 보 자 : 박태원, 남, 77세
구연상황 : '오빠가 달이 되고 동생이 해가 된 사연'과 '아흔아홉 명의 아들을 낳은 중'을 들을 수 있었다. 이야기 두 편을 듣고 있자니 박태원의 처 황정식이 외출했다가 돌아왔다. 잠시 조사를 멈추고 황충원에게도 조사 목적을 설명하자 몇 년 전에도 왔었다고 하면서 조사의 취지를 잘 알고 있었다. 박태원에게 얘기를 더 청하니 청개구리처럼 말 안 듣는 자식 얘기 한다면서 '아들 때문에 용이 못된 아버지'를 해주었다.

줄 거 리 : 옛날에 아들 셋을 두었는데, 둘째 아들은 부모 말을 안 들었다. 아버지는 자신의 유언도 잘 안 들을 거라 생각하고 자신의 시신을 거꾸로 묻으라고 했다. 그런데 둘째 아들은 아버지의 마지막 유언을 듣지 않으면 되겠는가 하고 바로 묻어드렸다. 그리하여 아버지는 산 아래를 향하여 물을 보고 머리를 두고 있어야 하는데 산 위를 향해 있어서 용이 안 되었다. 물을 봐야 용이 될 수 있다.

아들을 삼형제를 낳았는데, 에 뭐야, 아들들이 그러니께, 옛날에 죽으믄 묏자리 보러 가는 사람, 장보러 가는 사람, ○○지키는 사람 다 있었는데.

아들이 둘째 아들놈의 새끼가 하도 말을 안 들었어요. 부모 말을 안 들어서, 어 안 들어가 "저놈의 새끼가 내가 죽어도 저렇게 말을 안 들을꺼라고." 저 아범이. 죽어도 내 말을 안 들을 거다.

근데 그 새끼가 인제 둘째 아들이 송장을 지키게 됐는데, 그런 얘기를 했대요.

"내 죽으믄 아무 봉두리 아무 데, 내 죽으믄 응 저 까꾸루 묻어라!"

이렇게 내려 묻어라고 했는데 '저 놈의 새끼가 생, 살아생전에 말을 안 들은 기 그대로 할 거 같드라!' 이제 이랬단 말이여. 그래서 "나 죽으면 아무 봉두리에 묏자리가 될 테니 파고 거다 까꾸로 묻어라!" 그랬지.

근데 삼형제가 장사를 떡 지내는데 어떻게 돼 가지구 그 새끼만 있구 큰아들 막내아들은 어디 볼일을 보러가고 어떻게 된 게 근데 ○○○○○.

"에이고 내가 살아생전에 부모 말을 안 들었는데, 돌아가신 신체라마도 부모 말을 들으면 되겠는가!" 하고 바로 묻었어요. 그래 용이 못돼 올라 갔답니다.

예 살아생전에 부모 말을 안 들은 기 죽은 신체의 말, 말을 그게 하면 안 되겠다. 그래서 까꾸루 묻으라 그러믄 까꾸루 묻을 줄 알았은 기 거꾸러 안 묻어. 그 용이라는 거는 물을 봐야 용이 되지 물 안 보면 용이 안 된다 그르드라구 어떠해서. 그전에 여기서도 용이 우리 어머이는, 우리 어머니 새댁 때 용이 여기서도 나서 올라갔대요.

(조사자 : 여기서요?)

그럼요.

(조사자 : 이 용촌리에서요?)

예, 여 용바우라고도 있구, 바다서 올라간 용이. 물이 그 용이 돼 가지고 올라갈 젠 바닷물이 전부 끓는 기, 해가 쨍쨍난 기 홍 비가 오믄 끓인 물이 끓어가미 용이 올라 가드래.

그래 옛날에 아들이 부모 말을 그렇게 안 들어 가지고 한 놈의 새끼가 그렇게 했는데. 두째(둘째) 아드놈의 새끼가 죽었는데도 내가 부모 말을 안 들어 되겠나 하고 바로 묻었대. 그래서 용이 못됐대요.

여우 잡으려다가 전대를 잃어버린 소장수

자료코드 : 03_01_FOT_20100321_KDH_PTW_0004
조사장소 : 강원도 고성군 토성면 용촌1리 312번지 박태원 댁
조사일시 : 2010.3.21
조 사 자 : 강등학, 이영식, 박은영, 이창현, 윤희렬
제 보 자 : 박태원, 남, 77세
구연상황 : '오빠가 달이 되고 동생이 해가 된 사연', '아흔아홉 명의 아들을 낳은 중', '아들 때문에 용이 못된 아버지'를 해주었다. 이어서 몸이 아프기 전까지도 소장수를 계속 했다면서 '여우 잡으려다가 전대를 잃어버린 소장수'를 얘기했다.
줄 거 리 : 옛날 소장수가 산길을 가다가 묘를 파는 여우를 발견하고 잡으려 하였다. 전대를 풀어 여우가 뚫어 놓은 구멍 입구에다 놓고 묘를 발로 울리니 여우가 빠져나가면서 전대를 목에 걸고 달아났다.

　나도 과거에 소장수를 했소,

　(조사자 : 아, 소 하셨어요, 아!)

　전대를 차고 댕겼는데.

　가다보니까 여우가 미(묘)를 구녕을(구멍을) 뚫고 송장을 파먹는데,

　"에이씨 저놈의 영우(여우)를 잡아먹겠다고" 전대, 돈 전대를 풀어서 끈이 있으니께, 풀어서 홀개(올가미)를 해서 이렇게 구녕(구멍) 뚫려져 있는데 딱 걸어놓고는 미를 발로 딛어 가지곤 쾅쾅쾅 울렸대요.

　쾅쾅 울리니 여우가 쭉 뻗어 나올 거 아이요? 나오는데 이 놈이 걸려 가지고. 그래서 여우를 잡을, 아이 잡을라고 쑥 빠져 가지고 내뛰니 고만, 전대가 고만 어떤 거시만 전대꺼정 돈 꺼정 고양 모가지에 걸어 내빼니 돈 잃어먹구 예 여우두 못 잡고 그랬다는 말이 있읍이다요, 옛날에.

며느리가 벙어리로 살게 된 사연

자료코드 : 03_01_FOT_20100321_KDH_PTW_0005
조사장소 : 강원도 고성군 토성면 용촌1리 312번지 박태원 댁
조사일시 : 2010.3.21
조 사 자 : 강등학, 이영식, 박은영, 이창현, 윤희렬
제 보 자 : 박태원, 남, 77세
구연상황 : 박태원으로부터 함께 이야기를 듣고 황정식이 자신이 시집와서 겪은 일이라
며 '조는 며느리 때리다가 손을 다친 시어머니', '조상드릴 쌀을 먹어서 나타
난 호랑이'를 들려주었다. 황정식이 조상과 관계된 얘기를 하자 박태원도 실
제 있었던 일이라면서 '조상 묏자리를 잘 써서 성공한 황정민'을 얘기 했다.
이어서 황정식이 어렸을 경험하고 아버지한테 들은 얘기라면서 '돌 웅덩이가
얼마나 깊기에'를 들려주고, 이어서 친정아버지한테 들은 건데 아주 긴 이야
기라면서 '어머니 몰래 시집간 딸'을 구연했다. 조사자가 또 청하니 우스운
거라며 '방귀쟁이 며느리'를 얘기했다. 이야기를 듣고 있던 박태원이 시집살
이 얘기라며 '며느리가 벙어리로 살게 된 사연'을 들려주었다.
줄 거 리 : 옛날에 말 안 하고 시집살이 하던 며느리가 있었다. 시댁에서는 남편을 비롯
한 시댁 식구들이 벙어리라고 몹시 고통을 주었다. 사실은 벙어리가 아님에도
친정어머니가 옆구리에다 고드랫돌을 채어주며 돌이 말을 할 때까지 입을 열
지 말라는 말에 벙어리로 지냈던 것이다. 친정으로 쫓겨나는 길에 가마 안에
서 시아버지에게 말을 하고 고드랫돌로 꿩을 잡으니 시아버지는 놀라 며느리
를 다시 집으로 데려 왔다.

근데 내 부텀도 딸을 키워 남을 주잖우 그렇잖우?

그전에는 가매(가마) 태워 이렇게 오면. 남의 집에 가서 말없이 잘살
라하지 남의 집에 시집간 기 말 있구 뭐라구 그런 기 부모는 하나도 없
잖우.

(조사자 : 아이 그럼요.)

이 딸을 시집을 주는데 아마 멀리 줬던 모양이야. 꽤 멀리 갔는데, 가
메를 태워서 시집을 줬는데 뭐 말이라는 게 하나도 없으니께.

밥상 갖다 주구 시아범 갔다, 즈 신랑 주구 하도 이러니, 즈 신랑이 말

이야, 옛날에는 양반 상놈이 있었잖어. 그러니게 말은 못하고 말이야 벙어리 믄어왔다고 발질로 탁 차구, 발질로 들어가미 차고 나가미 차고. 또 시누가 응 주댕이질하고 시애미가 욕하고 이러니.

그래 시애비가 하다 못하니 에이 집안이 시끄럽잖어. 말을 하는 메느리가 아이니.

이거를 그러지 말고 메느리를 저희 집으루 실어다주자, 가매를 태워서, 옛날에는 가매 잖어.

가매를 태워서 가다 이런 등을 넘어가는데 여기가 아주 ○○밭이 섰는데 그게 아마 가을 기였던 모양이여. 아주 콩이 새빨갛게 ○○○ 콩이. 어근데 시집을 줄 적에 내가 그걸 그만. 시집을 줄 적에 친정어머이가 이 고드랫돌이 말을 하므는 말을 해지(하지) 고드랫돌이 말을 아이(안) 하믄 말을 하지 말라 이거야, 죽어도 하지 말라.

그래 고드랫돌을 여기다 [허리를 가리키며] 채워 줬데요.

이 고드랫돌 돌맹이가 말을 하오?

말을 아이 하는데. 그래 이제 태워 가지고 가는데, 고드랫돌 참 ○○ 그런데,

(청중 : 암만 시집이 엄하드래두 말하지 말구 시집살이를 해라 하구 고드랫돌이, 돌이 말할 때까지 말 하지 말구 입을 짝 붙이구 시집살이 하라 그랬대.)

아주 콩이 아주 아주 새빨갛게 내렸는데 여길 오라 가맬 놓으라구. 마누라가 [며느리를 착각한 듯하다] 가마를 디다보구 애기 하더래. 그러니 시아범도 여간 놀랬겠소? 말을 몇 핼 살아두 말도 아이(안) 하든 게 가마 채 여기에 놓으라고 그러니 시아범도 놀래만큼 놀래지오.

그러니께 치매(치마) 여기서 부스럭 부스럭 하다 고드랫돌을 내비리 던지니 꿩이 쟁끼가 한 마리 맞아 퍼덕하더래요.

"저거 가 주워 오라고."

그래 가 주워왔더래.

그러니 저 시아버지도 놀래지요. 말을 안 하든 기 그렇게 하고 꿩까지 잡으니께 인제 집에 와 가지고 그 메느리가 옷을 갈아입고는 물을 끓여 가지고 털을 마케(모두) 뽑아서 손질을 해서 삶았대요.

삶아서 주댕이질 하는 요주댕이질 저주댕이질 하던 거 시누이년이나 먹어라 시누이년을 주고, 또 이 날개 저 날개 씨루(쓸어) 담던 거 시아버, 시아버이가 휘두러 잡듯 시아버님이나 잡수시오. 그리고 이발질 저발질 차던 인간 이 발쪽은 신랑 먹으라 주구.

그래서 옛날에는 에 참 그 역사가 내려온 기 우리가 뭐 알우?

(청중 : 막 신랑이 한 집에 살면서 말도 아이(안) 하구 밥만 해주구 기양 (그냥) 살으니 밉다고 나갈 제 차고 발루, 발루 나갈 제 차구 벙어리 같은 거 은어왔다구(얻어왔다고) 발잘로(발길로) 일로차고 절로 차고 하니 그게 얼매나 서러웠겠나.)

그렇게 살어.

돌멩이 말할 때까지만 기다리고 있구, 말을 아이 하고 시집살이를 하고 살았으니. 그러다가 시아버이가 안 되겠다고 실어다주라고 그러니까는 신고 가다가 그렇게 아이구 가마채를 놓으라 그러니 그게 얼매나.

(조사자 : 기절할 뻔, 기절할 뻔했겠네.)

(청중 : 기절할 뻔했지요.)

(조사자 : 시어머니 시아버지두, 다시 돌아온 거니까?)

(청중 : 그럼. 시아버이는 이 날개 저 날개 씰어덮던 날개는 시아버님 잡수시오 하고 드리고. 이 발질 저 발질 차던 건 서방님이나 잡수시오 하고 주구. 이 주댕이질 조 주댕이질 하던 거 시누이년이나 쳐 먹어라 하구서.)

돌 웅덩이가 얼마나 깊기에

자료코드 : 03_01_FOT_20100321_KDH_HJS_0001
조사장소 : 강원도 고성군 토성면 용촌1리 312번지 박태원 댁
조사일시 : 2010.3.21
조 사 자 : 강등학, 이영식, 박은영, 이창현, 윤희렬
제 보 자 : 황정식, 여, 75세
구연상황 : 박태원이 이야기를 많이 알고 있다고 해서 댁으로 연락을 드렸더니, 손자가
할아버지가 계신다고 한다. 이에 길을 몇 번 물어 집에 도착하니 박태원은 몸
이 불편하여 누워 있고 손자들 셋이서 텔레비전을 보고 있었다. 박태원에게
방문취지를 말씀드리니 풍으로 인해 말을 잘 할 수가 없다고 한다. 다 알아
들을 수 있으니 해달라고 부탁을 하자 한참을 망설이다 짧은 거라며 '오빠가
달이 되고 동생이 해가 된 사연'을 이야기했다. 제보자의 말처럼 제대로 발음
이 안 되어 본인도 힘들어 했다. '오빠가 달이 되고 동생이 해가 된 사연'이
끝나고 이야기를 더 청하자 '아흔아홉 명의 아들을 낳은 중'을 해 주었다. 이
야기 두 편을 듣고 있자니 박태원의 처 황정식이 외출했다가 돌아왔다. 잠시
조사를 멈추고 황충원에게도 조사 목적을 설명하자 몇 년 전에도 왔다고
하면서 조사의 취지를 잘 알고 있었다. 박태원에게 얘기를 더 청하니 청개구
리처럼 말 안 듣는 자식 얘기 한다면서 '아들 때문에 용이 못된 아버지'를 해
주었다. 이어서 몸이 아프기 전까지도 소장수를 계속 했다면서 '여우 잡으려
다가 전대를 잃어버린 소장수'를 얘기했다. 박태원으로부터 함께 이야기를 듣
고 황정식이 자신이 시집와서 겪은 일이라며 '조는 며느리 때리다가 손을 다
친 시어머니', '조상드릴 쌀을 먹어서 나타난 호랑이'를 들려주었다. 황정식이
조상과 관계된 얘기를 하자 박태원도 실제 있었던 일이라면서 '조상 묏자리
를 잘 써서 성공한 황정민'을 얘기 했다. 이어서 황정식이 어렸을 경험하고
아버지한테 들은 얘기라면서 '돌 웅덩이가 얼마나 깊기에'를 구연해 주었다.
줄 거 리 : 정식이 어렸을 때 아버지를 따라 도토리 주우러 갔다. 도토리가 많아서 금방
주워 자루에 담아놓고 점심으로 가져간 옥수수를 먹고 아버지는 옆에 갔다.
혼자 있던 황정식은 짚신 한 짝을 돌 웅덩이에 빠트렸다. 그것을 찾으려고 했
으나 빠진 곳을 알 수 없었다. 돌아온 아버지는 찾을 수 없다면서 "예전에 어
떤 사람은 점심을 먹다 그곳에 숟가락을 빠트렸는데, 다음 해에 그곳에 와서
점심 먹을 때서야 바닥에 숟가락이 떨어졌다."는 말을 해주었다.

우리 아버지하구 산에 굴암(도토리) 주스러(주우러) 갔댔어요.

(조사자 : 굴암?)

굴암을 주스러. 굴암을 주스러 인제 아버지랑 인제 14살 먹어서 아버지가 굴암을 주스러 간다고 그래서, "그럼 따라 갈라냐?" 그래 따라 갔다.

갔는데 저어 저기 저 그 석봉, 석봉 거기 돌 많아요. 갈천에 거기 돌이 많은데 거기매 가니깐 굴암이 가랑잎 있는데 이렇게 큰 구더기씩 아주 많이 떨어전○○.

아버지랑 자루에다가 한 잘갱이(자루) 넣어서 인제 이만치 넣어서 질빵을 걸어서 해놓군, 아버지가 "니 여기서 주서라!"

인제 옥시기를 점심으로, 옥시기 싸가주 간 걸 인제 옥시기를 인제 이렇게 먹고는 "니 여기서 주서라. 내가 저기 좀 올라가볼게." 이러네.

그러면서는 올라가는데 나○○ 이렇게 쭈슬라(주우려) 하는데 저기 이 짚세기를 잠어서, 아버지랑 밤새도록 아버지가 잠어서 아버지가 저녁에 신켜 가지고 갔는데, 짚세기 한 짝이 성담(강가의 서덜처럼 산에 돌이 많이 쌓여 있는 곳의 웅덩이)에 쑥 빠진 거여.

아휴 세상 그 짚세기를, 신을 빼 낼라고 일루 디다보구 절루 디다보구.

나는 아버지한테 야단 먹을까봐 겁은 나지요 금방 사신고 간 거를. 참 짚세기를 삼어 아버지가 자지도 않고 삼어 신킨 거를.

그랬더이만 아버지가 그래 "니 뭐를 찾냐고 그러니?" 그러니께,

"아이고 아버지요 요기매 신이 빠졌는대 신을 못 꺼내겠어요 어디매 있는지 안 비켜요(보여요)." 이러니깐,

"아이고 찾을 생각도 말아라! 그전 옛날에 여그매 와 가지구 점심을 먹고서는 숟가락이 빠졌는데 하두 디다, 찾을라다 못 찾구 그냥 갔다가 그 이듬해 와서, 거그 와서 점심을 또 먹으민 '아이고 내가 여기 몇 해 전에 여기 와서 점심 먹다가 숟가락이 여기 빠졌는데' 그리구 인제 밥을 먹더라니까는 숟, 그짓불 그 그짓불(거짓말)이겠지 뭐. 숟가락이 그제서 마저 땅바닥에 떨어지냐고 땡그랑 소리가 나더라는" 거여.

그래서 우리 아버지가 그 소리하면서는 날 신 찾지 말라 그러잖우.
그래 맨발로 왔지요, 산에서.

어머니 몰래 시집간 딸

자료코드 : 03_01_FOT_20100321_KDH_HJS_0002
조사장소 : 강원도 고성군 토성면 용촌1리 312번지 박태원 댁
조사일시 : 2010.3.21
조 사 자 : 강등학, 이영식, 박은영, 이창현, 윤희렬
제 보 자 : 황정식, 여, 75세
구연상황 : '돌 웅덩이가 얼마나 깊기에'를 들려준 후, 이어서 친정아버지한테 들은 건데 아주 긴 이야기라면서 '어머니 몰래 시집간 딸'을 구연했다.
줄 거 리 : 옛날에 잘 사는 집에 외동딸이 있었다. 부모는 딸에게 별당에서 공부만 시켰 다. 하루는 아버지가 딸이 어떻게 지내나 하고 별당에 갔는데, 딸이 누구와 말을 주고받는 것을 들었다. 사실은 딸이 인형을 만들어 말을 주고받는 것인 데 아버지가 오해한 것이다. 이에 아버지는 소문이 밖으로 나갈까봐 딸이 죽 은 것처럼 꾸몄다. 그리고는 아버지는 어머니 몰래 딸을 시집보냈다. 세월이 흐른 후 아버지는 어머니를 딸이 있는 곳에 가보도록 했다. 그곳을 다녀온 어 머니는 자기 딸과 같다는 말을 남편에게 했다. 아버지는 죽은 딸과 같으면 수 양딸을 삼으라고 해서 수양딸을 삼았다.

옛날에, 옛날에 사는데, 딸이 딸 하나를 공부를 아주 엄청이 많이 가르 치냐고 저 왜 딴 산중에다가 인제 갔다가 인제 큰 인제 제집을 지서 거기 다 놓고는 인제 보초서는 사람을 두구는 공부를 시기는데(시키는데),

인제 아버지가 자다가는 인제 딸이 못 믿어우니까는, 겁이 나니까는 또 밤에 가 가지고 또 한 바꾸(바퀴) 돌구 오구(돌고 오고), 또 자다간 한 바 꾸 돌구 오구 그런데.

인제 몇 해 흘르구(흐르고) 나니 갔다가 인제 딸이 나이 마이 먹이니까 는 혼자서 인형을, 시방은 인형이 지금 많잖아?

옛날은 인형이 그런 게 없으니까 인형을 맨들어 가지고는, 사람처럼 맨들어 가지곤 혼자서 앞에다 놓구 말, 내가 말하고 또 하는 것처럼 받어 말하고 자꾸 그랜 거를.

"야, 하루 저녁에 가니까는 뭐 얘기하는 소리가 나더래!"

그래 아버지가 암만 들어봐도 뭐이 있는 거 같으래.

그래서 또 집에 갔다가 또 와 가지고 또 오니깐 또 불은 켜놓고 또 있는 거 같대.

아주 문은 아주 맨 문을 이문을 열구 나가면 저문 열구 부잣집 딸이니깐 공부를 아주 무신 많이 가르치냐고 그런데.

그래 하도 그래서 저기 딸을 보구선 하루 저녁에 "아무개야" 아버지를 불러, 아버지가 불러 가지구 "예" 하니깐, 너, 그러니까는 인제 시집이 가고 싶으니까는 혼자 그렇게 있으니까는 "아무개야 아버지 하라는 대로 니 말, 나를 따라야 한다." 그래.

"예, 아버지 명령대로 따르겠습니다." 그래 가지고.

"오늘 저녁에 내가 몇 시에 여길 올 테니깐 보따리를 니 손 아주 간단하게 보따리를 싸서 놓구 있어라. 네가 나하구 오늘 저녁에 어딜 가야되니깐." 그러더래.

그래서 "예" 그래구선 인제 보따리를 싸서 인제 놓구 기다리고 있다니까는 아버지가 와서 부르더래요. 그래서 나갔대요.

"니가 나를 따라 나시면, 어디 가다가 아무데고 가다가서는 다리 밑에서 걸버지던 뭐이던지 짐승만 아이고 사람이며는 그 남자하고 살아야 된다."

"아버지하고 약속을 지키고 따라 나설라냐?" 하더래.

"예, 아버지 영을 안 거슬르겠습니다." 하구 인제 따라 나섰대.

따라서 인제 짚은(깊은) 산중으루 대구 인제 가더라니까는 참 저저 다리 밑에서 뭐이 키가 큰사람이 아주 무스운(무서운) 기 머리도 순 이래 먹떨쇠 같은 기 다리 밑에서 나오더이만 운꿈 마냥 앞에 시(서) 드래요. 앞에 와서 시더래.

그래서 아버지가 니가, 소리 소리를 "니가 사람이면 사람이라 그러구. 짐승이며는 짐승이라구 해라!" 하고서는 소리를 벼락같이 지르니까는,

"예, 사람입니다." 이러드래.

그래서, 그래 가지곤 만내 가지고는 사실 이런 얘기 저런 얘기하다 "지가 이렇게 지 혼자 이렇게 돌아댕기는 사람이라고서" 이러면서 그러니깐,

"니 인연을 맺어 줄테니까 니가 살겠냐?" 하더래.

그랬더이만 "예, 하겠습니다." 하더래.

그래 옷을 인제 가다마이 옷을 한 벌을 인제 아버지가 보따리다 싸서 짊어지고 인제 남자 사우(사위) 생기믄 인제 줄라구 바랑망태를 해서 짊어지구 인제 그러께,

"니 가서 저 다리 밑에 저 개울에 가서 옷 싹 벗구 목욕 싹하구 이 옷을 갈아입구 올러 오너라." 이러드래.

그래서 그 옷을, 인제 "예" 하구 다리 밑에 가서 목욕 싹하구 인제 머리깜구 옷을 싹 갈아입구 나오니까는 참 키가 9척 같은 기, 허여멀건 기 참 잘났드래요.

그래서 인제 "너이(너희) 두 내우(내외) 인제 내가 인연을 맺어줄 거다."

"내말을 꼭 들어야 된다." 하구서는 데려가구서는 이발을 싹 시키고는 또 산에, 어느 산중으로 들어갔대.

산중에 들어가니깐 아주 기와집을 지어서 참 절간처럼 지난(지어놓은) 집, 아버지가 그렇게 딸을 싸우(사위)가 생기믄 그렇게 해서 살림을 시켜줄라구 그렇게 해놨드래. 그래 가지고는 인제 거기를 인제 찾아가니깐 그런 집이 있더래요, 그래.

그러니깐 이제 종들도 두고 식모두 두고 아버지가 그렇게 다해놓고 있더래요.

그래서 인제 거길 들어갔어.

들어가서 이발을 싹 시켜들어 가지고는, 그저 두 내우(내외)가 뭐 벌 생각도 아이(안)하고 그저 무신 절간처럼 그렇게 앉어 먹고살게 해놓은 거야, 아버지가.

그래 가지고는 사는데, 살게 인제 해놓구는, 아버지가 느(너희) 여기서 살게 해놓고는 잘사으라고 인제 집에를 왔대.

집엘 와 가지고는 아버지가 어머이를 보고, "야 아무데 당신이 좀 가보고 와요. 딸이 어디 잘하고 있나 가보고 와요." 하더래. 그래 가보고 오라고. 그래 가보고 오라 그래서 인제 딸이, 어머이가 인제 보따리를 해서, 해서 들구는 인제 아무개에 아무데 거그매를 가보고 오라고 그러드래.

그 인제 가 찾어 찾어 물어물어 인제 찾어서 종을 하나 데리구 인제 그 부잣집이니까는 인제 같이 인제 데리구 보따릴 들켜 가지구 인제 친정어머니가 갔어. 가니깐은, 집을 찾으니깐은 사람이 나오더래.

그래 인제 "여기서 하룻밤 좀 자구 가면 어떻겠냐고?" 그랬더이만 하룻밤 자고가라 그러더래. 자구 가는데, 딸을 봐야 되겠는데 그래 자고가라 그랬는데 딸이 안 나오더래. 그래서 밥만 해먹는데 식모살이덜 이런 종들만 밥을 해서 채려주구(차려주고) 사람이, 딸 같은 기 안 나오더래.

그래, "이 집에 원주인이 있냐?" 그러드래.

"있다." 그러드래.

"그 원주인을 좀, 아줌마를 좀 내가 봤으면 좋겠다구, 좀 보면 안 되냐고" 그랬대.

"그럼 볼 수 있겠냐고?" 그래더만 "볼 수 있다." 그러드래.

그래서 인제 보라구, 인제 "누구시냐구?" 그러면서 나오더래. 나온 거 보니까는 ○○도 내 딸 같더래요. 그래서 '야, 내 딸은 죽었는데 내 딸이 같으나.' 인제 아버지가 감쪽같이 그렇게 해놓고 인제.

(청중 : 아버지가 딸을 거기 갔다 놨두구두 딸 거 갔다 놨단 말을 아이

하구, 딸이 죽었다구.)

그래 가지고는 거그매다 인제 저기 어머니가, 딸이 똑 딸 같더래.

내가 한 가지 빼났다, 참.

이 아버지가 엄마를 쐭일려고(속이려고) 딸이 죽었다 그러구, 산을 써서 갔다간 그랬는데 이 친정으로 찾아 간 거여. 그래 '내 딸은 죽었는데, 우리 딸이 있다니.' 딸이 꼭 우리 딸 같으더래.

그래서 인제 보고는 왔대요.

왔대, 와서, 와서 "여보 우리 딸은 죽었다는데, 당신이 죽었다 그랬는데 어떻게 지금도 우리딸하고 똑같으더라구."

"똑 같이, 어떻게 그렇게 말소리도 똑같으냐구." 그러드라 그래.

"그럼 한 번 더 가보고 오라고."

"내딸이면 한 번 더 가보고오라고" 그러드래.

그래서 더 가봤대요. 더 가보니깐, "그럼 내 시영딸(수양딸)을 삼자 그러지, 딸 같으믄" 이랬대.

"가서 똑 딸 같거던 시영딸을 삼자 그러라고, 삼고 오라고." 그러더래.

그래 가 가지고, 딸에 가 가지곤 "어떻게 우리 딸하고 이렇게 똑같으냐구, 우리 시영딸(수양딸) 삼자구." 그러니깐. 이 딸이 그제서는 "어디서 왔냐고?" 인제 그걸 물어보는 거여. 그래 물어보니까는 아무대 아무대 있다가 지가 아버지하고 이렇게 이런 얘기를 쭉 핸 거여. 쭉하고 그러니까는 내 딸이단 말이지.

아휴 그제서는 끌안구(끌어안고) 대성통곡을 하구 울고 시영딸(수양딸)을 삼구 친딸을 만나 가지구 그래서 살다가 말은 거여.

(조사자 : 아니 근데 그거를 왜 아버지가 왜 그러셨나?)

응?

(조사자 : 아버지를, 딸을 죽었다고 그렇게 얘기하셨나?)

그러니깐 남이 알까봐 그랬지. '바람이 나서 딸이 그렇게 됐다.' 이럴까봐 감쪽같이 그렇게 죽은 거처럼, 송장처럼 이렇게 저기 염장 지낼 적에 사람들 다 봐 아버지가 저 관을 하나 다 맨들어서 다 해 놓은 거야. 돈 들여서. 그러니깐 여러 사람들 다 와서 볼 적에는 딸이 죽은 것처럼 돼 있잖아요? 그래서 그렇게.

(조사자 : 그러니까 딸이 혼자 인제 공부하다가 인형 갖고 남녀처럼 있어 갖고, 하는 것처럼 아버지가 오해한 건가, 그럼?)

그러니깐 중아, 인형하구 자꾸 말하고 하니까는 남이 보믄 '저 딸을 공부를 시겨서(시켜서) 내 외딸이라구 공부를 마이(많이) 시겨서(시켜서) 아주 무신(무슨) 아주 나라 임금처럼 맨들라고 했는데, 딸이 바람이 나서 그렇게 됐다.' 그러믄 남이 쑥덕거리고 욕할까봐 숭할까봐(흉볼까봐) 아주 죽은 거처럼.

(조사자 : 그런데 딸은 엄마를 왜 못 알아봐?)

그러게 엄마를 못 알아보는 것처럼 아버지하고 꾸민 쪽 약속을 했지. 엄마를 어떻게.

그래 가지고 그렇게 해서 끝났대요.

방귀쟁이 며느리

자료코드 : 03_01_FOT_20100321_KDH_HJS_0003
조사장소 : 강원도 고성군 토성면 용촌1리 312번지 박태원 댁
조사일시 : 2010.3.21
조 사 자 : 강등학, 이영식, 박은영, 이창현, 윤희렬
제 보 자 : 황정식, 여, 75세
구연상황 : '돌 웅덩이가 얼마나 깊기에'와 '어머니 몰래 시집간 딸'을 구연한 후, 조사자가 또 청하니 우스운 거라며 '방귀쟁이 며느리'를 얘기했다.
줄 거 리 : 옛날에 방귀를 잘 뀌는 며느리가 있었다. 어느 날 며느리는 시아버지 밥상을 올리다가 그만 방귀를 뀌었다. 민망한 며느리는 얼른 방을 나왔다. 그러자 시

아버지가 누가 방귀를 뀌었는지 돈을 준다고 했다. 이에 시누이는 자기가 뀌었다고 하자, 며느리는 시아버지께 문고리를 꽉 잡고 있으라고 한 후에 그동안 참았던 방귀를 마음껏 뀌었다.

그 전에 뭐 옛날에 저저 시누하고 시아버이가 메누리하구 딸하구 이렇게 키우, 사는데. 식구가 사는데, 메누리가 저기 밥, 시아버이 밥상 갖다 놓다가 방구를 뿡 켰대.

그러니까는 저기 고만 아무 소리도 아이(안) 하고 얼릉(얼른) 나갔는데, "야 내가 돈 돈을 얼매(얼마), 누가 방구 켰는지(뀌었는지) 돈을 얼매 준다니까는", 딸이 "아 올케가 켰나(뀌었나), 내가 켰지(뀌었지)." 방구 키구(뀌고) 돈 준다 그래두 두 메누리(며느리), 아니 저저 두 시누이 올케가 싸움을 해.

"그래 누가 방구켰냐?"

"아버지요, 아버님요 지가 방구켰습니다." 그래구서 "아버님요 내가 방구를 멧 멧 번(몇 번)을 킬 때만 아버님이 저 문고리 저 옛날 저렇게 문고리 아버님 문고리를 꼭 붙들구 있어야 되겠다구하더래.

꼭 붙들으라고 방구가 쎄믄, 방구를 하마 시집와서 얼매(얼마)를 못 키고 있다가선 뀌는데, 이 방구 키우는데 문이 들어갔다 나갔다 나갔다 이 시아버이가 저거를 꼭 붙들고 있는데, 바람키니 뿡 키니 시아버이가 나갔다 들어갔다 나갔다 들어갔다 나갔다 들어갔다.

하두 방구를 키니간 시아버이가 들어갔다 나갔다 들어갔다 나갔다 문고리를 쥐고 그러던 시아버이가 "야야 야야 고만 키라(뀌라), 고만 키라" 그르드래.

시아버이가 하도 들어갔다 나갔다하니간 시아버이가 어지러우니깐 "어멈아 이젠 고만 키라 고만 키라" 이휴.

오줌 여덟 가닥과 팔 남매

자료코드 : 03_01_FOT_20100321_KDH_HJS_0004
조사장소 : 강원도 고성군 토성면 용촌1리 312번지 박태원 댁
조사일시 : 2010.3.21
조 사 자 : 강등학, 이영식, 박은영, 이창현, 윤희렬
제 보 자 : 황정식, 여, 75세
구연상황 : '방귀쟁이 며느리'를 구연 후 듣고 있던 남편 박태원이 시집살이 애기라며
'며느리가 벙어리로 살게 된 사연'을 들려주었다. 박태원이 애기를 마치자 황
정식이 우스운 며느리 애기라며 '오줌 여덟 가닥과 팔 남매'를 구연했다.
줄 거 리 : 옛날에 어느 며느리가 오줌을 누는데 오줌 줄기가 여러 가닥으로 뻗어나갔다.
며느리는 그 오줌 줄기가 보통이 아니라고 생각하여 자신이 8남매를 낳아 출
세시킬 것이라고 했다.

한 메느리는 시어머이가 인제 시집살이를 하고 살다가 그것두 인제 가
매 태워 가지고 가는 거여.

가는데 그 메느리는 가마채 놓으라 그래 가지고 오줌을 누니까는 오줌
이 저런데 인제 한 군데 가서 숨어서 오줌을 누는데, 그 오줌 줄기가 몇
가닥이 나가니까는 아마 너무 덜렁덜렁 했던 모양이여.

"아버님, 아버님 내가 오줌이 저기 여덟 가달, 여덟 가달이가 나가니깐
저기 아들들 8남매를 낳아서 진사 급제시킨, 시킨다고" 소릴 지르민 "아
버님. 아버님" 하고 좋다고 그러더래.

그 이듬해 시집가서 참 아들을 8남매 낳아서 그렇게 진사급제 시키구
그렇게 잘 살더래.

조상 묏자리를 잘 써서 출세한 황정민

자료코드 : 03_01_MPN_20100321_KDH_PTW_0001
조사장소 : 강원도 고성군 토성면 용촌1리 312번지 박태원 댁
조사일시 : 2010.3.21
조 사 자 : 강등학, 이영식, 박은영, 이창현, 윤희렬
제 보 자 : 박태원, 남, 77세
구연상황 : 박태원이 이야기를 많이 알고 있다고 해서 댁으로 연락을 드렸더니, 손자가
　　　　　할아버지가 계신다고 한다. 이에 길을 몇 번 물어 집에 도착하니 박태원은 몸
　　　　　이 불편하여 누워 있고 손자들 셋이서 텔레비전을 보고 있었다. 박태원에게
　　　　　방문취지를 말씀드리니 풍으로 인해 말을 잘 할 수가 없다고 한다. 다 알아
　　　　　들을 수 있으니 해달라고 부탁을 하자 한참을 망설이다 짧은 거라며 '오빠가
　　　　　달이 되고 동생이 해가 된 사연'을 이야기했다. 제보자의 말처럼 제대로 발음
　　　　　이 안 되어 본인도 힘들어 했다. '오빠가 달이 되고 동생이 해가 된 사연'이
　　　　　끝나고 이야기를 더 청하자 '아흔아홉 명의 아들을 낳은 중'을 해 주었다. 이
　　　　　야기 두 편을 듣고 있자니 박태원의 처 황정식이 외출했다가 돌아왔다. 잠시
　　　　　조사를 멈추고 황충원에게도 조사 목적을 설명하자 몇 년 전에도 왔다고
　　　　　하면서 조사의 취지를 잘 알고 있었다. 박태원에게 얘기를 더 청하니 청개구
　　　　　리처럼 말 안 듣는 자식 얘기 한다면서 '아들 때문에 용이 못된 아버지'를 해
　　　　　주었다. 이어서 몸이 아프기 전까지도 소장수를 계속 했다면서 '여우 잡으려
　　　　　다가 전대를 잃어버린 소장수'를 얘기했다. 박태원으로부터 함께 이야기를 듣
　　　　　고 황정식이 자신이 시집와서 겪은 일이라며 '조는 며느리 때리다가 손을 다
　　　　　친 시어머니', '조상드릴 쌀을 먹어서 나타난 호랑이'를 들려주었다. 황정식이
　　　　　조상과 관계된 얘기를 하자 박태원도 실제 있었던 일이라면서 '조상 묏자리
　　　　　를 잘 써서 성공한 황정민'을 얘기 했다.
줄 거 리 : 황정민은 양양 출신인데, 조상의 묏자리를 좋은 곳에 써서 국회의원도 하는
　　　　　등 출세를 했다.

　그 저 황정민이, 황정민이란 얘기 들었오?

　(조사자 : 모르겠습니다. 그거 좀 해 주시죠, 황정민?)

예, 황정민.

그 할아버지 아버지가 어디 살았나믄 아이고 에 월일천 살았는데, 월일천에. 에 그 전우재.

(조사자 : 전우치재요?)

어 아니 아니 그러니께 전우재.

십 년 된 것을 갖다가 저 할아버이를 심는데, 첨첨 산중이죠 난간이 이런 기 뭐 길로 드갔는데, 송장을 뼈따굴 주어서 가져갔는데, 지관이 그런 지관이나 하나 만났으믄. 그런 지관이 어디, 하여튼 여기서 에 쇳소리가 나믄 하관을 하라 그러드래, 하관을.

(조사자 : 어 쇳소리가 나거든?)

응 쇳소리가 나거든 하관을.

그래 기다리고 있는데 해가 거의 해지고 가상에 산구뎅이 가 있는데, 해가 마저 넘어갔는데 산골에서 먼 쇳소리가 나겠소, 에 사람이 있는 데야 쇳소리가 나지.

그런데 모두 지키고 인제 한 바퀴 쭉 집안에서 지키고 있는데, 아 쇳소리가 나더라오. 그런 지관이 있소, 쇳소리가 쟁강.

그 저 주문진서 밥해 먹으라 솥을 사서 이렇게 전체 뚜껑을 덮어 지고 가다가 힘드니께 쉬니께 놓으니까 소리, 쇳소리가 앵 그러구 나잖아. 아 이 하관 이 하관을 했대요.

그래 땅을, 거다 묻었는데 그거 묻고 황정민이가 났답니다. 그거 묻고 황정민이가 났는데, 그래 황정민이가 에 국회의원도 해먹구 에 한 때를 했지요. 그러다가 황정민이도 이제 죽었을 기야. 그렇게 돼서 그 집안이 잘 됐댄는데 그러고는 몰라요.

조는 며느리 때리려다 손을 다친 시어머니

자료코드 : 03_01_MPN_20100321_KDH_HJS_0001
조사장소 : 강원도 고성군 토성면 용촌1리 312번지 박태원 댁
조사일시 : 2010.3.21
조 사 자 : 강등학, 이영식, 박은영, 이창현, 윤희렬
제 보 자 : 황정식, 여, 75세
구연상황 : 박태원이 이야기를 많이 알고 있다고 해서 댁으로 연락을 드렸더니, 손자가
          할아버지가 계신다고 한다. 이에 길을 몇 번 물어 집에 도착하니 박태원은 몸
          이 불편하여 누워 있고 손자들 셋이서 텔레비전을 보고 있었다. 박태원에게
          방문취지를 말씀드리니 풍으로 인해 말을 잘 할 수가 없다고 한다. 다 알아
          들을 수 있으니 해달라고 부탁을 하자 한참을 망설이다 짧은 거라며 '오빠가
          달이 되고 동생이 해가 된 사연'을 이야기했다. 제보자의 말처럼 제대로 발음
          이 안 되어 본인도 힘들어 했다. '오빠가 달이 되고 동생이 해가 된 사연'이
          끝나고 이야기를 더 청하자 '아흔아홉 명의 아들을 낳은 중'을 해 주었다. 이
          야기 두 편을 듣고 있자니 박태원의 처 황정식이 외출했다가 돌아왔다. 잠시
          조사를 멈추고 황충원에게도 조사 목적을 설명하자 몇 년 전에도 왔었다고
          하면서 조사의 취지를 잘 알고 있었다. 박태원에게 얘기를 더 청하니 청개구
          리처럼 말 안 듣는 자식 얘기 한다면서 '아들 때문에 용이 못된 아버지'를 해
          주었다. 이어서 몸이 아프기 전까지도 소장수를 계속 했다면서 '여우 잡으려
          다가 전대를 잃어버린 소장수'를 얘기했다. 박태원으로부터 함께 이야기를 듣
          고 황정식은 자신이 시집와서 맏동서가 겪은 일이라며 들려주었다. 이 이야기
          에 대해 박태원은 보충설명까지 해주었다.
줄 거 리 : 황정식이 시집왔을 때 맏동서가 겪은 고된 시집살이 얘기다. 맏동서가 코클
          옆에서 삼을 삶다가 깜빡 졸았다. 잠에서 깬 시어머니가 그것을 보고 맏동서
          를 때리려다가 그만 코클 이맛돌을 쳐서 손을 다쳤다. 이에 맏동서가 치료를
          해 주려는데, 시어머니는 "내가 다쳐 좋아할 년이 무슨 치료를 해주느냐!"며
          거부했다. 당시 시어머니의 그 말씀이 너무나 서운해서 지금도 동서끼리 모이
          면 이 이야기를 한다.

  옛날 얘기를 하라 그래 가지고 내가 저 우리 시, 우리 맏동세를랑(맏동
서랑) 이제 시집와서 사는데, 우리 시어머이가 코클에 옛날에 코클에다가
구석에다가 코클을 이렇게 흙으로 해서 세워봐요.

그러면 솔가지를(솔가지를) 패 가지고서는 소낭구(소나무) 솔가지를(솔가지를) 패서 거기다가 인제 불을 해노면(해놓으면) 불을 때민서 인제 겨울게(겨울에) 삼을 삶지.

베질(베를) 짜고 하는 거 알아요?

(조사자 : 아이 알죠.)

그 삼을 삶는데, 우리 시어머니는 실큰(실컷) 자다가서는, 우리 막내이 되련님 인제, 우리 맏동세가 인제 젊어서 시집을 왔으니까. 그 메느리가(며느리가) 앉아서 끄데끄떡 졸면서는 삼을 삶는데 시어머이는 아들 막내이 아들 데리고 드러누워 젖멕이민(젖먹이면서) 한참 잤지.

자구 일어났으믄 메느리가 졸며 삼 삶으믄 "아이구 이제 고만 거더치우구 자라!" 이랬으믄 될 턴데, 메느리가 끄덱끄덱 졸면서 삼 삶으니까 뭔 삼을 안 삶고 앉어 졸고 앉었냐고 귀때기를 후려 갈겨. 귀때기를 후려 갈길라 그랬드만 이 손이 썩 그 코클 그 이맘뚱(이맛돌)에 거그매서 픽 긁히면서 손이 쭉 잡아 째졌대.

그래 가지고 피가 철철 나니까는, 내 부텀에두 졸다가 시어미니한테 맞을라 그러다가 시어머니가 손이 피가나니까네 그게 얼마나 부애(부아)가 나겠나. 괘씸하지, 그래서 아무 소리도 안하겠는데도.

그래도 우리 맏동세가 가만히 앉아보니 아프다고 철철 피가 나니깐 "어이구 어이구!" 하민 그러니깐은 "아이구, 어머이 어디 많이 다쳤어요?" 하고 헝겊을 가지고 덮을라 하니깐은 "씨팔년으 간나, 꼬시다고 할 년의 간나!"

옛날이야기야. 에이구 에이구 꼬시다고 할 년의 간나가 뭘 보자고 그러냐고 그러민 그대(그러더래).

그래 우리 형님(형님)은 아주 얼마나 서러운지 그래두 시어머니가 그랬으니깐 괘씸해두 그렇게 했는데. 그래두 아이구 첨에 가만 있었으면 되는데 꼬시다고 할 년의 간나가 하민 손을 번쩍 잡아재치면서는 픽 돌아 앉으민 욕을 해 가지고.

　그기 우리가 안즉도(아직도) 살아서 우리가 동세찌리(동서끼리) 모이믄 그런 시집살이 하던 얘기를 해요.

조상 드릴 쌀을 먹어서 나타난 호랑이

자료코드 : 03_01_MPN_20100321_KDH_HJS_0002
조사장소 : 강원도 고성군 토성면 용촌1리 312번지 박태원 댁
조사일시 : 2010.3.21
조 사 자 : 강등학, 이영식, 박은영, 이창현, 윤희렬
제 보 자 : 황정식, 여, 75세
구연상황 : '조는 며느리 때리다가 손을 다친 시어머니'를 들려준 후 이어서 황정식은 남편이 군에 있을 때 자신과 동서가 겪은 일이라며 '조상드릴 쌀을 먹어서 나타난 호랑이'를 들려주었다.
줄 거 리 : 황정식이 양양군 갈천에서 살 때이다. 남편은 군에 가 있는 까닭에 동서와 시숙이 함께 살았다. 하루는 시숙이 멀리 가서 팥을 지게에 지고 오는데, 날이 어두웠다. 갑자기 눈 큰 짐승이 나타나는 바람에 시숙은 피범벅이 되어 집에 돌아왔다. 그 상처를 치료하려고 동서와 함께 이웃에 두부를 얻으러 갔을 때도 눈 큰 짐승이 나타났다. 나중에 물어보는 곳에 가서 물으니 맏동서가 텃고사에 쓸 쌀을 먹었기 때문에 호랑이가 나타났다고 했다.

　우리 맏시숙이, 저기 아주 그때 없이 살아 가지구. 우리들 시집가 가지구 없이 살아서 해가 넘어갔는데, 저 귀룽령(구룡령) 어매라는 데를 가서 되팥을 한 가마니 지고 와야 된다 그래 가지고는.

　"아이고 인제 해가 넘어가는데 언제 거 가서 지고 오냐고 지러 가지 말라고." 하니깐은 부쩍 우리 시숙이 가더라고요,

　가데이만(가더니만) 처갓집에 가서 그 옥, 되팥을 한 가마니 짊어지고 해 떨어전데(떨어졌는데) 거기서 귀룽령(구룡령) 말기(마을) 올라오는 데가 10리구 또 집도 절도 없는 데가 내려가는 데가 10리구 그래요.

그런데 그거를 지고 오르다 오르다 해는 졌지 고만 배가 고파지더래요. 그래서 거기 앉아서 고만 어떻게 무서운 생각을 하거 어떻게 머리가 삐죽삐죽 하고 올라가는 무서운 생각이 들더래요. 그래서 지게에다가 되팥을 한 가마니 해서 짊어지구 오다가 거기매 앉아 가지고는 아주 머리가 올라 가서 어떻게 할 수 없어서, 눈 큰 짐승은 불이 무서운 거는 아느니까는 불을 요만케 한 쪼금 해났대.

(청중 : 낭근 잎을 손으로 긁은 거야.)

예 낭그잎을 ○어서 요렇게 앞에다 요렇게 해놓고 불을 해낸데(해났는데) 뭐 뒤에서 버쩍 잡으러 댕기는 거 같은기, 무수워서(무서워서) 이렇게 뒤로 돌아 앉았대요. 돌아 앉았더만 하마 어두워졌지 그 올라가는 데 10리인데 10리를 올라 가지도 못하구 그렇게 그런 거여.

그래 가지고는 이 몸뗑이에 베우티(베로 만든 상의), 베우티 적삼을 입었는데, 우티에 불이 삼벌게 다 붙어 가지고는 막 타니 어떠할 수도 혼자서 때굴때굴 나굴구 이러다가, 그러니깐 우티 베적삼 다 뻐서(벗어) 집어 내삐리구는(내버리고는) 그냥 귀룡령으로 거기 10리를 올라와 가지구 내려와서 갈천을 인제 집을 찾아온 거야 밤에.

아이구 밤에 저거, 우리 양반은 참 군인가고 없고 우리 인제 두 동세찌리 살고 우리 맏시숙이랑 사는데.

"아이구 아이구 죽겠네 빨리 문 열어 달라고" 볶아치는 거요. 그래서 문을 퍼뜩 열고 나가니깐은, 세상에 우티는 홀딱 벗고 맨 몸뗑이만요, 맨 살 몸뗑이만 아주 피가 철철 나는 게 와 가지구 죽는다구 들어오니 배가, 방에서 뺑뺑뺑뺑 돌아치니 어떻게 해.

그래서 아이고 어떡하나 하고 우리 앞집에 쫓아내려갔지요. 두 동세찌리 솔가지(솔가지) 불을 해 붙들구 쫓아내려가니깐은 쫓아내려가서 그 할머이한테 가서 얘길 하니깐은 그 할머이가 우리 집에 저기, 저기 그 니 가서 저기 작은 집에 그 또 개울을 또 건너가야 돼요, 그 작은 집을, 그

집 할머이네 작은 집을.

그래서 거기 가서 두부를 얻어다가, 두부가 제사를 지낼라고 두부를 했으니깐 두부를 가서 얻어다가 이렇게 재매 가지고서는 등에다가 이렇게 쪽 붙여주라 그래요. 그래서 두 동세찌리 올라왔지. 올라와 가지고서는 그 집에 솔가지(솔가지) 불을 붙들고는 또 그걸 또 두부 을으러(얻으러) 갔지, 개울을 건네서. 그래 가지고 개울을 건너가서 두부를 세 모를 을어 가지두 솔가지 불이 오다보니까 개울을 건네 나니까 솔가지 불이 꺼져.

우리 맏동세는 솔가지 불이 꺼지니까는 앞에 섰는데 내가 뒤에 솔가지 불이 있는 거를 내가 들구서는 오는데 같이 이렇게 와서 인제 집에를 통하니 우리 형님(형님)이 먼저 솔가지 불이 떨어졌으니까는 눈 큰 짐승이 그 우리 그 갈천 지금도 그 집에 살아요, 그런데.

웅굴이(우물이) 이렇게 있는데, 웅굴 있는 데 와서 눈을 꿈쩍꿈쩍하고 앉아. 우리 맏동세는 그걸 솔가지 불이 꺼졌으니까는 그 불이 비꼈지. (보였겠지) 나는 솔가지 불을 환하게 붙였으니깐 그게 잘 안 비끼나(보이잖아).

우리 맏동는는 얼른 집으로 뛰어 들어가는 게, 내가 뒤 들어 갈라니까는 뭐이 뒤에서 번쩍하는 소리가나. 눈이, 불이 번쩍하니까 아유 ○○ 가지구 얼른 뛰어 들어가서는 문을 잡아당겨 닫아놓고는 두 동세찌리 떨려 가지고서요 두부를 재면서 얼른 등에다 붙여야 되는데, 그제센 집에 들어가 가지곤 눈물이 막 쏟아지는 거여. 무서워 가지고 막 울었어요.

그런데 그게 왜 그러냐, 왜 그러냐 하고 물어봤지요. 묻는 데 가서 물어보니까는 우리 맏동세가 그때 먹을 게 없어서, 그때 뭐 옛날에 무신 감자밥 먹고 옥시기밥(옥수수밥) 먹는데 뭐 그런 게 뭐 쌀이 그렇게 귀하나?

그래서 인제 그 쌀을 어데다 뒤, 이제 씰라고(쓰려고) 뒤 뒀는데(두었는데) 그 쌀을 떠서 뭔 또 밥을 보태 먹었대요. 그래더이만 그기 탈이 나 가지구, 그기 탈이 나 가지구는 그렇게 아이구 눈 큰 짐승이 그렇게 놀랜

거여.

(조사자 : 그러니까 그 쌀이라는 게 조상 제사지낼 때 조상 쌀?)

고럼. 조상에 씰라고(쓸라고) 인제 예 쌀을 떠서 둬뒀다가 무신.

(청중 : 옛날에 저저 집을 짓고 살았으믄 텃제사를 지냈었잖아?)

(조사자 : 텃제사 예.)

(청중 : 텃제사 그걸 요매한 걸.)

그걸 떠서 우리 형님이(형님이) 아마 뭐 쌀이 좀 이럴 적에 좀 덜어먹은 기에요. 그래 가지고 그랬다믄서는 한번 그러더니 얼마 안 있더이만, 그래서 인제 등아리(등허리)가 났는데, 어디 가서 있다가 또 누집(누구 집) 낭그(나무) 패주구 오다가, 오는데 뭐이 저게 거기서 저저 물어보는 데 가서 물으니까는 "글르루 그쪽으루 뭐이 망치를 들구 올라가더라!" 그러대.

나무 가서 낭(나무)구 패 주구 와서 이내 돌아가셨어요.

지개라 소리 / 노 젓는 소리

자료코드 : 03_01_FOS_20100320_KDH_KJT_0001

조사장소 : 강원도 고성군 토성면 봉포리 164번지 김진태 댁

조사일시 : 2010.3.20

조 사 자 : 강등학, 이영식, 박은영, 이창현, 윤희렬

제 보 자 : 김진태, 남, 72세

구연상황 : 진1리 이재용 노인회장님의 소개로 김진태 댁을 방문했다. 인근에서는 누구
보다 배에 대해 잘 알고 있다는 추천이 있었다. 김진태 댁 문을 한참 두드려
서야 김기태가 나왔다. 오전에 뱃일을 다녀와 잠깐 쉬고 있었기 때문에 듣지
를 못했던 것이다. 조사자가 배와 관련된 얘기를 청하자 김진태는 본인의 젊
은 시절 뱃일하던 때부터 이야기를 시작했다. 한참을 얘기를 나누던 중 비가
왔다. 제보자와 조사자는 마당에 나가서 널어놓은 생선을 한 곳으로 정리하고
다시 들어왔다. 김진태가 타주는 커피를 마시며 노래를 청하니, 너무 오래된
거라 기억이 잘나지 않는다고 하면서 후렴을 중심으로 구연해 주었다. 먼저
'노 젓는 소리'를 청하니 별 거 없다고 하면서 짧게 불렀다.

지개라 지개

어차 지개라 지개

이러지요.

어이싸 소리 / 그물 당기는 소리

자료코드 : 03_01_FOS_20100320_KDH_KJT_0002

조사장소 : 강원도 고성군 토성면 봉포리 164번지 김진태 댁

조사일시 : 2010.3.20

조 사 자 : 강등학, 이영식, 박은영, 이창현, 윤희렬

제 보 자 : 김진태, 남, 72세

구연상황 : '노 젓는 소리'를 듣고 '그물 당기는 소리'를 청하면서 후렴을 조사자가 따라
하겠다고 했다. 제보자가 메기고 조사자가 받았다.

댕겨라 댕겨라

여이싸 여이싸

땡겨라 땡겨라

여이싸

여이싸

여이싸

여이싸

이렇게

하나요 둘이요 / 고기 세는 소리

자료코드 : 03_01_FOS_20100320_KDH_KJT_0003

조사장소 : 강원도 고성군 토성면 봉포리 164번지 김진태 댁

조사일시 : 2010.3.20

조 사 자 : 강등학, 이영식, 박은영, 이창현, 윤희렬

제 보 자 : 김진태, 남, 72세

구연상황 : '노 젓는 소리', '그물 당기는 소리'를 듣고 '고기 세는 소리'를 청해서 들었다.

하나요 둘이요 서이요 너이요 다서 여섯 일곱 여덟 아홉 열 스물

어이싸 소리 / 배 올리는 소리

자료코드 : 03_01_FOS_20100320_KDH_KJT_0004

조사장소 : 강원도 고성군 토성면 봉포리 164번지 김진태 댁

조사일시 : 2010.3.20

조 사 자 : 강등학, 이영식, 박은영, 이창현, 윤희렬

제 보 자 : 김진태, 남, 72세

구연상황 : '노 젓는 소리', '그물 당기는 소리', '고기 세는 소리'를 듣고 '배 올리는 소
리'를 청하니 설명을 해주면서 구연했다. 제보자가 메기고 조사자가 받았다.

여이싸

여이샤

여이싸

여이샤

그럼 그걸 인제 눌르고 이렇게 늘여야 되잖아?

그러면 그게 불과 한 15센치 내지 20센치 올라온다고.

자아 소리 / 배 올리는 소리

자료코드 : 03_01_FOS_20100312_KDH_LHT_0001

조사장소 : 강원도 고성군 토성면 아야진리 58번지 이홍택 댁

조사일시 : 2010.3.12

조 사 자 : 강등학, 이영식, 박은영, 이창현, 윤희렬

제 보 자 : 이홍택, 남, 97세

구연상황 : 아야진리 작은말의 통합 경로당에서 노인회장인 김승기로부터 마을의 서낭당
이야기와 고기잡이에 대해 들었다. 그러다가 조사자가 2002년도에 만났던 최
춘식과 이홍택 두 분의 안부를 여쭸다. 최춘식은 사망하시고 이홍택은 건강하
시어 오늘도 혼자서 속초에 있는 목욕탕에 가셨다고 한다. 잠시 경로당에서
기다리다 버스에서 내리는 이홍택을 만났다. 김승기가 인사를 시켰으나 기억
이 안 난다고 했다. 이홍택을 차로 모시어 댁을 방문하였다. 집에는 아들과
손자가 있었다. 아들에게 방문목적을 말하고, 이홍택과 돌아가신 최춘식에 대
해 잠시 이야기를 나눴다. 현재 97세로 마을 남자 중에는 본인이 제일 연장
자라고 한다. 구연 준비가 된 것 같아 이야기를 청하니 취미가 없다고 했다.
'배 올리는 소리'를 노래를 청하니, 노래는 돌아가신 최춘식이 잘했다고 얘기

를 하며 후렴만 몇 마디 했다. 이에 후렴을 따라 할 테니 사설을 더 넣어 달
라고 부탁을 했다. 제보자가 메기고 조사자가 받았다.

자하

자아

자하

자아

자하

자아

자하

자아

자하

자아

자하

자아

자하

자아

자하

이어차 소리 / 노 젓는 소리

자료코드 : 03_01_FOS_20100312_KDH_LHT_0002
조사장소 : 강원도 고성군 토성면 아야진리 58번지 이홍택 댁
조사일시 : 2010.3.12
조 사 자 : 강등학, 이영식, 박은영, 이창현, 윤희렬
제 보 자 : 이홍택, 남, 97세
구연상황 : '배 올리는 소리'를 조사자들과 함께 부르고 난 후 문서를 좀 넣어서 해달라
　　　　　며 노 젓는 소리를 청했다. 제보자가 메기고 조사자가 받았다.

여싸

여싸

여싸

여싸

여싸

여싸

여싸

여싸

여싸

여싸

여싸

여싸

여싸

여싸

여싸

이어차 소리 / 그물 당기는 소리

자료코드 : 03_01_FOS_20100312_KDH_LHT_0003
조사장소 : 강원도 고성군 토성면 아야진리 58번지 이홍택 댁
조사일시 : 2010.3.12
조 사 자 : 강등학, 이영식, 박은영, 이창현, 윤희렬
제 보 자 : 이홍택, 남, 97세
구연상황 : '배 올리는 소리', '노 젓는 소리'를 조사자들과 함께 부르고 난 후에 '그물 당
기는 소리'를 청했다. 제보자가 메기고 조사자가 받았다.

여싸

여싸

여싸

여싸

여싸

여싸

여싸

여싸

여싸

여싸

여싸

여싸

여싸

여싸

이어차 소리 / 멸치 터는 소리

자료코드 : 03_01_FOS_20100312_KDH_LHT_0004

조사장소 : 강원도 고성군 토성면 아야진리 58번지 이홍택 댁

조사일시 : 2010.3.12

조 사 자 : 강등학, 이영식, 박은영, 이창현, 윤희렬

제 보 자 : 이홍택, 남, 97세

구연상황 : '배 올리는 소리', '노 젓는 소리', '그물 당기는 소리'를 조사자들과 함께 부
르고 난 후에 '멸치 터는 소리'를 청했다. 이 노래 역시 제보자가 메기고 조사
자가 받았다.

여싸

여싸

여싸

여싸

여싸 며르치 터는 소리야

여싸

여싸

여싸

여싸

여싸

여싸

여싸

여싸

5. 현내면

증편 한국구비문학대계 ● 강원도 고성군

조사마을

강원도 고성군 현내면 대진4리

조사일시 : 2010.1.13

조 사 자 : 강등학, 이영식, 박은영, 이창현, 윤희렬

　　동해안 최북단 휴전선과 접해있는 현내면은 고구려 때에는 승산현(僧山縣) 또는 소물달(所勿達)이라 불렀다. 신라 경덕왕 때에는 동산현(童山縣)으로 불리었는데, 그 후 여산현(驪山縣)으로 개칭되었을 때 수성군(守城郡)에 흡수되었다가 고려 때에는 다시 열산현(烈山縣)으로 갈리었고 별호는 봉산(鳳山)이라 하였다. 조선시대에는 관제개혁으로 폐현(廢縣)이 되면서 현내면(縣內面)으로 개칭하여 간성군에 속했다가 1919년 고성군에 속하게 되었다. 1945년 8월 15일 해방과 더불어 북한에 속해 있다가 한국전쟁

때 국군의 북진으로 수복되어 1954년 10월 21일 수복지구임시행정조치법에 따라 현재에 이르고 있다.

현내면은 대진리, 철통리, 초도리, 죽정리, 산학리, 화곡리, 마달리, 마차진리, 배봉리, 명파리, 저진리, 검장리, 사천리, 송현리, 송도진리, 대강리, 명호리 등 17개의 법정리로 구성되어 있으나 저진리, 검장리, 사천리, 송현리, 송도진리, 대강리, 명호리 등 7개 리는 주민미거주지역이다. 1957년 5월 12일부터 명파리, 배봉리, 화곡리, 마달리 등 4개 리는 민통선 출입영농 마을이었으나 1958년 6월 4일부터 입주영농이 실현되었다. 따라서 실제 주민이 거주하는 법정리는 10개 리이며, 행정리는 16개 리이다.

현내면은 고성군 소재지의 북쪽인 38° 36' 51"을 경계로 휴전선과 접하고 있는데, 국도 7호선을 사이에 두고 어촌마을인 대진리, 초도리와 농촌마을인 죽정리, 산학리, 화곡리, 마달리, 마차진리, 배봉리, 명파리로 갈린다. 그리고 현내면은 동해안 최북단 접적(接敵)지역으로 통일전망대와 화진포가 소재하고 있으며, 대진리 앞바다에는 어로한계선이 지나고 있다.

현내면은 2008년 12월 기준으로 전체면적이 92.72km²인데 이 중에 논이 5.8km², 밭이 4.0km², 임야가 65.7km²이다. 총 세대수는 1,371호, 인구는 3,173명이며, 이 중 675세대는 농업에 종사하고 384세대는 어업에 종사하고 있다.

대진리(大津里)는 동해안 최북단 면소재지이며, 동쪽은 동해, 서쪽은 마달리, 북쪽은 마차진리, 남쪽에는 초도리·철통리와 경계를 이루고 있다. 대진리는 5개의 행정리에 세대수는 718호, 인구는 1,698명이 거주하고 있는데, 이 중 농업에 209가구, 어업에 314가구, 상업에 114가구가 각각 종사하고 있다. 전체면적은 약 2.3km²이며, 이 중에 논이 0.23km², 밭이 0.186km²이다.

대진리는 원래 한나루라 불리다가 1920년 현내면 소재지로 승격하였으며, 한나루에 축항을 쌓아 조그마한 어항으로 축조되었다. 1925년부터 동해 북부선 철도공사가 시작되어 1935년에 개통되었다. 이 철도를 통해 지역의 풍부한 수산자원인 청어, 정어리와 농산물을 원산으로 수송케 됨으로써 교통의 요지가 되었다. 1945년 해방 이후 1952년까지 북한에 속해 있었고, 한국전쟁으로 인해 철도는 파괴되었다. 1954년 10월 21일 대한민국 행정권이 수복되어 피난민과 전쟁이재민이 일시에 몰려 대진리 일원에 9,000여 명으로 인구가 급증하는 까닭에 대진1,2,3리로 분할하였고, 1973년에는 행정구역 조정으로 2개 리를 더 늘려 대진4,5리로 분할하여 오늘에 이르게 되었다.

대진4리에는 102세대에 227명이 거주하고 있으며, 이 중 농업에 29가구, 어업에 54가구, 상업에 12가구 등이 종사하고 있다. 대진4리에는 논이 전혀 없고 밭이 0.002km², 임야가 0.388km²로 경작지가 작다. 이에 대진4리 일부 농민들은 인근의 마차진리, 철통리, 초도리 등지에 농토를 확보하고 있는 경우도 있으나, 대부분의 농민들은 농사는 물론 고기 잡기를 비롯하여 그물에서 고기 베끼기, 고기 건조, 그물 손질하기 등 어업과 관계된 일을 겸하는 반농반어민이다.

강원도 고성군 현내면 대진5리

조사일시 : 2010.1.13
조 사 자 : 강등학, 이영식, 박은영, 이창현, 윤희렬

대진5리에는 139세대에 343명이 거주하고 있으며, 이 중 농업에 37가구, 어업에 59가구, 상업에 17가구 등이 종사하고 있다. 대진5리에는 논이 전혀 없고 밭이 0.004km², 임야가 0.426km²로 경작지가 작다. 이에 대진5리 일부 농민들은 인근의 마차진리, 철통리, 초도리 등지에 농토를 확보하고 있는 경우도 있으나, 대부분의 농민들은 농사는 물론 고기 잡기를 비롯하여 그물에서 고기 베끼기, 고기 건조, 그물 손질하기 등 어업과

관계된 일을 겸하는 반농반어민이다.

강원도 고성군 현내면 명파리

조사일시 : 2010.1.22

조 사 자 : 강등학, 이영식, 박은영, 이창현, 윤희렬

　명파리(明波里)는 동해안 최북단 마을이며, 동쪽은 동해, 서쪽은 수동면, 남쪽은 마차진리·마달리, 북쪽은 검장리와 각각 접하고 있다. 명파리는 민통선 마을로 동해의 맑은 물과 백사장을 낀 아름다운 경관을 보여주고 있기 때문에 명파리로 불리게 되었다. 명파리에는 151세대에 인구는 357명이 거주하고 있는데, 이 중 농업에 128가구, 상업에 11가구 등 대부분이 농업에 종사한다. 전체면적은 29.54km²이며, 이 중에 논은 2.75km², 밭이 2.08km²로 현내면에서 논밭이 가장 많은 곳이다.

　1954년 명파리에 입주영농을 할 당시에는 정부에서 입주자에게 1인당 1500평씩 불하를 해줬다고 한다. 당시 이곳에 입주영농을 하신 분들은 전국에서 왔지만, 함경도, 평안도가 고향인 분들이 많다. 현재 이들은 대부분 80~90세가 되었다. 이곳에서 생산되는 찹쌀은 맛이 좋다고 하는데, 이유는 바다와 접해있는 까닭에 해풍으로 인해 적당한 염분기가 찹쌀에 스며들기 때문이라 한다.

　마을에 서낭당이 있어 매년 정월 초와 11월에 날을 받아 서낭고사를 지내고 있으며, 광산골이라 불리던 곳에는 1970년대까지도 양질의 은을 캐던 광산이 있었다고 한다. 이곳에서는 1마지기가 100평이며, 논의 김을 맬 때는 호미를 사용하지 않았다고 한다.

강원도 고성군 현내면 죽정2리

조사일시 : 2010.1.22

조 사 자 : 강등학, 이영식, 박은영, 이창현, 윤희렬

죽정리(竹亭里)는 동쪽으로 화진포, 서쪽은 거진읍 산북리, 남쪽은 거진읍 원당리, 북쪽은 산학리와 각각 경계를 이루고 있다. 죽정리는 1915년 중평리, 도발리, 죽림리 등 3개 리와 모정리를 합쳐 죽림리(竹林里)의 죽(竹)자와 모정리(茅亭里)의 정(亭)자를 합쳐 죽정리라 명명되어 오다가 중평천을 경계로 동쪽은 죽정1리, 서쪽은 죽정2리로 분리되었다.

죽정2리에는 45세대에 인구는 102명이 거주하고 있는데, 이 중 43가구가 농업에 종사하고 있다. 전체 면적은 2.6km²이며, 이 중에 논은 0.58km², 밭은 0.27km²이다.

마을에 당집은 없고 서낭으로 모시는 소나무가 있다. 해마다 정월에 날

을 받아 위했으나 2009년에는 마을에 일이 생겨서 서낭고사를 지내지 않았다고 한다. 이곳에서는 1마지기가 100평이다.

강원도 고성군 현내면 철통리

조사일시 : 2010.1.31
조 사 자 : 강등학, 이영식, 박은영, 이창현, 윤희렬

철통리(鐵桶里)는 면소재지로부터 1km 서쪽에 있으며, 동쪽은 초도리, 서쪽은 화곡리, 남쪽은 죽정리, 북쪽은 대진리와 각각 접하고 있다. 마을에 철분이 많이 들어있는 큰 바위가 있었던 까닭에 철암리라 했는데, 철로가 놓이고 기차가 다니다보니 철통리로 명명되었다고 한다. 큰 바위는 폭파시켜 대진항을 축조할 때 사용했다고 한다.

철통리에는 32세대에 인구는 83명이 거주하고 있는데, 이 중 28가구가

농업, 1가구가 어업에 종사하고 있다. 전체면적은 2.6km²이며, 이 중에 논은 0.34km², 밭은 0.11km²이다.

마을에 원래 서낭당이 있었으나 20여 년 전에 없앴다. 당시 서낭고사를 지낼 때는 해물을 많이 진설하였다. 예전 논매기 할 때는 가끔 호미를 썼으나 근래에 와서는 손으로만 했다고 한다. 이곳에서는 1마지기가 100평이다.

강원도 고성군 현내면 초도1리

조사일시 : 2010.1.14, 2010.1.23, 2010.1.30
조 사 자 : 강등학, 이영식, 박은영, 이창현, 윤희렬

초도리(草島里)는 동쪽으로 동해, 서쪽으로 철통리, 남쪽으로 화진포와 죽정리, 북쪽으로 대진리와 각각 이웃하고 있다. 예전에는 초진리(草津里)

라고 불리다가 1915년 행정구역 폐합 때 초도리라 명명했다. 마을 앞 바다에는 초도섬, 거북섬, 용바위, 금구도(金龜島) 등과 같이 여러 이름으로 불리는 섬이 있다. 예전에는 이 섬에서 기우제를 지냈는데, 수복이후 1960년대 초에 송아지를 잡아 지낸 것이 마지막이었다.

초도1리에는 95세대에 249명이 거주하고 있는데, 이 중 15가구가 농업, 37가구가 어업, 26가구가 상업에 종사하고 있다. 전체면적은 $1.0km^2$이며, 이 중에 논은 $0.21km^2$, 밭은 $0.05km^2$이다. 일제 강점기 때에는 마을 사람 대부분이 화진포 바닷가 백사장에서 모나스라는 광물을 채취하여 생활하였다. 특히 마을에 간이해수욕장이 있어서 여름이면 많은 피서객들이 온다. 현재 많은 가구가 반농반어에 종사하고 있으며, 1마지기는 100평이라 한다.

김덕호, 남, 1918년생

주 소 지 : 강원도 고성군 현내면 대진4리
제보일시 : 2010.1.13
조 사 자 : 강등학, 이영식, 박은영, 이창현, 윤희렬

강릉시 옥계 태생으로 가난해서 소학교 3
학년을 마치고 15세에 가족들과 대진리로
이주하였다. 일제 강점기 때 징용에 가지 않
으려고 17세에 철로 보수원으로 잠깐 일하
다가 20세부터 고깃배를 탔다. 돈을 벌 목
적으로 지원해서 남양군도에 가서 1년 동안
일을 하고 돌아왔으며, 25세에 징용으로 끌
려가 일본 본토의 폭탄 만드는 공장에서 일
하다 해방이 되었다. 이후 고향에 돌아와 소련에 돈 벌러 갔다가 돈은 못
벌고 돌아왔다. 남북이 38선으로 갈릴 무렵 철로 보수원으로 근무하게 되
어 인민군에 끌려가지 않았다. 6·25 때 일을 하다가 돌이 눈에 튀는 바
람에 왼쪽 눈을 다치고, 국군이 북진 할 때 부산으로 피난을 갔다. 1966
년도 음력 1월 4일에 고기를 잡다가 월경했다고 북괴군이 끌고 가려는
걸 도망치다가 사격을 받아 팔을 다쳤다. 당시 선장과 기관장은 죽었다.
25세가 되던 3월에 결혼하였으나 12월에 징용을 끌려갔으며, 자녀는 아
들 4형제를 두었다. 예전 노를 젓는 배의 경우 정치망은 20명이 탔으나,
요즘은 기계로 모든 작업을 하기 때문에 6명이 탄다고 한다. 예전에는 양
초를 켜서 배가 있다는 것을 알려주는 역할을 했다.

체격이 크시고 목청도 크며, 말도 상당히 빠른 편이다. 건강이 좋으셔

서 지금도 오토바이를 타고 다닌다. 기억력이 좋으셨다. 농사는 예전에 텃밭을 일굴 정도로 지었을 뿐 사뭇 고기를 잡았으며, 80세가 되던 해까지도 배를 탔다고 한다.

제공 자료 목록

03_01_FOT_20100113_KDH_GDH_0001 부적으로 개미를 없앤 강감찬
03_01_FOT_20100113_KDH_GDH_0002 기우제 지내던 용바위
03_01_FOS_20100113_KDH_GDH_0001 에이야 소리 / 그물 당기는 소리
03_01_FOS_20100113_KDH_GDH_0002 에라소 가래로다 / 고기 푸는 소리
03_01_FOS_20100113_KDH_GDH_0003 에라소 가래로다 / 고기 푸는 소리
03_01_FOS_20100113_KDH_GDH_0004 장자요 우자요 / 고기 세는 소리
03_01_FOS_20100113_KDH_GDH_0005 날벼 소리 / 그물 터는 소리
03_01_FOS_20100113_KDH_GDH_0006 날벼 소리 / 그물 터는 소리
03_01_FOS_20100113_KDH_GDH_0007 날벼 소리 / 그물 터는 소리
03_01_FOS_20100113_KDH_GDH_0008 에이야 소리 / 그물 싣는 소리
03_01_FOS_20100113_KDH_GDH_0009 에이야 소리 / 배 올리는 소리
03_01_FOS_20100113_KDH_GDH_0010 에이야 소리 / 귀향하는 소리
03_01_FOS_20100113_KDH_GDH_0011 노랫가락 / 가창유희요
03_01_FOS_20100113_KDH_GDH_0012 아리랑 / 가창유희요
03_01_FOS_20100113_KDH_GDH_0013 뱃노래 / 가창유희요
03_01_FOS_20100113_KDH_GDH_0014 노랫가락 / 가창유희요
03_01_FOS_20100113_KDH_GDH_0015 으여차 소리 / 목도하는 소리
03_01_MFS_20100113_KDH_GDH_0001 항구야 항구야 / 가창유희요
03_01_MFS_20100113_KDH_GDH_0002 기차는 떠나간다 / 가창유희요

김만섭, 남, 1934년생

주 소 지 : 강원도 고성군 현내면 명파리
제보일시 : 2010.1.22
조 사 자 : 강등학, 이영식, 박은영, 이창현, 윤희렬

　강원도 홍천군 내면에서 태어나, 인제군 합강리에서 19년을 살다가 이

곳 명파리에는 39년 전에 이주하였다. 홍천
과 인제에서는 겨리소로 밭갈이를 하였으나
이곳 명파리에 와서는 호리로 많이 했다고
한다. 영서지역에서는 겨리로 하루에 2,000
평의 논밭을 갈지만 고성에서는 호리소로
1,500평을 갈았다고 한다. 적극적이지 않고
차분한 성격이다. 소리하는 것을 그리 좋아
하지 않은 듯 여러 번 청해야 겨우 한 마디
해주곤 했다.

제공 자료 목록

03_01_FOS_20100122_KDH_KMS_0001 이랴 소리 / 밭 가는 소리
03_01_FOS_20100122_KDH_KMS_0002 이랴 소리 / 논 삶는 소리

김종권, 남, 1935년생

주 소 지 : 강원도 고성군 현내면 초도1리
제보일시 : 2010.1.30
조 사 자 : 강등학, 이영식, 박은영, 이창현, 윤희렬

초도리 토박이로 22세에 결혼하여 1남 4
녀를 두었다. 배 멀미가 있어 배는 타지 않
았으며, 지금까지 농사만 지었다. 젊어서는
이장 일을 오래 동안 하였다. 성격이 밝고
목소리에도 힘이 있었다. 나이에 비해 건강
했으며, 아는 것에 대해서는 적극적으로 도
와주었다. 소리는 취미가 없어 배우지 못했
다고 한다.

제공 자료 목록
03_01_FOT_20100130_KDH_KJG_0001 서낭신이 된 이화진의 며느리
03_01_FOT_20100130_KDH_KJG_0002 부적으로 개미를 없앤 강감찬

박봉순, 여, 1931년생

주 소 지 : 강원도 고성군 현내면 초도1리
제보일시 : 2010.1.14
조 사 자 : 강등학, 이영식, 박은영, 이창현, 윤희렬

부산시 대신동 태생으로 20세에 결혼했
다. 초도리에는 1972년에 이주하였다. 경상
도 사투리를 구사하였다. 적극적인 성격으
로 판단되나, 제보자가 원하는 내용과 거리
가 있다며 답변을 피했다.

제공 자료 목록
03_01_FOS_20100114_KDH_PBS_0001 앉은 자리
꽁꽁 / 잠자리 잡는 소리

윤숙희, 여, 1928년생

주 소 지 : 강원도 고성군 현내면 초도1리
제보일시 : 2010.1.14
조 사 자 : 강등학, 이영식, 박은영, 이창현, 윤희렬

거진읍 반암리 태생으로 20세에 결혼하
였다. 마른 몸에 허리가 아파서 오래 걷지
못하는 등 건강이 그리 좋은 편은 아니다.
하지만 노래를 할 때는 힘이 있었다. 자신이
살아온 이야기를 다 하려면 끝이 없다고 한

다. 아마도 살아오면서 숱한 일을 겪었던 것으로 짐작이 되며, 10년 전부터 교회에 열심히 다닌다고 한다. 소리를 많이 알고 있으나 하지 않으려고 하였다. 그동안 여러 번 제보한 경험이 있다.

제공 자료 목록
03_01_FOS_20100114_KDH_YSH_0001 아침거리 쩌라 / 메뚜기 부리는 소리
03_01_FOS_20100114_KDH_YSH_0002-s01 자진 아라리 / 모심는 소리
03_01_FOS_20100114_KDH_YSH_0002-s02 자진 아라리 / 모심는 소리
03_01_FOS_20100114_KDH_YSH_0003 우리 아기 잘도 잔다 / 아기 재우는 소리
03_01_FOS_20100114_KDH_YSH_0004 풀무 소리 / 아기 어르는 소리
03_01_FOS_20100114_KDH_YSH_0005 세상달강 / 아기 어르는 소리
03_01_FOS_20100114_KDH_YSH_0006 음메 음메 소리 / 소 부르는 소리
03_01_FOS_20100114_KDH_YSH_0007 별 하나 나 하나 / 단숨에 외는 소리
03_01_FOS_20100114_KDH_YSH_0008 별 하나 따서 망태기 넣고 / 단숨에 외는 소리
03_01_FOS_20100114_KDH_YSH_0009 비야 비야 오지 마라 / 비 그치게 하는 소리
03_01_FOS_20100114_KDH_YSH_0010 칭칭이 소리 / 가창유희요
03_01_FOS_20100114_KDH_YSH_0011 뱃노래 / 가창유희요
03_01_FOS_20100114_KDH_YSH_0012 강원도 아리랑 / 가창유희요
03_01_FOS_20100114_KDH_YSH_0013 어랑 타령 / 가창유희요

윤옥란, 여, 1919년생

주 소 지 : 강원도 고성군 현내면 죽정2리
제보일시 : 2010.1.22
조 사 자 : 강등학, 이영식, 박은영, 이창현, 윤희렬

죽정리 토박이로 18세에 한 마을에 사는 총각과 결혼했다. 귀가 상당히 어두워 의사 전달이 제대로 되지 않았다. 그래도 정신은 또렷하여 예전에 있었던 일을 정확히 기억하셨다. 12~14세 때부터 친구들과 어울려

삼을 삼았다고 하며, 스스로 젊어서 잘 놀았다고 할 정도로 성격이 밝았다. 틀니를 끼었으나 발음은 좋았다.

제공 자료 목록

03_01_FOT_20100122_KDH_YOR_0001 양양 윤구병과 강릉 이통천이 돈 자랑하다
03_01_FOS_20100122_KDH_YOR_0001 일자나 한자 들고보니 / 숫자 풀이 소리
03_01_FOS_20100122_KDH_YOR_0002 추워 추워 춘달래 / 추울 때 하는 소리
03_01_FOS_20100122_KDH_YOR_0003 칭칭이 소리 / 가창유희요
03_01_FOS_20100122_KDH_YOR_0004 뱃노래 / 가창유희요
03_01_FOS_20100122_KDH_YOR_0005 어랑 타령 / 가창유희요
03_01_FOS_20100122_KDH_YOR_0006 비야 비야 오지 마라 / 비 그치게 하는 소리
03_01_FOS_20100122_KDH_YOR_0007 베틀가 / 가창유희요
03_01_FOS_20100122_KDH_YOR_0008 다복녀 / 가창유희요
03_01_FOS_20100122_KDH_YOR_0009 계집 죽고 자식 죽고 / 비둘기 보고 하는 소리
03_01_FOS_20100122_KDH_YOR_0010 영등 축원 / 비손하는 소리
03_01_MFS_20100122_KDH_YOR_0001 복남아 우지 마라 / 가창유희요

이한익, 남, 1932년생

주 소 지 : 강원도 고성군 현내면 철통리
제보일시 : 2010.1.22
조 사 자 : 강등학, 이영식, 박은영, 이창현, 윤희렬

철통리 토박이로 18세에 옆 마을에 살던 동갑인 한순녀와 결혼하여 3남 2녀를 두었다. 지금까지 농사만 지었으며, 젊어서는 이장 일을 오래 동안 했으며, 얼마 전까지는 마을 노인회장도 맡아서 했다. 굉장히 깔끔한 성격으로 목소리는 크지 않으며 인상이 부드럽다. 나이에 비해 건강했고 발음도 좋았다. 적극적인 성격으로 아는 것은 가능한

자세히 전해주려고 애썼다.

제공 자료 목록

03_01_FOT_20100131_KDH_LHI_0001 서낭신이 된 이화진의 며느리
03_01_FOS_20100131_KDH_LHI_0001_s01 이랴 소리 / 논 가는 소리
03_01_FOS_20100131_KDH_LHI_0001_s02 한춤 소리 / 모찌는 소리
03_01_FOS_20100131_KDH_LHI_0001_s03_1 어랑 타령 / 모심는 소리
03_01_FOS_20100131_KDH_LHI_0001_s01_2 강원도 아리랑 / 모심는 소리
03_01_FOS_20100131_KDH_LHI_0001_s04 자진 아라리 / 논 매는 소리
03_01_FOS_20100131_KDH_LHI_0001_s05 자진 아라리 / 벼 베는 소리
03_01_FOS_20100131_KDH_LHI_0001_s06 에헤라 소리 / 도리깨질 하는 소리
03_01_FOS_20100131_KDH_LHI_0002 헌 물은 나가고 / 물 맑게 하는 소리
03_01_FOS_20100131_KDH_LHI_0003 앉은 방아 쩌라 / 메뚜리 부리는 소리
03_01_FOS_20100131_KDH_LHI_0004 칭칭이 소리 / 가창유희요
03_01_FOS_20100131_KDH_LHI_0005 강원도 아리랑 / 가창유희요

임수청, 남, 1940년생

주 소 지 : 강원도 고성군 현내면 명파리
제보일시 : 2010.1.22
조 사 자 : 강등학, 이영식, 박은영, 이창현, 윤희렬

　　강원도 강릉시 주문진 태생으로 1959년
에 이곳 명파리로 이주하였다. 강릉에서도
농사를 지었으며 명파리로 이주할 당시에
정부로부터 1인당 논 1500평을 불하를 받
았다. 이곳에서는 마을 앞에 바다가 있으나
군사지역이라 항구가 없다. 이러한 까닭에
이주해서 지금껏 농사만 지었다. 그렇게 적
극적인 성격은 아니지만 질문한 것에 대해
서는 가능한 해주려고 하였다. 술을 좋아하는 듯했고, 담배 또한 즐기는

듯 시간이 날 때면 밖에 나가서 피우곤 했다. 소리에 취미가 있었던 것은 아니지만 여럿이 어울려 농사일을 하다가 배우게 되었다고 한다.

제공 자료 목록

03_01_FOS_20100122_KDH_ISC_0001_s01 한춤 소리 / 모찌는 소리
03_01_FOS_20100122_KDH_ISC_0001_s02 아라리 / 모심는 소리
03_01_FOS_20100122_KDH_ISC_0001_s03_1 아라리 / 논 매는 소리
03_01_FOS_20100122_KDH_ISC_0001_s03_2 오독떼기 / 논 매는 소리
03_01_FOS_20100122_KDH_ISC_0001_s04 한 단 소리 / 벼 베는 소리
03_01_FOS_20100122_KDH_ISC_0002 헌 이는 너 갖고 / 새 이 가는 소리
03_01_FOS_20100122_KDH_ISC_0003 아침 방아 쩌라 / 메뚜기 부리는 소리
03_01_FOS_20100122_KDH_ISC_0004 엄마 손이 약손이다 / 배 쓸어주는 소리
03_01_FOS_20100122_KDH_ISC_0005 앞니 빠진 갈가지 / 이 빠진 아이 놀리는 소리
03_01_FOS_20100122_KDH_ISC_0006 헌 집 줄게 새 집 다오 / 모래집 짓는 소리
03_01_FOS_20100122_KDH_ISC_0007 아라리 / 나무하는 소리
03_01_FOS_20100122_KDH_ISC_0008 다람아 다람아 / 다람쥐 잡는 소리

조종걸, 남, 1920년생

주 소 지 : 강원도 고성군 현내면 명파리
제보일시 : 2010.1.22
조 사 자 : 강등학, 이영식, 박은영, 이창현, 윤희렬

강원도 평창 태생으로 1958년에 이곳 명파리로 이주하였는데, 명파리로 이주할 당시에 정부로부터 1인당 논 1500평을 불하를 받았다. 이곳에서는 마을 앞에 바다가 있으나 군사지역이라 항구가 없다. 이러한 까닭에 이주해서 지금껏 농사만 지었다. 제보자는 차분한 성격으로 무언가 도와주려고 하였으나 귀가 어두워 대화를 나누기가 힘

들었다. 그러나 나이에 비해 건강해 보였고 발음도 좋았다.

제공 자료 목록
03_01_FOT_20100122_KDH_JJG_0001 삼송 백인지지인 명파리

최종길, 남, 1948년생

주 소 지 : 강원도 고성군 현내면 대진2리
제보일시 : 2010.1.13
조 사 자 : 강등학, 이영식, 박은영, 이창현, 윤희렬

　대진리 토박이로 초등학교를 졸업하고 이
내 배를 탔다. 22세에 결혼하여 1남 1녀를
두었다. 2년 전에 큰 수술을 받아 건강이
좋지 않지만 그래도 아직까지 인근에서 잠
수를 잘한다는 소리를 듣는다. 특히 배 스크
루에 그물이 걸렸을 때 잠수해서 들어가 제
거하는 일을 도맡아 했다. 농사는 짓지 않고
줄곧 고기잡이를 했으며, 현재 횟집을 운영
하고 있다. 보통 키에 좀 마른 편이나 강해보였다. 알고 있는 자료에 대해
서는 먼저 들려주는 등 적극적으로 도와주었다.

제공 자료 목록
03_01_FOS_20100113_KDH_CJG_0001 에이야 소리 / 그물 당기는 소리
03_01_FOS_20100113_KDH_CJG_0002 하나요 둘이요 / 고기 세는 소리
03_01_FOS_20100113_KDH_CJG_0003 어이차 소리 / 멸치 터는 소리
03_01_FOS_20100113_KDH_CJG_0004_s01 복복복 소리 / 혼 부르는 소리
03_01_FOS_20100113_KDH_CJG_0004_s02_1 어허넘차 소리 / 운상하는 소리
03_01_FOS_20100113_KDH_CJG_0004_s02_2 어이차 소리 / 운상하는 소리
03_01_FOS_20100113_KDH_CJG_0004_s03 달구 소리 / 묘 다지는 소리

한방자, 여, 1925년생

주 소 지 : 강원도 고성군 현내면 죽정2리
제보일시 : 2010.1.22
조 사 자 : 강등학, 이영식, 박은영, 이창현, 윤희렬

현내면 초도리 태생으로 11세에 서울에
서 살다가 15세에 고향으로 다시 내려와 초
등학교를 1년 정도 다녔다. 19세에 결혼하
여 2남 4녀를 두었으며 46년 전에 이곳 죽
정리로 이주하였다. 3년 전부터 교회에 다
닌다. 초도리에 살 때는 미역을 따다가 시골
에 가서 곡식과 바꿔먹었으며, 아버지는 나
무를 켜는 일을 했다고 한다. 모심기는 학교
에 다닐 때 처음 해봤으며 시집와서는 계속했다. 모내기는 주로 여자가
하고 못줄은 남자가 잡으며, 논매기는 남자가 했다. 제보자는 성격이 명
랑하고 쾌활하였으며 나이에 비해 상당히 건강했다. 기억력도 뛰어난데
본인 스스로도 기억력이 좋다고 자부했다.

제공 자료 목록

03_01_FOT_20100122_KDH_HBJ_0001 선녀가 내려온 거북섬
03_01_FOT_20100122_KDH_HBJ_0002 물통방아를 혼자서 옮긴 아기장수
03_01_FOS_20100122_KDH_HBJ_0001 자진 아라리 / 모심는 소리
03_01_FOS_20100122_KDH_HBJ_0002 한오백년 / 모심는 소리
03_01_FOS_20100122_KDH_HBJ_0003 이거리 저거리 갓거리 / 다리 뽑기 소리
03_01_FOS_20100122_KDH_HBJ_0004 꿩꿩 꿩서방 / 꿩 보고 하는 소리
03_01_FOS_20100122_KDH_HBJ_0005 별 하나 나 하나 / 단숨에 외는 소리
03_01_FOS_20100122_KDH_HBJ_0006 해야 해야 나오너라 / 몸 말리는 소리
03_01_FOS_20100122_KDH_HBJ_0007 각시방에 불 켜라 / 풀뿌리 문지르는 소리
03_01_FOS_20100122_KDH_HBJ_0008 앞니 빠진 수망다리 / 이 빠진 아이 놀리는
　　　　　　　　　　　　　　　　　　　　　　　　소리

03_01_FOS_20100122_KDH_HBJ_0009 풀무 소리 / 아기 어르는 소리
03_01_FOS_20100122_KDH_HBJ_0010 도리 도리 짝짜 꿍 / 아기 어르는 소리
03_01_FOS_20100122_KDH_HBJ_0011 엄마 손이 약손이다 / 배 쓸어주는 소리
03_01_FOS_20100122_KDH_HBJ_0012 헌 이는 너 갖고 / 새 이 가는 소리
03_01_FOS_20100122_KDH_HBJ_0013 빤빤히 대가리 / 까까머리 놀리는 소리
03_01_FOS_20100122_KDH_HBJ_0014 꼭꼭 숨어라 / 술래잡기 하는 소리
03_01_FOS_20100122_KDH_HBJ_0015 어디까지 갔니 / 술래잡기 하는 소리
03_01_FOS_20100122_KDH_HBJ_0016 방구 딩구 나간다 / 방귀뀌며 하는 소리
03_01_MFS_20100122_KDH_HBJ_0001 고드름 고드름 / 고드름 가지고 노는 소리

부적으로 개미를 없앤 강감찬

자료코드 : 03_01_FOT_20100113_KDH_GDH_0001

조사장소 : 강원도 고성군 현내면 대진4리 2반 김덕호 자택

조사일시 : 2010.1.13

조 사 자 : 강등학, 이영식, 박은영, 이창현, 윤희렬

제 보 자 : 김덕호, 남, 93세

구연상황 : 영하 12도의 매서운 추위와 차갑고 강한 바닷바람 탓인지 거리에 다니는 사람이 없었다. 식당 주인의 소개로 김덕호 댁을 방문했다. 방문한 취지를 설명하자 이미 여러 조사자가 다녀갔음에 구비문학 조사에 대해 충분히 이해하고 있었다. 조사자들을 만나자 고성군의원이었던 당신의 아들에 대한 최근 고등법원 판결의 부당함을 한참 동안 하소연했다. 조사자들은 그 얘기를 다 듣고 배와 관련된 이야기를 나누었다. 그러다가 조사자가 예전 고기 잡을 때 하는 소리를 청하자 간단하게 이것저것 해주었다. '그물 당기는 소리', '고기 푸는 소리', '고기 세는 소리', '그물 터는 소리', '그물 싣는 소리', '그물 당기는 소리', '둔대질 하는 소리', '귀항하는 소리'를 청해 들었다. 이후 바다와 관련된 얘기를 나누다가, 약주 한잔 하고 친구들과 어울려 놀 때 어떤 노래를 불렀냐고 묻자 뭐 별거 다 했다고 하면서 '노랫가락'을 조금 불렀다. 이에 다른 노래는 또 없냐고 묻자 남양군도에 갔을 때 해군에게서 배운 노래를 들려주었다. 노래가 끝나고 조사자들이 박수를 치자 흥이 나셨는지 '노랫가락', '기차는 떠나간다'를 부르고 이어서 소학교 3학년 때 담임이 가르쳐준 일본의 '졸업노래'를 부르고, '아리랑'을 우리말과 일본어로 혼용해서 불렀다. 오랜 시간이 흘러 힘들어 하시는 거 같아 옛날이야기를 청했다.

줄 거 리 : 화진포 솔밭에는 개미가 없다. 그 이유는 강감찬 장군이 그곳에서 쉴 때 개미가 자꾸 귀찮게 굴어 부적을 써서 오지 못하게 했기 때문이다.

　　그래 화진포 가면은 요 처음 그 다리, 교량 건너서 고 가서 고 쪼끔 가면 고 솔밭에 넘어가면 거 개미가 없어요, 개미가. 개미도 없구, 모기도 없구 그래.

거 개미라는 거 알을 그 그 그래. 개미도 없구 모구도 없다는 거는.

그전에 그 뭐 우리는 모르겠지만 여러 사람이, 강감찬이라는 양반이, 강감찬이라는 양반이 거 지나가다가 거, 거 앉어 있으니까 뭐 개민지 뭔 이래 깨물더래요. 그래 그 뭐 부적인지 뭐 이렇게 써서 내뿌리고 가서, 거 가면 여름에 개미가 없답니다.

기우제 지내던 용바위

자료코드 : 03_01_FOT_20100113_KDH_GDH_0002
조사장소 : 강원도 고성군 현내면 대진4리 2반 김덕호 자택
조사일시 : 2010.1.13
조 사 자 : 강등학, 이영식, 박은영, 이창현, 윤희렬
제 보 자 : 김덕호, 남, 93세
구연상황 : '부적으로 개미를 없앤 강감찬'을 이야기 한 후, 이에 조사자가 초도리에 있는 섬 '금구도'에 대하여 묻자 이 이야기를 들려주었다.
줄 거 리 : 거북바위는 예전에 용바우라 그랬다. 그곳은 예전에 개를 잡아 기우제를 지내 던 곳이다.

그전에는 그 우리 애렸을 때는 그 초를 사다가 그 용바우라고 그 큰 바우가 있어요. 그래 용바우가 그기 거북바우랍니다, 거북. 지금은 거북바우라 그래요.

그런데 그 우 이상하다. 그 여기 날이 가물고 비가 안 오면 거기다 기우제 기우, 개 잡어 가지고 기우제 지냈는데. 그래 용바우 앞에다 개 잡어 가지고 그 피를 흘리면 그 비가 와서 그런데.

그 저 용바우라 소리 들었지 거북바우란 소리 못 들었다 내가 이러니까, 지금은 그기 저 거북 구(龜)자 저 구암(龜岩)이라고 그 뭐 구암이라 하든가 거북바우라구 네 그거 했다 하더구만. 거기 거북바우라고 그거를 지금 거북바우라 그런데요.

서낭신이 된 이화진의 며느리

자료코드 : 03_01_FOT_20100130_KDH_KJG_0001

조사장소 : 강원도 고성군 현내면 초도리 216-1번지 김종권 댁

조사일시 : 2010.1.30

조 사 자 : 강등학, 이영식, 박은영, 이창현, 윤희렬

제 보 자 : 김종권, 남, 75세

구연상황 : 1월 23일 초도리 방문 때 만난 권오훈으로부터 김종권이 초도리 토박이이므로 많이 알고 있을 것이라는 이야기를 들었다. 전화번호를 확인하고 연락을 했으나 그날은 만나지 못했다. 이에 30일 재차 방문 시에는 사전에 약속을 하고 오후에 만났다. 처음에 마을 앞에 있는 섬 '금구도'에 대한 얘기를 들었는데, 얼마 전 이 섬이 광개토대왕릉일 수도 있다는 몇 사람의 주장에 고성군에서는 학계에 의뢰하여 현장조사 한 결과 아니라 결론을 얻었다고 한다. 그리고 농사 얘기를 나눴는데, 지금도 농사는 짓고 있으나 소리에는 취미가 없어서 노래를 못한다고 했다. 이에 마을과 관계된 얘기를 나누다가 화진포에 대한 이야기를 청하여 들었다.

줄 거 리 : 화진포는 원래 이화진의 땅이었다. 하루는 스님이 탁발을 왔는데 시주를 곡식 대신 소똥을 주었다. 이를 본 며느리는 몰래 곡식을 퍼서 중에게 주니 자신을 따라오라고 했다. 이에 며느리가 스님을 따라가니 어떤 일이 있어도 뒤돌아보지 말라고 했다. 그리곤 스님이 도술을 부려 천둥을 치고 비를 오게 하여 그 넓은 땅을 물에 잠기게 했다. 이때 천둥소리, 빗소리에 놀란 며느리가 집을 쳐다보니 시아버지가 지붕 위에 올라가 살려달라고 손짓하는 것을 보고 그 자리에 주저앉았다. 스님은 간 곳이 없었다. 후에 사람들이 그 자리에 며느리 서낭당을 지었다.

화진포는 원래 이화진이라는 사람 들이예요, 이화진.

내가 듣기로는. 그 사람 이 천석 뚜루라는 거예요, 이게. 그 사람 땅, 버덩이였었는데, 아주 무지하게 구두쇠였는 모양이야, 이화진이가.

그니깐, 그래서 하루는 인제 그 중이, 중이 동냥을 내려 왔대요. 동냥을 하러오니까 그때 이화진이가 마구를 쳤다거든요! 마구를 치니까, 마구를 치다가 뚝딱뚝딱 동냥을 두드리니까 "옛다 쇠똥이나 가져가라!"구선 그 똥치다 말구선 그 소똥을 한 삽 떠서 주드라구요. 그래 스승이 그걸 얼른

받드래요, 그걸.

받아 가지구서는, 싸들구서는 아 목탁을 다 두드리구는 가드라는 거야. 저쪽 화포 쪽으로 가는데, 그래 가는데, 가니깐 며느리가 뒤꽁무니로 쌀 한 말을 퍼 가지구서는 그 얼마쯤 가는데 그 따라 왔더래. 그래서 그 스승님, 그 쌀을 주서를 "우리 아버지가 성질이 원래 그러니까 아주 용서해 달라." 이러면서 그 시주를 하더래. 그래서 쌀을 한 말을 그 중이 받아 가지구, "가지 말구 날 따라 오라"고 그러더래.

"날 따라와서, 앞, 뒤에서 무슨 소리가 나더라도 돌아보지 말라!" 그러더래. 그러면서 따라 오라 그러더래.

그래 따라 갔대. 뒤를 따라가니까, 화포 저 그 화진포 지나 화포 거기 가는데 며느리가 뒤에서 이상한 소리가, 소리가 아우성이 나고 소리가 나더라는 거예요. 그래 하도 궁금해 가지구 할 수 없이 돌아봤대.

돌아다보니까 자기네 집에 물에 쟁겨 나서 지금 이렇게 지붕 위로 물을, 지붕만 남아 있더라는 거야. 그러나까네 자기네 시아버이가 지붕 위에 올라와서 삭삭 손짓을 하더라는 거야. 그러니까 며느리가 "아이쿠 아버지!" 하구선 그걸 보고선 돌아다 보구선 저기 주저앉았대. 주저앉으니까 스승이 돌아다보지 말라는데 돌아봐서 그게 그렇게 됐다는 거야.

그 다음에 그렇게 되구서, 주저앉아서 돌아다보니까 이 스승이 간 곳이 없더래요. 중이. 그래서 거기가 지금 화포, 그 화포에서 서낭당 지은 자리다, 그 자리 거기다. 그래 ○○서낭당을 지졌다는(지어졌다는) 거예요, 그 며느리 서낭당.

그래서 그 다음에 물이 차서 물더덩이가 되어서 화진, 화진포라는 소가 생겼다.

부적으로 개미를 없앤 강감찬

자료코드 : 03_01_FOT_20100130_KDH_KJG_0002
조사장소 : 강원도 고성군 현내면 초도리 216-1번지 김종권 댁
조사일시 : 2010.1.30
조 사 자 : 강등학, 이영식, 박은영, 이창현, 윤희렬
제 보 자 : 김종권, 남, 75세
구연상황 : 마을과 관계된 얘기를 나누다가 화진포 전설인 '서낭신이 된 이화진 며느리' 이야기를 해주었다. 이어서 화진포 솔밭에 개미가 없는 사연에 대해 얘기했다.
줄 거 리 : 화진포 솔밭에는 개미가 없다. 그 이유는 강감찬 장군이 이곳에 순시를 왔다가 점심을 먹고 낮잠을 자는데 개미가 자꾸 귀찮게 굴어 부적을 써서 오지 못하게 했기 때문이다.

그 화진포에 가 보면은 이 백사장 위에 그 소나무가 있구 그런데 그 개미가 없거든. 그 개미가, 정말 여름에 자도 개미가 없는데, 그 개미 없는 전설이 또 있어요.

(조사자 : 아 예, 그거 말씀해 주시면.)

그럼, 응 저 그 옛날에 그 강감찬 장군이 인제 여기를 순시를 왔대요.

강감찬 장군. 그래 여 와 가서는, 화진포 거기 와 가지구서는 이제 점심 먹고 낮잠 이렇게 한숨 잤다는 거예요. 낮잠을 자노라니까, 그늘도 좋고 이래서 백사장에서 낮잠을 자니까 개미 땜에 잘 수가 없더라는 거야.

그래서 강감찬 장군이 부적을 한 장을 써 가지구선 떤졌대요. 떤지니까 그 개미가 싹 없어졌대요. 그래서 화진포에 가면 개미가 없다는 거야.

양양 윤구병과 강릉 이통천이 돈 자랑하다

자료코드 : 03_01_FOT_20100122_KDH_YOR_0001
조사장소 : 강원도 고성군 현내면 죽정2리 3반 윤옥란 댁

조사일시 : 2010.1.22

조 사 자 : 강등학, 이영식, 박은영, 이창현, 윤희렬

제 보 자 : 윤옥란, 여, 91세

구연상황 : 날 눈이 많이 내려 운전을 하며 다니기에는 다소 불편하였으나 오전에 죽정2
리 경로당에서 한방자로부터 많은 노래를 들었다. 차분히 더 많은 것을 여쭤
보려고 하였으나 오히려 같은 마을에 있는 윤옥란을 추천해 주었다. 윤옥란
댁은 경로당에서 200여 미터 거리에 위치하고 있었다. 집에 도착하여 밖에서
한참을 부른 후에 문이 열렸다. 방에는 같은 마을에 사는 제보자의 친구 이득
재가 있었다. 제보자는 보청기를 끼고 있었으나 잘 듣지를 못해 이득재가 중
간에서 여러 번 도와주었다. 처음에 살아왔던 이야기를 듣고 모심을 때 부르
던 노래를 청하니 시아버지, 시주버니와 같이 심는데 무슨 노래냐고 했다. 그
러면서 선거 적 '장타령'을 아는데 한번 불러보겠다고 했다. 상당히 긴 사설
의 '숫자 풀이 소리'를 듣고 모두 박수를 쳤다. 이후 '추울 때 하는 소리'를
듣고 이야기는 모르냐고 하자 다른 거는 모르고 어렸을 때 아버지로부터 '양
양 윤구병과 강릉 이통천의 이야기'를 들었다고 하면서 들려주었다.

줄 거 리 : 옛날에 양양의 부자 윤구병과 강릉의 부자 이통천이 누가 더 부자인가 내기
를 했다. 양양의 윤구병은 누룩으로 서울 가는 길에다 깔고 강릉의 이통천은
돈으로 깔기로 했는데, 윤구병이 이겼다.

옛날에 강릉 윤 윤 윤구병이가 강릉 윤구병이 하꽈(하고) 이통천이 하
꽈(하고) 돈이 많아서 서울 가는 길에 서로 돈 시합을 하가라 서로 이길
라구.

야양의(양양의) 윤구병이는 누룩 깔기를 서울 가는 길에 뻗치민 가구.
또 이통천이는 돈을 또 늘애가민 서울 가는 길에다 돈을 늘애가민 가는데
윤구병이가 이겼대.

누룩까리 누룩까리 누룩까릴 얼매나 몇 말을 마이(많이) 해야 걸머지고
서울 가는 길에다 빼치민 걸어가나!

(조사자 : 아 그렇죠.)

그래서 윤구병이가 이겼대 옛날에.

그런 그런 소리는 들었어.

서낭신이 된 이화진의 며느리

자료코드 : 03_01_FOT_20100131_KDH_LHI_0001
조사장소 : 강원도 고성군 현내면 철통리 85-3번지 이한익 댁
조사일시 : 2010.1.31
조 사 자 : 강등학, 이영식, 박은영, 이창현, 윤희렬
제 보 자 : 이한익, 남, 78세

구연상황 : 전날인 30일에 만났던 김종권으로부터 이한익이 소리를 잘한다는 정보를 얻었다. 오전 10시 경에 이한익 댁을 방문하였더니 부인 한순녀가 몸이 불편해서 자리에 누워 있었다. 방문취지를 말씀드리고 협조를 청했더니 한순녀가 예전에도 학교에서 왔었다고 말했다. 이에 조사자가 정리한 예전 자료를 살폈더니 1994년에 강릉대학교 국문학과에서 이한익 댁을 방문한 일이 있었다. 그런데 그 자료에는 한순녀의 이름을 황순녀로 잘못 정리하였다. 그때는 한순녀가 마을 분들을 초청해서 판을 벌렸다고 한다. 당시에는 주로 여성분들만 만났던 까닭에 농사와 관련된 노래는 정리되지 않았다. 이한익에게 이러한 사정을 말씀드렸다. 아침부터 노래 청하기가 그래서 마을 지명유래 및 농사와 관련된 여러 사항에 대해 듣고 화진포에 얽힌 이야기를 부탁했다.

줄 거 리 : 화진포는 원래 어느 장자의 땅이었다. 하루는 스님이 탁발을 왔는데 시주를 곡식대신 소똥을 주었다. 이를 본 며느리는 몰래 곡식을 퍼서 중에게 주니 자신을 따라오라고 했다. 이에 며느리가 스님을 따라가니 어떤 일이 있어도 뒤돌아보지 말라고 했다. 그리곤 스님이 도술을 부려 천둥을 치고 비를 오게 하여 그 넓은 땅을 물에 잠기게 했다. 이때 천둥소리, 빗소리에 놀란 며느리가 뚜껑을 열어 놓은 장독 생각에 뒤를 돌아보다가 죽었다. 이후 죽은 며느리는 그 자리의 거릿서낭이 되었다.

　그게 우리가 인제 어려서 듣기는 이 화진포가 그전에 장재터라 그래요 장재터.

　(조사자 : 장자터.)

　장재터.

　(조사자 : 장재터! 네.)

　장재 부사, 이제 부자 아주 장재 응.

　(조사자 : 네. 아주 돈 많은 사람들 예.)

응, 재물 재(財)자.

장재터라 그래요, 예. 그래 장재터라 그러는데, 화진포가 장재턴데, 그 우리도 모르지만 으른들이(어른들이) 인제 그 유래를 얘기하는 소리를 들었지 우리가, 어려서.

(조사자 : 네 그것 좀 한번 일러주십시오, 어르신.)

예. 들었는데, 그게 옛날엔 거기가 그 논포린데 아귀에 화진포가, 논포린데 그건 옛날 얘기니까 우리가 뭐 전할 수는 없지만 이제 으른들의 얘기가 그래 얘기를 하더라구요.

얘기가, 이제 거기에 장재 부자가 살았더래요 아주. 거 화진포에. 그건 그게 다 논이고.

그렇게 살았는데, 그 때 당시에 도사 중이 시주를 받으러 왔데. 시주를 받으러 왔는데 그 부자가, 부자가 아주 욕심이 꽉 차구 그야말로 지금 말해선 못된 사람이었던 모양이여.

그래 이 사람이 가서 "시주 좀 하십시오." 하나니까네 마구를 치다가, 소 마구 "뭐 주게 있나, 이거나 가주가!" 그러면서 소똥을 한 삽 떠 가지구 주더라는 게야.

주니까네 그 도승이 말이야 안 말도 안 하고 처음에 앞 머시기 머시기 다 자락을 내놓곤 덥석 받더라는 기야. 그래 받아서 가주 갔던, 그 가주 갔더라는 기어든.

근데 그기, 그기 도승이 가다가선 요 서낭제이고개라고 고개가 있지 요기? 들어오다 보면. 저저 요 저 들어오다 보믄 서낭제이고개라고 내리막이 있죠. 조게? 예. 거기에 서낭나무가 있었어요, 옛날에. 아주 거릿서낭이 있어 가지구 가구 오는 사람이 거기다 밥을 먹다가두 밥을 떤저주구 가구 말이유.

거릿서낭은 가구 오는 사람 침 받아 먹구 산다고 그랬잖아요? 옛날에. 이제 그렇게 거릿서낭이 있는데, 그 이 화진포에서 사는 그 부자가 아주 못되 가지구 말이야. 도승이 머시기 세주(시주)를 하라구 왔, 좀 해라 구선 했다구 그랬잖아?

마구치다 쇠똥을 떠 가지구 말이야 "뭐 줄 기 있니, 이거나 가져가라!" 하구 말이야. 그래 가지구 도승이 얼른 그래도 그 옷자락을 벌리군 받았 다 이기야. 받아 가지구 나오는 기야.

나오다가 도승이 아마 도를 부린 모양이야. 도를 부려 가지구 서낭제이 고개, 거기서 나와 가지구 화진포에서 나와 가지구. 그때 화진포가 화진 포가 아니구 그 논포리라니까.

(조사자 : 논포리.)

예, 논. 그래 거기서 나오 가지구선 그 서낭제이고개 올라가는데 거기 서낭나무가 있었거든. 서낭나무가 있어서 그 거릿서낭이 해서 그 우리가 그 학교 다닐 때 거기서 많이 그랬어요. 서낭나무가 있는 데에다가 가다 가 오다가 돌 던지구, 음식 갖다 가서 먹다간 거기다 또 놓고 하고 이랬 다구. 그게 지금 다 없어졌는데.

그래 그 서낭나무가 있는데, 아 거기를 올라가는데 그 화진포에서 도승 이 이제 그렇게 달라니까 쇠똥을 해 가지구. 그걸 얼른 받아 가지구 나오 니까 그 메느리가 아 그걸 보니 아주 아찔하거든. 그 도승인데 말이여.

시아버지가 쇠똥을 떠서 주니까 그걸 그 뭔가 그거 뭐라 그러나 그 옷 을 가지구선? 중들 입는 옷을, 그 옷자락에다 받아 가지고 나왔다 이기여.

그러니 메느리가 쫓아나가민선, 쌀 퍼가주 나가민선 말이여, 가망 가망 대루 시아버지 못 보게 말이여. 가망대루 가지구 감추구가선 스님 아주 죄송하게 됐다고 말이여. 이걸 받아가시라고 말이여.

죄송하다며 아주 삭 사죄를 했어 그 며느리가. 사죄를 하니까느 어른 고맙다구 받아두었어.

받아 가주 가다가선 그 도승이 말이야 가만히 생각하니 아주 괘심한 놈이거든. 그래선 서낭이고개 올라 올라가다가선 도승이 인제 재간을 부려야 되거던. 재간을 부려 가지구 갑자기 ○○○ 천둥을 하구 말이야. 천둥을 하고 베락을 치구 말이여 이래 가지구선 그 화진포가 그때에 재가 됐버렸다는 기여. 그 부자를 없애기 위해서. 그 그런 소리가 있어요. 그래서 화진포가.

그런데 그 메느리를 보고서 도사가 하는 얘기가 빨리 피해서 나가라고 말이여. 나갔는데, 어떤 일이 있어도 뒤를 돌아보지 말라구, 뒤를 돌아보면 해를 본다고. 그런 걸 여지껏 따라가다가선, 그 도승을 따라가다가 아 천둥을 하고 베락을 치구 말이여 이거 뭐 우찍우찍 하니까네 장 단지를 열어놓고 왔단 말이여.

"아이구 저 장 단지!" 하구 돌아다봤단 말이여.

(조사자 : 장 단지!)

그래 돌아다 보니까느 그 여자도 베락을 쳤단 말이여.

(조사자 : 그 놈의 장 단지 때문에.)

그래서 그 거가 여자가 죽은 거릿서낭이 됐어 그게. 그래서 그 우리가 학교 다닐 때만 해두 가다오다가 뭐 먹, 있으믄 거다 던져주구 거릿서낭에다가. 그게 인제 다 없어졌는데 그전에 그랬다구.

삼송 백인지지인 명파리

자료코드 : 03_01_FOT_20100122_KDH_JJG_0001

조사장소 : 강원도 고성군 현내면 명파리 245-4번지 명파리 경로당

조사일시 : 2010.1.22

조 사 자 : 강등학, 이영식, 박은영, 이창현, 윤희렬

제 보 자 : 조종걸, 남, 90세

구연상황 : 1월 14일 대진리에 있는 실내 게이트볼 연습장에서 명파리 노인회 회장인 김남술을 만나 사전에 약속했다. 21일 눈이 많이 내린 탓에 명파리로 가는 길은 몹시 미끄러웠다. 약속한 10시에 명파리 경로당에 도착하였으나 노인회장

은 안 오셨고 연세들이 많으신 대여섯 분이 계셨다. 이들의 고향은 대부분 북한으로, 고향 가까이 계시려고 수복 후 1957~1958년 이곳 명파리에 정착하신 분들이다. 그런데 연세가 많으신 탓에 귀가 어두워 제대로 대화할 수가 없었다. 더욱이 그들은 이곳에 오기 전까지는 농업이나 어업에 종사한 경험이 없는 분들이었다. 여러 번 반복해서 질문한 결과 조종걸로부터 지명유래 몇 가지를 겨우 들을 수 있었다.

줄 거 리 : 명파리에 백이지지(百人之地)가 있는데, 그곳이 현재 마을이 형성된 곳이다.

옛날 얘기라고 하므는, 옛날에는 마을이 저 안에 있었어요. 저 안에!

(조사자 : 명파리 안에요?)

남향으로 이렇게 있었는데, 여긴 집이 하나도 없었어요.

근데 여기 소남기(소나무가) 저 앞에 가면 질가에(길가에) 핵교가(학교가) 있는데, 거기에 이제 큰 소남기 하나 있고 또 저 뒤에 가믄(가면) 송림이 또 그런 기(게) 큰 기 두 개가 또 있어요.

근데 삼송(三松) 이남(以南)에 백인지지(百人之地)라 이랬더라고요, 예전에는. 그래서 이제 저 안엔, 수복해 들어오면서 여기다 집을 짓게 되고 저 안엔 비었어요.

그래 백인지지라는 데 바로 여기란 말이에요. 이쪽 이 모탱이(모퉁이). 그래 여기 동네가 커졌어요.

선녀가 내려온 거북섬

자료코드 : 03_01_FOT_20100122_KDH_HBJ_0001
조사장소 : 강원도 고성군 현내면 죽정리 447-1번지 죽정2리 경로당
조사일시 : 2010.1.22
조 사 자 : 강등학, 이영식, 박은영, 이창현, 윤희렬
제 보 자 : 한방자, 여, 85세
구연상황 : 전날 눈이 많이 내려 운전을 하며 다니기에는 다소 불편하였으나 오전에 명파리를 다녀와서 점심 후에 죽정2리 경로당을 방문하였다. 사전에 죽정2리에

거주하는 최동호 어르신과 약속을 하였으나 자리에 없었다. 할머니들 서너 분이 거실에서 얘기를 나누고 계셨고 방 안에서는 여러 명의 할머니들이 화투놀이를 하고 있었다. 방문한 목적을 드리고 도움을 청하자, 거실에 있는 분들은 죽정리에 온 지가 얼마 안 된다고 하며 방 안에 잘 하는 할머니가 계시다며 소개해 줬다. 소개 받은 한방자 어르신은 화투를 몇 번 더 치다가 거실로 나왔다. 태어난 곳이 초도리라 해서 마을 앞에 있는 거북섬에 대해 묻자 아버지한테도 듣고 자신이 직접 봤다며 이야기를 해 주었다.

줄 거 리 : 초도리에 있는 거북섬은 거북처럼 생겨서 거북섬이라 했는데, 예전에 그곳에서 기우제를 지냈다. 그리고 섬 안에는 선녀가 와서 세수하고 물 버린 자리도 있다.

우리 어렸을 적에요 그게 금 거북섬이라 그랬어요.

(조사자 : 금거북섬?)

예. 그게 거북 거북이 형상으로 생겼다구.

(조사자 : 아 거북이 형상!)

예. 그래서 거북섬이라 그랬어요.

(조사자 : 아 거북이 형상이라 그랬어요?)

예.

(조사자 : 거기서 뭐 옛날에 뭐 기우제도 지내고 그랬나요? 거기서?)

예?

(조사자 : 기우제! 비가 안 오면 뭐.)

예예 기우제 지냈죠.

(조사자 : 어르신 보셨어요?)

보지는 모(못)했지만 으른들이(어른들이) 하시니까 쪼그매서 들었죠.

(조사자 : 아 어르신이 그 목격하신 거는 못하고?)

뭐 목격한 거나 뭐 한가지지.

으른들이(어른들이) 비가 안 오면 섬에 건너가서 거 이렇게 뒤에 돌아가면은 이 저 돌이 이렇게 뚝 떨어지게 생겼는데 옛날에 선녀가 내려와서 이렇게 자리가 있어요. 세숫대(세숫대야) 놨던 자리. 물 내빼린(내버린) 자리. 우리가 쪼끔할 적에 보면은 저 말똥이라든가 선녀가 타고 왔던 그 똥도 이만한 게 하나 붙구.

근데 거기 와서 피 같은 걸 묻히면 기우제를 지내면 비가 오구 그래서 그렇게 하구 빨리 근네(건너)와야지 파도가 치구 비가 와서 안 된다 그래 더라구.

(조사자 : 아 기우제 그거 한 다음에는 빨리 건너와야 되구요?)

예 그런 게 있었어요.

(조사자 : 그러면 어르신 놀러 한번 거기 건너가 본 적 있으세요, 처녀 때?)

봤죠 그거야! 거가 봤 내가 본 얘기래요 그거는.

이렇게 새숫대 놨다 물 내삐린 자리. 아 저 똥은 저기 소똥이 어떻게 저가 붙었어요?

그러믄 그게 옛날에 선녀가 내려온 말, 저기 말인가 뭐 타고 내려와서 말똥이 거기 붙구 이 물 내삐린 건 선녀가 세수하구 물 내삐란 자리라구 그렇게 있어요. 전설이 그래요.

(조사자 : 아 그래셨구나 아이 고맙습니다.)

물통방아를 혼자서 옮긴 아기장수

자료코드 : 03_01_FOT_20100122_KDH_HBJ_0002
조사장소 : 강원도 고성군 현내면 죽정리 447-1번지 죽정2리 경로당
조사일시 : 2010.1.22
조 사 자 : 강등학, 이영식, 박은영, 이창현, 윤희렬
제 보 자 : 한방자, 여, 85세
구연상황 : '다리 뽑기 소리', '꿩 보고 하는 소리', '단숨에 외는 소리', '몸 말리는 소리', '풀뿌리 문지르는 소리', '고드름', '이 빠진 아이 놀리는 소리', '아이 어르는 소리', '배 쓸어주는 소리', '새 이 가는 소리'를 들었다. 이후 힘들어하시는 거 같아 얘기 하나를 청하니 이 이야기를 했다.

줄 거 리 : 아기장수가 태어났는데, 물통방아를 혼자서 옮겨놓았다. 이 소문이 일본인들
        에게까지 전해져 아기장수 겨드랑에 난 날개를 불러 지져 죽였다. 얼마 후 용
        마가 났으나 아기장수가 없어 울다가 죽었다.

여기매 이 요기 어디매서 애기 하나 낳는데, 애길 하나 낳는데.

이 동네 사람이 옛날에 물통방아를 맨들어 와야 되겠는데 그걸 다 맨
들어놓구 못 가져왔데요 무거워서. 무거워서 못 가져와구서는 그담엔 거
다 놓구선 집에 와 자는데 그 날 저녁에 자국눈이 왔다는구만.

자국눈이 와서 인제 자국눈이 왔는데 그 동네 사람이 방아를 가질러(가
지러) 갈라구선 모여서 보니깐 난데없이 방아를 뭘 갖다났더래요.

그래서 참 희한하다하구 방알 갖다 논 델 이렇게 살피니깐 요만한 발
자국이 자죽자죽 났더래. 그래서 이게 어디로 났나 하구 보니깐 애기난
집으로 들어갔더래잖아.

그래서 옛날에는 그걸 보고 안 알구며는(알리면) 삼대가 망한다는구만.
망한대 다 죽인대.

그니까네(그러니까) 일본 사람들이 우리 한국의 이 주령을 끊듯이 한국
에서 명한 사람이 나네까나 그래서 그 사람들을, 보구서는 안 알굴(알릴)
수가 없어서 일본 놈들한테 알궜더니(알렸더니) 그 사람을 들어와서 저등
이(겨드랑이) 이렇게 들니까 날개가 났더래 아기가!

애기가 근데 그 사람들이 들어오니까 번쩍, 옛날 이렇게 선반이 있잖
아? 뭐 농이 있어 이불 개서 이렇게 다리빼기 둘 놓구 거기다 이렇게 얹
구 거기 턱 올라가 앉드래잖아. 그래 붙들어서 보니까 저드랭이에(겨드랑
이에) 날개가 나서 그걸 뭐 지졌대나 뭐 어떻게 해서 아기를 죽였대.

그래서 여기매 저 짝에 용수꾸미라는 데가 있는데 그 용수꾸미에서 장
사가 나서 장사가 저 그 그니까네(그러니까) 용마가 나서, 용마가 나서 이
장사가 죽었으니 용마가 나서 울다가 죽었대요.

그런 전설이 있어요, 여기매.

에이야 소리 / 그물 당기는 소리

자료코드 : 03_01_FOS_20100113_KDH_GDH_0001
조사장소 : 강원도 고성군 현내면 대진4리 2반 김덕호 자택
조사일시 : 2010.1.13
조 사 자 : 강등학, 이영식, 박은영, 이창현, 윤희렬
제 보 자 : 김덕호, 남, 93세
구연상황 : 영하 12도의 매서운 추위와 차갑고 강한 바닷바람 탓인지 거리에 다니는 사
람이 없었다. 식당 주인의 소개로 김덕호 댁을 방문했다. 방문한 취지를 설
명하자 이미 여러 조사자가 다녀갔음에 구비문학 조사에 대해 충분히 이해
하고 있었다. 조사자들을 만나자 고성군의원이었던 당신의 아들에 대한 최
근 고등법원 판결의 부당함을 한참 동안 하소연했다. 조사자들은 그 얘기를
다 듣고 배와 관련된 이야기를 나누었다. 그러다가 조사자가 예전 고기 잡을
때 하는 소리를 청하자 간단하게 이것저것 해주었다. 이에 그물 당기면서 하
던 소리를 좀 길게 해달라고 청했다. 후렴은 제보자에게 배워서 조사자가 조
금씩 넣었다.

에이야 에이야
저기 가는 저 아주머니
에이야
딸이나 있거든 사우루(사위를) 삼지
에이야
딸은 있기는 있네 만은
에이야
나이 에래(어려) 못하겠네
에이야 에이야
화란중천(화란춘성(華亂春聲)) 만화방청(萬花芳聽)

에이야 에이야

이렇게 하죠 뭐.

에라소 가래로다 / 고기 푸는 소리

자료코드 : 03_01_FOS_20100113_KDH_GDH_0002
조사장소 : 강원도 고성군 현내면 대진4리 2반 김덕호 자택
조사일시 : 2010.1.13
조 사 자 : 강등학, 이영식, 박은영, 이창현, 윤희렬
제 보 자 : 김덕호, 남, 93세
구연상황 : 조사자가 예전 고기 잡을 때 하는 소리를 청하자 간단하게 이것저것 해주었다. '그물 당기는 소리'를 부른 후 '고기 푸는 소리'를 청했다.

에라소 가래로구
첫 번 가래는 망중의 가래다
에라소 가래로구나
화란중천(화란춘성, 華亂春聲) 만화방청(萬花芳聽)
에이야
때는 좋다 벗님네로다
에라소 가래로구나

에라소 가래로다 / 고기 푸는 소리

자료코드 : 03_01_FOS_20100113_KDH_GDH_0003
조사장소 : 강원도 고성군 현내면 대진4리 2반 김덕호 자택
조사일시 : 2010.1.13
조 사 자 : 강등학, 이영식, 박은영, 이창현, 윤희렬

제 보 자 : 김덕호, 남, 93세

구연상황 : '그물 당기는 소리'와 '고기 푸는 소리'를 청해 들은 후 사설을 더 길게 해달라고 부탁을 하고 조사자들도 후렴을 같이 불렀다.

일락서산에 해는 지고 월출동정에 달은 솟는다

에라소 가래로다

저기 가는 저 아주머니

에라소 가래로다

딸이 있거든 사우나 삼지

에라소 가래로다

딸은 있기는 있네만은 나이 에래서 못 하겠네

에라소 가래로다

어머니 여보 그말 말게 제비가 즉어도(적어도) 강남 가고

에라소 가래로다

고치가(고추가) 적어도 맵기만 하네

에라소 가래로다

장자요 우자요 / 고기 세는 소리

자료코드 : 03_01_FOS_20100113_KDH_GDH_0004

조사장소 : 강원도 고성군 현내면 대진4리 2반 김덕호 자택

조사일시 : 2010.1.13

조 사 자 : 강등학, 이영식, 박은영, 이창현, 윤희렬

제 보 자 : 김덕호, 남, 93세

구연상황 : '고기 푸는 소리'를 조사자와 함께 부른 후, 제보자가 인근에서 고기를 제일 잘 세었다고 자랑을 했다. 이에 부탁을 하자 설명을 하면서 '고기 세는 소리'를 불러 주었다. '장자'는 부자를 가리킨다고 했으나 '우자'의 뜻은 모른다고 했다.

장자요 우자요 거부요

오늘 새로 하나 둘 서이 여섯 일곱 여덟 아홉 열이요

열하나 열두이 열서이 열너이 열다섯 열여섯 열일곱 열여덟 열아홉 열 스물

스물하나 스물두이 스물서이 스물너이 스물다섯 스물여섯 스물일곱 스물여덟 스물아홉 열 서른

서른하나 서른둘 서른서이 서른너이 서른다섯 서른여섯 서른일곱 서른여덟 서른아홉 열 마흔

마흔하나 마흔둘 마흔서이 마흔너이 마흔다섯 마흔여섯 마흔일곱 마흔여덟 마흔아홉 열 쉰

쉰하나 쉰둘 쉰서이 쉰너이 쉰다섯 쉰여섯 쉰일곱 쉰여덟 쉰아홉 열 예순

여순하나 여순둘 여순서이 서순너이 여순다섯 여순여섯 여순일곱 여순여덟 여순아홉 열 일흔

일흔하나 일흔둘 일흔서이 일흔너이 일흔다섯 일흔여섯 일흔일곱 일흔여덟 일흔아홉 열 여든

여든하나 여든둘 여든서이 여든너이 여든다섯 여든여섯 여든일곱 여든여덟 여든아홉 열 아흔

아흔하나 아흔둘 아흔서이 아흔너이 아흔다섯 아흔여섯 아흔일곱 아흔여덟 열 백

날벼 소리 / 그물 터는 소리

자료코드 : 03_01_FOS_20100113_KDH_GDH_0005
조사장소 : 강원도 고성군 현내면 대진4리 2반 김덕호 자택
조사일시 : 2010.1.13

조 사 자 : 강등학, 이영식, 박은영, 이창현, 윤희렬
제 보 자 : 김덕호, 남, 93세
구연상황 : '그물 당기는 소리', '고기 푸는 소리', '고기 세는 소리'를 들은 후, '그물 터
는 소리'를 청했다.

오 뱃기구 보자 벗겨

날벼 날벼

이살 저살을 허튼 살을

에야

고루고루 날벼 가며

에야

뱃게 보자 뱃겨 보자

날벼

오 뱃기구 보자 벗겨

날벼 날벼

이살 저 살을 허튼 살을

에야

고루고루 날벼 가며

에야

뱃게 보자 뱃게 보자

날벼

날벼 소리 / 그물 터는 소리

자료코드 : 03_01_FOS_20100113_KDH_GDH_0006
조사장소 : 강원도 고성군 현내면 대진4리 2반 김덕호 자택
조사일시 : 2010.1.13

조 사 자 : 강등학, 이영식, 박은영, 이창현, 윤희렬

제 보 자 : 김덕호, 남, 93세

구연상황 : '그물 당기는 소리', '고기 푸는 소리', '고기 세는 소리', '그물 터는 소리'를 들은 후, '그물 터는 소리' 사설을 더 길게 불러달라고 했다.

> 뱃겨(볏겨) 보자
> 날벼
> 뱃기구두 날배
> 이 살 저 살 허튼 살을
> 에야
> 고루고루 날벼 가며
> 날벼 날벼

날벼 소리 / 그물 터는 소리

자료코드 : 03_01_FOS_20100113_KDH_GDH_0007

조사장소 : 강원도 고성군 현내면 대진4리 2반 김덕호 자택

조사일시 : 2010.1.13

조 사 자 : 강등학, 이영식, 박은영, 이창현, 윤희렬

제 보 자 : 김덕호, 남, 93세

구연상황 : '그물 당기는 소리', '고기 푸는 소리', '고기 세는 소리', '그물 터는 소리'를 들었다. 이후 '그물 터는 소리' 사설을 더 길게 해서 불러달라고 했으나 짧았다. 이에 조사자들이 후렴을 따라 할 테니까 더 오래 불러 달라고 청했다.

> 뱃기구(볏기고) 보자
> 날벼
> 이 살 저 살을 허튼 살을
> 날벼
> 맞어 맞어

날벼

뱃기구 보자꾸나

날벼

일락서산에 해는 지고

날벼

우리의 할 일이 늦어간다

날벼

에이야 소리 / 그물 싣는 소리

자료코드 : 03_01_FOS_20100113_KDH_GDH_0008
조사장소 : 강원도 고성군 현내면 대진4리 2반 김덕호 자택
조사일시 : 2010.1.13
조 사 자 : 강등학, 이영식, 박은영, 이창현, 윤희렬
제 보 자 : 김덕호, 남, 93세
구연상황 : '그물 당기는 소리', '고기 푸는 소리', '고기 세는 소리', '그물 터는 소리'를
들었다. 이후 '그물 싣는 소리'를 청하자 '그물 당기는 소리'와 같다고 하였다.
사설이 너무 짧아서 몇 번 연습을 한 후 조사자들이 후렴을 따라 했다.

에이야

에이야

월야 대진내기 찬바람에

에이야

색시가 죽은 운혼(원혼)인지

에이야

손발이 시리워 못 하겠네

에이야

어머이(어머니) 여보 그말 말게

에이야

제비가 즉어도(적어도) 강남 가고

에이야

참새가 즉어도(적어도) 알을 놓네

에이야

그렇지.

에이야 소리 / 배 올리는 소리

자료코드 : 03_01_FOS_20100113_KDH_GDH_0009
조사장소 : 강원도 고성군 현내면 대진4리 2반 김덕호 자택
조사일시 : 2010.1.13
조 사 자 : 강등학, 이영식, 박은영, 이창현, 윤희렬
제 보 자 : 김덕호, 남, 93세
구연상황 : '그물 당기는 소리', '고기 푸는 소리', '고기 세는 소리', '그물 터는 소리', '그물 당기는 소리'를 차례대로 듣고 배를 내리거나 올리면서 부르는 소리를 청하자, 배의 좌우 바닥에 둔대를 놓고 지렛대처럼 둔대가락으로 배를 움직인다고 설명했다.

에이야

에이야

맞었다(맞았다)

에이야

맞었다

에이야

에이야

맞었다

에이야 소리 / 귀향하는 소리

자료코드 : 03_01_FOS_20100113_KDH_GDH_0010
조사장소 : 강원도 고성군 현내면 대진4리 2반 김덕호 자택
조사일시 : 2010.1.13
조 사 자 : 강등학, 이영식, 박은영, 이창현, 윤희렬
제 보 자 : 김덕호, 남, 93세
구연상황 : 만선이 돼서 돌아올 때 어떤 노래를 했냐고 묻자, 특별히 부르는 노래가 따로
　　　　　있지 않고 노를 저으며 힘껏 소리를 지른다고 하면서 불렀다.

　　　　에이차
　　　　에이싸

　그래 힘이 좋으니까네.
　또 그 이 소리해야지만,

　　　　에이싸
　　　　이어싸
　　　　이어싸

　그 다음 뭐 별소리 하지.

　　　　에이야
　　　　에이야

이래 가지고 설라믄 그 소리 해야지 마 저 같이 이래 기운이 나고 그러지.
그래서 오고 그러죠.

노랫가락 / 가창유희요

자료코드 : 03_01_FOS_20100113_KDH_GDH_0011
조사장소 : 강원도 고성군 현내면 대진4리 2반 김덕호 자택
조사일시 : 2010.1.13
조 사 자 : 강등학, 이영식, 박은영, 이창현, 윤희렬
제 보 자 : 김덕호, 남, 93세
구연상황 : 조사자가 예전 고기 잡을 때 하는 소리를 청하자 간단하게 이것저것 해주었다. 그물 당기는 소리, 고기 푸는 소리, 고기 세는 소리, 그물 터는 소리, 그물 싣는 소리, 그물 당기는 소리, 둔대질 하는 소리, 귀향하는 소리를 청해 들었다. 이후 바다와 관련된 얘기를 나누다가, 약주 한잔 하고 친구들과 어울려 놀 때 어떤 노래를 불렀냐고 묻자 뭐 별거 다 했다고 하면서 '노랫가락'을 조금 불렀다. 이에 다른 노래는 또 없냐고 묻자 남양군도에 갔을 때 해군에게서 배운 노래를 들려주었다. 노래가 끝나고 조사자들이 박수를 치자 흥이 나셨는지 '노랫가락'을 불렀다.

말없는 청산이요 태 없는야 유수로다
값없는 청풍이요 임자 없는 명월이라
이 중에 병든 몸이 분별없이 늙어내라

아리랑 / 가창유희요

자료코드 : 03_01_FOS_20100113_KDH_GDH_0012
조사장소 : 강원도 고성군 현내면 대진4리 2반 김덕호 자택
조사일시 : 2010.1.13
조 사 자 : 강등학, 이영식, 박은영, 이창현, 윤희렬
제 보 자 : 김덕호, 남, 93세
구연상황 : '노랫가락'과 '기차는 떠나간다'를 부르고 이어서 소학교 3학년 때 선생님이 가르쳐준 일본의 '졸업노래'를 불렀다. 그리고는 '아리랑'을 우리말과 일본어를 혼용해서 불렀다. 이에 '아리랑'을 일본어로도 했냐고 물으니, 일본인 접대부는 '아리랑'을 일본말로 많이 불렀다고 한다.

아리랑 아리랑 아라리요

아 와다시오 오이데나르

와다시오 오이데에 유꾸노 무스메

이찌리모 이까나이데 아시노 벅기

아리랑 아리랑 아라리요

아리랑 고개로 넘어간다

아리랑 아리랑 아라리요

아리랑 고개로 넘어간다

와다시오 오이데아 유꾸노 무스메

이찌리모 이까나이데 아시노 벅기

아리랑 아리랑 아라리요

아리랑 고개로 넘어간다

뱃노래 / 가창유희요

자료코드 : 03_01_FOS_20100113_KDH_GDH_0013

조사장소 : 강원도 고성군 현내면 대진4리 2반 김덕호 자택

조사일시 : 2010.1.13

조 사 자 : 강등학, 이영식, 박은영, 이창현, 윤희렬

제 보 자 : 김덕호, 남, 93세

구연상황 : '노랫가락', '기차는 떠나간다', 일본의 '졸업노래', '아리랑'을 우리말과 일본
어로 혼용해서 차례로 불렀다. 오랜 시간이 흘러 힘들어 하시는 거 같아 옛날
이야기를 청하자 '부적으로 개미를 없앤 강감찬', '기우제 지내던 용바위' 이
야기 해주었다. 이후 조사자들과 점심을 함께 하기로 하고 '뱃노래'를 청했다.

에 일본 동경이 얼마나 좋아서

꽃 같은 나를 두고 연락선 타느냐

에야노야 노야 에야노야노 어기여차 뱃놀이 가잔다

노랫가락 / 가창유희요

자료코드 : 03_01_FOS_20100113_KDH_GDH_0014

조사장소 : 강원도 고성군 현내면 대진4리 2반 김덕호 자택

조사일시 : 2010.1.13

조 사 자 : 강등학, 이영식, 박은영, 이창현, 윤희렬

제 보 자 : 김덕호, 남, 93세

구연상황 : '뱃노래'를 부른 후, 이어서 조사자가 좋아하는 노래를 청했더니 '노랫가락' 몇 곡 부르며 끝이 없다고 했다.

에 말없는 청산이요 태 없는 유수로다

값없는 청풍이요 임자 없는 야명월이라

이중에 병든 몸이 분별없이 늙었구나

에 노세 젊어서 놀아 늙어지면 못 노리라

화무는 십일홍이요 달이 차면은 기우나니

인생일청 춘몽이요 아니 노지는 못하리라

농양이 천만산아 부는 춘풍을 못 잡으면

탐화봉접이라도 지는 낙화를 어이 하리

옥중에 매화를 심어 거리 노중에 던졌더니

찬이슬 궂은비에 맞일(맞을) 대로 다 맞었건만(맞았건만)

박쥐가 나빈 체 하고 앉을까 말까

(제보자 : 박쥐가 나빈 체 하고 앉을까 말까.)

(조사자 : 아 재밌네요.)

앞동산에 봄 춘(春)자요 뒷동산에 푸를 청(靑)이다
가지

(제보자 : 썼어요?)

가지가지가 꽃 화(花)자요 굽이굽이가 내 천(川)자라
동자야 잔 가뜩 부어라 마실 음(飮)자가 얼간두나

마리야 나비야 청산을 가자 호랑나비두 나도 가세
가다가 날 저물거든 꽃 속에라두 자구 가지
꽃 속에 불에 접하야 잎이라도 부시고 보리
잎이 시시러거 동남풍 불거든 임 간 줄 알게

으여차 소리 / 목도하는 소리

자료코드 : 03_01_FOS_20100113_KDH_GDH_0015
조사장소 : 강원도 고성군 현내면 대진4리 2반 김덕호 자택
조사일시 : 2010.1.13
조 사 자 : 강등학, 이영식, 박은영, 이창현, 윤희렬
제 보 자 : 김덕호, 남, 93세
구연상황 : 오전에 뱃일과 관계되는 '그물 당기는 소리', '고기 푸는 소리', '고기 세는 소리', '그물 터는 소리', '그물 싣는 소리', '그물 당기는 소리', '둔대질 하는 소리', '귀항하는 소리' 등의 노래와 가창유희요인 '아리랑', '노랫가락', '뱃노래' 그리고 이야기 2편을 들었다. 제보자와 함께 근처 식당에 가서 점심을 한 후 몇 가지 더 여쭤보다가 한때 철도 선로 놓는 일에도 종사했었다는 설명에 '목도하는 소리'를 청했다.

으여~

으여차 으여

으여으여 으여차 으야

으여으여 으여차

이랴 소리 / 밭 가는 소리

자료코드 : 03_01_FOS_20100122_KDH_KMS_0001

조사장소 : 강원도 고성군 현내면 명파리 245-4번지 명파리 경로당

조사일시 : 2010.1.22

조 사 자 : 강등학, 이영식, 박은영, 이창현, 윤희렬

제 보 자 : 김만섭, 남, 76세

구연상황 : 1월 14일 대진리에 있는 실내 게이트볼 연습장에서 명파리 노인회 회장인 김
남술을 만나 사전에 약속했다. 21일 눈이 많이 내린 탓에 명파리로 가는 길
은 몹시 미끄러웠다. 약속한 10시에 명파리 경로당에 도착하였으나 노인회장
은 안 오셨고 연세들이 많으신 대여섯 분이 계셨다. 그 분들의 고향은 대부분
북한으로, 고향 가까이 계시려고 수복 후 1957~1958년 이곳 명파리에 정착
하신 분들이다. 그런데 연세가 많으신 탓에 귀가 어두워 제대로 대화할 수가
없었다. 더욱이 그들은 이곳에 오기 전까지는 농업이나 어업에 종사한 경험이
없는 분들이었다. 여러 번 반복해서 질문한 결과 조종걸로부터 지명유래 몇
가지를 겨우 들을 수 있었다. 조종걸의 얘기가 끝나고 조금 지난 후 노인회장
과 임수청 등이 참석하여 본격적인 조사가 이루어졌다. 이곳에서는 논의 김을
맬 때 호미를 사용하지 않았으며, 1970년대에 기계화가 시작되었다는 등 농
사에 관한 이야기를 하다가 농요를 잘한다는 임수청으로부터 노래를 들었다.
임수청으로부터 농사와 관계되는 노래인 '모찌는 소리', '모심는 소리', '논 매
는 소리', '벼 베는 소리'와 '새 이 가는 소리'와 '메뚜기 부리는 소리', '배 쓸
어주는 소리', '이 빠진 아이 놀리는 소리', '모래집 짓는 소리', '다람쥐 잡는
소리', '나무하는 소리' 등을 들었다. 이후 논을 갈거나 밭을 가는 소리를 청
하자 그거는 영 너머 사람이 잘한다고 김만섭을 추천했다. 이에 김만섭에게
소리를 청했으나 불러본지 오래되어 잘 안 된다고 물리치는 것을 여러 번 간
청해서 들었다.

이랴 어서가 비아래(비탈) 넘나들지 말고

안소는 우로 꾸부려 산 너머 앞장서서

마라는 목 너머 산에 이상 더할 소냐

이랴 저 소야 정신 차려 목 넘어 간다

멍에 밀면 머리 다쳐

이랴 서로서로 힘을 합쳐

저기 가는 저 멀리에 돌명이(돌멩이)가 있으니

저 돌을 힘을 주어 넘어가세

이랴 소리 / 논 삶는 소리

자료코드 : 03_01_FOS_20100122_KDH_KMS_0002
조사장소 : 강원도 고성군 현내면 명파리 245-4번지 명파리 경로당
조사일시 : 2010.1.22
조 사 자 : 강등학, 이영식, 박은영, 이창현, 윤희렬
제 보 자 : 김만섭, 남, 76세
구연상황 : 여러 번 간청해서 '밭 가는 소리'를 들었다. 이후 써레질할 때는 노래를 어떻
게 하냐고 물으니 '밭 가는 소리'와 다르지 않다고 하면서 불렀다.

이랴 저 안소 뒤로 돌아 갈머리(갈나무) 추세

갈머리는 산더미 같고

마라소야 뒤돌아서라 앞으로 훔쳐 주게 이랴

저기 여기는 갈거지 논에 돌도 많고 자갈도 많다

다리 조심하여 앞 오늘 쉬

종일 일을 하여 해 넘어 간다 빨리 가고 저물어 지네

숨 힘들 드래도 쉬지 말고 시간 넘겨 구워주세

앉은 자리 꽁꽁 / 잠자리 잡는 소리

자료코드 : 03_01_FOS_20100114_KDH_PBS_0001
조사장소 : 강원도 고성군 현내면 초도리 218번지 초도1리 경로당
조사일시 : 2010.1.14
조 사 자 : 강등학, 이영식, 박은영, 이창현, 윤희렬
제 보 자 : 박봉순, 여, 79세
구연상황 : 전날인 13일보다 날씨가 좀 풀렸으나 그래도 추웠다. 전날 마을 회관을 방문하여 1996년과 2002년에 민요를 제보한 윤숙희를 찾았으나 교회에 간다고 해서 오늘로 미뤘다. 10시 30분경에 경로당에 도착하니 김상욱 혼자서 신문을 보고 있었다. 방문한 뜻을 설명하고 협조를 청하니 본인은 평안남도 양덕에서 1.4후퇴 때 월남했고, 여기 와서 처음 배를 탔기 때문에 노래는 잘 모른다고 했다. 그래 김상욱이 북한에서 겪었던 이야기를 한참 듣고 있자니 노인들이 하나 둘 모이고 윤숙희도 왔다. 또 방문 취지를 설명하고 김상욱이 옆에서 도와주도록 거들었다. 먼저 쉬운 노래를 여쭤본다고 하면서 '잠자리 잡는 소리'를 청하자 부산이 고향인 박봉순은 이렇게 했다면 노래했다.

앉은 자리 꽁꽁
선 자리 꽁꽁
앉아라

이래 가지고, 살살 가 가지고 요래가 잡지 뭐. [엄지와 검지를 벌려 잡는 시늉을 하면서]

아침거리 쩌라 / 메뚜기 부리는 소리

자료코드 : 03_01_FOS_20100114_KDH_YSH_0001
조사장소 : 강원도 고성군 현내면 초도리 218번지 초도1리 경로당
조사일시 : 2010.1.14
조 사 자 : 강등학, 이영식, 박은영, 이창현, 윤희렬
제 보 자 : 윤숙희, 여, 82세

전날인 13일보다 날씨가 좀 풀렸으나 그래도 추웠다. 전날 마을 회관을 방문하여 1996년과 2002년에 민요를 제보한 윤숙희를 찾았으나 교회에 간다고 해서 오늘로 미뤘다. 10시 30분경에 경로당에 도착하니 김상욱 혼자서 신문을 보고 있었다. 방문한 뜻을 설명하고 협조를 청하니 본인은 평안남도 양덕에서 1.4후퇴 때 월남했고, 여기 와서 처음 배를 탔기 때문에 노래는 잘 모른다고 했다. 그래 김상욱이 북한에서 겪었던 이야기를 한참 듣고 있자니 노인들이 하나 둘 모이고 윤숙희도 왔다. 또 방문 취지를 설명하고 김상욱이 옆에서 도와주도록 거들었다. 먼저 쉬운 노래를 여쭤본다고 하면서 '잠자리 잡는 소리'를 청하자 박봉순이 노래했다. 이어서 조사자가 메뚜기 뒷다리 잡는 시늉을 하면서 무슨 노래를 했냐고 묻자 윤숙희가 노래를 했다. 처음에는 앞머리만 조금 불러서 몇 번 더 해달라고 부탁을 했다.

아침거리 찌라
저녁거리 찌라

아침거리 찌라
저녁거리 찌라

자진 아라리 / 모심는 소리

자료코드 : 03_01_FOS_20100114_KDH_YSH_0002-s01
조사장소 : 강원도 고성군 현내면 초도리 218번지 초도1리 경로당
조사일시 : 2010.1.14
조 사 자 : 강등학, 이영식, 박은영, 이창현, 윤희렬
제 보 자 : 윤숙희, 여, 82세
구연상황 : 박봉순이 '잠자리 잡는 소리'를 부른 뒤, 윤숙희가 '메뚜기 부리는 소리'를 불렀다. 그리고 농사 얘기를 했는데, 모심기는 여자들이 주로 하고 남자들은 모줄을 잡거나 김매기만 했다고 한다. '모심는 소리'를 청하자 특별한 노래가 없다고 하면서 갑자기 불렀다.

넘어간다 또 넘어간다

모 줄이 또 넘어간다

어~ 이

자진 아라리 / 모심는 소리

자료코드 : 03_01_FOS_20100114_KDH_YSH_0002-s02

조사장소 : 강원도 고성군 현내면 초도리 218번지 초도1리 경로당

조사일시 : 2010.1.14

조 사 자 : 강등학, 이영식, 박은영, 이창현, 윤희렬

제 보 자 : 윤숙희, 여, 82세

구연상황 : 모심기는 여자들이 주로 하고 남자들은 모 줄을 잡거나 김매기만 했다고 한
다. '모심는 소리'를 청하자 특별한 노래가 없다고 하면서 갑자기 불렀다. 이
에 사설을 더 넣어서 길게 해달라고 부탁을 했다.

숨어(심어) 보세 숨어 보세 숨어 보세

바다 같은 이 논배미 숨어나 보세

인제 이래 따라 나가는 거지 뭐.

넘어가네 넘어가네 넘어가네

바다 같은 이 논배미 또 넘어가네

이렇게.

우리 아기 잘도 잔다 / 아기 재우는 소리

자료코드 : 03_01_FOS_20100114_KDH_YSH_0003

조사장소 : 강원도 고성군 현내면 초도리 218번지 초도1리 경로당

조사일시 : 2010.1.14

조 사 자 : 강등학, 이영식, 박은영, 이창현, 윤희렬
제 보 자 : 윤숙희, 여, 82세
구연상황 : '메뚜기 부리는 소리', '모심는 소리'를 불렀다. 계속해서 아기 재울 때 하는
　　　　　소리를 부탁하자 손자 키우면서 하던 노래라고 하면서 불렀다.

　　자장 자장 자장 자장

　　인제 우리 손주 보고,

　　하늘에서 뚝 떨어졌나 아 땅에서 불끈 솟았나
　　자장 자장 자장 자장
　　꼬꼬 닭아 울지 마라 멍멍 개야

이렇게 둥글둥글

(조사자 : 이왕이면 끝까지 다 해주시지.)

　　금을 주면 너를 사리 옥을 주면 너를 사리

　　○○○○ 먹고 갈 크라 이거지.

　　호박같이 잘 커라

풀무 소리 / 아기 어르는 소리

자료코드 : 03_01_FOS_20100114_KDH_YSH_0004
조사장소 : 강원도 고성군 현내면 초도리 218번지 초도1리 경로당
조사일시 : 2010.1.14
조 사 자 : 강등학, 이영식, 박은영, 이창현, 윤희렬
제 보 자 : 윤숙희, 여, 82세
구연상황 : 조사자의 요청에 윤숙희가 '메뚜기 부리는 소리', '모심는 소리', '아기 재우는
　　　　　소리'를 불렀다. 계속해서 '아기 어르는 소리'를 부탁을 해서 불렀으나 사설

구성을 약간 다르게 해서 재차 요청을 했다.

풀미 풀미
서울 가던 할머니가
밤 한 톨 쥐다가(주우다가)
고무락에 떤졌더니
새앙쥐가(생쥐가) 다 까먹고
빈 깍지만 남았더래요

풀미 풀미 풀미 풀미
할머니가 서울로 가다가
밤 한 톨 쥐다가
고무락에 떤졌더니
새앙쥐가 다 까먹고
빈 깍지만 남았더라
달궁달궁달궁

세상달강 / 아기 어르는 소리

자료코드 : 03_01_FOS_20100114_KDH_YSH_0005
조사장소 : 강원도 고성군 현내면 초도리 218번지 초도1리 경로당
조사일시 : 2010.1.14
조 사 자 : 강등학, 이영식, 박은영, 이창현, 윤희렬
제 보 자 : 윤숙희, 여, 82세
구연상황 : 조사자의 요청에 윤숙희가 '메뚜기 부리는 소리', '모심는 소리', '아기 재우는
　　　　　소리'를 불렀다. '아기 어르는 소리'인 '풀무 소리'를 두 번 부른 후 '세상 달
　　　　　강'을 청했다.

　　　달강 달강 달강 달강

할머니 서울로 가다가

밤 한 톨 줴다가(주우다가)

고무락에 던쟀더니(던졌더니)

새앙쥐가(생쥐가) 다 까먹고

빈톨만 남았더라

달궁달궁달궁 하

이렇게 웃고 말았지.

음메 음메 소리 / 소 부르는 소리

자료코드 : 03_01_FOS_20100114_KDH_YSH_0006

조사장소 : 강원도 고성군 현내면 초도리 218번지 초도1리 경로당

조사일시 : 2010.1.14

조 사 자 : 강등학, 이영식, 박은영, 이창현, 윤희렬

제 보 자 : 윤숙희, 여, 82세

구연상황 : 대화 중에 소 이야기가 나와서, 산이나 들에 풀 먹이러 갔을 때 안 보이는 소를 어떻게 불렀냐고 묻자 그냥 '음메'만 했다고 한다. 그렇게 하면 송아지가 나타난다고 한다.

음메~

음메~

음메

이렇게 보통 부르지 뭐.

별 하나 나 하나 / 단숨에 외는 소리

자료코드 : 03_01_FOS_20100114_KDH_YSH_0007

조사장소 : 강원도 고성군 현내면 초도리 218번지 초도1리 경로당

조사일시 : 2010.1.14

조 사 자 : 강등학, 이영식, 박은영, 이창현, 윤희렬

제 보 자 : 윤숙희, 여, 82세

구연상황 : 조사자의 요청에 윤숙희가 '메뚜기 부리는 소리', '모심는 소리', '아기 재우는
소리', '아기 어르는 소리', '소 부르는 소리'를 불렀다. 이어서 조사자가 하늘
을 가리키며 숨 안 쉬고 부르는 노래 아느냐고 하자 이 노래를 불렀다.

별 하나 나 하나
별 둘 나 둘
별 서이 나 서이
별 너이 나 너이
별 다섯 나 다섯
별 여섯 나 여섯
별 일곱 나 일곱
별 여덟 나 여덟
별 아홉 나 아홉
별 열 나 열

별 하나 따서 망태기 넣고 / 단숨에 외는 소리

자료코드 : 03_01_FOS_20100114_KDH_YSH_0008

조사장소 : 강원도 고성군 현내면 초도리 218번지 초도1리 경로당

조사일시 : 2010.1.14

조 사 자 : 강등학, 이영식, 박은영, 이창현, 윤희렬

제 보 자 : 윤숙희, 여, 82세

구연상황 : '단숨에 외는 소리'인 '별 하나 나 하나'를 불렀다. 이후 제보자가 좀 힘들지 만 '단숨에 외는 소리'로 이런 노래도 있다면서 불러주었다.

별 하나 따서 망태기 넣구 훼훼 감아

별 둘 따서 망태기 넣구 훼훼 감아 망태

별 셋 따서 망태기 넣구 훼훼 감아

비야 비야 오지 마라 / 비 그치게 하는 소리

자료코드 : 03_01_FOS_20100114_KDH_YSH_0009
조사장소 : 강원도 고성군 현내면 초도리 218번지 초도1리 경로당
조사일시 : 2010.1.14
조 사 자 : 강등학, 이영식, 박은영, 이창현, 윤희렬
제 보 자 : 윤숙희, 여, 82세
구연상황 : '단숨에 외는 소리'를 부른 후 이어서 비 올 때 그치게 하는 소리는 없냐고 하자 이 노래를 '창부 타령' 곡조로 불렀다.

비야 비야 오지를 마라

가마 꼭지 물 들어가면

다홍치마가 얼룩간다

칭칭이 소리 / 가창유희요

자료코드 : 03_01_FOS_20100114_KDH_YSH_0010
조사장소 : 강원도 고성군 현내면 초도리 218번지 초도1리 경로당
조사일시 : 2010.1.14
조 사 자 : 강등학, 이영식, 박은영, 이창현, 윤희렬
제 보 자 : 윤숙희, 여, 82세
구연상황 : 놀 때는 주로 어떤 노래를 불렀냐고 묻자 '칭칭이 소리'를 불러주었다. 어부

들이 백사장에서 많이 불렀다고 한다.

칭아 칭칭나네
쾌지랑 칭칭나네

뱃노래 / 가창유희요

자료코드 : 03_01_FOS_20100114_KDH_YSH_0011
조사장소 : 강원도 고성군 현내면 초도리 218번지 초도1리 경로당
조사일시 : 2010.1.14
조 사 자 : 강등학, 이영식, 박은영, 이창현, 윤희렬
제 보 자 : 윤숙희, 여, 82세
구연상황 : '칭칭이 소리'를 부른 후 이어서 조사자가 '뱃노래'를 청하자 예전에 많이 부
　　　　　르던 노래라고 했다.

일본 동경이 얼마나 좋아서
꽃 같은 나를 두고 연락선 탔느냐
에야노야 노야 에야노야노 어기여찬 노를 저어라

강원도 아리랑 / 가창유희요

자료코드 : 03_01_FOS_20100114_KDH_YSH_0012
조사장소 : 강원도 고성군 현내면 초도리 218번지 초도1리 경로당
조사일시 : 2010.1.14
조 사 자 : 강등학, 이영식, 박은영, 이창현, 윤희렬
제 보 자 : 윤숙희, 여, 82세
구연상황 : 조사자가 놀 때 어떤 소리를 하냐고 묻자, 심심하면 부르는 노래라고 하면서
　　　　　'강원도 아리랑'을 불렀다. 사설은 그냥 찍어다 붙이면 되고, 신세타령이라고
　　　　　했다.

아리아리 쓰리쓰리 아라리요
아리아리 고개루 넘어가네

아리랑 고개다 주막집 짓고
님 만나 오기를 고대 하네

아리아리 쓰리쓰리 아라리요
아리아리 고개루 넘어가네

아휴.

왜 늙었나 왜 늙었나 왜 늙었나
요따운 꽃 같은 내 청춘 왜 늙었나

아리아리 쓰리쓰리 아라리요
아리아리 고개루 넘어가네

알락달락 주정뱅인 밤마다 비건마는
하이칼래 긴 팔을 언제나 비 보나

아리아리 쓰리쓰리 아라리요
아리아리 고개루 넘어가네

명사나 십리에 해동화는
봄철을 따라서 다시 피고
우리네 인생 한 번 가면 다시 못 오네

날 보고 싶거든 사진을 보고
말하고 싶거든 전화를 허게

아리아리 쓰리쓰리 아라리요
아리아리 고개루 넘어간다

이러면 하면 또 허싸다 받아 하는 거구 그.

어랑 타령 / 가창유희요

자료코드 : 03_01_FOS_20100114_KDH_YSH_0013
조사장소 : 강원도 고성군 현내면 초도리 218번지 초도1리 경로당
조사일시 : 2010.1.14
조 사 자 : 강등학, 이영식, 박은영, 이창현, 윤희렬
제 보 자 : 윤숙희, 여, 82세
구연상황 : '강원도 아리랑'을 부른 후 이어서 제보자가 '어랑 타령'을 불러 달라고 하자 혼자 많이 부르면 재미없다고 했다. 이에 좀 권하라고 하자 사설에 상대방 이름을 넣어서 불렀다.

그짓불(거짓불) 잘하는 거는 주네비(중신애비) 잡놈이요
호호얼싸 잘 넘어가는 건 우리나 부모로구나
주네비 잡놈이 죽으면 은구렁이 금구렁이 되고
우리 부모가 죽거든 절간에 부처가 되어라
어랑 어랑 어허야 어허야 디어라
사랑을 안구나 돌려라

넘어간다 넘어간다 호호얼싸 넘어간다
박정숙의 할머니한테 허랑가가 넘어간다

받어 이래야지.

일자나 한자 들고 보니 / 숫자 풀이 소리

자료코드 : 03_01_FOS_20100122_KDH_YOR_0001
조사장소 : 강원도 고성군 현내면 죽정2리 3반 윤옥란 댁
조사일시 : 2010.1.22
조 사 자 : 강등학, 이영식, 박은영, 이창현, 윤희렬
제 보 자 : 윤옥란, 여, 91세
구연상황 : 전날 눈이 많이 내려 운전을 하며 다니기에는 다소 불편하였으나 오전에 죽
정2리 경로당에서 한방자로부터 많은 노래를 들었다. 차분히 더 많은 것을 여
쭤보려고 하였으나 오히려 같은 마을에 있는 윤옥란을 추천해 주었다. 윤옥란
댁은 경로당에서 200여 미터 거리에 위치하고 있었다. 집에 도착하여 밖에서
한참을 부른 후에 문이 열렸다. 방에는 같은 마을에 사는 제보자의 친구 이득
재가 있었다. 제보자는 보청기를 끼고 있었으나 잘 듣지를 못해 이득재가 중
간에서 여러 번 도와주었다. 처음에 살아왔던 이야기를 듣고 모심을 때 부르
던 노래를 청하니 시아버지, 시아주버니와 같이 심는데 무슨 노래냐고 했다.
그러면서 선거 적 장타령을 아는데 한번 불러보겠다고 했다. 이 노래는 시집
오기 전인 12~15세 무렵에 동무들과 함께 모여서 삼을 삼을 때 마당에 구걸
하러 온 사람이 부르는 것을 여러 친구가 나눠서 기억했다가 나중에 하나로
모아서 불렀다고 한다. 보통은 부모가 외출하고 없는 집에서 동무들이 모여
삼을 삼는데, 어떨 때는 장타령을 들으려고 동냥을 일부러 늦게 줬다고 한다.

허절씨구나 딜여온다(들어온다) 저절씨구나 딜여온다(들어온다)

인간의 춘절이 다가고 새로 춘절이 돌어왔네(돌아왔네)

느희(너희) 부모는 너를 나아 우리 부모는 나를 나서 고히(고이)
곱게 길러 가지고

일강에 초장을 지어놓고 독세장을 앉혀서

공자나 맹자를 읽으고 시절에 서절을 다 읽어

물레(물려) 줄 것이 없어서 티전에(투전에) 한몫 물레췄네(물려줬
네)

티전에 티째로 놀아봐라

한일째를 들고봐 일월이 송송 야생경(야삼경) 밤중 샛빌이(샛별이)

완연하다

두이째를 들고봐 준주(진주) 떨어져 속절없이 죽었네

석삼째를 들고봐 삼동거리 놋촛대 앉은 앞에 노르개요(노리개요)

늑(넉)사째를 들고봐 사시나(사신의) 행차 바쁜 길 즘심참이(점심참이) 늦었네

다섯오째를 들고봐 오관에 청간(청장) 간암장(관운장) 작두마를(적토마를) 빗갯다가(빗겨 타고) 조조를 잡으랴고 화령도라 종일로 제갈령을(제갈량을) 찾어간다

여섯육째를 들고봐 육판에 대한 성진이

일곱칠째를 들고봐 칠년에 대한 봄가물 비올 때만 기다린다 저남산 빗줄기 만백생(만백성) 줄고아(즐거워) 실농씨(신농씨)에 밭을 갈아 이 농산(농사는) 이리 짓고 저 농산(농사는) 저리 지어 나라님 교양(공양) 바치다가 부모님 공대가 늦었네

여덟팔자를 들고봐 팔팔이 팔형제 과개나(과거나) 할 때만 기다린다

아홉구째를 들고봐 구자서치 간발에 응달 밑으로 바까신고(바꿔 서고) 이장치고 저장쳐 마장에 질을 쳐 장에 숲으로 범 들어 일등 포수가 다 모여

그 범 한 마리 못 잡고 날랜 장수 목을 비어

칼끝에 끼어들고 나라님 앞으로 넘어간다

추워 추워 춘달래 / 추울 때 하는 소리

자료코드 : 03_01_FOS_20100122_KDH_YOR_0002
조사장소 : 강원도 고성군 현내면 죽정2리 3반 윤옥란 댁
조사일시 : 2010.1.22

조 사 자 : 강등학, 이영식, 박은영, 이창현, 윤희렬
제 보 자 : 윤옥란, 여, 91세
구연상황 : 상당히 긴 사설의 '숫자 풀이 소리'를 듣고 모두 박수를 쳤다. 이후 몇 가지
문자 '추울 때 하는 소리'를 불러주었다. 이 노래를 부르고는 사설의 내용 때
문인지 웃었다. 이에 다시 부탁을 하자 좀 빠르게 불렀다.

추워라 추워라 춘달래

멀구 다래 따먹다

불알에 헐켜 죽었구나

추워라 추워라 춘달래

멀구 다래 따먹다

불알에 헐켜 죽었네

칭칭이 소리 / 가창유희요

자료코드 : 03_01_FOS_20100122_KDH_YOR_0003
조사장소 : 강원도 고성군 현내면 죽정2리 3반 윤옥란 댁
조사일시 : 2010.1.22
조 사 자 : 강등학, 이영식, 박은영, 이창현, 윤희렬
제 보 자 : 윤옥란, 여, 91세
구연상황 : '숫자 풀이 소리', '추울 때 하는 소리', '양양 윤구병과 강릉 이통천이 돈 자
랑하다'를 듣고 놀 때는 어떤 노래를 주로 하느냐고 하자 별 거 다 한다며 이
노래를 불렀다. 노래를 부른 후 백로지 글씨는 사주라고 설명을 해주었다.

치기나 칭칭나네

칡을 치고 남구를 하자

치기나 칭칭나네

우리 부모는 나를 길러서 남이나 줄라구 날 길렀나

치기나 칭칭나네

남이나 줄라면 거저나 주지 백로지 글씨는 왜 받았나
치기나 칭칭나네

뱃노래 / 가창유희요

자료코드 : 03_01_FOS_20100122_KDH_YOR_0004
조사장소 : 강원도 고성군 현내면 죽정2리 3반 윤옥란 댁
조사일시 : 2010.1.22
조 사 자 : 강등학, 이영식, 박은영, 이창현, 윤희렬
제 보 자 : 윤옥란, 여, 91세
구연상황 : '칭칭이 소리'를 듣고 또 다른 노래를 청하자 이 노래를 불렀다. 노래 사설 중
에 고기 잡으러 간 남편 돌아오지 않았으면 바라는 내용은 좋지 않은 노래라
고 하면서, 그건 딴 남자 만나려고 하는 소리라 했다. 노래를 다 부른 후 "나
젊어서 잘 놀았다네!"라 하고는 웃었다.

파도치는 물결소리 잠을 깨우니
들려오는 놋소리가(노 젓는 소리가) 처량도 하구나
어야노야노야 어야노야노 어기여차 뱃놀이 가잔다

우리나 경든(정든) 님은 명태바리를(명태 잡으러) 나갔는데
하누바람(하늬바람) 열사흘만 불어를 주게요

바다 가운테다가 집을 짓고서
갈매기란 한 놈을 벗을 삼는구나
어야노야노야 어야노야노 어기여차 뱃놀이 가잔다

만경 청파다에 배 띄워 놓고서
걱정근심 많이 하고 잘도 가는구나

어랑 타령 / 가창유희요

자료코드 : 03_01_FOS_20100122_KDH_YOR_0005
조사장소 : 강원도 고성군 현내면 죽정2리 3반 윤옥란 댁
조사일시 : 2010.1.22
조 사 자 : 강등학, 이영식, 박은영, 이창현, 윤희렬
제 보 자 : 윤옥란, 여, 91세
구연상황 : '추울 때 하는 소리', '양양 윤구병과 강릉 이통천이 돈 자랑하다', '칭칭이 소
리', '뱃노래'를 들었다. '뱃노래'를 다 부른 후 "이제 한 곡만 더하고 안 해야
지!"라고 하면서 이 노래를 불렀다.

　　　고성 연락선이 떠날 적에는 강원도 금강산 울리고
　　　독서(독수)동방(공방) 나 떠날 젠 어느 누가 울어주나
　　　에헤에헹 어야 어리럼마 둥게둥 사령가로 돌려요

　　　금강산 꼭대기 올라신(올라선) 소나무
　　　너두 날과 같이 외로이 섰구나
　　　에헤에헹 어야 어리럼마 둥게둥 널과 노던 사령아

　　　날과 날과 살자고 할 적에 백년초를 심궜는데(심었는데)
　　　백년초가 변해서 이별초가 되었나
　　　에헤에헹 어야 어리럼마 둥게둥 사령가로 돌려요

　　　허공중천에 뜬 기러기도 방울을 달고 가는데
　　　우리 집은 왔다가 날 데리고 갈 줄을 몰르네(모르네)
　　　에헤에헹 어야 어리럼마 둥게둥 이것이 난사로구나

비야 비야 오지 마라 / 비 그치게 하는 소리

자료코드 : 03_01_FOS_20100122_KDH_YOR_0006

조사장소 : 강원도 고성군 현내면 죽정2리 3반 윤옥란 댁
조사일시 : 2010.1.22
조 사 자 : 강등학, 이영식, 박은영, 이창현, 윤희렬
제 보 자 : 윤옥란, 여, 91세
구연상황 : '숫자 풀이 소리', '추울 때 하는 소리', '양양 윤구병과 강릉 이통천이 돈 자
랑하다', '칭칭이 소리', '뱃노래', '어랑 타령'을 들었다. 이후 이제 더 안 한다
는 제보자에게 비 오지 말라고 하는 소리가 있느냐고 하자 어디서 많이도 알
고 왔다고 하면서 불러주었다.

비야 비야 오지 마라
우리 누나 시집갈 때
다 다홍치매(다홍치마) 얼룩간다

비야 비야 오지 마라
우리 누나 시집갈 때
다홍치매(다홍치마) 얼룩간다

베틀가 / 가창유희요

자료코드 : 03_01_FOS_20100122_KDH_YOR_0007
조사장소 : 강원도 고성군 현내면 죽정2리 3반 윤옥란 댁
조사일시 : 2010.1.22
조 사 자 : 강등학, 이영식, 박은영, 이창현, 윤희렬
제 보 자 : 윤옥란, 여, 91세
구연상황 : '비 그치게 하는 소리'를 들은 후, '베틀가'는 안 불렀냐고 하자 다 잊어버렸
다고 하면서 불렀다.

베틀을 노세 베틀을 노세 서성강에다 베틀을 노세
잉애대는 삼형제요 눌른대는 독신인데
에헤야 사랑노래 아가씨 시집은 아이가고(안 가고) 베만 짤라나

에헤야

낮에 짜며는 월광단이요 밤에 짜며는 일광단인데
에헤야 사랑노래 아가씨 시집은 아이 가고 베만 짤라나

다복녀 / 가창유희요

자료코드 : 03_01_FOS_20100122_KDH_YOR_0008
조사장소 : 강원도 고성군 현내면 죽정2리 3반 윤옥란 댁
조사일시 : 2010.1.22
조 사 자 : 강등학, 이영식, 박은영, 이창현, 윤희렬
제 보 자 : 윤옥란, 여, 91세
구연상황 : '베틀가'를 들은 후 '다복녀'를 부탁하자 그것도 잘 모른다고 하면서 불렀다.
이 노래는 처녀 때 배웠으며 시집와서도 불렀다고 한다.

다북다북 다북네야 너 어드로 울고 가니
우리 엄마 몸진골로 물길어간 데 젖 먹으러 울고 간다
느 어머니 몸진골로 물길어간 데 뭐
실경(시렁) 밑에 쌂은(삶은) 팥이 싹이 나고 임이(잎이) 나야 느 어
머니 오마더라

그거여.

울 어머니 몸진 골로 물길어간 데 다북례는 배가 고파 울더라고
젖을 짜서 남강물에 빗발처럼 띄워 달라고 하세요
울 아버지 보거들랑 다북네는 발이 시래(시려) 울더라고 신을 삼아
남강물에 빗발처럼 띄워 달라 하세요

계집 죽고 자식 죽고 / 비둘기 보고 하는 소리

자료코드 : 03_01_FOS_20100122_KDH_YOR_0009
조사장소 : 강원도 고성군 현내면 죽정2리 3반 윤옥란 댁
조사일시 : 2010.1.22
조 사 자 : 강등학, 이영식, 박은영, 이창현, 윤희렬
제 보 자 : 윤옥란, 여, 91세
구연상황 : '베틀가', '다복녀', '복남아 우지 마라'를 들었다. 이후 비둘기 보고 하는 소리
를 청해서 들었다. 이 노래는 예전에 제보자 어머니께서 손자를 안고 등을 두
드려주면서 부르는 것을 보고 배웠다고 한다. 그리고 제보자는 비둘기가 아니
고 뚜둑이라고 했는데, 뚜둑이는 음력 2월에 많이 운다고 한다. 뚜둑이가 자
라면 비둘기가 되며, 비둘기와 뻐꾸기는 형제라고 했다.

뚜둑 뚜둑
흔(헌) 투데기(누더기) 목에 걸고
어린 자석(자식) 땅에 묻고
뚜둑 뚜둑

뚜둑 뚜둑
뚜둑 뚜둑
흔 투데기 목에 걸고
어린 자석 땅에 묻고
뚜둑 뚜둑

영등 축원 / 비손하는 소리

자료코드 : 03_01_FOS_20100122_KDH_YOR_0010
조사장소 : 강원도 고성군 현내면 죽정2리 3반 윤옥란 댁
조사일시 : 2010.1.22
조 사 자 : 강등학, 이영식, 박은영, 이창현, 윤희렬

제 보 자 : 윤옥란, 여, 91세

구연상황 : 비손을 해 봤냐고 묻자 예전에 많이 했지만 요즘은 안 한다고 했다. 이에 조
사자가 예전 생각해서 한 번 해 달라고 하자, 2월 영등에 했던 것이라며 불렀
다. 영등할머니는 장찌개를 좋아하기 때문에 2월 초하룻날에 장을 풀어 무와
명태를 넣고 끓여 식구 수대로 숟가락을 냄비에 넣고 장독대에 놓는다고 한
다. 그리고는 비손을 한다.

우리 대주가 성이 아매아매 산인데 일 년 열두 달 농사를 짓는데
농사를 잘 되게 해주시고 일 년 열두 달 손톱 발톱 뛰끔한 데 없이
잘 되게 해주시오

이렇게 비는 거여.

이랴 소리 / 논 가는 소리

자료코드 : 03_01_FOS_20100131_KDH_LHI_0001_s01

조사장소 : 강원도 고성군 현내면 철통리 85-3번지 이한익 댁

조사일시 : 2010.1.31

조 사 자 : 강등학, 이영식, 박은영, 이창현, 윤희렬

제 보 자 : 이한익, 남, 78세

구연상황 : 전날인 30일에 만났던 김종권으로부터 이한익이 소리를 잘한다는 정보를 얻
었다. 오전 10시 경에 이한익 댁을 방문하였더니 부인 한순녀는 몸이 불편해
서 자리에 누워 있었다. 방문취지를 말씀드리고 협조를 청했더니 한순녀가 예
전에도 학교에서 왔었다고 말했다. 이에 조사자가 정리한 예전 자료를 살폈더
니 1994년에 강릉대학교 국문학과에서 이한익 댁을 방문한 일이 있었다. 그
런데 그 자료에는 한순녀의 이름을 황순녀로 잘못 정리하였다. 그때는 한순녀
가 마을 분들을 초청해서 판을 벌렸다고 한다. 당시에는 주로 여성분들만 만
났던 까닭에 농사와 관련된 노래는 정리되지 않았다. 이한익에게 이러한 사정
을 말씀드렸다. 아침부터 노래 청하기가 그래서 마을 지명유래 및 농사와 관
련된 여러 사항에 대해 듣고 화진포에 얽힌 이야기를 부탁했다. '서낭신이 된
이화진의 며느리' 이야기를 듣고 논농사와 관련된 노래를 차례대로 청했다.

먼저 논을 갈 때 부르는 소리를 부탁했는데, 논을 갈 때는 예전에는 두 마리인 겨릿소로 논이나 밭을 갈았으나 일제강점기 때 호리로 했다고 한다.

이라 이려~
빨리 가자 어으
해는 지고 저문 날에
빨리 빨리 갈구고 집엘 가자

이렇게 이제.
덕담이지 덕담.

한춤 소리 / 모찌는 소리

자료코드 : 03_01_FOS_20100131_KDH_LHI_0001_s02
조사장소 : 강원도 고성군 현내면 철통리 85-3번지 이한익 댁
조사일시 : 2010.1.31
조 사 자 : 강등학, 이영식, 박은영, 이창현, 윤희렬
제 보 자 : 이한익, 남, 78세
구연상황 : '모찌는 소리'를 부탁하자 고성에서는 잘 안 하고 강릉에서 많이 한다고 했다. 보통 한 사람이 하루에 200평 정도의 논을 감당하며, 1마지기는 100평이라고 한다.

얼른 얼른 하니 또 한 춤 나간다
또 얼른 얼른 하니 또 한 춤 나간다

그렇게 자꾸만 인제.

어랑 타령 / 모심는 소리

자료코드 : 03_01_FOS_20100131_KDH_LHI_0001_s03_1
조사장소 : 강원도 고성군 현내면 철통리 85-3번지 이한익 댁
조사일시 : 2010.1.31
조 사 자 : 강등학, 이영식, 박은영, 이창현, 윤희렬
제 보 자 : 이한익, 남, 78세
구연상황 : '모찌는 소리'를 들은 후 '모심는 소리'를 청했더니 '어랑 타령', '아리랑 타령'
　　　　　등 아무 노래나 다 한다고 했다. 그리고 이 노래는 논 매기 할 때도 부르는데,
　　　　　함경도와 가까운 까닭인지 '어랑 타령'을 많이 부른다고 한다.

　　　어랑어랑 어허야 어허야 데헤야 내 사령아

이렇게 하면 되지.

　　　질노래비(잠자리)가 훨훨 모두 다 모인 중에
　　　수렴마 수렴바 명실간 돌아 도는구나
　　　어랑어랑 어허야 어허야 데헤야 내 사령아

그 다음에 뭐,

　　　매어 주게 매어 주게 이 논자리를 매어 주게
　　　바다 같은 이 논자리 합심 받아서 매어 주게
　　　어랑어랑 어허야 어허야 더허야 내 사령아

강원도 아리랑 / 모심는 소리

자료코드 : 03_01_FOS_20100131_KDH_LHI_0001_s03_2
조사장소 : 강원도 고성군 현내면 철통리 85-3번지 이한익 댁
조사일시 : 2010.1.31
조 사 자 : 강등학, 이영식, 박은영, 이창현, 윤희렬

제 보 자 : 이한익, 남, 78세

구연상황 : '모찌는 소리'를 들은 후 '모심는 소리'를 청했더니 '어랑 타령', '아리랑 타령'
등 아무 노래나 다 한다고 했다. 그리고 이 노래들은 논 매기 할 때도 부르는
데, 함경도와 가까운 까닭인지 '어랑 타령'을 많이 부른다고 한다. '어랑 타령'
을 부른 후 이 노래를 불렀다.

아리랑 아리랑 아라리요
아리랑 고개로 넘어간다

아리랑 고개는 열두나 고개
나 넘어갈 고개는 한 고갤세(고개일세)

자진 아라리 / 논 매는 소리

자료코드 : 03_01_FOS_20100131_KDH_LHI_0001_s04

조사장소 : 강원도 고성군 현내면 철통리 85-3번지 이한익 댁

조사일시 : 2010.1.31

조 사 자 : 강등학, 이영식, 박은영, 이창현, 윤희렬

제 보 자 : 이한익, 남, 78세

구연상황 : '모심는 소리'로 '어랑 타령', '아리랑 타령' 등 아무 노래나 부른다고 했다.
그리고 이 노래들은 논 매기 할 때도 부르는데, 함경도와 가까운 까닭인지
'어랑 타령'을 많이 부른다고 한다.

매어 주게 매어 주게 이 논자리를 매어 주게
해는 일락서산을 넘고 우리 할 일은 태산일세
여러분들 일심 받아 함께 같이 김을 매세

자진 아라리 / 벼 베는 소리

자료코드 : 03_01_FOS_20100131_KDH_LHI_0001_s05
조사장소 : 강원도 고성군 현내면 철통리 85-3번지 이한익 댁
조사일시 : 2010.1.31
조 사 자 : 강등학, 이영식, 박은영, 이창현, 윤희렬
제 보 자 : 이한익, 남, 78세
구연상황 : '벼 베는 소리'를 청하자 '논 매는 소리'와 같은 곡조로 불렀다.

　　　　비어 주게 비어 주게 이 논자리 베를 비어 주게

　　　　바다 같은 이 논자리 비어 주게 비어 주게

　　그 그런 식으로 그저

에헤라 소리 / 도리깨질 하는 소리

자료코드 : 03_01_FOS_20100131_KDH_LHI_0001_s06
조사장소 : 강원도 고성군 현내면 철통리 85-3번지 이한익 댁
조사일시 : 2010.1.31
조 사 자 : 강등학, 이영식, 박은영, 이창현, 윤희렬
제 보 자 : 이한익, 남, 78세
구연상황 : '벼 베는 소리'를 들은 후 '도리깨질 하는 소리'를 청했더니 해본지 오래되었
　　　　　다고 하면서 도리깨질하는 법을 함께 설명해 주었다.

　　상도리깨쟁이가,

　　　　에헤라 에헤라

　　하고 때리지 자꾸만.
　　그렇게 때리면 밑에선 또 같이,

　　　　에헤라 에헤라

상도리깨가 인제 소리 지르믄 밑에서 받아서 하고.
혼자는 다 못하니까네.

헌 물은 나가고 / 물 맑게 하는 소리

자료코드 : 03_01_FOS_20100131_KDH_LHI_0002
조사장소 : 강원도 고성군 현내면 철통리 85-3번지 이한익 댁
조사일시 : 2010.1.31
조 사 자 : 강등학, 이영식, 박은영, 이창현, 윤희렬
제 보 자 : 이한익, 남, 78세
구연상황 : '잠자리 잡는 소리'를 청하자 생각이 잘 안 난다고 해서 한순녀가 자리에 누워 있는 상태에서 불렀다. 이이서 가재 잡을 때 물이 빨리 맑아지라고 하는 소리를 부탁하자 별소리 아니라며 해주었다.

흙탕물은

흙탕물은 가라앉고 맑은 물이 나오너라
흙탕물은 가라앉고 맑은 물이 나오너라

이렇게, 그냥 그렇게 했어요.

앉은 방아 쩌라 / 메뚜리 부리는 소리

자료코드 : 03_01_FOS_20100131_KDH_LHI_0003
조사장소 : 강원도 고성군 현내면 철통리 85-3번지 이한익 댁
조사일시 : 2010.1.31
조 사 자 : 강등학, 이영식, 박은영, 이창현, 윤희렬
제 보 자 : 이한익, 남, 78세
구연상황 : '물 맑게 하는 소리'를 들은 후 이 노래를 청했다.

앉은 방아 찧라 들방아(디딜방아) 찧라

이랬지.

메뚜기 이렇게 쥐구 이렇게 하믄, 메뚜기가 꼬불꼬불 했잖어.

앉은 방아 찧라 들방아(디딜방아) 찧라
앉은 방아 찧라 들방아(디딜방아) 찧라

이렇게 했다구.

칭칭이 소리 / 가창유희요

자료코드 : 03_01_FOS_20100131_KDH_LHI_0004
조사장소 : 강원도 고성군 현내면 철통리 85-3번지 이한익 댁
조사일시 : 2010.1.31
조 사 자 : 강등학, 이영식, 박은영, 이창현, 윤희렬
제 보 자 : 이한익, 남, 78세
구연상황 : '물 맑게 하는 소리', '메뚜기 부리는 소리'를 듣고 이 노래를 청했다.

노세 노세 젊어 노세
치나 칭칭나네
오늘 해가 저물어 간다
치나 칭칭나네

치나 칭칭나네
치나 칭칭나네
오늘 해가 저물어간다
치나 칭칭나네

근데 자꾸 후렴을, 말을 맨들어 가지구선 그러면 밑에선,

치나 칭칭나네

이걸 단체로 받아주구.

강원도 아리랑 / 가창유희요

자료코드 : 03_01_FOS_20100131_KDH_LHI_0005
조사장소 : 강원도 고성군 현내면 철통리 85-3번지 이한익 댁
조사일시 : 2010.1.31
조 사 자 : 강등학, 이영식, 박은영, 이창현, 윤희렬
제 보 자 : 이한익, 남, 78세
구연상황 : '칭칭이 소리'를 들은 후 이 노래를 청했다.

아리랑 아리랑 아리리요
아리랑 고개루 넘어간다

아리랑 타령을 잘하구 보면
못 먹는 소주라도 또 한잔 내네
아링아리 쓰리쓰리 아라리요
아리아리 고개루 넘어간다

잘살고 못살긴 내 사주팔자
돈 당자 못 만난 건 쥔애비(중신애비) 탓이
아링아리 쓰리쓰리 아라리요
아리아리 고개루 넘어간다

잘살고 못살긴 내 사주팔자
본 당자 못 만난 건 쥔애비(중신애비) 탓이

한춤 소리 / 모찌는 소리

자료코드 : 03_01_FOS_20100122_KDH_ISC_0001_s01
조사장소 : 강원도 고성군 현내면 명파리 245-4번지 명파리 경로당
조사일시 : 2010.1.22
조 사 자 : 강등학, 이영식, 박은영, 이창현, 윤희렬
제 보 자 : 임수청, 남, 70세
구연상황 : 1월 14일 대진리에 있는 실내 게이트볼 연습장에서 명파리 노인회 회장인 김
남술을 만나 사전에 약속했다. 21일 눈이 많이 내린 탓에 명파리로 가는 길
은 몹시 미끄러웠다. 약속한 10시에 명파리 경로당에 도착하였으나 노인회장
은 안 오셨고 연세들이 많으신 대여섯 분이 계셨다. 그 분들의 고향은 대부분
북한으로, 고향 가까이 계시려고 수복 후 1957~1958년 이곳 명파리에 정착
하신 분들이다. 그런데 연세가 많으신 탓에 귀가 어두워 제대로 대화할 수가
없었다. 더욱이 그들은 이곳에 오기 전까지는 농업이나 어업에 종사한 경험이
없는 분들이었다. 여러 번 반복해서 질문한 결과 조종걸로부터 지명유래 몇
가지를 겨우 들을 수 있었다. 조종걸의 얘기가 끝나고 조금 지난 후 노인회장
과 임수청 등이 참석하여 본격적인 조사가 이루어졌다. 이곳에서는 논의 김을
맬 때 호미를 사용하지 않았으며, 1970년대에 기계화가 시작되었다는 등 농
사에 관한 이야기를 하다가 농요를 잘한다는 임수청으로부터 노래를 들었다.
임수청이 알고 있는 농요는 대부분 이곳 명파리에 와서 농사를 지으며 배웠
다고 한다.

  어~ 어~ 한춤~ 나가네

또 한 마디 하면 되잖아 고거를.
(조사자 : 너무 간단하잖아요, 그러면.)
또 해?
(조사자 : 얼른하더니 그러면 이쪽에서도 나두 한춤 이렇게 나가고 그러
니까 고거를.)

  얼찐 하더니 나두 나가네~

그 다음 또 해?

또 이제 따른(다른) 사람 하는 거?

　　나도~ 한 춤~ 나가네
　　나도~ 또~ 한 춤~ 나가네

아라리 / 모심는 소리

자료코드 : 03_01_FOS_20100122_KDH_ISC_0001_s02
조사장소 : 강원도 고성군 현내면 명파리 245-4번지 명파리 경로당
조사일시 : 2010.1.22
조 사 자 : 강등학, 이영식, 박은영, 이창현, 윤희렬
제 보 자 : 임수청, 남, 70세
구연상황 : '모찌는 소리'인 '한춤 소리'를 듣고 '모심는 소리'를 청하자 망설이다가 이
　　　　　노래를 불렀다.

　　심어 주게~ 심어 주게~ 심어를 주게~
　　바다 같은 이 논자리를 심어를 주게~

아라리 / 논 매는 소리

자료코드 : 03_01_FOS_20100122_KDH_ISC_0001_s03_1
조사장소 : 강원도 고성군 현내면 명파리 245-4번지 명파리 경로당
조사일시 : 2010.1.22
조 사 자 : 강등학, 이영식, 박은영, 이창현, 윤희렬
제 보 자 : 임수청, 남, 70세
구연상황 : '모찌는 소리', '모심는 소리'를 듣고 이 노래를 청했다.

　　매여 주게~ 매여 주게~ 매여 주게~
　　이 논바닥 굴을야 매여 주게

오독떼기 / 논 매는 소리

자료코드 : 03_01_FOS_20100122_KDH_ISC_0001_s03_2
조사장소 : 강원도 고성군 현내면 명파리 245-4번지 명파리 경로당
조사일시 : 2010.1.22
조 사 자 : 강등학, 이영식, 박은영, 이창현, 윤희렬
제 보 자 : 임수청, 남, 70세
구연상황 : '모찌는 소리', '모심는 소리'를 듣고 '논 매는 소리'를 청하자 '아라리'를 불렀다. 이에 조사자가 '오독떼기'는 모르냐고 하자 강릉에 있을 때 배운 것이라 하면서 불렀다.

기어가네~
어~
오~
떼기~
어~
어~

한 단 소리 / 벼 베는 소리

자료코드 : 03_01_FOS_20100122_KDH_ISC_0001_s04
조사장소 : 강원도 고성군 현내면 명파리 245-4번지 명파리 경로당
조사일시 : 2010.1.22
조 사 자 : 강등학, 이영식, 박은영, 이창현, 윤희렬
제 보 자 : 임수청, 남, 70세
구연상황 : '모찌는 소리', '모심는 소리', '논 매는 소리'를 듣고 '벼 베는 소리'를 청하자 이 노래를 불렀다.

어~ 한 단을 묶었다
또~ 한 단을 묶어라

헌 이는 너 갖고 / 새 이 가는 소리

자료코드 : 03_01_FOS_20100122_KDH_ISC_0002

조사장소 : 강원도 고성군 현내면 명파리 245-4번지 명파리 경로당

조사일시 : 2010.1.22

조 사 자 : 강등학, 이영식, 박은영, 이창현, 윤희렬

제 보 자 : 임수청, 남, 70세

구연상황 : 농사와 관계되는 노래인 '모찌는 소리', '모심는 소리', '논 매는 소리', '벼 베는 소리'를 듣고 '논 가는 소리'나 '밭 가는 소리'를 청하자 불러보지 않았다고 한다. 이에 이 노래를 청하자 불렀으나 웃음으로 인해 몇 번 연습 후에 불렀다.

　　헌 이 가져가고 새 이 다와
　　헌 이 가져가고 새 이 다와

아침 방아 쩌라 / 메뚜기 부리는 소리

자료코드 : 03_01_FOS_20100122_KDH_ISC_0003

조사장소 : 강원도 고성군 현내면 명파리 245-4번지 명파리 경로당

조사일시 : 2010.1.22

조 사 자 : 강등학, 이영식, 박은영, 이창현, 윤희렬

제 보 자 : 임수청, 남, 70세

구연상황 : '새 이 가는 소리'를 듣고 이 노래를 청했다.

　　아침 방아 찌어라
　　저녁 방아 찌어라
　　아침 방아 찌어라
　　저녁 방아 찌어라

　그거 뱏에(밖에) 없지 뭐!

엄마 손이 약손이다 / 배 쓸어주는 소리

자료코드 : 03_01_FOS_20100122_KDH_ISC_0004
조사장소 : 강원도 고성군 현내면 명파리 245-4번지 명파리 경로당
조사일시 : 2010.1.22
조 사 자 : 강등학, 이영식, 박은영, 이창현, 윤희렬
제 보 자 : 임수청, 남, 70세
구연상황 : '새 이 가는 소리'와 '메뚜기 부리는 소리'를 듣고 이 노래를 청했다.

　　　　어머이 손이 약손이다

　　　　어머이 손이 약손이다

　　　　어머이 손이 약손이다

　　　　어머이 손이 약손이다

　그거지요 뭐.

앞니 빠진 갈가지 / 이 빠진 아이 놀리는 소리

자료코드 : 03_01_FOS_20100122_KDH_ISC_0005
조사장소 : 강원도 고성군 현내면 명파리 245-4번지 명파리 경로당
조사일시 : 2010.1.22
조 사 자 : 강등학, 이영식, 박은영, 이창현, 윤희렬
제 보 자 : 임수청, 남, 70세
구연상황 : '배 쓸어주는 소리'를 들은 후 이 노래를 청했다.

　　　　앞니 빠진 갈가지

　　　　뒷니 빠진 갈가지

　　　　앞니 빠진 갈가지

　　　　뒷니 빠진 갈가지

　그래요.

헌 집 줄게 새 집 다오 / 모래집 짓는 소리

자료코드 : 03_01_FOS_20100122_KDH_ISC_0006

조사장소 : 강원도 고성군 현내면 명파리 245-4번지 명파리 경로당

조사일시 : 2010.1.22

조 사 자 : 강등학, 이영식, 박은영, 이창현, 윤희렬

제 보 자 : 임수청, 남, 70세

구연상황 : '이 빠진 아이 놀리는 소리'를 듣고 이 노래를 청했다.

　　　헌 집 줄게 새 집 다와

　　　헌 집 줄게 새 집 다와

　그거죠.

아라리 / 나무하는 소리

자료코드 : 03_01_FOS_20100122_KDH_ISC_0007

조사장소 : 강원도 고성군 현내면 명파리 245-4번지 명파리 경로당

조사일시 : 2010.1.22

조 사 자 : 강등학, 이영식, 박은영, 이창현, 윤희렬

제 보 자 : 임수청, 남, 70세

구연상황 : 나무할 때 부르는 소리를 청하자 '아라리'를 불렀다. 이 노래는 나무를 지게
　　　　 에 지고 집으로 오면서 불렀다고 한다.

　　　아라리요 아라리요 아라리요

　　　아라리 고개로 넘어가네

　　　무정한 자동차야 날 실어다 놓고

　　　어디로 갔는지 나는 모르겠네

다람아 다람아 / 다람쥐 잡는 소리

자료코드 : 03_01_FOS_20100122_KDH_ISC_0008
조사장소 : 강원도 고성군 현내면 명파리 245-4번지 명파리 경로당
조사일시 : 2010.1.22
조 사 자 : 강등학, 이영식, 박은영, 이창현, 윤희렬
제 보 자 : 임수청, 남, 70세
구연상황 : '나무하는 소리'인 '아라리'를 듣고 이 노래를 청했다.

　　　　다람아 다람아 염불해라
　　　　다람아 다람아 염불해라
　　　　다람아 다람아 염불해라

　　그거지요 뭐.

에이야 소리 / 그물 당기는 소리

자료코드 : 03_01_FOS_20100113_KDH_CJG_0001
조사장소 : 강원도 고성군 현내면 대진5리 183번지 대진리 어촌계 민박 207호
조사일시 : 2010.1.13
조 사 자 : 강등학, 이영식, 박은영, 이창현, 윤희렬
제 보 자 : 최종길, 남, 62세
구연상황 : 영하 12도의 매서운 추위와 차갑고 강한 바닷바람 탓인지 거리에 다니는 사
　　　　람이 없었다. 오전과 오후에 대진2리의 김덕호로부터 뱃일과 관련된 여러 노
　　　　래를 들었다. 이후 장례요를 잘 부른다는 최종길을 만나려고 그가 운영하는
　　　　횟집을 찾았더니 출타 중이었다. 마침 횟집 2층에 대진리 어촌계에서 운영하
　　　　는 민박집이 있기에 그곳에 짐을 풀었다. 짐을 풀고 다시 횟집에 갔으나 오지
　　　　않은 까닭에 연락처를 남겼다. 시간이 흘렀음에도 연락이 없어 또다시 횟집을
　　　　방문하여 소식을 물으니 곧 올 거라며 연락하겠다고 했다. 잠시 후 최종길로
　　　　부터 연락이 와서 횟집에서 만났다. 방문취지를 설명하니 부인이 좋아하지 않
　　　　으니 숙소로 가자고 했다. 조사자들 숙소에서 바다와 관련된 이런저런 얘기를
　　　　나누다가, 국민학교를 졸업하고부터 배를 탔다는 그의 설명에 뱃일에 따르는

노래를 먼저 청했다.

아침 해가 떴다 하믄
어이야
동우리 튼다
어이야
새치 새치 올라온다
명태 명태 올라오렴
어이사 어이사
두부 감짜 감짜감짜
어서 감짜 빨리 땡게
여이사라 여이

하나요 둘이요 / 고기 세는 소리

자료코드 : 03_01_FOS_20100113_KDH_CJG_0002
조사장소 : 강원도 고성군 현내면 대진5리 183번지 대진리 어촌계 민박 207호
조사일시 : 2010.1.13
조 사 자 : 강등학, 이영식, 박은영, 이창현, 윤희렬
제 보 자 : 최종길, 남, 62세
구연상황 : '그물 당기는 소리'인 '에이야 소리'를 먼저 부른 후 그에 대해 설명하다가 고
기 세는 것을 잘한다고 해서 부탁을 했다. 소리를 너무 빨리 한 탓인지 예순
부터 예순아홉까지를 빠트리고 구연했다.

하나요 둘이요 서이다 너이 다섯 여섯 일곱 여덟 아홉이면 열이라
열에 하나 열두이 열서이 열너이라 열다섯 열여섯 열입곱 열여덟
열에아홉이라 열 스물
스물하나 스물둘이라 스물서이 스물너이 스물다섯 스물여섯 스물

일곱 스물여덟 스물아홉이라 열 서른

　서른하나 서른 하나이 서른두이 서른서이 서른너이 서른다섯 서른여섯 서른일곱 서른여덟 서른아홉이라 열 마흔

　마흔하나 마흔둘 마흔서이 마흔너이 마흔다섯 마흔여섯 마흔일곱 마흔여덟 마흔아홉이라 열 쉰

　쉰하나 쉰둘 쉰서이 쉰너이 쉰다섯 쉰여섯 쉰일곱 쉰여덟 쉰아홉이라 열 아흔이라 일흔

　일흔하나이 일흔두이 일흔서이 일흔너이 일흔다섯 일흔여섯 일흔일곱 일흔 여덟 일흔 아홉이라 열 여든

　여든하나 여든둘 여든서이 여든너이 여든다섯 여든여섯 여든일곱 여든여덟 여든아홉이라 열 아흔

　아흔하나 아흔둘 아흔서이 아흔너이 아흔다섯 아흔여섯 아흔일곱 아흔여덟 아흔 아홉이라 열 초백

어이차 소리 / 멸치 터는 소리

자료코드 : 03_01_FOS_20100113_KDH_CJG_0003
조사장소 : 강원도 고성군 현내면 대진5리 183번지 대진리 어촌계 민박 207호
조사일시 : 2010.1.13
조 사 자 : 강등학, 이영식, 박은영, 이창현, 윤희렬
제 보 자 : 최종길, 남, 62세
구연상황 : '그물 당기는 소리', '고기 세는 소리'를 들은 후 '그물 터는 소리'를 부탁하자 터는 것은 멸치 터는 게 있다고 하면서 불렀다. 호흡이 잘 맞아야 일이 쉽다고 했다.

여이사 여이사 어이사사 어이사
간다 간다 간다 간다

어이사 여이사

노다지다 노다지 힘은 좋다 노다지

척척 털자 척척 털자 척척 털어

어이차라 털자 어이차 어이차 어이차 털자

우리 막내이 잘도 한다 우리 막내이 잘도 한다

어이사 어이사 젊은 놈이 나앗구나(낫구나)

어이사이 어이사이

뚜드라 받아라

어이야라 닫다 받아라 받아라

복복복 소리 / 혼 부르는 소리

자료코드 : 03_01_FOS_20100113_KDH_CJG_0004_s01

조사장소 : 강원도 고성군 현내면 대진5리 183번지 대진리 어촌계 민박 207호

조사일시 : 2010.1.13

조 사 자 : 강등학, 이영식, 박은영, 이창현, 윤희렬

제 보 자 : 최종길, 남, 62세

구연상황 : '그물 당기는 소리', '고기 세는 소리', '멸치 터는 소리'를 들은 후 장례와 관련된 노래를 들었다. 22세에 결혼을 했는데, 상여 메기와 선소리를 총각 때도 했다고 한다. 평지에서 부르는 소리와 언덕에 오를 때 부르는 '운상하는 소리'를 듣고, '묘 다지는 소리'를 청해서 들었다. 달굿대는 산에서 소나무를 베어서 하거나 상여 멜 때 쓰는 연춧대로 사용한다. 달구질 할 때도 요령을 흔들면서 한다. '묘 다지는 소리'를 듣고 장례와 관련된 이야기를 나누다가 초혼하는 소리를 하겠다고 했다. 초혼할 때는 망자의 속옷으로 시신의 머리에서 발끝까지 스치듯 지나온 후 그것을 들고 나가서 지붕에 올라가서 외친다. 그러나 요즘은 지상에서 초혼을 한 후 막대기로 속옷을 지붕에 올려놓는다. 초혼하다 멈추면 혼 부르던 사람이 죽는다고 한다.

복~

복~

강원도 고성군 현내면 대진 2리 5반 박 창 건

천구백십 년 일월 이십사일 사망

수 복 고~

고~

고~

고~

어허넘차 소리 / 운상하는 소리

자료코드 : 03_01_FOS_20100113_KDH_CJG_0004_s02_1

조사장소 : 강원도 고성군 현내면 대진5리 183번지 대진리 어촌계 민박 207호

조사일시 : 2010.1.13

조 사 자 : 강등학, 이영식, 박은영, 이창현, 윤희렬

제 보 자 : 최종길, 남, 62세

구연상황 : '그물 당기는 소리', '고기 세는 소리', '멸치 터는 소리'를 들은 후 장례와 관련된 노래를 들었다. 22세에 결혼을 했는데, 상여 메기와 선소리를 총각 때도 했다고 한다.

어호 어호오 어기넘차 어호

간다 간다 나는 간다 북망산천이 왠말이냐

그럼 자꾸 그래.

어호 어호오 어기넘차 어호

인제 가면 언제 올까 다시 못 올 길을 가네

하면 또

어호 어호오 어기넘차 어호

우리 아들 용식이를 너만 믿고 나는 가네

어호 어호오 어기넘차 어호

저승 가는 길이라니 억울해서 못 가겠네

어호 어호오 어기넘차 어호

이제 가면 못 올 길을 어찌 선택 내가 갈꼬

어호 어호오 어기넘차 어호

이렇게도 갈 길이 많아 어찌 내가 답답하고 원통해서 못 가겠네

어호 어호오 어기넘차 어호

어이차 소리 / 운상하는 소리

자료코드 : 03_01_FOS_20100113_KDH_CJG_0004_s02_2
조사장소 : 강원도 고성군 현내면 대진5리 183번지 대진리 어촌계 민박 207호
조사일시 : 2010.1.13
조 사 자 : 강등학, 이영식, 박은영, 이창현, 윤희렬
제 보 자 : 최종길, 남, 62세
구연상황 : 22세에 결혼을 했는데, 상여 메기와 선소리를 총각 때도 했다고 한다. 평지에
　　　　서 부르는 '운상하는 소리'를 듣고, 제보자가 언덕이나 빨리 갈 때 어떻게 하
　　　　냐고 묻자 이 노래를 불렀다.

빨리 가세 빨리 가세

시간 농달 빨리 가세

시간 늦으면 못가니라

어서 가자 빨리 가자

어이 싸자 어이싸

빨리 가자 빨리 가자

우리 할머이 밀어주게

우리 할머이 밀어주고

우리 아들도 밀어주고

어이싸 어이싸

잘도 잘도 올라간다

달구 소리 / 묘 다지는 소리

자료코드 : 03_01_FOS_20100113_KDH_CJG_0004_s03
조사장소 : 강원도 고성군 현내면 대진5리 183번지 대진리 어촌계 민박 207호
조사일시 : 2010.1.13
조 사 자 : 강등학, 이영식, 박은영, 이창현, 윤희렬
제 보 자 : 최종길, 남, 62세
구연상황 : 평지에서 부르는 소리와 언덕에 오를 때 부르는 '운상하는 소리'를 듣고, '묘
다지는 소리'를 청해서 들었다. 달굿대는 산에서 소나무를 베어서 하거나 상
여 멜 때 쓰는 연춧대로 사용한다. 달구질 할 때도 요령을 흔들면서 한다.

달구야

이산 저산 다 들려 봐도 고봉 내산이 최고로다

어허 달구야

이짝 저짝 밟아본들 동남남이 좋고 좋은데

어허 달구야

설악산이라 좋다 해도 요기 명지가 제일 좋네

어허 달구야

까치봉이 높다 해도 내 자리가 제일이로다

어허 달구야

이래 저래 살펴 봐도 요자리가 명당자리

어허 달구여

명당자리 좋다한들 누가 누가 알아줄까

어허 달구여

꼭꼭 꼭꼭 묻어주면 이자리가 명당자리

어허 달구여

우리아들 잘 되게도 꾹꾹 꾹꾹 묻어주소

어허 달구여

우리 두째 잘도 되고 꾹꾹 묻어주소

어허 달구

자진 아라리 / 모심는 소리

자료코드 : 03_01_FOS_20100122_KDH_HBJ_0001
조사장소 : 강원도 고성군 현내면 죽정리 447-1번지 죽정2리 경로당
조사일시 : 2010.1.22
조 사 자 : 강등학, 이영식, 박은영, 이창현, 윤희렬
제 보 자 : 한방자, 여, 85세
구연상황 : 전날 눈이 많이 내려 운전을 하며 다니기에는 다소 불편하였으나 오전에 명
파리를 다녀와서 점심 후에 죽정2리 경로당을 방문하였다. 사전에 죽정2리에
거주하는 최동호 어르신과 약속을 하였으나 자리에 없었다. 할머니들 서너 분
이 거실에서 얘기를 나누고 계셨고 방 안에서는 여러 명의 할머니들이 화투
놀이를 하고 있었다. 방문한 목적을 드리고 도움을 청하자, 거실에 있는 분들
은 죽정리에 온 지가 얼마 안 된다고 하며 방 안에 잘 하는 할머니가 계시다
며 소개해 줬다. 소개 받은 한방자 어르신은 화투를 몇 번 더 치다가 거실로
나왔다. 태어난 곳이 초도리라 해서 초도리 앞에 있는 거북섬에 대한 이야기
를 먼저 들었다. 이어 화진포 이야기를 청했으나 잘 모른다고 해서 모심을 때
부르는 소리를 청했다. 모심기는 학교에 다닐 때도 해봤지만 시집와서 많이
했다고 한다. 모심기는 주로 여자들이 했고 남자들은 못줄을 잡았으며 논매기
는 남자만 했다고 한다.

넘어가네 넘어가네 줄 넘어가네

바다 같은 이 논배미가 또 넘어가네

한오백년 / 모심는 소리

자료코드 : 03_01_FOS_20100122_KDH_HBJ_0002
조사장소 : 강원도 고성군 현내면 죽정리 447-1번지 죽정2리 경로당
조사일시 : 2010.1.22
조 사 자 : 강등학, 이영식, 박은영, 이창현, 윤희렬
제 보 자 : 한방자, 여, 85세
구연상황 : '모심는 소리'로 '자진 아라리'를 부르고 이어서 이 노래도 불렀다.

아무렴 그렇지 그렇구 말구
한오백년 사자는데 웬 성환가

이거리 저거리 갓거리 / 다리 뽑기 소리

자료코드 : 03_01_FOS_20100122_KDH_HBJ_0003
조사장소 : 강원도 고성군 현내면 죽정리 447-1번지 죽정2리 경로당
조사일시 : 2010.1.22
조 사 자 : 강등학, 이영식, 박은영, 이창현, 윤희렬
제 보 자 : 한방자, 여, 85세
구연상황 : '모심는 소리'로 '강원도 아리랑'과 '한오백년'을 듣고 '잠자리 잡는 소리'를
청하자 기억이 안 난다고 하였다. 이에 '다리 뽑기 소리'를 청하자 몇 번 연습
을 한 후에 이 노래를 불렀다.

이거리 저거리 깍거리 천두만두 두만두
짝바리 호양구 보리윷이 사대유

꿩꿩 꿩서방 / 꿩 보고 하는 소리

자료코드 : 03_01_FOS_20100122_KDH_HBJ_0004
조사장소 : 강원도 고성군 현내면 죽정리 447-1번지 죽정2리 경로당

조사일시 : 2010.1.22
조 사 자 : 강등학, 이영식, 박은영, 이창현, 윤희렬
제 보 자 : 한방자, 여, 85세
구연상황 : '다리 뽑기 소리'를 청해 듣고 꿩소리 내는 노래는 없냐고 묻자 이 노래를 불
렀다. 산이나 들에서 꿩이 날아가면 그 꿩을 보고 하는 소리라 한다.

> 꿔궝꿔궝 꿩서방 자네 집이 어딘가
> 이 산 저 산 넘어가 검불 밑이 내 집일세

그렇게 하죠.

별 하나 나 하나 / 단숨에 외는 소리

자료코드 : 03_01_FOS_20100122_KDH_HBJ_0005
조사장소 : 강원도 고성군 현내면 죽정리 447-1번지 죽정2리 경로당
조사일시 : 2010.1.22
조 사 자 : 강등학, 이영식, 박은영, 이창현, 윤희렬
제 보 자 : 한방자, 여, 85세
구연상황 : '다리 뽑기 소리', '꿩 보고 하는 소리'를 청해 듣고 '별 하나 나 하나'는 모르
냐고 하자 그건 힘이 든다고 하면서 노래를 불렀다. 숨을 안 쉬고 누가 많이
헤아리는가를 내기하는 거라 했다.

> 별 하나 나 하나
> 별 둘 나 둘
> 별 서이 나 서이
> 별 너이 나 너이
> 별 다섯 나 다섯
> 별 여섯 나 여섯
> 별 일곱 나 일곱
> 별 아홉 나 아홉

별 열 나 열

해야 해야 나오너라 / 몸 말리는 소리

자료코드 : 03_01_FOS_20100122_KDH_HBJ_0006
조사장소 : 강원도 고성군 현내면 죽정리 447-1번지 죽정2리 경로당
조사일시 : 2010.1.22
조 사 자 : 강등학, 이영식, 박은영, 이창현, 윤희렬
제 보 자 : 한방자, 여, 85세
구연상황 : '별 하나 나 하나'는 모르냐고 하자 그건 힘이 든다고 하면서 노래를 불렀다.
　　　　　 이후 '몸 말리는 소리'를 청했는데, 놀 때 해가 나오기를 바라면서 불렀다고
　　　　　 한다.

　　해야 해야 쨍쨍 나오너라
　　복지깨로 물 떠먹고 장구치구 쨍쨍 나오너라

각시방에 불 켜라 / 풀뿌리 문지르는 소리

자료코드 : 03_01_FOS_20100122_KDH_HBJ_0007
조사장소 : 강원도 고성군 현내면 죽정리 447-1번지 죽정2리 경로당
조사일시 : 2010.1.22
조 사 자 : 강등학, 이영식, 박은영, 이창현, 윤희렬
제 보 자 : 한방자, 여, 85세
구연상황 : 풀뿌리를 문지르면서 부르던 노래를 청하자 처음에는 기억이 안 난다고 하다
　　　　　 가 몇 번 연습을 한 후에 불렀다.

　　각시방에 불 켜라
　　신랑방에 불 켜라
　　각시방에 불 켜라

신랑방에 불 켜라

앞니 빠진 수망다리 / 이 빠진 아이 놀리는 소리

자료코드 : 03_01_FOS_20100122_KDH_HBJ_0008
조사장소 : 강원도 고성군 현내면 죽정리 447-1번지 죽정2리 경로당
조사일시 : 2010.1.22
조 사 자 : 강등학, 이영식, 박은영, 이창현, 윤희렬
제 보 자 : 한방자, 여, 85세
구연상황 : 이 빠진 아이를 어떻게 놀렸냐고 하자 처음에는 생각이 안 난다고 하다가 몇
번 연습을 하다가 불렀다.

　(조사자 : 고거를 한 번 이어서 앞니 빠진)

　　수방다리
　　뒷골로 가지 마라
　　붕어새끼 놀랜다

풀무 소리 / 아기 어르는 소리

자료코드 : 03_01_FOS_20100122_KDH_HBJ_0009
조사장소 : 강원도 고성군 현내면 죽정리 447-1번지 죽정2리 경로당
조사일시 : 2010.1.22
조 사 자 : 강등학, 이영식, 박은영, 이창현, 윤희렬
제 보 자 : 한방자, 여, 85세
구연상황 : '이 빠진 아이 놀리는 소리'를 들은 후 '불아 불아'는 안 했냐고 묻자 시어머
니 몰래 몇 번 했다고 하면서 불렀다. 아이 다리에 힘이 오르라고 세워서 앞
뒤로 흔들며 부른다고 한다.

　　불아 불아 불아야

이 쇠가 어디 쐬냐(쇠냐)

경상도 자령 쐴세(쇨세)

이렇게.

불불 불어라

이렇게 해봤지요 이렇게.

도리 도리 짝짜 꿍 / 아기 어르는 소리

자료코드 : 03_01_FOS_20100122_KDH_HBJ_0010
조사장소 : 강원도 고성군 현내면 죽정리 447-1번지 죽정2리 경로당
조사일시 : 2010.1.22
조 사 자 : 강등학, 이영식, 박은영, 이창현, 윤희렬
제 보 자 : 한방자, 여, 85세
구연상황 : '아기 어르는 소리'인 '불아 불아'를 부른 후, 조사자가 '짝짜 꿍'은 안했냐고
묻자 별 걸 다 시킨다고 하면서 불렀다.

도리 도리 짝짜 꿍

잼잼 짝짜 꿍

곤지곤지 짝짜 꿍

엄마 손이 약손이다 / 배 쓸어주는 소리

자료코드 : 03_01_FOS_20100122_KDH_HBJ_0011
조사장소 : 강원도 고성군 현내면 죽정리 447-1번지 죽정2리 경로당
조사일시 : 2010.1.22
조 사 자 : 강등학, 이영식, 박은영, 이창현, 윤희렬

제 보 자 : 한방자, 여, 85세
구연상황 : 아이들이 배 아프다고 할 때 배 쓸어주면서 무슨 소리를 했냐고 하자 이 노
　　　　　래를 불렀다.

　배가 아프다 그러믄,

　　　엄마 손이 약손이다
　　　엄마 손이 약손이다

　아프냐?
　엄마 아파요 이러믄.

　　　엄마 손이 약손이다

　그래구선 이렇게 문질러주면 줌 애가 자잖아!

헌 이는 너 갖고 / 새 이 가는 소리

자료코드 : 03_01_FOS_20100122_KDH_HBJ_0012
조사장소 : 강원도 고성군 현내면 죽정리 447-1번지 죽정2리 경로당
조사일시 : 2010.1.22
조 사 자 : 강등학, 이영식, 박은영, 이창현, 윤희렬
제 보 자 : 한방자, 여, 85세
구연상황 : '배 쓸어주는 소리'를 들은 후 아이들 이갈 때 어떻게 했냐고 하자 지붕 위에
　　　　　던졌다고 한다. 소리를 청하자 이 노래를 불렀다.

　　　흔(헌) 이는 너 갖고
　　　새 이는 나 다우

　그러구 지붕에다 떤지지(던지지).

빤빤히 대가리 / 까까머리 놀리는 소리

자료코드 : 03_01_FOS_20100122_KDH_HBJ_0013
조사장소 : 강원도 고성군 현내면 죽정리 447-1번지 죽정2리 경로당
조사일시 : 2010.1.22
조 사 자 : 강등학, 이영식, 박은영, 이창현, 윤희렬
제 보 자 : 한방자, 여, 85세
구연상황 : '모심는 소리', '다리 뽑기 소리', '꿩 보고 하는 소리', '단숨에 외는 소리', '몸 말리는 소리', '풀뿌리 문지르는 소리', '고드름', '이 빠진 아이 놀리는 소리', '아이어르는소리', '배 쓸어주는 소리', '새 이 가는 소리'를 들었다. 이후 힘들어하시는 거 같아 이야기를 하나 청해서 들었다. 오랜 시간이 흘러 제보자가 더 이상 알려줄 것이 없다고 했다. 이에 조사자들이 몇 가지만 더 묻겠다며 '까까머리 놀리는 소리'를 청했다.

빤빤히 대가리
우습지 대가리

이렇게만 알지 몰라요.

꼭꼭 숨어라 / 슬래잡기 하는 소리

자료코드 : 03_01_FOS_20100122_KDH_HBJ_0014
조사장소 : 강원도 고성군 현내면 죽정리 447-1번지 죽정2리 경로당
조사일시 : 2010.1.22
조 사 자 : 강등학, 이영식, 박은영, 이창현, 윤희렬
제 보 자 : 한방자, 여, 85세
구연상황 : 오랜 시간이 흘러 제보자가 더 이상 알려줄 것이 없다고 했다. 이에 조사자들이 몇 가지만 더 묻겠다며 '까까머리 놀리는 소리'를 청해 듣고 이 노래를 청했다.

꼭꼭 숨어라
머리카락 보인다

어디까지 갔니 / 술래잡기 하는 소리

자료코드 : 03_01_FOS_20100122_KDH_HBJ_0015
조사장소 : 강원도 고성군 현내면 죽정리 447-1번지 죽정2리 경로당
조사일시 : 2010.1.22
조 사 자 : 강등학, 이영식, 박은영, 이창현, 윤희렬
제 보 자 : 한방자, 여, 85세
구연상황 : 숨바꼭질을 할 때 부르는 소리를 청하니 '꼭꼭 숨어라'를 부른 후 이런 노래
　　　　　도 있다며 이어서 불렀다.

　　　　어디꺼정(어디까지) 가니
　　　　안증(아직) 안증 멀었다

　　이렇게도 하구.

방구 딩구 나간다 / 방귀뀌며 하는 소리

자료코드 : 03_01_FOS_20100122_KDH_HBJ_0016
조사장소 : 강원도 고성군 현내면 죽정리 447-1번지 죽정2리 경로당
조사일시 : 2010.1.22
조 사 자 : 강등학, 이영식, 박은영, 이창현, 윤희렬
제 보 자 : 한방자, 여, 85세
구연상황 : 오랜 시간이 흘러 제보자가 더 이상 알려줄 것이 없다고 했다. 이에 조사자들
　　　　　이 몇 가지만 더 묻겠다며 '까까머리 놀리는 소리', '술래잡기 하는 소리'를
　　　　　청해 듣고 이어서 이 노래를 청했다.

　　　　방구 딩구 나간다 무지게 후지게 나간다
　　　　대가리 없는 장군이 소리만 빽빽 질른다
　　　　방구 딩구 나간다 무지게 후지게 나간다
　　　　대가리 없는 장군이 소리만 빽빽 질른다

　　이렇게.

항구야 항구야 / 가창유희요

자료코드 : 03_01_MFS_20100113_KDH_GDH_0001
조사장소 : 강원도 고성군 현내면 대진4리 2반 김덕호 자택
조사일시 : 2010.1.13
조 사 자 : 강등학, 이영식, 박은영, 이창현, 윤희렬
제 보 자 : 김덕호, 남, 93세
구연상황 : 영하 12도의 매서운 추위와 차갑고 강한 바닷바람 탓인지 거리에 다니는 사
람이 없었다. 식당 주인의 소개로 김덕호 댁을 방문했다. 방문한 취지를 설명
하자 이미 여러 조사자가 다녀갔음에 구비문학 조사에 대해 충분히 이해하고
있었다. 조사자들을 만나자 고성군의원이었던 당신의 아들에 대한 최근 고등
법원 판결의 부당함을 한참 동안 하소연했다. 조사자들은 그 얘기를 다 듣고
배와 관련된 이야기를 나누었다. 그러다가 조사자가 예전 고기 잡을 때 하는
소리를 청하자 간단하게 이것저것 해주었다. '그물 당기는 소리', '고기 푸는
소리', '고기 세는 소리', '그물 터는 소리', '그물 싣는 소리', '그물 당기는 소
리', '둔대질 하는 소리', '귀향하는 소리'를 청해서 들었다. 이후 바다와 관련
된 얘기를 나누다가, 약주 한잔 하고 친구들과 어울려 놀 때 어떤 노래를 불
렀냐고 묻자 뭐 별거 다 했다고 하면서 노랫가락을 조금 불렀다. 이에 다른
노래는 또 없냐고 묻자 남양군도에 갔을 때 해군에게서 배운 노래라고 하면
서 불러주었다.

항구야 항구야 항구야 우리들은 마도로스다
항구를 떠도는 몸이 사령도(사랑도) 미련도 가지가 슬프다
그러나 그라스를 울지 말고 들어라
내일은 어느 항구 어느 바다에다 뱃다줄을 던질 것이냐

그 다음 또 2절을 가르쳐주거든.

인천항 떠나서 상해에 우리들은 마도로스를

불어라 휘파람 닥치어라 파도야

우리는 바다에 날고 기는 용사

저 멀리 손짓하는 등대를 찾아 뱃머리를 돌려라 돌려

기차는 떠나간다 / 가창유희요

자료코드 : 03_01_MFS_20100113_KDH_GDH_0002

조사장소 : 강원도 고성군 현내면 대진4리 2반 김덕호 자택

조사일시 : 2010.1.13

조 사 자 : 강등학, 이영식, 박은영, 이창현, 윤희렬

제 보 자 : 김덕호, 남, 93세

구연상황 : 이 노래는 1935년에 발표된 박영호 작사, 이기영 작곡, 이은파·박세명 노래, 박세명·신은봉 대사의 '정한의 밤차'와 다르지 않다.

기차는 떠나간다 보슬비를 헤치며

정든 땅 뒤에 두고 떠나는 님이여

간다고 아주 가나 아주 간들 잊으랴

후렴입니다.

기차는 가자고 목메어 우는데

어쩌타 님은 옷소매를 잡고 놓지를 않네

낭자여 울지를 말아라

마음이 천리면 지척이 천리요

지척이 천리면 마음이 천리라

달뜬 동산 꽃피는 밤 철매 우는 소리에

만학천봉 굽이굽이 새빨간 안개를 타고

아 꿈길에서나 만나

간다고 아주 가나 아주 간들 잊으랴

밤마다 꿈결 속에 울면서 살아요

임이여 술을 올리기를 아플 막음(아픔 맘을) 달래세

공수려(공수래) 공수려(공수거)가 인생이 아니야

복남아 우지 마라 / 가창유희요

자료코드 : 03_01_MFS_20100122_KDH_YOR_0001

조사장소 : 강원도 고성군 현내면 죽정2리 3반 윤옥란 댁

조사일시 : 2010.1.22

조 사 자 : 강등학, 이영식, 박은영, 이창현, 윤희렬

제 보 자 : 윤옥란, 여, 91세

구연상황 : 전날 눈이 많이 내려 운전을 하며 다니기에는 다소 불편하였으나 오전에 죽
정2리 경로당에서 한방자로부터 많은 노래를 들었다. 차분히 더 많은 것을 여
쭤보려고 하였으나 오히려 같은 마을에 있는 윤옥란을 추천해 주었다. 윤옥란
댁은 경로당에서 200여 미터 거리에 위치하고 있었다. 집에 도착하여 밖에서
한참을 부른 후에 문이 열렸다. 방에는 같은 마을에 사는 제보자의 친구 이
득재가 있었다. 제보자는 보청기를 끼고 있었으나 잘 듣지를 못해 이득재가
중간에서 여러 번 도와주었다. 처음에 살아왔던 이야기를 듣고 모심을 때 부
르던 노래를 청하니 시아버지, 시주버니와 같이 심는데 무슨 노래냐고 했다.
그러면서 선거 적 장타령을 아는데 한번 불러보겠다고 했다. 상당히 긴 사설
의 '숫자 풀이 소리'를 듣고 모두 박수를 쳤다. 이후 '추울 때 하는 소리',
'양양 윤구병과 강릉 이통천이 돈 자랑하다', '칭칭이 소리', '뱃노래', '어랑
타령', '비 그치게 하는 소리', '베틀가', '다복녀'를 들었다. '다복녀'를 부른
제보자가 복남이는 왜 안 물어보냐며 이 노래를 불렀다. 제보자는 이 노래를
어려서 불렀는데, 당시 어머니가 계심에도 이 노래를 부르며 많이 울었다고
한다.

복남이 복남이는 왜 또 아이(안) 물어보나!

(조사자 : 복남이, 한번 해보세요.)

복남아 우지 마라 너가 울면 나도 운다

너 눈에서 눈물 나면 내 눈에서 핏물이 흘른다

복남이는 등 우에(위에) 읍해(업혀) 울고 있어요

고드름 고드름 / 고드름 가지고 노는 소리

자료코드 : 03_01_MFS_20100122_KDH_HBJ_0001

조사장소 : 강원도 고성군 현내면 죽정리 447-1번지 죽정2리 경로당

조사일시 : 2010.1.22

조 사 자 : 강등학, 이영식, 박은영, 이창현, 윤희렬

제 보 자 : 한방자, 여, 85세

구연상황 : 겨울에 고드름 따서 '고드름' 노래를 불렀다고 하면서 노랫말만 일러주었다.

고드름 고드름 수정 고드름

고드름 고드름 녹지 말아요

각시님 방 안에 물들으면은

손 시려 발 시려 감기드실라

■ 엮은이 소개

강등학 성균관대학교 국어국문학과를 졸업하고 동 대학원에서 문학박사학위를 받았
다. 현재 강릉원주대학교 국문학과 교수이다. 한국민속학회장, 한국민요학회
장을 역임하였다. 주요 저서로『정선아라리의 연구』(집문당, 1988),『한국민
요의 현장과 장르론적 관심』(집문당, 1996),『한국민요학의 논리와 시각』(민
속원, 2006),『아리랑의 존재양상과 국면의 이해』(민속원, 2011) 등이 있다.

이영식 강릉원주대학교 국어국문학과를 졸업하고 동 대학원에서 문학박사학위를 받
았다. 현재 강릉원주대학교 국문학과 강사, 강원도문화재위원회 전문위원이
다. 주요 저서로『양양군의 민요 자료와 분석』(공저, 민속원, 2002),『횡성의
구비문학 Ⅰ, Ⅱ』(공저, 횡성문화원, 2002),『횡성의 회다지소리』(횡성회다지
소리 전승보존회, 2011) 등이 있다.

박은영 강릉원주대학교 국어국문학과를 졸업하고 동 대학원에서 문학박사학위를 받
았다. 현재 강릉원주대학교 국문학과 강사이다. 주요 저서로『책과 가까워지
는 아이 책과 멀어지는 아이』(청출판사, 2008),『뚝딱! 100권 엄마랑 그림책
놀이』(청출판사, 2009),『시작하는 그림책』(청출판사, 2013) 등이 있다.

증편 한국구비문학대계 2-13
강원도 고성군

초판 인쇄 2014년 10월 21일
초판 발행 2014년 10월 28일

엮 은 이 강등학 이영식 박은영
엮 은 곳 한국학중앙연구원 어문생활사연구소
출판기획 장노현

펴 낸 이 이대현
펴 낸 곳 도서출판 역락
편   집 권분옥
디 자 인 이홍주

주   소 서울시 서초구 동광로46길 6-6(반포4동 577-25) 문창빌딩 2층
등   록 1999년 4월 19일 제303-2002-000014호
전   화 02-3409-2058, 2060
팩   스 02-3409-2059
이 메 일 youkrack@hanmail.net

값 36,000원

ISBN 979-11-5686-089-1 94810
        978-89-5556-084-8(세트)